Catrine Bauer

WINTERS SPUREN

CW Niemeyer

Für meine Eltern und meinen Bruder

Stockholm, 1. Februar 2019

Dünne Eisplatten schwammen auf dem Wasser im Stockholmer Hafen. Allein beim Anblick fröstelte es Henry, und sie drehte die Heizung auf.

Magnus ließ mal wieder den Chef raushängen und stürmte ständig in Henrys und Christians Büro, um zu fragen, wie weit sie mit ihrer Recherche waren. Henry war längst fertig, sie musste nur noch die Präsentation über den Walfang auf den Färöer-Inseln erstellen. Die Sponsoren würden One Earth nur weiter unterstützen, wenn Henry deutlich machen konnte, wofür sie das Geld brauchten. Vorher wollte sie aber in ihre Unterlagen schauen, weil Magnus besonderen Wert auf eine Präsentation legte, die nach seinen Vorstellungen aufgebaut war.

„So ein depperter Trottel", entfuhr es Christian in gewohnt breitem Wienerisch, als Magnus das Büro verlassen hatte. Er knallte seinen Kugelschreiber in eine Ecke.

„Der alte Grantler glaubt, er kann mir meinen Job erklären. Ich hab fünfundzwanzig Jahre Berufserfahrung, und jetzt kommt der daher und meint, ich wüsst ned, wie man eine Präsentation erstellt? Als ob man in eine Präsentation einfliegende Bilder macht. Des macht kein Mensch! Zumindest keiner, der über die Mittelstufe rausgekommen ist. Was kommt als Nächstes? Micky-Maus-Bilder? Ich pack's ned!"

Henry lehnte sich in ihrem Stuhl zurück und beobachtete grinsend ihren Kollegen, der gar nicht mehr zu beruhigen war. Sein Versuch, sein breites Wienerisch ein wenig zivilisiert deutsch klingen zu lassen, klang wie immer recht unbeholfen.

„Ich schmeiß den Scheiß hin! Soll Magnus allein seine Wale retten. In Wien ist eine Stelle als Leiter einer Rechtsabteilung im Verkehrsministerium ausgeschrieben. Ich kenn den Personalchef, mit dem hab ich studiert. Wenn ich mich bewerb, hab ich den Job sofort!"

„Du und Beamter?", fragte Henry. „Mach dich nicht lächerlich. Ich kann mir beim besten Willen nicht vorstellen, dass du mit geregelten Arbeitszeiten und dann noch in einer Hierarchie leben kannst. Hofrat Christian." Sie schüttelte den Kopf. „Als ob du dir irgendwas von irgendwem sagen lässt." Sie suchte nach einem wienerischen Ausdruck, damit sie überzeugender wirkte, denn sie hatte Angst, er könne es ernst meinen.

„Oida!", warf sie bestimmt hinterher.

Jetzt musste Christian laut lachen, so lustig klang Henrys misslungener Versuch, den Wiener Dialekt zu imitieren.

„Hast eh recht", sagte er und grinste. „Des wär nix. Und außerdem: Wer soll denn auf dich aufpassen, wenn ich weg bin?"

Sie atmete erleichtert auf.

„Willst einen Kakao?"

Er wusste, dass sie es hasste, wenn sie ihre Deadlines nicht einhalten konnte. Wenn dann noch einer wie Magnus daherkam, der etwas von ihr verlangte, was sie eigentlich nicht wollte, erhöhte das ihren Stresslevel zusätzlich. Am liebsten arbeitete sie nämlich nach eigenem Ermessen, genauso wie er.

Seit zwei Jahren waren sie nun Kollegen bei One Earth. Da sie die einzigen beiden Juristen in der Naturschutzorganisation waren, genossen sie in gewissem Maße Narrenfreiheit. Er sah väterlich über seine Lesebrille. Sie nickte dankbar, und Christian stand schwerfällig von seinem Stuhl auf.

„Und wenn ich zurückkomm, zeig ich dir die Fotos von der Mondfinsternis, die ich vorletzte Woche gemacht hab."

Christian schwärmte seit Tagen von seinen Fotografien durch ein Teleskop. Er hatte den Einschlag eines Meteoriten auf der erdzugewandten Seite des Mondes erwischt.

Während Henry Christian draußen mit den Tassen hantieren hörte, beschloss sie, ihre Mutter anzurufen. Ohnehin hatte sie sich viel zu lang nicht bei ihr gemeldet, und jetzt brauchte sie die Unterlagen von zu Hause. In Sigtuna war die Welt noch in Ordnung. Henry hatte ihre Entscheidung, die Polizei in Hamburg zu verlassen, Jura zu studieren und nach Schweden zurückzukehren, nie bereut. Obwohl sie in Deutschland geboren war, konnte sie sich nicht vorstellen, dort zu leben. In Schweden war alles langsamer, ruhiger und vorsichtiger. Sie freute sich schon darauf, ihre Mutter am nächsten Tag zu besuchen.

Sie wählte die Nummer nach Sigtuna.

„Hej, Mama, ich bin's."

„Hejsan, mein Schatz, wie geht's dir?"

Ihre Mutter wirkte nervös.

„Was ist los mit dir?", fragte Henry sofort.

„Alles gut, Liebes. Ich bin nur etwas durch den Wind. Ich … ich habe gestern etwas erfahren, das …" Der Hörer rauschte, weil ihre Mutter so schwer atmete. „Ach, ist auch nicht so wichtig. Wie geht's dir, Henry?" Martas Stimme wurde ruhiger. Henry konnte sich nicht daran erinnern, dass ihre Mutter sie jemals bei ihrem ganzen Namen, Henriette, genannt hatte.

Sie lebte allein in dem Haus in Sigtuna. Nach über dreißig Jahren in Schweden hatte sie aber genügend Freunde gefunden, die sie häufig besuchten. Allen voran ihre Nachbarin Barbro.

Henry wurde unruhig. Für sie war Marta das einzige noch lebende Familienmitglied; sie machte sich deshalb grundsätzlich Sorgen um ihre Mutter. Sie wusste aber auch, dass aus ihr nichts rauszukriegen war, wenn sie nicht wollte, und so nahm sie sich fest vor, Marta am nächsten Tag noch einmal darauf anzusprechen.

„Ich wollte dir nur sagen, dass ich morgen meine Ordner hole. Magnus nervt mal wieder wegen der Präsentation." Den letzten Satz sagte sie leise, aus Angst, ihr Chef könnte sie hören.

„Gerne! Ich habe sowieso gerade Zimtschnecken gebacken, dann können wir endlich mal wieder quatschen. Das ganze Haus riecht danach, du solltest jetzt schon hier sein. Wenn du magst, kannst du ja auch schon heute Abend kommen, dann sind sie ganz frisch. Ich muss dir da auch noch was Wichtiges erzählen."

Während Henry überlegte, ob ihr Zeitplan es trotz Vorbereitung der Präsentation zuließ, ein ganzes Wochenende in Sigtuna zu verbringen, hörte sie am anderen Ende der Leitung ein Klopfen. Sie wartete deshalb mit ihrer Antwort ab.

„Warte, da kommt jemand. Bestimmt Barbro“, sagte ihre Mutter. „Die hat garantiert die Zimtschnecken gerochen.“

Es verging kein Tag, an dem Martas Nachbarin nicht zu Besuch kam.

Henry sah zum Fenster hinaus, wo die Eisbrecher mit den Touristen in den Stockholmer Hafen einfuhren. In Felle und Tücher gehüllt saßen sie auf dem Deck, Smartphones in der Hand, und fotografierten alles, was ihnen vor die Linse kam. Sahen diese Leute überhaupt irgendetwas dreidimensional? Es kam ihr so vor, als würden die Touristen heutzutage die Eindrücke ihres Urlaubs erst zu Hause in ihrer Bildersammlung wahrnehmen.

Es löste schon Beklemmungen in Henry aus, wenn sie den fremden Menschen nur zuschaute, wie sie auf dem Boot saßen und sich von den Wellen in den Hafen zurücktreiben ließen.

Ganz hinten an der Anlegestelle konnte sie den Bug der ‚Moby Dick‘ sehen. Das alte Schiff war das Geschenk eines anonymen Spenders gewesen, der die NGO in seinem Testament berücksichtigt hatte. Theoretisch hätte Henry in ihrem Job die Möglichkeit gehabt, ihren verhassten Schreibtisch hin und wieder gegen die knallbunte ‚Moby Dick‘ einzutauschen. Sie hätte sich von Fritjof, dem Kapitän, den wegen des Schiffs alle nur „Melville“ nannten, durch die Weltmeere schippern lassen können. Kjell und Håkan schwärmten jedes Mal, wenn sie von einem „Trip“, wie sie es bezeichneten, zurückkamen, obwohl die Ziele alles andere als romantisch waren. Immerhin war es eines ihrer Hauptanliegen, Norwegen, Island und Grönland davon zu überzeugen, den Walfang einzustellen. Henry war sich auch nie sicher, ob mit „Trip" nicht irgendetwas anderes gemeint war. Für Christian war das alles nichts, der überwachte lieber im warmen Stockholmer Büro die Kaffeemaschine und bedrohte in beispiellos angsteinflößendem, wienerisch gefärbtem Juristen-Englisch irgendwelche Firmen und erinnerte sie an das Walfangabkommen aus dem Jahr 1946. Vielleicht aber blieb er auch freiwillig bei seiner Kollegin, die wegen ihrer Aquaphobie unmöglich auch nur einen Fuß auf die ‚Moby Dick' setzen konnte.

Henry begutachtete sich in der Spiegelung der Scheibe. Die braunen Locken waren lang geworden und verdeckten jetzt ihre Wangenknochen. Vor lauter Präsentation kam sie kaum noch zum Essen, und ihr Gesicht wirkte eingefallen. Nicht einmal mehr die Sommersprossen waren geblieben. Die hatten sie immer kindlicher wirken lassen, als sie war. Ihre geringe Körpergröße tat ihr Übriges. Sie hatte es damals in Hamburg auf den Zentimeter genau, also gerade noch so, auf die Polizeischule geschafft. Erst vor einigen Wochen hatte sie mit ihrer Mutter darüber geredet, dass sie nicht aussah wie fünfunddreißig. Mehr noch: Vom Fluch der ewigen Jugend hatten sie gesprochen. Aber jetzt, so hohlwangig, glich ihr Gesicht eher dem einer Fünfundvierzigjährigen. Die Zimtschnecken würden ihr guttun.

Henry wischte sich die verschmierte Wimperntusche aus dem Augenwinkel, als sie hörte, wie ihre Mutter am anderen Ende der Leitung die knarrende Tür öffnete. In diesem Augenblick landete eine Elster vor dem Fenster ihres Büros und machte ein kratzendes, klopfendes Geräusch, sodass sie nur undeutlich einen Schrei ihrer Mutter vernehmen konnte.

„Was …“ Henry presste ihr Telefon so fest ans Ohr, dass der Ohrstecker sich schmerzhaft in ihre Haut grub. „Mama? Alles okay bei dir?“

Doch statt der Stimme ihrer Mutter hörte sie einen ohrenbetäubenden Knall. Dann ein Scheppern. Und direkt danach ein Geräusch, das wie ein Donner klang. Henrys Puls erhöhte sich schlagartig. Sie war lang genug bei der Polizei gewesen, um den Schuss einer Waffe auch durch das Telefon zu erkennen. Ihre Wangen wurden heiß, eine unbändige Angst überkam sie.

„Mama? Was war das? Sag doch was!“

Sie hörte ein Stöhnen.

„Mein Schatz, du …“

Wieder drang ein Rauschen durch den Hörer, und Henry vermutete, dass es der Wind war, der durch die offene Tür des gelben Holzhauses in Sigtuna blies.

„Hallo? Mama? Hörst du mich? Verdammt! Sag was!“

Das Gespräch wurde beendet. Sie rief ihre Mutter zurück, aber Marta hob nicht mehr ab.

Henry schnappte ihren Mantel, riss die Glastür ihres Büros auf, die gefährlich klirrend gegen die Wand krachte, und rannte durch den Flur. Weil sie nebenher versuchte, mit ihrem Handy den schwedischen Notruf 112 zu wählen, kollidierte sie mit Christian. Der Kakao schwappte auf sein Hemd.

„Ja, sag mal, hast du einen Vogel?"
Aber sie hörte ihn schon nicht mehr.

Sigtuna, 4. Februar 2019

Die Erinnerungen aus Henrys Kindheit klebten wie alter Staub auf jedem Möbelstück in Martas Haus. Diese Erinnerungen in Kartons zu verpacken, zu entscheiden, welche wichtig und welche unwichtig war, all das erledigte sie allein. Sie hätte sich Zeit lassen können damit, denn das Haus wollte sie ohnehin noch nicht verkaufen. Aber sie hatte das Bedürfnis, bei ihr zu sein, ihr nahe zu sein, sich zu erinnern und alles in sich aufzunehmen, was hier war. Auch nach dem Tod ihrer Mutter haftete der Duft nach Zimtschnecken in diesem Haus.

Was hatte sie ihr am Tag ihres Anrufs erzählen wollen? Und warum hatte sie es nicht gleich am Telefon erzählt?

Der Kater ihrer Mutter legte sich neben sie. Fiete drehte sich auf den Rücken und streckte ihr seinen getigerten Bauch entgegen. Sein Schnurren durchbrach die Stille im Raum.

„Na, alter Knabe, und was machen wir mit dir? Kommst du mit mir nach Stockholm? Ich weiß nicht, ob das so eine tolle Gegend für Katzen ist."

Sie kraulte das Tier am Ohr, während sie mit der anderen Hand eines der in die Jahre gekommenen Fotoalben aus dem Regal zog. Sie pustete den Staub der letzten Jahrzehnte in Wölkchen durch die Luft.

Henry, die hinter den drei Kerzen auf dem Geburtstagskuchen schokoladenverschmiert in die Kamera lacht.

Marta, die ihrer Tochter das Fahrradfahren beibringt.

Marta und Henry im Urlaub auf Amrum.

Henry bei ihrer Einschulung.

Marta im Garten.

Ihre Mutter, mit der sie ihr ganzes Leben verbracht hatte, war nicht mehr da. Ein Fremder hatte sie ihr genommen, sie erschossen ohne Vorwarnung, ohne ein Wort der Erklärung. Die Frage nach dem Warum und vor allem nach dem Wer bohrte sich in ihre Gedanken.

Seit Tagen versuchte sie, sich zu erinnern, ob sie nicht doch am Telefon irgendetwas gehört hatte, das ihr einen Hinweis auf den Täter gab. Aber je länger sie darüber nachdachte, desto mehr verschwammen die Erinnerungen und verunsicherten sie. Nur ihre Mutter hatte gesprochen – und dann war da dieser Schuss gewesen. Sie hatte ein Geräusch gehört, das vermutlich das Schließen der Haustür gewesen war. Danach war es still gewesen.

Sie neigte den Kopf ein wenig, um die Titel der Bücher im Regal lesen zu können. Die meisten standen dort schon sehr lange und allesamt waren Krimis. Henry kannte die Farben der Einbände, weil sie oft mit ihrer Mutter hier im Wohnzimmer gesessen und Kakao getrunken hatte. Björn Hellberg, Uno Palmström, Arne Dahl. Und Paul Sturm, der einzige deutsche Verfasser, wie man an den Titeln erkennen konnte; sie sah drei Bücher von ihm im Regal. Von der Aufmachung her aus den Achtzigerjahren. Henry kannte den Schriftsteller nicht, aber sie las auch keine Krimis. Vielleicht würde ihr Kollege Christian, der ein Faible für Kriminalromane hatte, ein paar davon nehmen.

„Oskar!" Sie griff hinter die Bücher, die das obere Regalbrett nach unten bogen, und wischte dabei eine Träne weg, die sich unbemerkt den Weg zu ihrem Kinn gebahnt hatte.

„Mensch, wo warst du all die Jahre? Hast mich einfach im Stich gelassen!"

Henry drückte den kaputtgeliebten Stoffaffen an ihre Brust und sog dessen Duft nach Staub und Eichenregal tief in ihre Lungen ein. Ein Auge hing ein bisschen heraus, die Nähte an den Armen bedurften einer Reparatur. Sie kannte einen Puppendoktor in der Hauptstadt, der sich Oskars sicherlich annehmen würde. Der Anblick des Stofftiers schickte sie auf eine kurze Zeitreise in ihre Kindheit; sie fühlte sich in diesem Moment überhaupt nicht wie eine Fünfunddreißigjährige, die als Juristin in einer schwedischen Metropole arbeitete.

„Hast du was gesehen? Wer hat das mit Mama gemacht?"

Fiete, der immer noch neben ihr lag, schnupperte an dem Kuscheltier, das die Antwort nicht preisgab.

Plötzlich hatte Henry das Gefühl, Schritte auf der Veranda zu hören, traute sich jedoch nicht nachzusehen. Ihr kam der Gedanke, dass der Mörder zurückgekommen war. Sie schlich zur Tür und lauschte. Die Nachbarskinder lachten im Garten. Ein kalter Luftzug drückte sich durch die Ränder der Haustür ins Innere.

Sie setzte sich wieder auf den Boden vor das Regal. Vermutlich war es nur der Wind gewesen, der zu dieser Jahreszeit häufig eine betäubende Kälte über die Häuser legte. Sie atmete flach, damit ihr kein Geräusch entging, stopfte den Freund aus Kindertagen in ihre Tasche und blätterte weiter durch die vielen Fotoalben.

Henry. Mama. Mama. Henry.

BEHALTEN stand in großen blauen Lettern auf dem Karton, in dem sie die Alben sorgsam ablegte. Sie selbst besaß nicht viele Fotos von ihrem ersten Lebensabschnitt. Ihr Smartphone umfasste über zweitausend: von Pflanzen, Seen, Freunden, Flüssen, Himmeln und der kalten Ostsee – dem Meer, das auf grauenvolle Weise ihre Kindheit verschlungen hatte.

Sie ließ den Blick über die vielen übereinandergestapelten Kartons streifen und blieb unweigerlich an dem Karton *WICHTIGE DOKUMENTE* hängen. Wie sollte sie das alles schaffen? Ohne ihre Mutter? Marta war immer diejenige gewesen, die ihr geholfen hatte, wenn es um Formalitäten ging. Eine Geburtsurkunde besorgen, die Steuererklärung machen. Sie hatte sie stets daran erinnert, eine warme Jacke oder einen Regenschirm mitzunehmen – und das Schlimmste von allem: Sie würde ihr nie wieder eine heiße Schokolade mit frisch gebackenen Zimtschnecken hinstellen und behaupten, sie hätte sie sowieso gemacht und es sei gar keine Mühe gewesen. Nein, Henry fühlte sich überhaupt nicht mehr erwachsen, seit ihre Mutter weg war.

Sie war verdammt allein.

Fredrik wollte sie nicht darum bitten, ihr beim Ausräumen des Hauses zu helfen. Martas ehemaliger Lebensgefährte hatte sich schon bei der Planung der Beerdigung einmischen wollen, dabei hatte Marta ihn vor einigen Wochen verlassen. Den Mord würde sie diesem Taugenichts zutrauen. Immerhin hatte er schon in der Beziehung ständig Geld von Marta gefordert. Sie schüttelte sich. Aber so viel hatte ihre Mutter nun auch nicht besessen, als dass sich ein Mord gelohnt hätte. Der Leichnam ihrer Mutter war noch nicht freigegeben, und Henry wollte die Beerdigung noch gar nicht planen.

Das Schmuckkästchen war verschwunden. Das einzige Schmuckstück, das noch existierte, war der Ehering, den Henry seit vielen Jahren selbst am Finger trug. *Jakob, 26.06.1983.* Der Täter hatte hauptsächlich wertlosen Modeschmuck mitgenommen, einen Raubmord schloss Henry eigentlich aus. Ein Dieb klopft nicht, erschießt jemanden und nimmt dann billigen Schmuck mit. Was hatte diesen Mann angetrieben, der Marta ohne Vorwarnung gnadenlos erschossen hatte? Wer war dieser Kerl, dass er ihr einfach die Mutter nahm? Oder war es womöglich sogar eine Frau gewesen? Egal, wer es war, wenn die Polizei ihn nicht finden würde, würde sie selbst es tun. Sie erinnerte sich an ihre Zeit bei der Kripo und daran, wie es sie angewidert hatte, bei Mordfällen mitzuwirken, aber das hier war anders. Es war ihre Mama.

Im oberen Stockwerk suchte sie Martas Lieblingsschal. Ein dunkelblauer aus Kaschmir, den Henry ihrer Mutter vor einigen Jahren zu Weihnachten geschenkt hatte. In ihrer Kindheit hatte sie oft nach vertrautem Mutterduft riechende Kleidungsstücke entwendet. Sie hatte sie zum Einschlafen gebraucht, wenn Marta nicht da gewesen war. Jetzt, so ihr Gefühl, brauchte sie eines zum Wachbleiben.

Im Kleiderschrank musste er sein, zwischen den vielen Blusen, den ordentlich gebügelten Röcken, all den Stoffen, die Martas eleganten Körper gekleidet hatten. Einige hingen seit den Neunzigerjahren darin. In letzter Zeit hatte ihre Mutter die Zeitzeugen dieses modischen Waterloo wieder getragen und Henry hatte sich über die Entwicklung von Martas Modegeschmack gewundert.

Eine Blechdose, die hinter den Kleidern hervorblitzte, zog ihre Aufmerksamkeit auf sich und ließ sie den Schal für einen Moment vergessen. Die Kanten waren rostig, obenauf prangte das viele Jahrzehnte alte Bild einer Hausfrau, die ein deutsches Waschmittel anpries. Henry versuchte, die Dose zu öffnen, doch sie war so verbogen, dass sie Angst hatte, sich einen Fingernagel abzubrechen. Immerhin hatte sie vor ein paar Tagen das erste Mal seit vielen Jahren mühsam ihre Nägel lackiert. Ein warmes Himbeerrot, von dem Christian fand, dass es ihr nicht stand.

Auf der Suche nach einem passenden Gegenstand schaute sie sich im Zimmer um, sah auf dem Nachttisch ein Buch mit einem Flyer als Lesezeichen, daneben ein Bild von sich selbst. Henry hielt ihre Tränen zurück. Ihre Augen brannten seit Tagen.

Ein lautes Scheppern aus dem Wohnzimmer ließ sie zusammenzucken. Sie rannte die Treppe hinunter und kämpfte um ihr Gleichgewicht. Längst hatte ihre Mutter einen Handwerker für die ungleichmäßigen Stufen beauftragen wollen.

Fiete, der sich offenbar erschrocken hatte, saß auf dem Esstisch, am Boden verstreut der Inhalt des Kartons mit der Aufschrift *VIELLEICHT*. Rotglitzernd versammelten sich Lichterketten, Schneemänner, Glöckchen und eine

Spieluhr, die müde die ersten Töne von ‚Hej tomtegubbar' spielte, auf dem Dielenboden.

Henry atmete auf und sammelte die Weihnachtsdekoration aus ihrer Kindheit zusammen. Es tat ihr leid, dass sie letztes Weihnachten Witze über diesen ganzen Kram gemacht hatte. Wie gern hätte sie das nächste Weihnachtsfest mit ihrer Mutter und all dem Nippes verbracht. Unter dem Weihnachtsbaum sitzen und Pfefferkuchen essen. Mit wem sollte sie jetzt Heiligabend feiern? Ihre Großmutter, die einzige Verwandte, die sie neben ihrer Mutter gehabt hatte, war vor einigen Jahren verstorben.

Fiete sprang lautlos vom Tisch und stand reumütig vor einem zerbrochenen Weihnachtsmann aus Ton.

„Nicht so schlimm."

Henry streichelte das Tier und beseitigte mit einem Besen die Reste des Unfalls. Als sie die Scherben in die Küche bringen wollte, stellte sie fest, dass die Haustür einen Spalt offen stand. Ihr Herz pochte. Leise atmend blickte sie um sich, um zu kontrollieren, ob der Lärm womöglich doch nicht nur von Fiete verursacht worden war. Wenn jemand das Haus betreten hatte, mussten auf dem Dielenboden zumindest Schneespuren zu finden sein, doch sie konnte keine Veränderung erkennen.

Für einige Sekunden stand sie an der Tür und hörte nur ihren Atem. Das Kehrblech mit den Scherben hielt sie fest umschlossen und beobachtete den Kater, der sich roten Glitzer aus dem Fell putzte.

Draußen hörte man immer noch die spielenden Kinder, ansonsten war alles ruhig. Unsicher schloss Henry die quietschende Haustür und drehte den Schlüssel zweimal herum.

In der Küche öffnete sie die letzte Dose Katzenfutter, die sie gefunden hatte, und füllte den Inhalt in einen Napf.

„Wenn man traurig ist, braucht man was Süßes, Fiete." Henry zitierte ihre Mutter und holte für sich eine Tafel Schokolade von Marabou aus dem Geheimfach. Die alte Schachtel Paniermehl ließ sie lächeln. Sie kannte das Versteck seit dreißig Jahren. Es war ein sinnloses Unterfangen, Süßigkeiten zu verstecken, wenn man gegen eine Sechsjährige antrat.

Aus der Besteckschublade nahm sie das stets frisch geschliffene Klappmesser ihrer Mutter heraus, Marke Opinel. Auf der Küchenablage lag ein Schlüssel mit einem beschrifteten Anhänger: *Fredrik*. Warum hatte ihre Mutter immer noch den Schlüssel dieses Barbaren? Henry schob ihn in ihre Hosentasche.

Ihr Smartphone klingelte. Ohne auf das Display zu schauen, schaltete sie das Gerät aus. Als sie das Telefon über die Arbeitsplatte rutschen ließ, sah sie, dass ihre Mutter das gleiche Werbegeschenk bekommen hatte wie sie: eine Bio-Handcreme, dabei hasste Marta Lotionen. Sie erinnerte sich an Martas faltige Hände, die sich so oft wie warmes Pergamentpapier um ihre gelegt hatten. Sie schloss kurz die Augen, als könne sie den Gedanken daran auf diese Art löschen, doch er wurde nur umso intensiver.

„Das Messer ist tabu", hatte ihre Mutter häufig gesagt und den Zeigefinger erhoben. Obwohl Henry längst erwachsen war, hatte sie immer noch Respekt vor dem Messer, vor allem jetzt, wo sie mit dem Opinel die asymmetrischen Holztreppen nach oben ging. Als balancierte sie auf einem Drahtseil über den Amazonas, setzte sie einen Fuß vor den anderen, aus Angst, sie könnte sich mit dem zugeklappten Messer verletzen. Beim Hochgehen erinnerte sie sich wieder an die Tür, die plötzlich einen Spalt offen gestanden hatte, sah ins Wohnzimmer hinunter und war doch froh, eine Waffe bei sich zu tragen. Fiete zeigte sich aber nach wie vor unbeeindruckt, und so ging sie davon aus, dass der Wind die Tür aufgedrückt hatte.

Die Blechdose wartete auf dem Boden vor dem Bett ihrer Mutter. Queensize. Herrenbesuche über Nacht hatte Marta nie gemocht und deshalb auf ein größeres verzichtet. Kein Wunder, ihr Männergeschmack hatte sich im Lauf der Jahre ähnlich schlecht entwickelt wie ihr Modegeschmack.

Henry machte es sich bequem, zog die Dose auf ihren Schoß und schob vorsichtig die scharfe Klinge des Messers unter die Deckelkante. Sie bog die Dellen nach außen, bis sie den Behälter öffnen konnte. Fiete war ihr gefolgt und sah ihr von der Wäschetonne aus neugierig zu.

Obwohl die Dose von außen kein bisschen staubig war, roch sie nach altem Papier und Vergangenheit.

Sie fand Fotos. Marta und Jakob. Papa, Mama und Henry. All diese Bilder waren nicht in den Alben zu finden, und sie hatte bis zu diesem Zeitpunkt nicht gewusst, dass derartige Aufnahmen existierten. Ihr Vater, der mit ihr Kreidebilder auf die Straße malte, im Hintergrund eine alte Linde, deren Äste sich schlangenartig in den Himmel wanden. Ein anderes Bild zeigte ihren Vater, wie er sie festhielt, als sie das Laufen lernte. Jakob zu sehen, gemeinsam mit ihr, versetzte Henry einen Stich. Sie kannte Fotos von ihm, aber keine, auf denen sie ebenfalls abgelichtet war. Sie sah auf den glänzenden Ehering ihrer Mutter, der auf ihrem Ringfinger mit dem himbeerroten Nagellack steckte und ihre braunen Locken spiegelte.

Eine richtige Familie waren sie gewesen, bis diese Einheit für immer auseinandergerissen worden war, bis das Meer ihren Vater verschluckt und sie zur Halbwaisen gemacht hatte. Sie streichelte über das jugendliche Gesicht ihres Vaters. Wie er jetzt wohl aussehen würde, wenn er noch am Leben wäre?

Wieder hörte sie Geräusche aus der unteren Etage. Die Fenster hätten abgedichtet werden müssen. Das alles war hinfällig, wenn sie das Haus verkaufen würde.

Henry zog einen Kronkorken aus der Blechdose. *12.3.1979* hatte ihre Mutter in mikroskopisch kleiner Schrift auf die Innenseite geschrieben. Eine Kinokarte für den Film ‚Shining' aus dem Jahr 1980, Kino Museum, Tübingen. Die Rechnung über einen Restaurantbesuch von 1982. Carpaccio di Manzo, Pizza Margherita, Pizza Frutti di Mare, eine Flasche Barolo.

Warum hatte ihre Mutter keine Zeitungsartikel aus dem Jahr 1986 aufbewahrt? Artikel über das Unglück mit dem Segelboot, das ihr den geliebten Ehemann genommen hatte? Oder war die Blechdose nur ein Zeuge für die Zeit davor und Marta hatte sie seither nicht mehr angerührt?

Nachdem Henry sich durch Quittungen und getrocknete Blüten gearbeitet hatte, fand sie eine schwarze Audiokassette mit der Aufschrift *1986*. Sie sah sich um, obwohl sie wusste, dass ihre Mutter keinen Kassettenrekorder im

Schlafzimmer hatte. Mit etwas Glück würde sie einen auf dem Dachboden finden, zwischen ihren alten Spielsachen. Sie schob die Kassette in die Gesäßtasche ihrer Jeans und griff nach dem Umschlag, der den Boden der Blechdose bedeckte. Der Wecker auf dem Nachttisch piepste zweimal, Henry schreckte hoch und sah aus dem Fenster. Die Sonne war stillschweigend schon fast hinter den Apfelbäumen verschwunden, und sie musste vor Anbruch der Dunkelheit in Stockholm sein. Hätte sie die Nebelscheinwerfer ihres VW Käfers doch letzte Woche repariert! So war es unmöglich, im Dunkeln nach Hause zu fahren, falls wieder ein Schneesturm aufkommen würde. Beim Aufstehen erblickte sie den Kaschmirschal ihrer Mutter unter dem Bett und zog ihn hervor.

Zügig steckte sie den Umschlag zum Opinel in die andere Hosentasche und legte sich den staubigen Schal um.

Die Ventile des Käfer-Motors klingelten laut, als sie vom kiesbedeckten Hof ihrer Mutter fuhr. Fiete saß auf der Veranda, und rote Glitzerpartikel aus der Weihnachtsdekoration reflektierten die Abendsonne in seinem Fell.

Immer noch unsicher, ob nicht doch jemand außer ihr da gewesen war, sah sie im Rückspiegel dem Haus ihrer Mutter nach, das in einer kleinen Rußwolke verschwand. Sie hätte um Haaresbreite den schwarzen Mercedes übersehen, der ihr auf der schmalen Slottsgatan entgegenkam. Erschrocken riss sie das Lenkrad nach rechts und verhinderte damit im letzten Moment eine Kollision. Das Klappmesser drückte auf ihren Oberschenkel. Ein wütendes Hupen drang an ihr Ohr und sie erkannte einen Mann am Steuer des auf Hochglanz polierten Daimlers, der wild gestikulierte.

„Schon gut, du eingebildeter Lackaffe“, nuschelte sie und hob zur Entschuldigung lächelnd die Hand, während sie den alten Volkswagen vorsichtig in Richtung Hauptstraße steuerte.

Stockholm, 4. Februar 2019

Kurz nach Einbruch der Dunkelheit betrat Henry ihre Wohnung in dem alten Haus in Stockholm-Farsta. Sie rieb sich die Hände und drehte die Heizung auf. Die Temperatur lag um den Gefrierpunkt, was für Schweden im Februar nicht sonderlich kalt war. Aber seit dem Tod ihrer Mutter verspürte sie eine innere Kälte, die bis ins Mark drang. Eine Stunde hatte sie Zeit, bevor sie sich auf den Weg in die Altstadt machen musste.

Die Wohnung roch immer noch nach ihrem misslungenen Backversuch vom Vormittag. Sie hatte der Nachbarin ihrer Mutter Kekse mitbringen wollen. Da Barbro Andersson jedoch eine ausgezeichnete Bäckerin war, hatte Henry beschlossen, die angekokelten Haferkekse allein zu essen. Sie würde stattdessen für ihren nächsten Besuch welche bei ‚Tant Bruns Kaffestuga' kaufen. Barbro würde gar nicht merken, dass sie sie nicht selbst gemacht hatte.

Die Energiesparlampe schaffte es gerade mal, die Bilder an der Wand auszuleuchten. Eines vom Mälarsee, eines vom Norrström, der durch die schwedische Hauptstadt floss, eines von der tosenden Ostsee. Ihre anderen Wände waren nüchtern und schlicht und verlangten eigentlich nach bunten Bildern oder Ähnlichem, doch bisher hatte sie nichts gefunden, was ihr zugesagt hatte. Und so war die Wand mit den drei Bildern die einzige, die nicht an eine

Turnhalle erinnerte. Kjell hatte einmal gesagt, ihre Wohnung sei so kalt wie ihre Seele. Aber dass sie seine Einschätzung ihrer Persönlichkeit nicht ernst nehmen konnte, das wusste sie schon, seit er ihr ein paar High Heels hingestellt hatte. In Wahrheit kannte er sie überhaupt nicht, denn sie selbst hielt ihre Seele für alles andere als kalt. Sie tat sich nur schwer mit Entscheidungen und bevor sie die falschen Bilder aufhängte, ließ sie es lieber ganz bleiben.

Henry stellte einen Topf Milch auf den Herd, zog den dunkelgrauen Filzmantel aus und schüttete Kakaopulver in eine Tasse. Die Zimmerpflanzen ließen traurig ihre Blätter hängen und sie goss den Rest einer Flasche Mineralwasser in die durstige Erde. „Tut mir leid, Leute."

Sie drückte auf den blinkenden Knopf des Anrufbeantworters.

„Eine neue Nachricht. Vierter Februar 2019, elf Uhr."

Ihre Stiefel hatten salzigen Schneematsch in die Wohnung getragen. Henry warf ein Handtuch auf den Boden und wischte mit den Füßen die Pfützen vom Parkett.

„Servus, ich bin's. Ich hab dich am Handy ned erreicht und wollt fragen, ob du, jetzt nach dem … also nach dem, was passiert ist, überhaupt die Ergebnisse von deiner Recherche am Freitag vortragen kannst und willst. Meld dich, bitte."

Obwohl er sich wieder einmal große Mühe gab, Hochdeutsch zu sprechen, machte Christians wienerischer Akzent eine Namensnennung überflüssig. Die Präsentation hatte sie zwischenzeitlich total vergessen. Durch den Tod ihrer Mutter war alles andere nichtig erschienen. Sie war krankgeschrieben, hatte den Vortrag am kommenden

Freitag aber trotzdem zugesagt. Magnus kannte auch wenig Erbarmen, wenn es um wichtige Präsentationen ging. Er hatte ihr zwar im Eiltempo eine Beileidskarte zukommen lassen, aber die war so unpersönlich gewesen wie die Geburtstagskarten aus der Apotheke des Vertrauens.

Ein Zischen lenkte ihre Aufmerksamkeit auf die Küche. Mit einem Satz war sie am Herd, zog den Topf mit der überlaufenden Milch von der Platte und leerte die sprudelnde Flüssigkeit über das Kakaopulver in ihrer Tasse. Der Duft nach heißer Milch und Schokolade ließ sie ruhiger werden.

Sie rührte um, legte die Kassette auf den Tisch und überlegte, wo sie auf die Schnelle einen Kassettenrekorder herbekommen könnte. Bestimmt waren Musikstücke darauf. Ein kleiner Ausflug in die Achtziger. Erst vor zwei oder drei Jahren hatten Marta und sie alte Kassetten aussortiert und vorher alle einmal angehört. Es waren hauptsächlich Bänder aus den Neunzigerjahren, als man noch vor dem Radio gesessen und auf das Lieblingslied gewartet hatte. Einmal hatten sie und Marta sogar noch einen Teil der Nachrichten von damals hören können, weil sie mit aufgenommen worden waren. Der Untergang der ‚Estonia' hatte auf dem Weg nach Stockholm über achthundert Todesopfer gefordert.

Der Umschlag, den sie in der Blechdose gefunden hatte, war von der langen Fahrt zerknittert. Sie zog den Brief aus dem von ihrer Mutter sorgsam geöffneten Kuvert. Henry hatte sich den Ärmel ihres Pullovers über die Hand gezogen, hielt damit die heiße Kakaotasse fest und las.

Ihre Augen weiteten sich. Konnte das wahr sein?

Ihr Herz zog sich zusammen wie bei einer Achterbahnfahrt.

Was hatte das zu bedeuten? Wie in Zeitlupe rutschte ihr der Henkel zwischen den Fingern hindurch und die Tasse krachte mitsamt dem heißbraunen Inhalt auf den Boden. Die dampfende Flüssigkeit bahnte sich ihren Weg durch die von ihrer Mutter gestrickte blaue Wollsocke und verbrühte ihren rechten Fuß. Sie sprang auf und riss sich den nassen Strumpf vom Fuß. Die Haut war rot und brannte.

Wer nahm sie hier auf den Arm?

Nachdem Henry ihren Fuß unter fließendem Wasser gekühlt hatte, umwickelte sie ihn mit einem nasskalten Handtuch und setzte sich an den Küchentisch, um den Brief noch einmal in Ruhe zu lesen.

Ihr wurde übel.

Sie ging zur gegenüberliegenden Wand, holte tief Luft und zwang sich, den See anzuschauen. Sie zählte bis zehn. Dann Blick zum Fluss und wieder bis zehn. Zuletzt das Meer und noch einmal bis zehn. Langsam atmete sie mit dicken Backen aus, als läge sie in den Wehen.

„Beruhige dich", sagte Henry zu sich selbst und schaute auf ihre Hände, die immer noch so sehr zitterten, dass die drei Silberarmreifen an ihrem linken Handgelenk gegeneinanderklirrten. „Der Brief ist nicht von deinem Vater, Henry. Dein Vater ist tot. Im Meer ertrunken. Der Brief ist nicht von deinem Vater."

Die beiden Spulen der Kassette starrten sie vorwurfsvoll an. Vielleicht waren auf dem Band gar nicht die Stimmen von Falco, Queen und den Pet Shop Boys, sondern irgendetwas, das mit dem Inhalt des Briefes zu tun hatte. Wenn dem so war, musste sie es sofort anhören. Wo zur Hölle bekam man im Jahr 2019 auf die Schnelle einen Kassettenrekorder her? Kein Mensch hatte so ein Teil noch zu Hause.

Die Erinnerung an die Fotos aus dem Album kam in ihr hoch. Farbe verlierend zog ihr Leben in bunten Streifen an ihr vorbei.

Sie musste dringend mit Kjell reden.

In letzter Sekunde sprang Henry in die Tunnelbana in Richtung Alvik. Sie würde sich nie an diese großstädtische Hektik gewöhnen und manchmal bedauerte sie, dass sie aus Sigtuna weggezogen war. In Stockholm war es immer laut und hell.

Jedes Mal, wenn die U-Bahn sich wie ein Regenwurm an die Oberfläche grub, pressten sich die Lichter der Stadt durch die beschlagenen Scheiben und schmerzten in Henrys Augen. Der Rucksack des Jungen neben ihr bohrte sich in ihre Rippen. Obwohl die U-Bahn gerade erst ihre Reise angetreten hatte, war sie voll bis zum Anschlag.

Henry verstaute ihre langen Haare in der Kapuze ihres Mantels und verbarg ihre Hand, in der sie immer noch den Brief hielt, tief in der Tasche. An der Haltestelle Gullmarsplan stieg der Großteil der Fahrgäste aus, wahrscheinlich wegen irgendeines Hockeyspiels im ‚Ericsson Globe'. Sie setzte sich auf einen der vorgewärmten Sitzplätze und schloss die Augen. Ihr Körper nahm die sanft pulsierenden Bewegungen der U-Bahn wahr, die sie zunehmend beruhigten.

Wie immer stieg sie eine Station vor ihrem Ziel aus, an der Haltestelle Slussen, und suchte sich eine Bank, von der aus sie aufs Wasser schauen konnte. Sie zog den zerknitterten Brief aus ihrer Tasche und ließ ihren Blick hastig über die Buchstaben fliegen.

Ich habe die Tonaufnahme gehört und weiß, dass ihr in Schweden seid … kenne dein Geheimnis … will meine Tochter sehen …

Wenn das stimmte, dass ihr Vater lebte, war ihre ganze Vergangenheit eine Lüge gewesen. Hatte er das Bootsunglück vor dreiunddreißig Jahren wirklich überlebt? Und wo war er jetzt? Und warum war er danach nicht zu seiner Frau und ihr, seiner Tochter, die damals gerade zwei Jahre alt gewesen war, zurückgekehrt? Hatte er womöglich unter Amnesie gelitten? Von welchem Geheimnis sprach er?

Sie steckte den Brief wieder ins Kuvert und schaute auf die sanft glitzernden Wellen in der Bucht.

Henry nahm den Weg über die Brücke Katarinavägen in die Altstadt. Um diese Uhrzeit war hauptsächlich die Stockholmer Partyszene unterwegs. Die Hauptstadt kannte keine Werktage, sie kannte keine Ruhe, keine Pause. Autos bogen in die Straße ein und beleuchteten mit ihren Scheinwerfern vereinzelt Geschäftsleute, die in ihren Feierabend hetzten, als wären sie Theaterschauspieler auf einer Bühne. Eine Frau zerrte einen kleinen Jungen hinter sich her in Richtung U-Bahn. Im Kontrast dazu musste es für Außenstehende so aussehen, als ginge Henry in Zeitlupe durch diese Szene. Ihre Schritte verlangsamten sich, ihre Atmung wurde ruhig. In solchen Momenten vermisste sie ihr kleines Sigtuna, wo jetzt sicher alle zu Hause vor ihren Kaminöfen sitzend Wallander-Krimis lasen. Sie zwang sich immer wieder, auf die Saltsjön-Bucht zu schauen. Das Wasser hatte in all den Jahren nichts von seiner Bedrohlichkeit verloren, obwohl sie diesen Weg nahezu jede Woche zu Fuß ging. Durchaus willentlich, weil Doktor Frobenius sie darauf hingewiesen hatte, dass nur die Konfrontation mit dem Wasser ihre Ängste lösen konnte.

Kjell saß sicher bereits in der ‚Tweed Bar' und ärgerte sich, dass Henry, wie so oft, zu spät kam. Er hasste es, versetzt zu werden, das wusste sie. Eigentlich war sie ein pünktlicher Mensch, aber irgendetwas in ihr schien sich bei Kjell verspäten zu wollen.

Nachdem sie die Brücke hinter sich gelassen hatte, beschleunigte sie ihre Schritte. An jedem Laden, an dem sie vorbeikam, überlegte sie sich, ob er wohl Kassettenrekorder führte. Gab es die überhaupt noch zu kaufen? Vielleicht sollte sie in dem Plattenladen in der Nähe der Deutschen Kirche nachfragen. Im Internet bestellen war ihr zuwider.

Ihr Gesicht war von der Kälte taub und es war höchste Zeit für ein Glas Wein. In ihrer Manteltasche drückte sie die Vibration eines Anrufs weg.

„Ich komm doch schon", murmelte sie.

„Nur zehn Minuten zu spät?", feixte Kjell und umarmte Henry zur Begrüßung. Er roch nach einer Mischung aus Hugo Boss Bottled, Zigaretten und Bourbon.

„Wie schaffst du das eigentlich immer, pünktlich bei unseren Meetings im Büro zu sein und bei privaten Verabredungen grundsätzlich zu spät zu kommen? Lass mich raten, du bist wieder in Slussen ausgestiegen?"

Henry nickte kurz, warf ihren Mantel über die Stuhllehne und bestellte Rotwein. Am Nebentisch saß ein verliebtes Pärchen, das seine Umgebung nicht wahrnahm.

„Sag mal, Kjell. Hast du zufällig einen Kassettenrekorder?"

„Nein, oh Gott, Hen, seit den Neunzigern nicht mehr." Er lachte. Schon wieder die Neunziger, dachte Henry. Wo hatte Marta nur diesen Kassettenrekorder hin, mit dem sie die alten Tapes angehört hatten? Sie musste doch noch einmal in Sigtuna auf dem Dachboden schauen.

„Verdammt. Hat denn keiner mehr so ein Teil?"

„Wozu brauchst du den überhaupt?"

„Erkläre ich dir gleich. Erst benötige ich deine Expertise."

„Oho, meine Expertise." Kjell zog ostentativ eine Augenbraue hoch.

„Oder deinen freundschaftlichen Rat. Nenn es, wie du willst."

Er nippte an seinem Glas. „Freundschaftlich also …" Seine dunkelbraunen Augen wirkten im Schein der atmosphärischen Lampen fast schwarz. Henry holte den Brief aus der Tasche und ließ ihn quer über den Tisch gleiten.

„Was ist das?", fragte Kjell.

„Der Prolog zur Geschichte mit dem Kassettenrekorder. Also, falls du es lesen kannst. Ist auf Deutsch. Sonst übersetze ich es dir. Habe ich in einer Blechdose bei meiner Mutter gefunden."

Henry wusste, dass er bedauerte, im Deutschunterricht in der Schule nicht aufgepasst zu haben. Er beschwerte sich jedes Mal, wenn sie sich mit Christian unterhielt. Wenn der dann noch in breites Wienerisch verfiel, was vor allem der Fall war, wenn er sich ärgerte, verstand Kjell kein Wort mehr. Henry ging davon aus, dass ihn der Kontrollverlust störte. Er wollte immer ganz genau wissen, worüber sie mit ihrem österreichischen Kollegen sprach.

Kjell entfaltete das Schriftstück und las. Sein Mund öffnete sich beim Lesen immer weiter. Ein Kopfschütteln unterstrich seine Fassungslosigkeit.

„Puh, du bist echt für Überraschungen gut, Hen. Ich befürchte, ich verstehe das Wichtigste."

Er gab ihr das Schreiben zurück, wobei er es zwischen den Fingerspitzen hielt, als sei es ein nasser Putzlappen. Die Natriumlampen tauchten sein Gesicht in gelbes Licht.

„Tja, das habe ich dann wohl von meinem Vater. Bei dem Brief habe ich eine Kassette gefunden, und genau die konnte ich noch nicht abspielen, weil ich keinen verdammten Kassettenrekorder habe!" Sie nahm ihr Glas und trank einen großen Schluck. Der Wein schmeckte ihr nicht.

„Wir werden schon einen finden. Im Büro ist sicherlich einer. Oder hast du vergessen, dass Magnus sogar noch einen 8mm-Filmprojektor hat? Von dem würdest du vermutlich auch ein Grammofon bekommen, wenn du es bräuchtest. Der Chef wirft doch nichts weg."

Er hatte recht. Das Büro ihres gemeinsamen Vorgesetzten Magnus erinnerte an ein Antiquariat. Henry wollte trotzdem erst Christian fragen.

„Was machst du mit der Information aus dem Brief?" Kjell starrte immer noch auf das Papier, das jetzt vor ihr lag.

„Keine Ahnung, vielleicht nach Deutschland fliegen, um ihn zu suchen."

„Du kannst doch nicht wie selbstverständlich nach Deutschland fliegen und ihn irgendwo dort suchen!" Er trank sein Glas leer und bestellte gestisch beim Kellner Nachschub.

Kjell sah ihr in die Augen. Sie hasste diesen Blick und beobachtete deshalb weiter den sich drehenden Rotwein in ihrem Glas.

„Er wohnt in Tübingen", sagte sie. „Das steht im Brief." Sie machte eine kurze Pause. „In meiner Geburtsstadt. Aber vielleicht hast du recht. Ich habe ihn über dreißig Jahre nicht gesehen, ich weiß nicht einmal, wie er aussieht."

„Hast du mal eine Suchmaschine angeworfen?", fragte Kjell.

„Wann hätte ich das tun sollen?" Den Ton bereute sie sofort und sagte deshalb etwas sanfter: „Ich habe den Brief gelesen und bin direkt hierhergekommen. Kein Google. Kein Kassettenrekorder." Sie seufzte und erwähnte nicht, dass sie in der U-Bahn Zeit gehabt hätte, ihren Vater zu suchen. Aber sie war so mit ihren eigenen Gedanken beschäftigt gewesen, dass sie auf die Idee nicht gekommen war. Die Schockstarre löste sich erst jetzt, nachdem sie ihre Entdeckung mit jemandem hatte teilen können. Sie musste sich eingestehen, dass sie Angst davor hatte, Jakob im Internet zu suchen. Kjell ignorierte die aufkommende Anspannung, nahm sein Smartphone zur Hand und gab den Namen ihres Vaters ein.

„Hm … da haben wir doch schon einen Jakob Winter aus Deutschland."

Henrys Herz schlug bis zum Hals.

„Zeig her!“ Sie riss ihm das Gerät aus der Hand, was Kjell mit einem Seufzen kommentierte.

Sie sah sich das geöffnete Social-Media-Profil an. „Der Junge ist fünfzehn“, warf Henry ein.

Unschuldig hob er die Hände. „Sorry, ich kann ja nicht weiterlesen, wenn du mir mein Telefon wegnimmst. Es gibt auch sicher nicht nur einen Jakob Winter.“

Sie schob das Smartphone zu ihm zurück. Während er weitersuchte, wandte er ein: „Du könntest ihm auch erst mal einen Brief schreiben.“

Henry hatte einen Schluck Wein im Mund und die leichte Schärfe des Alkohols kribbelte auf ihrer Zunge. Sie schluckte ihn hinunter und hustete kurz. „Ein Brief bringt doch nichts! Ich muss hinfahren.“

„Hen …“ Dramatisch atmete er tief ein. „Du musst vor allem die Präsentation erstellen. Du kannst jetzt nicht weg, Magnus bringt dich um.“

„Ich könnte auch Christian fragen, ob er das für mich übernimmt.“

„Um dem Germknödelschubser wieder mal eine Plattform zu bieten, damit er sich profilieren kann? Es ist doch deine Präsentation, nicht seine.“

Henry runzelte die Stirn. Was sollten diese ständigen Spitzen von Kjell? „Spar dir bitte deine Gehässigkeiten gegenüber Christian.“

Er verdrehte die Augen, wie er es immer tat, wenn sie ihren Kollegen verteidigte.

„Offensichtlich wollte dein Vater dich dreiunddreißig Jahre lang nicht sehen. Oder warum sonst hätte deine

Mutter mit dir nach Schweden gehen und dir erzählen sollen, dass dein Vater tot ist? Er hatte jahrzehntelang kein Interesse an dir und weil er jetzt irgendeine Tonaufnahme gehört hat, will er dich plötzlich sehen? Seltsame Geschichte."

Henry vergrub ihr Gesicht in den kalten Händen und antwortete nicht. Die Armreifen saßen locker und klimperten aneinander. Das Geräusch erinnerte sie an das Windspiel in Barbros Garten, und sie versuchte, die aufkommende Sehnsucht nach zu Hause hinunterzuschlucken, doch die klebte in ihrem Hals wie Kaugummi. Mit einem großen Schluck Wein spülte sie das schmerzhafte Gefühl hinunter.

„Ich finde in Tübingen keinen Jakob Winter, der vom Alter hinkommen könnte. Aber dort gibt es laut dem Telefonbuch zumindest einen Wilfried und einen Hermann Winter, außerdem eine Anna, vielleicht ist das seine Frau und die anderen seine Brüder", sagte Kjell und nahm ihre Hand. Sie zog sie zurück und verschränkte die Arme.

„Du meinst, er hat wieder geheiratet? Muss er ja, sonst würde er ja auch noch Winkler heißen, oder?"

„Es ist doch über dreißig Jahre her. Aber gut, Winter ist, wie gesagt, auch kein ungewöhnlicher Name, das gebe ich zu. Übrigens: Der Brief hat keine Briefmarke. Er muss bei deiner Mutter gewesen sein, und unter Umständen hast du ihn schon einmal gesehen, Hen."

Ihr wurde heiß. „Unsinn! Er schreibt doch keinen Brief an eine Tote!" Das letzte Wort löste Unbehagen in ihr aus.

„Hast du das Datum angeschaut, du kleiner Sherlock? Der Brief wurde vor ihrem Tod verfasst. Sonst hätte sie ihn ja wohl kaum noch in irgendeine Blechdose legen können. Mannomann, es ist wirklich gut, dass du nicht mehr bei der Polizei bist."

Henrys Wangen färbten sich rot. Sie wollte die letzten zehn Minuten am liebsten zurückspulen und einfach einen gemütlichen Abend verbringen, bei dem sie alles vergessen konnte.

„Vielleicht ist er ja noch da", unterbrach Kjell ihren angestrengten Gedankenfluss.

„Wenn er noch in Schweden ist, weiß ich erst recht nicht, wo ich ihn suchen soll."

„In Deutschland würdest du ihn dann jedenfalls nicht finden", sagte Kjell, wohl in der Hoffnung, sie damit besser überzeugen können.

Er zerrte den Brief unter Henrys kaltschweißiger Hand hervor und las laut: „*... und ich kenne dein Geheimnis.* Welches Geheimnis denn überhaupt? Das klingt ja wie in einem Thriller. Hat deine Mutter jemanden umgebracht?" Bevor sie antworten konnte, las er weiter: „*... und wohne noch immer in der Grünwaldstraße in Tübingen.* Und genau dorthin könntest du den Brief adressieren. Der wird dann trotzdem zugestellt, also auch ohne Hausnummer. Die Post weiß schon, wo der Kerl wohnt."

Sein Deutsch klang furchtbar.

„Schreib deinen Brief doch selber. Ich will dorthin fahren!"

Er lachte. „Sei nicht albern. Es ist doch dein Vater, nicht meiner. Aber wenn du meinst, dass du jetzt, wo wir mit unserer Recherche in der heißen Phase sind, das Land verlassen musst, bitte."

Er klang gereizt.

„Ich will Antworten von ihm, und die bekomme ich nicht über Briefe. Was mache ich denn, wenn er mir überhaupt nicht zurückschreibt? Ich werde hier wochenlang auf einen Brief warten, und wenn keiner kommt, bin ich kein Stück weiter, habe aber viel Zeit verloren. Viel leichter ist es, in diese Grünwaldstraße nach Tübingen zu fahren und ihn dort aufzusuchen."

Kjell seufzte. „Wenn es unbedingt sein muss. Aber ich komme mit."

Henrys Gesichtszüge entgleisten. „Auf gar keinen Fall!"

„Warum nicht? Jemand, der von einem Geheimnis schreibt, ist mir jedenfalls nicht geheuer!"

„Weil das meine Sache ist."

„Ja, aber wir wissen beide, dass du auch ein großes Talent hast, in skurrile und gefährliche Situationen zu geraten. Nicht umsonst hast du dich entschieden, bei der Polizei aufzuhören und Jura zu studieren." Sein Grinsen wich einem ernsten Gesichtsausdruck. „Und außerdem solltest du dir wirklich langsam Gedanken darüber machen, was ich eigentlich für dich bin, Hen. Wenn ich dich nicht einmal bei einer so wichtigen Sache begleiten darf."

„Ich weiß, was du für mich bist."

„Ja? Was denn?"

„Ein guter Freund natürlich." Sie rang sich ein Lächeln ab und dachte an Doktor Frobenius, der in etlichen Therapiesitzungen darüber philosophiert hatte, warum Henry sich auf keinen Mann ernsthaft einlassen konnte und darum lieber Affären mit Idioten einging, die ihre Frau nicht verlassen wollten.

Kjell war definitiv so ein Idiot.

Sie hatte die Theorie, dass sie sich das bei ihrer Mutter abgeschaut hatte. Und bei der, so viel stand für Henry fest, hatte es daran gelegen, dass sie sich einfach nicht binden wollte und deshalb irgendwann dazu übergegangen war, sich auf Vollpfosten wie Fredrik einzulassen.

Er spielte mit den Bierdeckeln. Henry bestellte sich noch ein Glas Rioja.

„Mal im Ernst. Du suchst jetzt nicht wirklich selber nach dem Mörder, oder?“, fragte er.

„Wie kommst du plötzlich darauf?“, fragte sie lauter, als es sie es beabsichtigt hatte.

„Weil ich dich kenne!“

„Na ja, bisher noch nicht. Ich habe nur Thomas angerufen. Er will Kontakt zu diesem Polizisten aus Stockholm aufnehmen, Mikael Dahlin. Ich fürchte aber, dass ich nicht so leicht an die Informationen komme, und Christian will seine Kontakte zu Oberstaatsanwalt Erik Elander nicht spielen lassen.“

Thomas war ihr Ausbilder in Hamburg gewesen. Er hatte ihr den Spitznamen „Abrissbirne“ gegeben, nachdem sie die halbe Blumenrabatte einer Rentnerin abgeerntet hatte, weil sie die Gewächse für Marihuana hielt. Einige Dellen im Streifenwagen später hatte Thomas ihr in väterlicher Fürsorge vorgeschlagen, doch noch das längst angestrebte Jurastudium zu absolvieren. Nach dem Studium hatte er ihr sogar einen Job in einer Kanzlei besorgt. Henry war zwei Jahre geblieben, wollte dann aber mit Mord und Totschlag nichts mehr zu tun haben. Die vakant gewordene Stelle bei One Earth in Stockholm war ihr damals recht gekommen. Umwelt- und Tierschutz.

Keine Kinderleichen.

„Was erhoffst du dir davon, dass Mister Wichtig den Oberstaatsanwalt konsultiert? Ich denke, die Polizei wird ihre Arbeit schon machen und den Mörder deiner Mutter finden. Dazu brauchen wir keinen österreichischen Paragrafenreiter. Du musst einfach mal die Füße stillhal …"

„Gar nichts macht die Polizei!", fuhr Henry ihn an. „Die haben nur Barbro befragt und sonst überhaupt nichts getan! Da meldet sich keiner, und wenn ich anrufe, macht der Dahlin immer Pause. Der macht, glaube ich, nichts anderes als Pause, während da draußen ein Irrer rumrennt!"

„Hen … Weder bist du bei der Staatsanwaltschaft noch bist du Kalle Blomquist und solltest dich deshalb jetzt dringend um die dänischen Wale und um dich selbst kümmern. Sonst kommst du noch auf dumme Ideen."

Er sagte das, ohne sie dabei anzusehen; vielmehr widmete er seine Aufmerksamkeit dem Pärchen am Nebentisch. „Und außerdem willst du doch wissen, warum dein Vater euch verlassen hat, oder?"

„Ja, schon, aber …"

„Nichts aber. Dein Vater kann dir diese Frage beantworten." Er zuckte die Schultern. „Mal was ganz anderes. Hast du diesem Thomas erzählt, dass dein Vater noch lebt?"

Henry rutschte nervös auf ihrem Stuhl hin und her. „Nein, warum? Und wie auch? Ich weiß das doch erst seit ein paar Stunden."

„Weil er …" Kjell holte tief Luft und gab ihr das Gefühl, völlig auf dem Schlauch zu stehen. „… vielleicht herausfinden kann, was damals wirklich passiert ist. Dann müsstest du nicht extra hinfliegen."

Er betonte das mehr wie eine Frage, was Henry ein zweites Mal suggerierte, dass sie schwer von Begriff war. Kjell lieferte eindeutig die besseren Ideen. Sie war offensichtlich zu sehr persönlich betroffen, um klar denken zu können. Christian versuchte immer wieder, sie zu motivieren, sich bei der Åklagarmyndigheten zu bewerben, der Staatsanwaltschaft. Er selbst fühlte sich zu alt, um sich in das schwedische Rechtssystem einzuarbeiten, One Earth war international. Für Henry wäre das kein Problem gewesen, immerhin war sie hier aufgewachsen. Christian fand, dass sie eine hervorragende Kombinationsgabe hatte, und empfand es als Verschwendung, dass sie bei One Earth nur recherchieren durfte. Und jetzt saß sie hier und ließ sich von einem Ökologen erklären, wie man Vermisstenfälle aufklärt.

„Ich glaube nicht, dass er an die Akten rankommt, die müssen doch irgendwo in Kiel liegen. Soweit ich weiß, sind die zuständig für Bootsunglücke in dem Bereich der Ostsee."

„Du glaubst also, Thomas kann eher Informationen von einem Polizisten aus Stockholm bekommen als von einem aus Kiel?" Kjell legte den Kopf fragend zur Seite, als rede er mit einem Kleinkind.

„Ja, stimmt. Vermutlich nicht. Ich kann ihn ja mal fragen."

„In Schweden kennt bei der Polizei jeder jeden über ein paar Ecken, das wird in Deutschland nicht anders sein. Vielleicht hat dein Vater das alles inszeniert, um sich aus der Affäre zu ziehen." Der Brief hatte ihn offenbar selbst neugierig gemacht. Kjell vermutete also, dass Jakob überlebt und den Moment genutzt hatte, um sich aus dem Staub zu machen.

Sie dachte an ihren Kollegen Håkan, der bei One Earth für die IT zuständig war.

„Meinst du, Håkan kann sich in irgendwelche Systeme hacken?“, fragte Henry und holte ihn in die Gegenwart zurück.

Kopfschüttelnd lachte er laut auf. „Nein, so leicht ist das nicht. Ich vermute auch, dass die Akten aus den Achtzigerjahren nicht digitalisiert vorliegen. Außerdem ist das kriminell, das weißt du auch. Wieso willst du dich überhaupt da reinhacken, wenn du es viel einfacher haben könntest?“

„Können wir nicht über was anderes reden?“ Sie verschränkte die Arme auf dem Tisch und legte den Kopf darauf.

Kjell wollte Henry eine Pause gönnen und wechselte darum das Thema. Er erzählte von seinem Kurztrip mit Håkan nach Norwegen und von den vielen Frauen beim Après-Ski. Es interessierte sie überhaupt nicht, aber alles war ihr lieber, als weiter über den Mord an ihrer Mutter oder das Verschwinden ihres Vaters zu reden.

Es war kurz vor Mitternacht, als sie die Brücke am Katarinavägen überquerten. Die Lichter der Boote waren schon erloschen, sodass Henry das Wasser nur anhand der Reflexionen des Laternenlichts auf der Oberfläche erahnen konnte.

Sie sah auf ihr Smartphone, um die Uhrzeit zu überprüfen, und stellte fest, dass die Anrufe am Nachmittag und vor einigen Stunden nicht von Kjell stammten, sondern von Christian. Wenn er so spät abends anrief, war es wichtig.

Schlagartig wurde ihr bewusst, dass sie vergessen hatte, auf seine Nachricht auf ihrem Anrufbeantworter zu reagieren. Sie musste ihn dringend zurückrufen.

Als könnte sie sich dadurch vor der Welt um sie herum schützen, zog sie ihren Mantel enger um sich. Gleich morgen würde sie Christian nach einem Kassettenrekorder fragen.

Kjell schloss den Reißverschluss seiner Feldjacke und zog die Schultern hoch. „Wenn ich gewusst hätte, dass ich mit dir schon wieder über diese verdammte Brücke vor Slussen gehen muss, hätte ich den Wollwalkmantel und die Fellmütze meines Opas angezogen."

Sein Großvater war Same gewesen, und zwar so ein richtiger mit Rentieren. Henry wusste, dass er maßlos übertrieb. Den Brief hatte sie in ihrer Umhängetasche verstaut, sodass sie in den Manteltaschen Platz für ihre frostkalten Hände fand. Sie gab den Haustürcode ein und deutete mit einer Handbewegung an, dass Kjell eintreten solle.

In ihrer Wohnung sah er sich um, als wäre er nie hier gewesen. Tatsächlich war es zwei oder drei Wochen her, jedoch keineswegs so lange, dass er sich fremd fühlen konnte.

„Wie bist du überhaupt an diese Bude gekommen? Ich warte seit acht Jahren auf eine bezahlbare Wohnung in Stockholm. Åkersberga ist nun wirklich nicht der Renner."

Es war schwierig, legal an Immobilien in der Hauptstadt zu kommen – und dann noch an eine wie diese. Henrys Kollegen warteten teilweise Jahrzehnte auf Wohnungen.

„Mal sehen, wie lange ich die noch habe. Sie läuft über meine Mutter." Als sie diesen Satz aussprach, stellte sie selbst fest, dass sie vermutlich bald noch ein weiteres Problem haben würde. Man würde ihr kündigen und die Wohnung einem ihrer Kollegen geben, die seit Jahrzehnten auf der Warteliste standen.

„Sie hat sich vor achtzehn Jahren für mich auf die Wohnungswarteliste setzen lassen. So vorausschauend war sie. Es hat auch nur sechzehn Jahre gedauert, bis die Zusage kam."

Über ihnen hörte man die Nachbarn streiten. Eine Tür wurde zugeschlagen.

Kjell schaute fragend an die Zimmerdecke.

Henry verdrehte die Augen und hob die Hände. „Tja, was will man machen? Du kannst froh sein, dass du in Åkersberga wohnst."

„Bei uns randalieren dafür nachts die Besoffenen. Ist auch nicht besser. Aber wenn du es ruhig haben willst, zieh doch ins Haus deiner Mutter nach Sigtuna, ich nehme deine Wohnung und komme am Wochenende zum Essen vorbei." Er grinste.

Sie sah sich um, als kenne sie ihr eigenes Zuhause nicht und müsse erst nach Augenmaß die Größe der Immobilie abschätzen. „Die Wohnung ist doch viel zu klein für drei Personen. Ich glaube auch nicht, dass deine Frau mit Jonas in meine alte Wohnung ziehen will, zumal das hier auch keine Gegend für kleine Kinder ist. Außerdem will ich nicht in einem Haus leben, in dem meine Mutter …" Sie schluckte. „… kaltblütig ermordet worden ist."

Sein Grinsen verschwand innerhalb von Millisekunden. „Oh Mann, klar, versteh ich. Vergiss, was ich gesagt habe."

Henry setzte Milch für heiße Schokolade auf dem Herd auf. Kjell bestellte stattdessen ein Bier, als säße er noch in der ‚Tweed Bar'.

„Und das ist die sagenumwobene Kassette?" Er deutete auf das Tape, das sie vom Tisch räumte. Jetzt war sie sich gar nicht mehr so sicher, ob sie das Band überhaupt anhören wollte.

„Meinst du, das ist die Tonaufnahme, von der dein Vater geschrieben hat?"

Henry zuckte die Schultern und legte die Kassette sowie die Creme, die auf dem Tisch lag, ins Regal. „Benutzt du eigentlich Handcremes?"

„Ich? Sicher nicht." Er lachte.

„Schade, war ein Werbegeschenk. Ich mag solche Sachen nicht. Falls du noch kein Geburtstagsgeschenk für deine Frau hast, kannst du sie gern mitnehmen."

„Hör doch auf mit deinem Zynismus!"

Genau genommen hatte sie ein verdammt schlechtes Gewissen Sandra gegenüber. Als Kjell ihr Avancen gemacht hatte, hatte sie nicht gewusst, dass er verheiratet war. Nachdem sie ein halbes Jahr eine Affäre gehabt hatten, erfuhr sie von ihrem Kollegen Christian, dass Kjell nicht nur eine Frau, sondern auch ein kleines Kind hatte. Bei einem Betriebsfest lernte sie beide sogar kennen – eher unfreiwillig. Immer wieder versuchte sie, die Affäre zu beenden, aber er ließ nicht locker. Wenn sie kurz davor war, den Kontakt zu ihm auf die Arbeit zu beschränken, kam er mit irgendwelchen Versprechungen. Dass er mit Sandra reden würde. Dass bei den beiden schon längst die Luft raus war. Bis heute konnte sie nicht an die Theorie von Doktor Frobenius glauben, dass sie sich unbewusst mit Absicht auf „solche Männer“, wie er es nannte, einließ.

„Aber jetzt mal im Ernst, Hen.“ Er zeigte auf die Kassette. „Bist du nicht neugierig?“

„Natürlich bin ich neugierig, aber ich habe auch Angst. Ist das so schwer zu verstehen?“ Henry goss die heiße Milch über das Kakaopulver und stellte das Bier und die verbrannten Haferkekse auf den Tisch.

„Nein, ich verstehe das sogar sehr gut. Aber man kann auch an seinen Ängsten arbeiten. Alles zu ignorieren, was so passiert, bringt einen auch nicht weiter.“

Blitzartig zog sie einen Stuhl nach hinten und setzte sich mit ihrer Tasse Kjell gegenüber. „Du sagst mir, ich soll mich meinen Ängsten stellen? Wer geht denn ständig über Brücken und guckt sich das verdammte Wasser an, weil er eine Scheißangst davor hat? Du oder ich?“

„Ja, du natürlich … Hen, ich …“

„Richtig! Und wo wir schon mal bei komplizierten Aufgaben sind, vielleicht kannst du die auch noch lösen: Wer von uns beiden ignoriert, dass er Frau und Kind zu Hause sitzen hat?“

Verwundert über diesen plötzlichen Stimmungswandel sah er sie an und legte seine Hand auf ihren Unterarm. Bevor er etwas sagen konnte, zog Henry den Arm weg. Es gab nicht vieles, womit man diesen unnahbaren Mann traf, er gab sich in der Regel wie ein Eisberg. Einen Teil von sich zeigte er nach außen, das meiste ließ er im Verborgenen, aber er fühlte sich unzerstörbar. Doch dieses Mal war Henry nicht die ‚Titanic', sondern ein erbarmungsloser Eisbrecher.

„Aber Hauptsache, du hast was zum Vögeln!", fuhr sie ihn an.

Er schluckte und rang nach Worten.

„Ist es nicht so?", fragte sie laut und lehnte sich dabei vor. Er gab dieser Bewegung nach und drückte seinen Rücken gegen die Stuhllehne. „Hen, ich …"

„Was?", unterbrach sie ihn.

„So war das nicht gemeint. Ich wollte dich nicht verletzen. Du weißt, dass du mehr bist als eine Affäre oder eine Kollegin. Wir sind mindestens Freunde und ich …"

„Dann benimm dich auch wie ein Freund!"

Sie holte sich ein Glas und füllte hastig Rotwein bis weit über den Eichstrich ein. Nervöse Flecken bildeten sich auf ihren Wangen und sie spürte die Hitze unter der Haut. Kjell griff ebenfalls nach seinem Glas, weil er, wie bei einer Art Übersprunghandlung, mit ihr anstoßen wollte. Aber sie kippte die Hälfte des Getränks hinunter, ohne ihn eines Blickes zu würdigen. Er prostete ihr zu, trank einen Schluck, sog die Luft durch die Nase ein, schloss die Augen und ergänzte: „Du hast recht. Es tut mir leid."

Henry trennte ruckartig das Glas von ihren Lippen, als zöge sie ein Pflaster von der Haut, und sah ihn erstaunt an.

„War das gerade eine Entschuldigung? Meine Güte, Kjell. Du bist nur noch höchstens eine Folge ‚Feuerwehrmann Sam' davon entfernt, erwachsen zu werden."

Er schnaubte.

Mit einem Haargummi bändigte Henry ihre Haare, die ihr nervtötend in die Augen fielen, während Kjell aufstand und durch ihre Wohnung tigerte, bis er schließlich bei den Fotografien an der Wand stehen blieb. Den kleinen Shabby-Chic-Tisch, der sich davor befand, zierte ein Buddelschiff. Er hob die Flasche hoch und betrachtete den Einmaster.

„Ungewöhnlich, dass so eine Nussschale in einer Flasche steckt. Normal sind doch da Dreimastschoner drin oder so, aber nicht solche kleinen Kutter."

„Das ist kein Kutter, sondern eine Slup", sagte Henry, ohne ihn dabei anzusehen.

Schon bei seinem ersten Besuch hatte sie ihm erzählt, dass es sich um eine Nachbildung desjenigen Modells handelte, mit dem ihr Vater ein Unglück in der Ostsee gehabt hatte.

Kjell platzierte das Gefäß zurück in seinen Standfuß und setzte sich aufs Sofa. Sie realisierte, dass er nicht gehen würde, zumindest nicht in den nächsten Minuten, und nahm neben ihm Platz. Ohne ein Wort zu sprechen, legte er seine Hand auf ihren Schoß.

„Du siehst sogar bezaubernd aus, wenn du dich aufregst", sagte er und streichelte ihre Wange.

Sie schob es auf den Rotwein, als sie seinem Kuss marionettenartig nachgab. Obwohl er ihr die Antwort auf die letzte Frage schuldig blieb, tat ihr die Nähe gut und wärmte sie von innen.

Henry legte ihren Kopf auf Kjells Schulter und zog ihre Beine nah an ihren Körper. Er fuhr mit der Hand über die Narbe auf ihrer Wade und ertastete die Unebenheit, die sich wie ein kleiner Graben über fünfzehn Zentimeter erstreckte.

„Was ist das eigentlich für eine Narbe?", fragte er.

„Vom Dreiradfahren."

Er strich ihr eine Locke aus der Stirn, die sich lästig aus dem Haargummi gekämpft hatte.

„Sag mal, Hen."

„Ja?"

„Du hast doch neulich ein neues Autoradio eingebaut, oder?"

„Ja, warum?"

„Hast du das alte noch?"

„Klar. Liegt immer noch im Kofferraum."

„Warum spielst du die Kassette eigentlich nicht damit ab?"

Stockholm, 5. Februar 2019

Der Schlüssel, mit dem Henry die Tür zur Tiefgarage aufzuschließen versuchte, entglitt ihr mehrfach. Sie konzentrierte sich auf ihre zitternden Finger und steckte ihn langsam in das Schloss. Am anderen Ende der Garage stand der seeblaue VW Käfer. Um ihn herum war alles nass. Der Schnee, den er am Nachmittag hereingebracht hatte, war zu großen dunkelgrauen Pfützen geschmolzen.

Unter lautem Quietschen öffnete sie den Kofferraum. Erst vor wenigen Wochen hatte sie das alte Radio gegen ein modernes mit USB-Anschluss getauscht, weil beim Vorgänger der Radioempfang nicht funktioniert hatte und Henry ohnehin keine Audiokassetten besaß. Zumindest bis heute nicht. Entsprechend hatte sie das Teil nie benutzt.

„Willst du jetzt, um diese Zeit, das Radio tauschen?" Kjell klang ungläubig und wusste doch, dass die Frage bei Henry rhetorischer Natur war. Sie antwortete ihm nicht, stampfte stattdessen an ihm vorbei, zerrte das Radio aus dem Schacht im Armaturenbrett, ging wieder zum Kofferraum, zog die Kabel aus dem neuen Gerät, steckte sie in das alte und schob es in den Schacht.

„Meinst du, das Ding funktioniert überhaupt? Ich meine, du hast es doch nie …"

„Es wird funktionieren", murmelte Henry und drehte mit dem kleinen Finger das Band, das einen halben Zentimeter heraushing, zurück in die Kassette, bevor sie diese in das alte Radio schob.

„Sei mir nicht böse, aber ich mag das hier allein machen. Geht das?"

Kjell strich ihr wieder die Haare aus dem Gesicht. „Klar."

Er sah sich noch einmal zu ihr um, als er die Tür zum Treppenhaus öffnete. Henry hatte fast ein schlechtes Gewissen, weil sie wusste, dass er gekränkt war, aber das hier war ihre Vergangenheit.

Ihr Herz schlug bis zum Hals, als sich der Deckel hinter der Kassette schloss. Doch was sie dann vernahm, ließ es für einen Moment aussetzen – und der Moment schien ewig zu dauern.

„Henry, 2. Januar 1986", sagte eine Männerstimme. Es musste Jakobs sein. Die der kleinen Henry kam ihr mindestens so unbekannt vor wie die ihres Vaters. Offenbar sahen sie sich ein Bilderbuch an, denn er erzählte etwas von einem kleinen Tiger und einem kleinen Bären. Die Tiere machten sich auf den Weg nach Panama. Ihre Mutter hatte ihr nur schwedische Kinderbücher gekauft, sodass sie mit Alfons Åberg und Pippi Langstrumpf groß geworden war.

Es fiel ihr schwer, ihre Gefühle einzuordnen. Sollte sie weinen, weil sie diesen Vater nie bewusst hatte kennenlernen dürfen? Oder sollte sie sich freuen, weil er wahrscheinlich noch lebte? Oder sollte sie gar wütend auf ihre Mutter sein, die ihr diese Aufnahme womöglich über dreißig Jahre lang vorenthalten hatte?

Während Jakob las, klopfte jemand an die Tür.

„Ich bin wieder da", hörte sie ihre Mutter sagen. Ihre Stimme klang so jugendlich und ganz anders als bei ihrem letzten Telefonat.

„Hi", sagte ihr Vater, und Henry erkannte selbst über die dreißig Jahre alte Kassette, dass etwas zwischen den beiden nicht stimmte.

„Gute Nacht, Henry", sagte ihre Mutter.

Sie hörte ein Rascheln.

„Gunacht, Mama."

„Können wir gleich reden?", fragte Marta.

Jakob seufzte. Oder das Band rauschte.

„Ich würde gern wissen, was deine Schwester dir erzählt hat. Ich will doch nur …"

„Papa! Weiter!" Die Kinderstimme schnitt Martas Wunsch ab.

Regungslos saß Henry in ihrem Auto und lauschte der Unterhaltung zwischen einem Vater und seiner Tochter.

„Gunacht, Papa."

Mit diesen letzten kindlichen Worten klang die Aufnahme aus und der Ausflug in die Vergangenheit endete nach einer halben Stunde. Zu ihrer Enttäuschung folgte dem Dialog nur ein leises Rauschen. Sie ließ auch die andere Seite einige Minuten laufen, aber das Band war nur einseitig bespielt. In der halben Stunde hatte sie erlebt, wie ein Vater seine Tochter umzog, sie ins Bett legte und ihr ein Buch vorlas.

Warum hatte er sie und ihre Mutter verlassen? Wegen des ominösen Geheimnisses, von dem er geschrieben hatte? Wie sollte Henry herausfinden, was er damit gemeint hatte? Hatte Martas Tod womöglich etwas mit dem Geheimnis zu tun? Ihr Vater war der Einzige, der ihr eine Antwort auf diese Fragen geben konnte.

Sie musste ihn finden!

Noch immer starrte sie auf das kaputte Display ihres Autoradios und stellte fest, dass ihre Erwachsenenstimme nichts mehr mit diesem Mädchen zu tun hatte. Es wunderte sie nicht, dass ihre Mutter ihr die Blechdose mitsamt dem Inhalt nie gezeigt hatte. Er hatte zwei Jahre lang den liebenden und sorgenden Vater gespielt, um sich dann aus dem Staub zu machen. Vielleicht hatte er ihre arme Mutter einfach nur betrogen. Henry konnte sich fast nicht vorstellen, dass Marta ein so grausames Geheimnis mit ins Grab beziehungsweise in den Leichensack genommen hatte. Als hätte man sie deswegen umgebracht! Das einzige Geheimnis, das ihre Mutter gehabt hatte, war das Rezept für ihre Zimtschnecken gewesen.

Da sie nicht wusste, was sie machen sollte, spulte Henry die Kassette zurück und hörte sie noch einmal an. An die Stimme ihres Vaters hatte sie sich nicht mehr erinnert, sie kannte nur Fotos. Ihre Vergangenheit wurde mit einem Mal plastisch und die Aufnahme gab ihr eine ganz neue Dimension.

Henry schüttelte sich. Gänsehaut breitete sich über ihre Arme aus. Sie schloss die Augen und drückte die Zeigefinger gegen ihre Schläfen. Ihr Kopf pochte. Tock, tock, tock. Wie das Ticken einer Zeitbombe.

Den Kopf voller schwerer Gedanken ging sie wieder nach oben.

Kjell hatte es natürlich nicht geschafft, wach zu bleiben. Er lag leise schnarchend quer über ihrem Bett, und Henry schlich zum Esstisch. Der Boden knarrte unter ihren Füßen. Sie aß geräuschlos einen angebrannten Haferkeks, beobachtete Kjell und war hin- und hergerissen. Auf der einen Seite hatte sie den Drang, sich neben ihn zu legen, auf der anderen aber sah sie seine Frau und seinen kleinen Sohn Jonas vor sich. Sie hätte gern seinen warmen Körper gespürt und wollte doch keine fremde Haut an ihrer kleben haben.

Henrys Hände waren von dem Ausflug in die Kälte rau geworden. Sie holte die Handcreme, die als Werbegeschenk in ihrem Briefkasten gelegen hatte, vom Regal und drückte einen winzigen Tropfen heraus. Der Mandelduft war furchtbar, sie mochte Zitrusdüfte lieber. Die wenige Creme, die sie herausgedrückt hatte, nahm sie mit einer Fingerspitze ab und rieb sie auf die trockenen Stellen an ihren Handknöcheln. Vorsichtig legte sie sich neben Kjell.

Es dauerte keine halbe Stunde, bis sie merkte, dass etwas nicht stimmte. Dort, wo sie sich eingecremt hatte, begannen die Muskeln zu zucken und ihr wurde schwindlig, obwohl sie im Bett lag.

„Kjell, wach auf!" Er machte die Deckenlampe an und sah, dass Henry am ganzen Körper zitterte.

***

Die Arztpraxen hatten nachts geschlossen, weshalb Kjell Henry ins Krankenhaus gefahren hatte. Sie hatte sich nur darauf eingelassen, weil es nicht weit weg von ihrem Zuhause war. Dennoch fand sie seine Entscheidung überzogen, theatralisch und überfürsorglich. Dass er ihr keine Wahl gelassen hatte, empfand sie als annähernd übergriffig.

Als sie in der Klinik angekommen war, ging es ihr schon besser.

Kjell saß neben ihrem Bett und spielte an der weißen Decke herum. Doktor Sandström betrat den Raum und durchbrach die unangenehme Stille.

„Da es Ihnen ja sichtlich besser geht", sagte er, „würde ich erst einmal nichts weiter unternehmen. Vielleicht haben Sie den Tag über auch bloß zu wenig getrunken. Das kommt bei jungen Frauen öfter vor. Die Blutuntersuchung ergab jedenfalls nichts Auffälliges."

„So jung bin ich auch nicht mehr." Henry setzte sich in ihrem Bett auf.

Kjell sah immer noch besorgt aus. Es war spät, und sie wollte nur schlafen, wenn es sein musste, im Krankenhaus, vor allem aber wollte sie jetzt allein sein. Das alles war wirklich ein bisschen viel für sie gewesen.

Kjell erzählte dem Arzt, dass Henrys Mutter verstorben war. Doktor Sandström bemerkte, es könne durchaus vorkommen, dass der Körper nach traumatischen Ereignissen wie dem Tod eines Elternteils irgendwann schlappmache.

Henry saß auf dem Bett und hörte zu, wie sich Kjell mit dem Arzt unterhielt, als sei er ihr Vormund. Sie mochte es nicht, dass er sich jetzt auch noch aufspielte wie ein Psychiater, obwohl er einfach nur Ökologe war. Okay, er hatte in seinem Biologiestudium ein paar Scheine in Psychologie gemacht, aber das machte ihn sicherlich nicht zu Freud 2.0. Warum musste er ständig betonen und beweisen, was er alles wusste und konnte? Sie hielt diese zwanghafte Selbstbeweihräucherung kaum mehr aus. Am Montag im Büro würde er gleich von seiner Heldentat erzählen und sich von den Kollegen dafür feiern lassen.

Zu Henrys Freude bat Doktor Sandström sie darum, die Nacht im Krankenhaus zu verbringen, was bedeutete, dass sie nicht mit Kjell zurückfahren und ihn über Nacht bei sich behalten musste.

„Ich lasse dich keine Sekunde mehr aus den Augen." Warum klang das in ihren Ohren wie eine Drohung?

Abgesehen davon war seine Baustelle zu Hause, bei seiner Frau und seinem Sohn – und nicht hier bei ihr am Krankenbett. Henry fühlte sich unwohl bei der Vorstellung, keine Sekunde mehr ohne ihn verbringen zu können. Nach längerem Bitten gab er nach, bestand aber darauf, dass sie sich gleich am nächsten Tag melden und er sie abholen würde.

Als er die Tür hinter sich zuzog, lag Henry in völliger Dunkelheit. Sie schloss die Augen, und ein vorsichtiges Lächeln legte sich sanft auf ihre Lippen.

***

Kommissar Mikael Dahlin hatte gerade mit der Gerichtsmedizin telefoniert, als sein Chef Johan Karlsson das Büro betrat.

„Mikael, wie geht es im Fall Winkler voran?" Er klang, als fragte er seinen Sohn, ob er sein Zimmer schon aufgeräumt habe.

Dahlin stöhnte. „Wie so oft: viele Puzzleteile, die wir noch nicht zusammenbekommen." Mechanisch schob er die Unterlagen auf seinem Tisch zu einem großen Stapel zusammen. „Die Spur führt jedenfalls nach Deutschland, und Marta Winkler ist wohl nicht die gewesen, für die sie sich ausgegeben hat."

An den tiefen Furchen, die sich über Dahlins Nase bildeten, konnte Karlsson erkennen, dass er angestrengt nachdachte.

„Was wusste die Gerichtsmedizin?" Der Chef wirkte trotz der Autorität, die er ausstrahlte, in Dahlins Büro verloren.

„Ja, das ist wirklich kurios …" Der Kommissar lehnte sich in seinem Ledersessel zurück, der mit einem leisen Knarzen reagierte. „Das Opfer wurde mit einem Projektil aus Gold erschossen."

Karlsson, der gerade eine Urkunde an der holzvertäfelten Wand durchlas, drehte sich schlagartig um. „Aus Gold?"

„Ja. Wir wissen noch nicht, was für eine Art von Gold, aber jemand muss das Projektil selbst angefertigt haben."

Mit geweiteten Nasenflügeln starrte sein Chef ihn an.

„Lasst das Gold untersuchen und haltet mich auf dem Laufenden", sagte er kurzatmig und verließ eilig Dahlins Büro.

Der Kommissar wusste, dass sein Chef gern in alten Fällen recherchierte und wenn es in den letzten zwanzig

Jahren einen Fall in Schweden gegeben hatte, bei dem jemand mit Gold erschossen worden war, dann hätte Dahlin davon gewusst.

Entschlossen griff er zum Telefonhörer und wählte die Nummer der Tübinger Polizeidirektion.

***

Die Sonne war gerade aufgegangen, als Henry das Krankenhaus verließ.

„Du kannst einem ganz schön Angst machen", sagte Kjell, der ihr die Autotür öffnete.

„Ich habe dir gestern Abend schon gesagt, dass du keine Angst haben musst. Es war doch nach ein paar Minuten schon besser. Und du hast mal wieder überreagiert."

Sie setzte sich in seinen Volvo, rieb ihre Hände aneinander und atmete vorsichtig in die Handflächen. Winter war nicht ihre Jahreszeit.

„Du hast am ganzen Körper gezittert, Hen. Woher soll ich wissen, was du hast? Ich bin kein Arzt."

Plötzlich war er also doch kein Arzt, dachte Henry. Er drehte den Schlüssel um und der Volvo gab hustende Geräusche von sich, bevor er sich ruckelnd in Bewegung setzte.

„Schon gut", sagte sie.

„Du könntest auch mal Danke sagen." Schroff legte Kjell den nächsten Gang ein und der Volvo stotterte kurz.

„Danke."

Während sie an der roten Ampel warteten, beobachtete Henry eine Familie auf dem Gehweg. Vater, Mutter, Kind. In ihrer Puppenfamilie hatte sich kein Vater befunden, sodass sie früher nur das Alleinerziehenden-Modell ihrer Mutter nachgespielt hatte. Die Vaterfigur hatte sie nie vermisst. Im Nachhinein fand sie das ein bisschen perfide, dass Marta sogar bei den Puppen den Vater eliminiert hatte.

„Hast du nachher Lust auf Spaghetti?"

Henry sah ihn irritiert an. „Bei dir zu Hause?"

„Klar, warum nicht? Wir sind doch Freunde. Das hast du zumindest gestern so gesagt."

Sie verdrehte die Augen. „Findest du das nicht ein bisschen geschmacklos?"

„Nein, gar nicht. Sandra kocht fantastisch!" Mit einer Geste, die an einen italienischen Koch erinnerte, untermalte er seine Aussage.

„Sehr witzig. Ich will nicht mit Sandra und Jonas an einem Tisch sitzen."

„Okay, ich hab's verstanden. Wie wäre es dann mit einem Frühstück bei ‚Pom & Flora'? Und dann erzählst du mir endlich, was auf dem Tape war."

„Klingt schon besser." Henry stellte sich eine große Tasse heiße Schokolade mit Sahne vor.

Direkt am Fenster wurde ein kleiner Tisch mit zwei Stühlen frei.

Kjell nahm ihr den Mantel ab und hängte ihn über ihre Stuhllehne. Er entschuldigte sich kurz auf die Toilette, und während Henry am Tisch auf ihn wartete, suchte sie Last-Minute-Flüge nach Stuttgart. Sie wollte nicht noch mehr Zeit verschwenden.

„Zeig mal deinen Arm", sagte er, nachdem er zurückgekommen war, und zog Henrys Hand ungefragt zu sich. „Sieht ja schon wieder gut aus."

Ihr Arm präsentierte sich, als hätte es die letzte Nacht nicht gegeben. Die Haut war weich und glatt, keine Rötung mehr zu sehen. Die Kellnerin brachte ein Croissant und eine heiße Schokolade. Kjell hatte sich für Krabben-Omelett entschieden. Eine volle Gabel nach der anderen steckte er sich hastig in den Mund und kaute hörbar. Henry tauchte die Spitze des Hörnchens in die heiße Schokolade und garnierte sie mit einem Sahnehäubchen.

„Und das …" Er zeigte auf das Croissant. „… reicht dir?" Er hob eine Augenbraue, als ermahne er sie. Sie kannte seine Mimik und ließ die Frage im Raum stehen.

„Ich mag deine großen Augen ja, aber wenn du weiter so abnimmst, siehst du bald aus wie eine Manga-Figur. Was war denn jetzt auf der Kassette?" Er schob sich wieder eine auffallend große Portion Omelett in den Mund, die er, ohne sie zu kauen, mit Orangensaft hinunterspülte. Der Saft schwappte laut, als er durch Kjells Hals in seinen Magen floss.

„Mein Papa."

„Und was hat er gesagt? War es diese ominöse Tonaufnahme?"

„Ich denke nicht. Also er wird ja keine Tonaufnahme von sich selbst gehört haben und dann erstaunt darüber gewesen sein. Das muss ein ganz anderes Band gewesen sein. Es war mein Papa, wie er mich abends ins Bett bringt." Sie rührte mit dem Löffel in ihrer heißen Schokolade. „Und meine Mama war auch kurz drauf. Das habe ich aber nicht so ganz verstanden, worum es da ging. Irgendwas wollten sie diskutieren, sie kamen aber nicht dazu."

Er sah bewegt aus. „Das ist krass."

„Ja, das ist es. Deshalb muss ich auch zu ihm fliegen."

„Na ja, ich nehme in Kauf, dass du die Präsentation abgibst, wenn du dafür nicht auf Mörderjagd gehst und womöglich noch diesem Fredrik auflauerst." Ein Schmunzeln konnte er sich nicht verkneifen.

„Wie kommst du darauf? Das mache ich trotzdem."

„Du willst zu Fredrik? Ich dachte, du wolltest nach Deutschland?" Er senkte seine Gabel.

„Erstens bin ich nur ein paar Tage weg, und da ich nicht davon ausgehe, dass die Polizei in dieser Zeit was zustande bekommt, kann ich es danach machen. Und zweitens: Hast du dir schon einmal überlegt, ob mein Vater vielleicht auch was wissen könnte?"

„Wissen worüber?"

Sie zog ihre Ärmel über die Hände. „Nun, es ist doch schon ein arg großer Zufall, dass meine Mama ermordet wird, kurz nachdem sie so einen Brief erhält."

Er nahm einen weiteren Schluck Orangensaft und nickte. „Vielleicht ist an dir doch eine gute Polizistin verloren gegangen."

Sie spielte betreten mit dem Salzstreuer auf dem Tisch. „Wie dem auch sei. Wenn mein Vater irgendwas weiß, muss ich es herausfinden. Vielleicht hat er Fredrik ja noch getroffen oder ihn gesehen. Die Polizei hat meinen Vater doch überhaupt nicht auf der Zeugenliste. Wenn sie überhaupt wissen, dass er noch lebt!"

„Da ist was dran. Aber dann könntest du deinen Kollegen doch einen Hinweis darauf geben?"

„Nein, Kjell. Es ist meine Aufgabe, das herauszufinden."

„Es ist überhaupt nicht deine Aufgabe. Außerdem fixierst du dich total auf diesen Fredrik. Ich halte den für zu blöd für einen Mord. Den hätte irgendjemand gehört oder gesehen, der erschießt doch nicht deine Mutter am helllichten Tag, wo diese tratschende Barbro direkt nebenan wohnt. Du hast doch selber gesagt, dass sie der Blockwart von Sigtuna ist." Kjell redete schnell und laut.

„Ja, aber wer soll es denn sonst gewesen sein? Und jetzt lass mich das in Ruhe machen. Das ist meine Geschichte."

Ihr war bewusst, dass er ihr nur helfen wollte, aber sie musste allein herausfinden, wer ihre Mutter ermordet hatte. Außerdem hatte sie Angst, dass er am Ende noch ihren eigenen Vater verdächtigen würde.

Sie selbst hatte nicht das Gefühl, dass die Stockholmer Polizei ihre Arbeit machte. Zumindest war sie nur ein einziges Mal befragt worden und hatte seither nichts mehr von der Polizei gehört. Es handelte sich doch um Mord! Laut Aussage von Barbro war Fredrik nach wie vor auf freiem Fuß. Henry musste ihn selbst verhaften oder wenigstens diesem Kommissar Dahlin servieren.

***

Henry wuchtete einen Zwanzig-Kilo-Sack Katzenfutter auf die Rückbank ihres Autos. Kjell hatte sich gleich nach dem Frühstück verabschiedet, sodass sie Zeit hatte, Barbro Andersson für Kater Fietes Versorgung auszustatten und sogar noch ein paar Kekse bei ‚Tant Bruns' zu kaufen. Das alte Autoradio steckte immer noch angeschlossen im Armaturenbrett und hielt weiterhin die Kassette mit der Stimme ihres Vaters verborgen. Auf der Fahrt spielte sie das Band mehrmals ab.

Die Wolken am Himmel hingen gelbgrau und schwer auf die Straße herab, und sie hatte Angst, dass es anfangen würde zu schneien. Mit durchgedrücktem Gaspedal jagte sie den alten Volkswagen über die E 4 nach Sigtuna. Da der Winterdienst Salz gestreut hatte, lagen die Reifen satt auf dem Asphalt. Die schneebedeckten Äste der Bäume pendelten wintermüde über der Straße.

„Christian? Hörst du mich?", schrie sie in ihr Headset, um die Motorengeräusche zu übertönen.

„Was? Ich versteh dich ned!"

„Wegen der Präsentation!"

„Was?"

Sie drosselte die Geschwindigkeit und lenkte in eine Parkbucht.

„Ich kann die nicht machen", sagte sie bestimmt.

„Warum?", fragte er in einer Lautstärke, als wäre ihr Motor noch an.

„Ich muss meinen Vater was fragen."

„Das ist jetzt aber a Schmäh, nur dass du dich drücken kannst."

Sie mochte es, wenn er diese typisch wienerischen Begriffe benutzte. Dennoch fiel es ihr manchmal schwer, ihn zu verstehen, und sie hatte das Gefühl, er wolle sie damit aufziehen. Ihre Mutter und ihre Großmutter waren die einzigen Personen gewesen, mit denen sie in ihrer Kindheit Deutsch gesprochen hatte, da sie bis zu ihrem Schulabschluss Schweden nur einmal verlassen hatte. Ihre Zeit in Hamburg hatte ihre Österreichisch-Kenntnisse nicht gerade verbessert.

„Was ist denn wieder ein Schmäh?“

„Des ist ein Schwindel! Du hast doch gar keinen Vater mehr.“

Sie hörte, dass er eine Tür hinter sich schloss.

„Nee, dann ist das kein Schmäh. Ich habe hier echt Wichtigeres zu tun und kann am Freitag keine Präsentation halten, okay? Ich muss nach Deutschland.“

„Jessas! Was willst du denn in Deutschland? Spinnst jetzt völlig?“

„Hast du schon einmal darüber nachgedacht, dass mein Vater Deutscher sein könnte?“

„Du meinst, dein Vater ist gar ned tot?“ Seine Frage klang so, als glaubte er ihr nicht.

„Sag ich doch die ganze Zeit! Aber ich kann dir das jetzt nicht alles erklären. Mir ist scheißkalt und du weißt doch, dass die Kiste nur heizt, wenn sie über fünfzig fährt. Und dann auch nur den linken Fuß. Der rechte ist jetzt schon ein Eisklotz!“

„Du und deine alte Kraxn … Na, dann beeil dich mal mit deiner Familienexkursion.“

„Und was ist mit der Präsentation?“

„Sag doch gleich, dass ich des machen soll", brummte er.

„Du würdest das für mich machen?" Henrys Herz hüpfte kurz.

„Wennst mir dein Material gibst, na gut …"

„Du bist ein Schatz!"

„Ah geh …", sagte er verlegen. „Dann kommst halt heut Abend bei mir vorbei und bringst mir des Zeug. Dann kannst mir auch gleich des mit deinem Vater erzählen."

Christian sammelte Berichte über echte Serienkiller und spektakuläre Mordfälle. Abgeschossene Gliedmaßen, madenbefallene Leichen, das alles machte ihm nichts aus. Aber man sagt den Wienern ja auch einen Hang zur Morbidität nach. Dieser grausigen Realität setzte Christian in regelmäßigen Abständen die Fiktionalität von Krimis entgegen. Zur Entspannung.

Sie nahm sich fest vor, ihm zum Dank ein neues Buch aus Deutschland mitzubringen.

Sigtuna, 5. Februar 2019

Als sie am Haus ihrer Mutter angekommen war, wunderte sie sich, weil die Tür einen Spalt offen stand. War Fredrik da gewesen?

Vorsichtig ging sie die Treppen zur Veranda hinauf, zog die Tür auf und verursachte dabei ein unangenehmes Knarren. Sie hörte Schritte näher kommen. Plötzlich stand Barbro vor ihr.

„Henry! Was machst du denn hier?"

Die Nachbarin ihrer Mutter umarmte sie, und eine Wolke aus Patschuli und Aquavit raubte Henry den Atem. Barbro war in Sigtuna seit Jahrzehnten als Dorfhexe bekannt. Wann immer jemand körperliches oder seelisches Leiden verspürte, wandte er sich an Barbro Andersson. Sie kannte sämtliche Rezepturen und Rituale der Wicca-Bewegung, und wenn man Schmerzen hatte, legte sie die Hand auf. Sie erzählte jedem, dass sie Reiki-Meisterin vierten Grades war. Hätte man die Zeit ein paar Jahrhunderte zurückgedreht, wäre Barbro schon allein wegen ihres Äußeren verbrannt worden. Sie hatte lange rote Haare, trug irgendwelche Runensteine und Talismane um den Hals, und um ihr Haus herum hingen sonderbare Relikte, einige Traumfänger und anderer Klimbim. Oft hatte sie versucht, Henry zu überreden, eine Reiki-Ausbildung bei ihr zu absolvieren, weil sie angeblich eine so außergewöhnliche Aura besaß, aber Henry hielt nichts davon. Sie wandte sich mit ihren Anliegen lieber an Ärzte der Schulmedizin.

Marta hatte sich bei Barbro hin und wieder Tarotkarten legen lassen und war der festen Überzeugung gewesen, ihre Nachbarin habe hellseherische Fähigkeiten. Henry dagegen mochte die schrullige Kräuterhexe zwar, aber ein bisschen unheimlich war sie ihr trotzdem. Vor allem dann, wenn bei ihren Tarotlegungen unheilvolle Symbole – der Turm oder der Tod – fielen und Marta deswegen tagelang schlecht gelaunt gewesen war. Martas tatsächlichen Tod hatte aber offenbar auch Barbro nicht vorhergesehen.

„Die Frage ist eher, was du hier machst", sagte Henry skeptisch.

„Ich habe nach Fiete geschaut." Barbro sah sich nach dem Kater um, der nirgends zu sehen war.

„Fiete ist ein gutes Stichwort." Henry ging zu ihrem Auto, klappte den Fahrersitz um und zog den schweren Sack von der Rückbank. Da Barbro einen Bandscheibenvorfall hatte, machte sie keine Anstalten, ihr zu helfen. Offensichtlich nutzte das Handauflegen bei ihr selbst überhaupt nicht.

„Ich habe dir Futter für den Kater mitgebracht", ächzte Henry und knallte den Sack auf die Veranda ihrer Mutter. Atemlos zog sie eine Tüte aus der Manteltasche und gab sie Barbro.

„Was ist das?", fragte die Nachbarin überrascht.

„Kekse."

„Hast du die selbst gebacken?" Sie öffnete die Tüte, steckte ihre Nase hinein und schloss die Augen. „Mmmhh, das duftet köstlich."

„Ehm, ja, schon. Also nicht direkt", sagte Henry verlegen. „Ich habe dir Kekse gebacken, aber … Nicht die hier. Ehrlich gesagt sind sie von ‚Tant Bruns'."

„Der Kater frisst zurzeit gar nicht viel." Barbro schloss die Tüte wieder und steckte sie behutsam in die Tasche ihres bunten Strickmantels. „Wie lange willst du denn weg sein?"

„Es kann sein, dass es ein bisschen dauert."

„Urlaub?"

„So ähnlich." Henry zögerte.

„Hast du dir verdient." Barbro strich ihr über die Wange. Ihre Hand fühlte sich an wie warmes Schmirgelpapier. „Kein Problem. Ich bin ja da", sagte sie mit sanfter Stimme.

Henry fragte sich, warum die Nachbarin gar nichts Genaues wissen wollte. Hatte sie womöglich doch schon in ihre Glaskugel geschaut?

Sie verabschiedete sich von Barbro und schleifte den Sack in die Küche, wo ihr der Duft ihrer Kindheit entgegenschlug. Sie holte die Blechdose aus dem Schlafzimmer und verließ das Haus sofort wieder, weil sie dieses Mal keine Erinnerungen wecken wollte. Stattdessen ging sie die Straße entlang zum ehemaligen Lebensgefährten ihrer Mutter.

Fredrik war nicht zu Hause. Gewöhnlich arbeitete er um diese Zeit in einer nahe gelegenen Zimmerei. Henry zog den Schlüssel von Martas Küchenablage aus ihrer Hosentasche und steckte ihn zügig ins Schloss. Es gab nur zwei Häuser, die sich in unmittelbarer Nähe befanden. Das eine stand leer und die Bewohner des anderen waren schon so alt, dass sie vermutlich nicht einmal den Fanclub der schwedischen Nationalmannschaft gehört hätten, wenn der mit Fanfaren vor dem Haus gestanden hätte. Barbro Anderssons Haus lag in sicherer Entfernung, sodass nicht einmal die neugierige Nachbarin Zeugin dieses Einbruchs werden konnte.

An der Wand des Wohnzimmers hingen Bilder von Marta und Fredrik. Henry machte dieser Anblick so wütend, dass sie für einen Moment überlegte, ob sie sie abhängen sollte. Sie atmete kurz durch, ignorierte die Bilder dann erfolgreich und ging direkt zu den Kommoden und Schränken. Wenn er den Schmuck ihrer Mutter gestohlen hatte, würde sie ihn hier finden. Sie musste aber zugeben, dass auch sie Fredrik fast für zu dämlich hielt, um einen Mord zu begehen. Dennoch fiel ihr beim besten Willen niemand anderes ein, der ein Interesse am Tod ihrer Mutter gehabt haben könnte.

Die Oberfläche der Schränke war von einer dicken, klebrigen Staubschicht bedeckt. Angeekelt öffnete Henry die Schubladen. Zunächst fand sie nur in die Jahre gekommene Smartphones, fleckige Gebrauchsanleitungen von allerlei Elektronikgeräten und Kabelsalat. Sie zog eine Schublade voller Süßigkeiten auf. Das Mindesthaltbarkeitsdatum verhieß nichts Gutes. Am Boden der Schublade klebten alte Gummibärchen.

„Eklig“, flüsterte Henry und schloss sie wieder.

Im Haus roch es, als hätte dessen Bewohner in diesem Winter nicht ein einziges Mal gelüftet. Sie atmete durch den Mund und wusste jetzt, warum ihre Mutter Fredrik lieber zu sich eingeladen hatte, als zu ihm zu gehen. Was für ein klischeehafter Widerling er doch war! Die Stellen an Henrys Händen, an der sie am Vortag die Creme aufgetragen hatte, begannen wieder zu jucken.

Erstaunlicherweise war der Wohnraum nicht sehr unordentlich, wenn man die Schubladen zuließ. Obwohl sie sicher war, dass niemand kommen konnte, bewegte sie sich leise wie ein Geflohener, der gerade um die Mauern von Alcatraz schlich, und lauschte ständig, ob Fredrik nicht doch nach Hause kam. Sie würde es am Knarren der Holzstufen vor der Haustür erkennen.

Im Badezimmer lag ein Stapel frisch gewaschener Handtücher auf dem Badewannenrand. Ein zitroniger Duft nach Waschpulver flog ihr entgegen. Am liebsten hätte sie sich eines dieser wohlriechenden Tücher um den Kopf gebunden, um den ekelhaften Geruch nach Fredrik im Rest des Hauses ertragen zu können. Zumindest das Waschbecken war frisch geputzt.

Henry öffnete den braunen Spiegelschrank aus den Siebzigerjahren, aber außer einem Rasierapparat, einer Zahnbürste und jeder Menge Kosmetikprodukte für Männer sah sie nichts Auffälliges. Na gut, immerhin schien er sich, zumindest hin und wieder, zu pflegen. Als sie die im Spiegelschrank integrierte kleine Schublade herauszog, stieß sie endlich auf den gesuchten Schatz. Herrenschmuck, Damenschmuck, ineinander verknotete Ketten, Ringe und Ohrringe. Aber je mehr Metall sie in den Händen hielt, desto unsicherer wurde sie, ob etwas davon Marta gehörte. Die Halskette mit den kleinen blauen Steinchen konnte doch von ihrer Mutter sein? Sie sah sich alle Schmuckstücke an, konnte aber keines davon mit

Sicherheit Marta zuordnen. Sie wusste es wirklich nicht mehr und musste sich in diesem Moment eingestehen, dass sie völlig umsonst Hausfriedensbruch begangen hatte. Paragraf 123 Strafgesetzbuch. Zumindest im deutschen Strafrecht. Was für eine Dummheit! Wenn Kjell gewusst hätte, dass sie genau das getan hatte, wovor er sie gewarnt hatte! Schnell räumte sie den Schmuck zurück. Ihre Hände rochen nach korrodiertem Metall.

Als sie die Treppe hinunterging, hörte sie ein Auto vor dem Haus. Ihr Puls beschleunigte sich. Das war jetzt das Letzte, was sie brauchte. Was sollte sie tun? Nach draußen gehen und Fredrik in die Arme laufen war keine Option.

Henry nahm die letzten vier Stufen auf einmal und stellte sich im Wohnzimmer hinter eine muffig riechende Gardine. Mensch, Henry! So ein Versteck nutzen im Film nur die idiotischsten Kleinkriminellen, dachte sie.

Sie versuchte, die Geräuschkulisse vor dem Haus zu deuten, und überlegte, ob sie alle Spuren beseitigt hatte. Sie kam sich albern vor. Außer ihr war vermutlich niemand in der Lage, sich völlig unnötig in Gefahr zu begeben und vor Gericht zu landen. Und das nur, weil sie sich das dümmste Versteck aller Zeiten gesucht hatte. Wie in einer Slapstickkomödie! Sie würde ein Verfahren bekommen. Oder, falls Fredrik sie vorher umlegte, einen Darwin Award. Was hätte sie dafür gegeben, die ungeliebte Walther P99 jetzt bei sich zu haben. Die Schießausbildung hatte sie gehasst, obwohl es der einzige Bereich gewesen war, in dem sie immer besser abgeschnitten hatte als ihre Kollegen.

Sie zog das frisch geschliffene Opinel ihrer Mutter aus der Hosentasche und klappte es auf. Der braune Holzgriff schmiegte sich in ihre Handfläche und die lange Klinge spiegelte ihr Gesicht. Eigentlich wollte sie Fredrik ja nur der Polizei übergeben. Aber nicht scheibenweise, sondern am Stück.

Henry hörte Schritte auf der Treppe vor der Tür und hielt den Atem an, obwohl noch niemand im Haus war. Sie stellte sich vor, wie ihre Schuhe unter dem Stoff hervorschauten, und drückte ihre Füße nach hinten gegen die Wand.

Henry hielt noch immer den Atem an, als es plötzlich an der Tür klopfte. Vor lauter Erleichterung musste sie kurz leise auflachen. Fredrik würde sicher nicht an seiner eigenen Haustür klopfen. Vorsichtshalber blieb sie trotzdem hinter der altmodischen Gardine stehen.

Sie hörte wieder Schritte. Eine Autotür. Einen Motor. Reifen im Kiesbett. Stille.

Ihr Brustkorb sank langsam nach unten, während sie ruhig ausatmete. Das Adrenalin baute sich ab, aber ihre Hände zitterten immer noch. Sie musste sich zurückhalten. Kjell hatte ausnahmsweise einmal recht gehabt. Es war die Aufgabe der Polizei, den Mörder ihrer Mutter zu finden. Vielleicht würden sie bei Fredrik eine Hausdurchsuchung machen und ihn verhaften. Dann könnte sie in Ruhe ihren Vater suchen. Sie musste unbedingt mit diesem Kommissar Dahlin sprechen, damit er sich Fredrik vorknöpfte.

Henry schlich in Richtung der Haustür und sah sich wiederholt um, ob alles so aussah, wie sie es vorgefunden hatte. Als ihr Blick über die Anrichte im Wohnzimmer wanderte, entdeckte sie einen roten Glitzerpartikel. Sie schlich noch mal zurück und nahm ihn mit dem Finger auf. Vor ihrem inneren Auge sah sie Fiete auf der Veranda ihrer Mutter sitzen, wie er in der Abendsonne glitzerte. Kurz war sie versucht, ihre Ermittlungen im Haus fortzusetzen, ihre Angst stellte sich jedoch dagegen.

Henry horchte an der Haustür und drückte langsam die Türklinke nach unten. Auf der Veranda kam ihr ein kalter Wind entgegen. Sie schloss die Tür ab und betrachtete eine verrostete Skulptur am Boden. Es war eine Figur, die aus Schrauben zusammengeschweißt worden war. Sie zeigte einen Mann, der einen Baum fällte. Komischer Kauz, dachte sie und ging die Treppen hinunter. Ohne dass sie es kommen gehört hatte, bog ein Auto um die Ecke. Ihr Herzschlag nahm Fahrt auf.

Fredrik.

Viel schneller als sein großer Körper erwarten ließ, schwang er sich aus dem Wagen.

„Was machst du denn hier?“, fragte er mit der üblichen griesgrämigen Stimme und schloss die Autotür.

„Ich …“ Die Gedanken rasten durch ihren Kopf. „Ich wollte dich eigentlich nur was fragen“, sagte sie und ihr wurde schnell klar, dass sie dadurch maximal fünf Sekunden Zeit gewonnen hatte, sich eine phänomenale Ausrede zu überlegen.

„Was denn?“

„Ich wollte dich fragen, ob du noch irgendwas von meiner Mama hast.“

Innerlich schlug sie sich mit der flachen Hand gegen den Kopf. Warum sollte sie deshalb vor seiner Tür stehen? Sie hätte ihn anrufen können.

„Was soll ich denn von deiner Mutter noch haben? Sie hat mich vor die Tür gesetzt, schon vergessen?" Seine Stirn zuckte, woraus Henry schloss, dass er wütend wurde. „Und warum rufst du nicht einfach an, wenn du so was wissen willst?"

„Es hätte ja trotzdem sein können, dass …"

„Ich habe nichts mehr. Aber sie hat noch einiges von mir." Er ging an ihr vorbei in Richtung Veranda und ließ sie dabei nicht aus den Augen. „Hast du etwa mit der Polizei zu tun, Mädchen?"

Er öffnete die Tür und musterte sie von oben bis unten. Vermutlich überlegte er, ob sie in seinem Haus gewesen war.

„Wieso mit der Polizei? Also, dass ich Polizistin war, weißt du hoffentlich." Sie rang sich ein Lächeln ab.

„Weil mir gerade dieser Streifenwagen entgegengekommen ist. Sah aus, als wären die hier gewesen."

Henry unterdrückte ein Grinsen. Hatte sie sich tatsächlich vor der Polizei hinter einer Gardine versteckt? Sie waren ihm also doch auf den Fersen. Jackpot!

Fredrik betrat den Hausflur und zog seine Jacke aus. Offensichtlich ging er davon aus, dass sie ihm folgte, doch sie blieb an der Türschwelle stehen.

„Was hat Mama denn noch von dir, was du so dringend brauchst?"

„Zum Beispiel meine Bohrmaschine. Und meinen Schlüssel", murmelte er. „Aber das weißt du ja sicher."

Henry hatte wieder Angst, irgendwelche Spuren im Haus hinterlassen zu haben. Hatte sie alle Schmuckstücke zurückgelegt? Verriet sie der etwas zugezogene Vorhang, der ihr als Versteck gedient hatte? Bemerkte er, dass der Glitzerpartikel auf dem Schränkchen fehlte? Nein, das war Unsinn. Kein Mensch merkt, ob ein fünfhundert Mikrometer großer Glitzerpartikel fehlt.

„Komm rein", sagte er missmutig. „Es ist kalt und ich habe keine Lust, deinetwegen heute noch Holz hacken zu müssen."

Henry traute sich nicht, das Angebot abzulehnen, und stand unsicher im Hausflur. Die Vorstellung, dass er jetzt Holz hackte, gefiel ihr nicht. Fredrik wollte sie nicht mit einer Axt in der Hand wissen. Sie stellte fest, dass sie in diesem Moment an den Schuhen Schnee mit reingebracht hatte. Panisch suchte sie mit den Augen die Treppenstufen und das Wohnzimmer nach kleinen Pfützen ab. Sie konnte keine finden.

„Du könntest mir den Schlüssel für das Haus deiner Mutter geben und ich hole meine Sachen raus", schlug Fredrik vor.

„Das geht nicht."

„Warum nicht?"

Sie standen sich in dem muffigen Haus gegenüber. Er bot Henry keinen Sitzplatz an, was ihr recht war. Sie wollte keine Sekunde länger als nötig mit diesem Mann verbringen. Gleich wieder gehen wollte sie aber auch nicht, damit er keinen Verdacht schöpfte. Irgendwie musste sie aus der Nummer rauskommen. Sein kariertes Flanellhemd hatte Flecken.

„Weil …" Sie überlegte kurz. „… die Spurensicherung noch nicht fertig ist."

„So ein Quatsch!", rief er. „Warum sollte die Spurensicherung nach vier Tagen noch nicht fertig sein?"

„Das Absperrband von der Polizei hängt jedenfalls noch vor der Tür. Deshalb darf man nicht rein."

„Das Absperrband ist schon lange weg." Seine Stimme war tief und rau. Fredrik erinnerte Henry an diese Hillbillys aus Horrorfilmen. Woher wusste er, dass es weg war? War er an Martas Haus gewesen?

„Außerdem warst du selbst schon im Haus", ergänzte er.

Sie wurde bleich. Hatte er sie beobachtet?

„Ja, aber nur weil ich wichtige Sachen rausgeholt habe." Sie hob fragend die Hände.

„Dann kannst du mir doch auch den Schlüssel geben!"

„Nicht bevor ich selbst alles sortiert habe." Sie war stolz, wie selbstsicher ihre Stimme klang. Dass sie einen Puls von hundertachtzig hatte, merkte er hoffentlich nicht. „Ich kann ja mal schauen, ob ich deinen Schlüssel bei ihr finde und dann werfe ich ihn dir in den Briefkasten. Die Bohrmaschine stelle ich dir vors Haus."

„Damit die Nachbarn sich bedienen können?" Er lachte auf. „Sehr lustig! Weißt du eigentlich, wie teuer Werkzeug ist? Nein! Woher sollst du das auch wissen? Du bist ja Teil der Stockholmer Schickeria, wohnst in einer schnieken Bude und kaufst von Mamas Geld deine Designer-Handtaschen. Was weiß ein Null-Achter wie du schon vom echten Leben?"

Henry kannte die abfällige Bezeichnung für Stockholmer, die sich an der Vorwahl der Hauptstadt orientierte.

Sie sah auf ihre braune Umhängetasche, die sie vor Jahren in einem Secondhand-Laden in der Altstadt gekauft hatte. Seine unhaltbare Behauptung ließ sie jedoch stehen und erklärte nicht, dass ihr Gehalt das ihrer Mutter um das Doppelte überstieg.

Er trat einen Schritt auf sie zu. Sie wich zurück.

„Henry. Ich brauche meine Sachen", sagte er leise, aber mit Nachdruck.

„Du hast sie doch bisher auch nicht vermisst, oder?"

„Deine Mutter ist gestorben. Meinst du wirklich, ich nerv dich da sofort mit meinen Sachen? Aber wenn du schon mal hier bist, kann ich es dir auch direkt sagen, dass ich sie brauche."

„Ich muss jetzt leider los", sagte sie wie zur Entschuldigung. Ihre Stimmbänder ließen sie im Stich. Fredrik merkte das und ging einen weiteren Schritt auf sie zu. Sie spürte seinen Atem an ihrer Wange. Von mindestens zwei Ohrfeigen hatte ihre Mutter erzählt. Henry konnte nicht mehr nach hinten ausweichen, eine Kommode versperrte ihr den Weg. Er sagte nichts, beeindruckte sie aber mit seiner Größe und seinem Auftreten.

„Fredrik, ich hole deine Bohrmaschine und deinen Schlüssel aus dem Haus. Was soll ich mit einer Bohrmaschine?" Sie senkte den Kopf und ließ ihren Blick von unten nach oben wandern, bis sie ihm in die Augen sah. Das funktionierte bei den meisten Männern.

Er trat wieder einen Schritt zurück. „Stimmt, du willst dir ja die Fingernägel nicht abbrechen." Sein Lachen klang hämisch. „Meinetwegen. In spätestens einer Woche will ich die Sachen haben."

Henry nickte, wusste jedoch, dass sie ihm diesen Wunsch nicht erfüllen würde. Sie hatte jetzt Besseres zu tun, als im Haus ihrer Mutter die Habseligkeiten dieses Hinterwäldlers zu suchen. Barbro musste unbedingt informiert werden, dass sie ihn keinesfalls hineinließ.

„Arbeitest du heute eigentlich nicht?" Henry versuchte, ihn abzulenken, während sie seitwärts in Richtung Tür ging.

„Ich hab Pause", brummte er.

Sie nickte wieder. „Dann gehe ich jetzt mal."

Sie war im Begriff, den Schauplatz zu verlassen, als er unvermittelt ihren Arm packte und sie gegen die Tür drückte.

„In einer Woche. Wer weiß, was dir mit meinem Schlüssel noch einfällt."

„Lass mich in Ruhe!"

Henry erinnerte sich an die Lektionen aus einem Selbstverteidigungskurs, den sie als Jugendliche gemacht hatte. Man sollte laut rufen, damit Passanten aufmerksam werden. Leider waren da ja nur die alten Nachbarn, die nichts mehr hörten. Würde sie ihre Fähigkeiten aus der Polizeischule anwenden, könnte es für ihn schmerzhaft werden.

„Du bist genau wie deine Mutter", sagte Fredrik. „Der konnte man auch nicht über den Weg trauen."

Jetzt wurde ihr klar, warum Marta sich auf diesen widerlichen Kerl eingelassen hatte. Die Wahrscheinlichkeit, eine engere Bindung mit ihm einzugehen, die über ein paar Stelldicheins hinausgingen, war doch sehr gering. Sie hatte sich nicht mehr verlieben wollen, und Henry konnte das sehr gut nachvollziehen. Früher hatte Marta langweilige, aber anständige Männer mit nach Hause gebracht. Einen Pianisten, einen Frauenarzt, einen Philologen. Jedenfalls nie einen Psychopathen.

„Lass meine Mutter aus dem Spiel!" Ihre Angst wich einer glühenden Wut. Henry spürte, wie ihre Wangen heiß wurden. Ihr Herz pochte rasend gegen ihre Brust, als wolle es herausspringen und Fredrik höchstpersönlich erschlagen. Mit aller Kraft drückte sie ihn von sich weg. Ihre Augen brannten.

„Sie hat mich nach nur zwei Monaten verlassen, weil mal wieder ein Besserer um die Ecke gekommen ist!" Er sprach jetzt immer lauter und sie merkte, wie in ihm die Emotionen kochten.

„Sie hat dich verlassen …" Henry versuchte ebenfalls, ihre Lautstärke weiter zu erhöhen, ohne dabei zu schreien. „… weil du sie geschlagen hast … du Schwein!" Sogleich bereute sie das letzte Wort und wich vorsichtshalber wieder einen Schritt zurück.

Fredrik sah sie mit dunklen Augen an.

Er schüttelte den Kopf und lächelte. Dann begann er leise zu lachen. „Henry, Henry, Henry." Jetzt brach er in Gelächter aus. Sie war irritiert und wusste nicht, wie sie reagieren sollte.

Er hörte abrupt auf zu lachen und kam ihrem Gesicht mit seinem wieder näher.

„Ein Schwein bin ich also? Warum bist du dann hergekommen? Du stehst drauf, oder? Brauchst du mal einen Kerl, der es dir richtig besorgt? Du glaubst auch jeden Scheiß, den man dir erzählt. Ich habe sie niemals geschlagen. Höchstens mal beim Sex ein bisschen härter zugepackt. Aber sie wollte das.“ Er fasste mit seinen großen rauen Händen an Henrys Hüfte, und obwohl ihr vor Wut immer heißer wurde, war sie froh, dass ihr Mantel so dick war. Übelkeit stieg in ihr auf.

Marta hatte sie in diesen Selbstverteidigungskurs geschickt, als Henry dreizehn Jahre alt gewesen war. Die Mutter hatte immer Angst um ihr einziges Kind gehabt. Marta hatte sie gelehrt, im richtigen Moment Nein zu sagen. Die meisten Tricks kannte sie aber aus der Polizeischule. Dort hatte man ihr beigebracht, dass man vorsichtig sein musste, wenn das Gegenüber signifikant größer und stärker war. Und das traf leider auf diesen unappetitlichen Schurken zu.

Sie schloss die Augen, holte tief Luft und umfasste langsam mit beiden Händen Fredriks Schultern. Er wehrte sich nicht dagegen. Sie öffnete die Augen und ihre Blicke trafen sich für eine Sekunde wie zwei Blitze im Himmel, die sich in dem Moment schmerzhaft entluden, als Henry ihrem Widersacher mit voller Wucht ihr Knie in die Weichteile rammte und damit unmissverständlich ihr Nein signalisierte. Er jaulte auf, zuckte zusammen, torkelte kurz nach hinten, blinzelte mit den Augen und versuchte vermutlich, die Sternchen in seinem Sichtfeld zu vertreiben.

„Du Schlampe!“, jammerte er und krümmte sich wie ein geschlagener Hund.

Sie hatte seine Niederlage genutzt und war zur Tür gehastet.

„Fick dich, Fredrik!“, rief sie und sprang alle Stufen der Veranda mit einem Satz hinunter. „Fick dich einfach!“

Henry rannte, obwohl Fredrik sich weiterhin vor Schmerzen krümmte. Es war fast unmöglich, auf der Straße nicht auszurutschen. Jetzt erst bemerkte sie, dass das Opinel-Taschenmesser noch in ihrer Hosentasche war und durch das Rennen nach oben gedrückt wurde. Sie schob es wieder tiefer in die Tasche. Während sie rannte und die kalte Luft in ihren Lungen glühte, dachte sie nach: Es hätte vermutlich nicht zur Deeskalation beigetragen, wenn sie das Ding ausgepackt hätte.

Sie musste lächeln, als sie sich vorstellte, wie er weiterhin in seinem Hausflur stand und wie ein kleines Kind vor sich hin jammerte.

Stockholm, 5. Februar 2019

Sandra hatte zum Abendessen Pytt i Panna gekocht. So konnte sie alles verwerten, was in den letzten beiden Tagen übrig geblieben war. Da ihr Sohn Jonas im Moment beim Essen sehr wählerisch war, ergaben die Reste ein üppiges Dinner für die ganze Familie. Der Kleine saß auf seinem Stuhl und trommelte mit dem Kinderbesteck ungeduldig auf dem Tisch.

„Wo warst du, Papa?", fragte er und schaute Kjell zu, wie er seine Feldjacke an die Garderobe hängte und die salznassen Lederschuhe abstellte.

„Ich habe Henry vom Krankenhaus abgeholt und war mit ihr essen."

„Den ganzen Tag?", fragte Sandra und stellte die Pfanne auf den Untersetzer, der die Form eines Fisches hatte.

Kjell wuschelte seinem Sohn durch die schulterlangen braunen Haare. Es war kaum zu glauben, dass nur drei Jahre vergangen waren, seit er Sandra in den Kreißsaal gefahren hatte.

„Und was hast du gemacht, mein Großer?"

„Gemalt hab ich. Und gespielt." Jonas zeigte auf das Chaos im Wohnzimmer. Die Schienen der Holzeisenbahn schlängelten sich hindurch zwischen Kuscheltieren, Malstiften und Bilderbüchern, die auf dem Boden verteilt lagen.

Sie hatten sich nicht mit einem Kuss begrüßt. Das taten sie schon lange nicht mehr. Vor fünf Jahren hatte er Sandra kennengelernt, als er auf dem Rückweg von einer Exkursion seinen Fuß verstaucht hatte. Sie hatte mit ihrer Freundin im Park einen Kaffee getrunken. Sandra war Krankenschwester und hatte ihm in einer nahe gelegenen Apotheke eine Bandage besorgt und ihn verarztet und zum Dank hatte er sie zu einem Bier eingeladen. Es hatte lange gedauert, bis er sie erobert hatte. Es war über die Jahre zu einem Spiel geworden: Frauen finden und erlegen. Auch Sandra war so eine Trophäe gewesen. Unglücklicherweise war sie von ihm schwanger geworden, und seine Mutter hatte ihn überredet, sie zu heiraten, was er heute manchmal bereute. Andererseits hatte er sich immer eine Familie gewünscht. Dass er hin und wieder mit anderen Frauen schlief, war sein Kompromiss.

Jetzt saßen sie sich gegenüber und stocherten in ihrem Gemüse herum, während ihr gemeinsamer Sohn den teuren Designertisch mit seiner Gabel zerkratzte.

„Wie geht's Henry denn?", fragte Sandra und nahm einen Schluck Wein.

„Gut. Scheint wohl doch nicht so schlimm gewesen zu sein." Er wischte seinem Sohn einen Tropfen Soße vom Kinn.

Natürlich hatte er Sandra erzählt, dass er sich mit Henry traf. Er hatte mit der Zeit gelernt, dass er nur nah genug an der Wahrheit liegen musste, um nicht aufzufliegen.

„Und wie geht es ihr mit dem Tod ihrer Mutter?"

„Wie es einem da eben so geht." Er lud sich noch eine Portion Gemüse auf den Teller. „Du, ich muss vielleicht auf Dienstreise."

„Was für eine jetzt schon wieder?“ Sie seufzte.

„Nach Deutschland. Das Treffen der Naturschutzorganisationen steht an.“

Sandra nickte und schaute auf den Wandkalender. Sie hätte nur fünf Mal umblättern müssen, um Kjell den Termin des letzten internationalen Treffens der Naturschutzorganisationen, das nur einmal im Jahr stattfand, zu zeigen. Er war ein verdammt schlechter Lügner. Sie spürte: Er war aufs Neue auf der Jagd. Sie hatte aber gelernt, dass er am Ende wieder bei ihr landete – wenn er eine andere endgültig erlegt hatte. So akzeptierte sie ihr Schicksal. Sie musste sogar zugeben, dass es ihre Beziehung oftmals belebte. Manchmal hoffte sie schon, er würde erfolgreich sein. Dass er es geschafft hatte, eine andere Frau herumzukriegen, erkannte sie daran, dass er ihr Blumen mitbrachte. Bei Henry war sie nicht sicher, ob Kjell mit ihr schlief oder ob sie nur Freunde und Kollegen waren. Vielleicht war diese Kollegin eine zu harte Nuss für ihren Mann, die er nicht knacken konnte. Dann würde das Spiel ewig dauern. Kjell wollte immer, dass die Frauen sich in ihn verliebten. Nur Sex reichte ihm nicht, um sein Ego aufzupolieren.

„Wann musst du dorthin?“ Sandra tupfte sich den Mund mit einer Stoffserviette ab und legte ihr Besteck mit einem leisen Klack in der Zwanzig-nach-Vier-Stellung auf ihren noch fast vollen Teller.

Kjells Handy klingelte. Er sah, dass es Henry war, warf seiner Frau einen entschuldigenden Blick zu und ging, immer noch kauend, ins Schlafzimmer.

Sandra stellte das Dessert auf den Tisch.

„Was wollte sie?“, fragte sie, als Kjell kurze Zeit später zurückkam.

„Es ging um die Dienstreise.“

„Und sie will nicht mit?“

„Wie kommst du darauf?“

„Hörte sich halt so an, als du ins Schlafzimmer gegangen bist.“

Sandra schob ihm das Dessertschälchen entgegen und fragte nicht weiter nach. Jonas hatte den Löffel zu einem Bagger umdefiniert und grub tiefe Puddinggräben in seine Schale.

Sie war hübsch, hatte durch die Schwangerschaft aber einige Kilo zugenommen, die sie nicht mehr losbekam. Die langen Haare hatte sie sich aus praktischen Gründen abschneiden lassen, weil Jonas immer daran gezogen hatte. Zu Hause trug sie jetzt lieber bequeme Klamotten und das letzte Mal mit High Heels gesehen hatte er sie vor vier Jahren.

Die Qlocktwo-Wanduhr, für die Kjell über zehntausend Kronen ausgegeben hatte, starrte ihn von der Kommode aus an. Noch mindestens vier Stunden, bis er ins Bett gehen konnte.

***

Henry wollte am Abend Kuchen mitbringen, weil sie wusste, dass Christian den mochte. Sie wollte ihm ihre Dankbarkeit zeigen, schließlich übernahm er ihre Präsentation. Am Telefon hatte er einen Obstkuchen geordert, aber ohne Ananas, um gleich darauf zu erklären, dass Ananas in seiner Heimat Erdbeeren waren. Dieser Österreicher verwirrte sie zunehmend. Aber gut, Erdbeeren gab es um diese Jahreszeit ohnehin nicht. Jetzt stand sie vor dem Kuchenregal in der Konditorei und ging das kurze Gespräch mit ihrem Kollegen im Kopf durch. Sie entschied, lieber überhaupt keinen Kuchen mit Obst mitzunehmen. Für sich selbst nahm sie zwei Semlor mit. Die gab es nur im Februar in Schweden. Wenn sie in die klebrige Marzipan-Sahne-Masse biss, fühlte sie sich gleich zu Hause. Ihre Mutter hatte das Semlor-Backen nach einigen Jahren perfektioniert und sie hatten mindestens so gut wie die von Barbro Andersson geschmeckt.

Als sie bei Christian ankam, war es bereits dunkel.

„Guten Abend, gnädige Frau", sagte er mit übertriebenem Akzent und küsste dabei ihre Hand.

„Ist Beate nicht da?", fragte Henry und lugte ins Wohnzimmer.

„Die ist beim Sport."

Sie holte den Kuchen aus der Tüte, legte ihn sorgsam auf einen Teller und stellte ihn auf den Tisch.

„Schade, ich hätte sie gern mal wieder gesehen", sagte sie und leckte sich ein paar Kuchenreste vom Finger.

„Beim nächsten Mal dann."

„Tut mir leid, dass ich so spät bin."

„Des hast ja schon erklärt, warum." Er sah sie vorwurfsvoll an. „Ich sag zu der Fredrik-Sache gleich noch was."

„Außerdem hat mich das mit der Ananas durcheinandergebracht. Deswegen habe ich dir halt doch keinen Obst-, sondern Nusskuchen mitgebracht. Ich hoffe, das ist okay."

Christian schaute skeptisch in die Tüte.

„Sind da Aschantinüsse drin?", fragte er, während er über seine Lesebrille schielte.

Er hatte sich die Haare wachsen lassen und trug jetzt einen langen grauen Zopf. Henry vermutete, dass er sich damit gegen das verstaubte System stellen wollte. Vielleicht passte der Look aber auch besser zu seiner Harley. Ein fast sechzigjähriger Jurist, dem man durchaus ansah, dass Wiener Schnitzel seine Leibspeise war. Dass das echte Wiener Schnitzel aus Kalbfleisch hergestellt wurde, darauf bestand Christian, womit er alle Klischees erfüllte, die Henry über Österreicher kannte. Er hatte Glück, dass Beate eine ausgezeichnete Köchin war. Ansonsten wäre er in Schweden vermutlich verhungert. Zwar ein typischer Wiener, war er aber eben kein typischer Jurist, weshalb Henry ihn ganz besonders gernhatte.

„Also nee, da sind keine Aschantinüsse drin", sagte sie etwas unsicher.

„Dann passt's", antwortete er und packte den Kuchen aus.

Sie biss in eines der Semlor, klappte ihren Laptop auf und erklärte ihm ihr Recherchematerial. Sieben Monate lang hatte sie daran gearbeitet und war sogar mit zwei Kollegen auf die Färöer-Inseln geflogen, um Bewohner zu interviewen. Die Präsentation konnte nur großartig werden.

„Und du meinst wirklich, du bekommst das so schnell noch hin?“, fragte sie und leckte sich einen Sahnerest von der Oberlippe.

„Klar, des ist kein Problem.“ Er winkte ab und scrollte über den Bildschirm. „Du hast ja gute Vorarbeit geleistet, Henry.“

Sie schob ihm den Nusskuchen hin.

„Vergiss nicht zu essen“, sagte sie mit vollem Mund.

Christian biss in das saftige Stück Kuchen und las weiter in Henrys Bericht.

Der Teewecker piepste. Da Henry die Konzentration ihres Kollegen nicht stören wollte, ging sie selbst in die Küche und nahm das Teesieb aus der Kanne. In Christians Haus kannte sie sich gut aus; hier hatten sie schon viele Abende gearbeitet.

Sie nahm sich eine Tasse aus dem Schrank, füllte sie mit Kakaopulver – das hatte er nur für sie im Haus – und leerte die kalte Milch aus dem Kühlschrank darüber. Ein Ächzen drang aus dem Wohnzimmer zu ihr und sie fragte sich, ob sie nicht doch lieber ein paar Abstracts für ihn hätte schreiben sollen, damit er nicht den kompletten Bericht lesen musste. Sie rührte ihren Kakao um und stellte ihn mit der heißen Teekanne auf ein Tablett.

„Was ist los? Geht’s dir nicht gut?“, fragte sie, als sie wieder ins Wohnzimmer kam.

Christian hustete. „Noch geht’s mir gut. Kann sich aber gleich ändern. Sag mal, bist du ganz sicher, dass da keine Aschantinüsse drin waren?“

„Was ist los mit dir?“

„Auf irgendwas bin ich allergisch.“

„Will der Spinner dich auch noch umbringen?" Sie dachte nach. „Nee, also Fredrik war's dann schon mal nicht oder warum sollte dieser kranke Hinterwäldler dich umlegen?"

Sie schlug ihrem Freund und Kollegen mit der flachen Hand auf den Rücken.

„Was redest für einen Unsinn! Du denkst ja nur noch an diesen komischen Fredrik! Hör mal auf, allen Menschen um dich rum zu misstrauen. Und mit dem Geschwätz hörst auch auf. Ich brauch bloß meine Medizin. Die kann ich aber auch noch selber holen. So schlimm ist's ned."

„Ich schwör dir, Christian, ich reiße dem eigenhändig den Kopf ab, der dir das angetan hat."

Ohne ihr zu antworten, holte er unter Kopfschütteln einen Blister mit Tabletten aus dem Regal. Henry reichte ihm seine Teetasse.

„Du hast etwas mit Erdnüssen gekauft, oder?" Er sprach übertrieben akzentfrei.

„Wie jetzt? Erdnüsse auch nicht? Ich dachte, nur diese komischen Aschantinüsse magst du nicht?" Henry senkte den Kopf.

„Aschantinüsse sind doch Erdnüsse", sagte Christian trocken.

„Ihr Österreicher macht mich fertig! Wer soll da noch durchblicken? Warum könnt ihr nicht Deutsch sprechen, und woher soll ausgerechnet ich wissen, dass bei euch eine Ananas eine Erdbeere und diese komischen Aschantinüsse Erdnüsse sind? Zum Teufel noch mal! Ich dachte, das ist irgendeine exotische Nusssorte. Ich bin Schwedin, das kannst du doch nicht mit mir machen. Dann schenk mir ein Wienerisch-Wörterbuch, damit solche lebensgefährlichen Missverständnisse nicht mehr vorkommen! Oder lern Schwedisch oder wir reden künftig Englisch miteinander!"

„Jetzt beruhig dich mal. Des ist doch ned lebensgefährlich. So arg allergisch bin ich auch wieder ned", sagte er.

„Tut mir leid, echt."

„Schon gut. Ich hätte auch dran denken können. Mensch, des ist ja langsam wie in einem Krimi."

„So einen blöden Krimi würde ich nicht kaufen, wo einer wegen seines Wienerischen Dialekts an einem allergischen Schock stirbt. Das glaubt doch keiner."

Er lächelte wieder. „Ich sterb da auch ned dran, wie oft denn noch? Vor zwei Jahren ist in England ein Wirt wegen Totschlags verurteilt worden, weil er statt Mandeln Erdnüsse in ein Curry …"

„Erspar mir deine Horrorgeschichten", unterbrach sie ihn. „Herrgott, ich hoffe, die finden den Kerl bald!"

„Henry." Er berührte sie an der Schulter. „Des waren Erdnüsse. Da bin ich allergisch drauf. Ned arg, aber ein bissel. Und da hat keiner versucht, mich umzubringen."

Sie schien ihm nicht zuzuhören und verrannte sich in die Überzeugung, ihr Freund und Kollege sei Opfer eines Anschlags geworden.

„Du hast des Zeug doch selber vom Zuckerbäcker geholt! Glaubst du wirklich, einer will mich vergiften und mischt irgendwo in der Stadt in irgendeiner Backstube Gift in den Kuchenteig? Woher soll der des wissen, dass des mein Kuchen wird? Madl, bleib am Teppich, bevor du überschnappst!"

Henry war den Tränen nahe. Ihre Unterlippe zitterte.

„Ich versteh's ja, dass du fix und fertig bist." Christian nahm sie in den Arm. „Wie kommst denn jetzt eigentlich die ganze Zeit drauf, dass mich jemand umbringen will? Ich hab doch nix damit zu tun. Da, wo du des gekauft hast, kennt mich doch keiner", sagte er in verständnisvollem Tonfall.

Er leerte jetzt eine ganze Tasse Tee, der noch zu heiß war, auf einmal, grinste dann und sagte: „Es gäbe bestimmt genügend Gründe, mich umzubringen. Aber in dem Fall ist des wirklich Schmarrn."

„Ich weiß doch." Henry sah betreten auf den Boden. „Ja, stimmt schon. Herrgottsack! Irgendwas muss Fredrik doch mit alldem zu tun haben! Und überhaupt: Was soll das Geheimnis meiner Mutter sein? Bestimmt hat das irgendwas mit diesem Freak zu tun."

„Was denn für ein Geheimnis?", fragte Christian und schielte dabei wieder über seine Lesebrille. Wie ein netter alter Märchenerzähler sah er dann aus, fand Henry.

Langsam zog sie den Brief aus der Tasche und legte ihn auf den Tisch, damit ihr Freund sich selbst ein Bild davon machen konnte.

„Des klingt wirklich komisch. Des Beste wird sein, du fragst deinen Vater danach."

Sorgsam faltete sie den Brief wieder zusammen und nickte.

Weil sie nichts mehr sagte, widmete sich Christian wieder dem Computer.

Nachdem er fertig war und sich das Material auf einen USB-Stick gezogen hatte, sagte er: „Ich glaub, du fliegst wirklich nach Deutschland. Und ich guck, dass wir den Kerl finden, der deine Mama auf dem Gewissen hat. Ist wohl besser, wenn du dich ned mehr einmischst."

Henry sah zu ihm auf. „Du willst deine Kontakte spielen lassen?"

„Klar, des mach ich schon. Aber nur, wenn du aus der Schusslinie gehst. Du darfst von Deutschland aus ermitteln, wenn dir des so wichtig ist." Beim Wort „ermitteln" malte er Gänsefüßchen in die Luft.

„Du bist aber noch da, wenn ich wiederkomme?"

Christian drohte seit Wochen an, dass er und Beate über kurz oder lang nach Österreich zurückkehren wollten. Sie wurden mit den Stockholmern nicht warm und er vermisste das österreichische Essen.

„Eh klar. So schnell gehen wir ned. Du bist eine leiwande Kollegin. Aber so wie du dich da reinsteigerst in den Fall, bist du mir nimmer wurscht und …"

Sie sah ihm in die Augen. „Nicht mehr? Und vorher war ich dir wurscht oder wie?"

Er musste schmunzeln, weil das Wort aus ihrem Mund exotisch klang.

„Des sagen wir Wiener halt so. Wir meinen damit, dass wir uns Sorgen machen."

„Du begibst dich schon wieder auf dünnes Eis. Du solltest gemerkt haben, dass man sich, wenn du nicht ordentlich mit mir redest, eher um dich Sorgen machen muss."

„Des soll heißen: Bei anderen Leuten eingebrochen wird nimmer, gell?"

„Ich hatte einen Schlüssel."

„Des hast schon am Telefon erzählt. Man darf trotzdem ned überall reingehen und des weißt du auch. Hausfriedensbruch nennt sich des. Aber des muss ich dir hoffentlich ned erklären."

Sie seufzte laut. Er hatte recht. Es war jetzt wichtiger, ihren Vater zu finden als den Mörder ihrer Mutter.

***

Zu Hause wählte sie die Nummer nach Åkersberga.

Kjell nahm kauend den Hörer ab.

„Was gibt's? Spaghetti?", fragte Henry.

„Nee, Pytt i Panna. Was kann ich für dich tun?"

„Christian macht meine Präsentation."

„Aha", sagte Kjell. „Kannst du überhaupt Urlaub nehmen, jetzt wo unser großer Auftritt ansteht?" Er sprach leise, und sie vermutete, dass er zum Telefonieren in einen anderen Raum gegangen war.

„Nein." Henry sah zum Fenster hinaus. „Ich werde mich krankschreiben lassen."

Sie hörte seinen Atem.

„Kjell?"

„Du weißt, dass Magnus das sicher nicht gut finden wird."

„Hast du mir zugehört? Deshalb reiche ich ja auch keinen Urlaub ein. Ich bekomme ihn sowieso nicht und Magnus kann mich mal."

„Er hat viel für dich getan, das weißt du."

„Ja, und er erinnert mich jeden Tag daran, dass er der Chef ist und ich nichts zu melden habe. Zu Praktikantenarbeit verdonnert er mich ja auch gern. Ich bin ihm nichts schuldig und seinen Kaffee soll er sich jetzt halt mal selber machen."

„Du weißt, dass das echt Ärger gibt, wenn rauskommt, dass du krankfeierst."

„Er wird es nicht erfahren, wenn du es ihm nicht sagst."

„Deinem Mozart für Arme hast du es ja bestimmt auch erzählt?"

„Der wird aber den Mund halten." Sie war genervt. Er musste das heraushören.

Nach einer kurzen Pause sagte Kjell: „Du könntest doch das Schiff nehmen, jetzt, wo du weißt, dass dein Vater bei dem Bootsunglück damals nicht gestorben ist. Konfrontationstherapie sozusagen."

„Und dann von Rostock aus zu Fuß gehen oder wie stellst du dir das vor?"

„In Deutschland soll es auch Züge geben, habe ich gehört."

Offensichtlich kannte er die Deutsche Bahn nicht. Da wäre sie zu Fuß dann doch schneller gewesen. Er wollte wissen, wann ihr Flug ging, und war überrascht, dass sie in so kurzer Zeit, gleich zwei Tage später, ein Ticket bekommen hatte. Aber im Februar kein Wunder; kaum einer machte im Winter Urlaub. Jedenfalls nicht in Deutschland.

Kjell bestand darauf, sie zum Flughafen zu fahren. Sie hätte lieber das Flughafenshuttle genommen. Aber andererseits hoffte sie, im Auto ein letztes Gespräch mit ihm führen zu können. Darüber, dass sie die Affäre mit ihm endlich beenden musste.

Nach dem Telefonat stellte sie sich vor, wie er an den Esstisch zu Frau und Kind zurückkehrte, während sie auf der Couch ein Tête-à-Tête mit der Chipstüte hatte. Nein, er war nicht gut für sie. Manchmal wollte sie jemanden, der immer da war und nicht nur am Wochenende, wenn es gerade einmal keinen Ausflug für den kleinen Jonas nach Skansen oder Junibacken gab. Und ein anderes Mal war sie wieder froh, dass sie sich nur mit diesem Teilzeit-Casanova abgeben musste.

Stockholm, 6. Februar 2019

Bei Doktor Frobenius hatte Henry keinen Termin mehr bekommen. Nach so vielen Jahren, die sie sich bei ihm in Therapie befunden hatte, wusste sie aber, wann er anfing zu arbeiten.

Mit einem Kaffeebecher stand sie vor dem Ärztehaus. Sie hatte ihn nur gekauft, um sich die Hände daran zu wärmen. Doktor Frobenius hatte seine Praxis im Stadtteil Östermalm, direkt neben dem Park Humlegården. Während sie wartete, liefen mehrere Jogger auf dem Weg in den Park an ihr vorbei. Jeder Atemzug verursachte kleine Nebelwolken vor ihren Gesichtern.

Pünktlich um neun Uhr stieg der Psychiater aus dem Bus. Sie erkannte ihn schon von Weitem, wie er mit einer klischeehaften schwarzen Ledertasche unter dem Arm zügig auf das Ärztehaus zuschritt.

„Doktor Frobenius?", sagte Henry, als er an ihr vorbeigehen wollte.

Er sah sich nach ihr um. „Henriette! Das ist ja eine Überraschung."

„Kann ich kurz reinkommen?"

Ungelenk zog er den Ärmel seines Mantels ein Stück hoch und sah auf seine Armbanduhr.

„Eigentlich habe ich einen wichtigen Termin, den ich noch vorbereiten muss", sagte er zögerlich.

Sie legte den Kopf zur Seite und lächelte. „Bitte. Es geht ganz schnell."

„Also gut, aber nur zwanzig Minuten."

„Was gibt es denn so Dringendes?", fragte Doktor Frobenius und hängte Henrys Mantel an die Garderobe. Sie setzte sich auf den Sessel vor dem großen Bücherregal. Wie oft hatte sie die Buchrücken studiert? Mindestens die Hälfte der Titel hätte sie auswendig aufsagen können. Das Gefühl, auf dem weichen Ledersessel zu sitzen, erinnerte sie an viele Stunden, die sie hier verbracht hatte. Doktor Frobenius war vermutlich der Mensch, der sie am besten kannte. Zumindest jetzt, wo ihre Mutter nicht mehr lebte.

„Ich will gleich auf den Punkt kommen. Mein Vater ist nicht tot."

Er faltete die Hände wie zu einem Gebet und sah sie mit diesem Blick an, der sich jedes Mal so anfühlte, als ginge er direkt in ihre Seele. Dieser Mann hatte eine Begabung, das stand fest.

„Wirklich, er ist nicht tot." Er dachte sicher, dass sie fantasierte. Immerhin war er Psychiater und sie wäre bestimmt nicht die erste Person gewesen, die auf diesem Stuhl wahnwitzige Behauptungen aufstellte.

„Wie haben Sie davon erfahren?"

Henry holte Luft. „Also meine Mutter … vielleicht haben Sie es in der Zeitung gelesen, sie …" Sie schob ihre zitternden Hände unter die Handtasche, ihre Silberarmreifen drückten kalt in ihr Gelenk. Doktor Frobenius sah sie erwartungsvoll mit seinem Psychiaterblick an. „Was ist mit Ihrer Mutter?"

„Meine Mutter wurde … also sie wurde erschossen."

Henry senkte den Kopf. Noch immer kam ihr dieses letzte Wort schwer über die Lippen und sie konnte sich nie zwischen „ermordet", „erschossen" oder „umgebracht" entscheiden. Alle drei Wörter waren furchtbar und keines passte zu ihrer Mutter.

Es war zwei Jahre her, seit Henry das letzte Mal bei ihm gewesen war. Jetzt überlegte er vermutlich, ob es nicht doch an der Zeit war, seine Patientin zu medikamentieren.

„Sie wurde in ihrem Haus in Sigtuna … Es passierte in ihrem Haus, während ich am Telefon war. Sie können das in jeder Zeitung nachlesen. Ich möchte das jetzt alles auch nicht noch mal erzählen."

„Ich habe davon gelesen", räumte Doktor Frobenius ein. „Das stand tatsächlich überall, aber ich wusste ja nicht, dass es sich um Ihre Mutter handelt. Es tut mir wirklich aufrichtig leid, was mit ihr passiert ist. Wie haben Sie erfahren, dass Ihr Vater noch lebt?"

„Ich habe im Haus meiner Mutter Hinweise darauf gefunden. Und ich werde ihn suchen."

Doktor Frobenius schob seine Brille hoch. Er kannte Henry seit Kindheitstagen, und sie sah ihm an, dass er im Kopf ihre Akte durchging.

„Was ich damit sagen will … Die ganzen Jahre war ich umsonst bei Ihnen." Sie stellte fest, dass sich in seinem Behandlungszimmer fast nichts geändert hatte. Es hingen immer noch dieselben Bilder an der Wand: Naturfotografien, die wohl eine beruhigende Wirkung auf seine Patienten haben sollten. Bei ihr löste das Foto von dem tosenden Meer das Gegenteil aus.

Ein väterliches Lächeln zierte die Lippen des Arztes. „Was meinen Sie denn mit ‚Hinweise'?"

Natürlich, er glaubte immer noch, dass sie fantasierte.

„Einen Brief, den er im Januar dieses Jahres geschrieben hat", sagte sie bestimmt. „Ich kann Ihnen den zeigen, er ist ..." Sie wühlte in ihrer Handtasche, aber der Brief war nicht da.

„Na ja." Sie lächelte unschlüssig. „Liegt wohl daheim. Aber darum geht's ja auch nicht."

Seine Augen weiteten sich. „Henriette, wenn das stimmt, dann waren Sie trotzdem nicht umsonst bei mir. Das Bootsunglück hat Sie seit Ihrem zweiten Lebensjahr geprägt. Es war wichtig, dass Sie mit mir darüber gesprochen haben, und das wissen Sie doch auch. Sie arbeiten jetzt an Ihrer Aquaphobie, aber den Anstoß dazu haben Sie hier, in diesem Raum, bekommen."

Hier waren viele Tränen geflossen. Man hatte aufgearbeitet, erzählt, besprochen, analysiert. Selbst als sie in Deutschland gewesen war, hatte sie den Kontakt zu ihrem Psychiater gehalten. Der Glaube, dass ihr Vater bei einem fürchterlichen Unglück ums Leben gekommen war, hatte sie nie losgelassen. Sie hatte immer davon geträumt, wie er unter einem Bug trieb, vielleicht sogar in einem Seil verfangen, und dort qualvoll ertrank. Erst vor zwei Jahren war es leicht aufwärtsgegangen, und sie hatte beschlossen, ihrer Angst vor Wasser entgegenzutreten.

„Natürlich. Aber mein Vater ist nicht bei einem Bootsunglück gestorben, das meine ich. Verstehen Sie nicht? Das ändert doch eigentlich alles!"

Sie spielte mit dem Reißverschluss der Handtasche auf ihrem Schoß und ignorierte den Geschmack von Salzwasser auf ihrer Zunge. Immer wenn sie hier war, hatte sie das Gefühl, etwas vor sich legen zu müssen, um sich zu schützen. Nicht weil Doktor Frobenius eine Gefahr bedeutete, sondern weil er nach der Wahrheit suchte. Sie erinnerte sich daran, wie er irgendwann vor einigen Jahren auf die Wahrheit gestoßen war, die tief in ihrem Inneren verborgen gewesen war. Und sie erinnerte sich daran, wie schmerzhaft diese Erkenntnis auch heute noch war.

„Ich freue mich sehr, dass Ihr Vater noch am Leben ist."

„Aber Ihnen ist auch klar, dass ich nicht verrückt bin, oder?" Sie sah ihn fragend an.

„Das war nie das Thema. Wir haben viele Jahre darüber gesprochen, dass eine Psychotherapie nicht bedeutet, dass man verrückt ist, sondern lediglich, dass die Seele erkrankt ist. Jede Kinderseele würde erkranken, wenn der Vater stirbt."

„Aber er ist ja nicht gestorben. Das bedeutet doch, dass meine Seele in Wahrheit nicht erkrankt war."

„Stellen Sie sich doch mal vor, Sie wären verliebt."

Sie sah ihn fragend an.

„Ich weiß", fuhr er fort. „Das können Sie sich nur schwer vorstellen." Er zwinkerte. „Aber versuchen Sie es. Und dann stellen Sie sich vor, dass jemand Ihnen sagt, die Person wäre nicht an Ihnen interessiert. Hätten Sie Liebeskummer?"

„Klar", sagte Henry.

„Eben. Sie hätten Liebeskummer, auch wenn die Geschichte gar nicht stimmt und die Person Sie vielleicht doch ebenso liebte."

Sie kannte diese Vergleiche von ihm und ärgerte sich, dass er sie jedes Mal vor die Aufgabe stellte, sie auf ihre Situation anzuwenden. Aber dieses Mal verstand sie sofort, was er meinte.

„Kein schlechtes Beispiel, Doc." Sie nickte anerkennend. „Aber ich bin nicht nur gekommen, um Ihnen das zu erzählen."

„Sondern?"

„Sie verstehen sicher die Dringlichkeit, mit der ich meinen Vater nach der langen Zeit wiedersehen möchte. Er wohnt immer noch in Deutschland. Und wir haben aktuell so ein Projekt bei One Earth laufen und Urlaub einreichen ist im Moment, sagen wir mal, eher schwierig? Na ja, und ich dachte …"

„… dass ich Sie krankschreibe?" Doktor Frobenius legte sein Klemmbrett zur Seite. Er hatte ohnehin nichts notiert, sie war schließlich nicht mehr seine Patientin, es war vielmehr eine Requisite für ihn.

„Ehm, ja. Sie sind der einzige Arzt, dem ich das erzählen kann, und da ich so schlecht im Lügen bin, wie Sie wissen, möchte ich meinen Hausarzt nicht darum bitten." Sie zog ihre Tasche näher an sich.

„Und Sie meinen, dass das gut ankommt, wenn ein Psychiater Sie krankschreibt?", fragte er schmunzelnd.

„Meine Mutter ist gestorben. Ich war sowieso krankgeschrieben, allerdings von meinem Hausarzt. Aber wenn ich den nach einer Verlängerung frage, schickt er mich ohnehin zu einem Seelenklempner. Dann lande ich wieder hier und stelle dieselbe Frage. Nur verzögert das mein Vorhaben erheblich."

„Das stimmt vermutlich." Er seufzte und holte seine Formulare. „Bis wann?"

„Vielleicht erst mal zwei Wochen?", fragte sie vorsichtig aus Angst, dass sie einen zu hohen Einsatz in die Verhandlung warf.

„Gut. Zwei Wochen. Weil Sie's sind. Ich wünschte, Sie hätten mir dieses Mal nicht die Wahrheit gesagt."

„Ach, Herr Doktor Frobenius, Sie schickt wirklich der Himmel!"

„Jetzt übertreiben Sie mal nicht. Außerdem sind doch Sie zu mir gekommen und nicht umgekehrt." Er kritzelte etwas aufs Krankschreibungsformular, das Henry nicht lesen konnte, und reichte es ihr.

„Was mich noch interessiert: Lassen Sie sich eigentlich immer noch auf Männer ein, die ganz sicher keine feste Beziehung mit Ihnen eingehen möchten?" Er zwinkerte wieder.

Verlegen biss Henry sich auf die Unterlippe und knibbelte den Nagellack an ihrem linken Daumen ab. „Na ja, Sie wissen ja: Je unerreichbarer die Kerle für eine echte Beziehung sind, desto wahrscheinlicher ist es, dass ich mich doch in sie verliebe."

Der Arzt lächelte väterlich. „Das sollten Sie dringend ändern. Ich weiß ja, dass es etwas mit Ihrem unerschütterlichen Misstrauen anderen Menschen gegenüber zu tun hat. Aber auch hieran sollten Sie noch arbeiten. Sie wissen, dass Sie jederzeit einen Termin bei mir ausmachen können." Er machte eine kurze Pause. „Ich finde es trotzdem schön, dass Sie mir das mit Ihrem Vater mitgeteilt haben. Immerhin haben wir fast zwanzig Jahre lang daran gearbeitet. Sie waren eine meiner ersten Patientinnen."

„Das weiß ich und Sie haben Ihre Arbeit gut gemacht."

Sie wusste, dass sie Doktor Frobenius nicht mehr brauchen würde und dass dies ihr endgültiger Abschied von ihm war. Sie sah keine Notwendigkeit darin, ihre falsche Vergangenheit mit einem Arzt aufzuarbeiten. Jetzt war sie selbst an der Reihe, den Rest der Wahrheit neu zusammenzusetzen und zu betrachten.

***

Oskar musste auf jeden Fall mit. Schließlich war Henry auf den Spuren ihrer Kindheit, da durfte das Stofftier nicht fehlen.

Sie zog verschiedene Kleidungsstücke aus dem Schrank, überlegte bei jedem kurz und warf es dann auf ihr Bett. Normalerweise passte sie sich chamäleonartig ihrem Gegenüber an, aber jetzt wusste sie nicht, auf wen sie treffen würde. Würde es ihrem Vater besser gefallen, wenn sie schick gekleidet war, oder würden ihm die alternativen Boho-Klamotten zusagen? Henry entschied, mehrere Outfits einzupacken. Der Wetterbericht ließ zumindest hoffen, dass es in Deutschland nicht so kalt war wie in Stockholm. Jetzt überlegte sie, ob sie ihrem Vater sagen sollte, dass sie Polizistin war – oder doch lieber Juristin?

Sie hatte ja keine Ahnung, was ihr Vater für einen Beruf hatte. Sie würde spontan entscheiden.

Henry packte die Kassette ein und warf die Handcreme in den Mülleimer. „Ich brauche nicht noch eine Nacht im Krankenhaus", sagte sie, als die Tube zwischen leeren Joghurtbechern verschwand. Die Sache mit der Creme und der Vorfall bei Christian hatten sie schon richtig paranoid gemacht. Ein bisschen Abstand würde ihr guttun.

Die ganze Nacht wälzte sie sich hin und her, träumte von Marta, die in ihren Armen starb, und von ihrem Vater auf einem Segelboot, das kenterte. Sie selbst saß auf dem Boot und schrie nach ihrer Mutter. Immer wieder wachte sie schweißgebadet auf.

Stockholm, 7. Februar 2019

Kjell stand mit einer Tüte Kanelbullar, schwedischen Zimtschnecken, eine halbe Stunde zu früh in ihrem Wohnzimmer. Er stellte die Papiertüte auf den Tisch.

„Damit ich in Tübingen die Klischee-Schwedin spielen kann? Sehr umsichtig von dir." Sie öffnete die Tüte und sog mit geschlossenen Augen den Duft nach Zimt und Kardamom auf, der sie an ihre Mutter erinnerte. „Hast du noch ein Billy-Regal für mich oder eine Tüte Köttbullar, die ich mitnehmen kann?"

„Ich fürchte, kein Deutscher schließt von einem Billy-Regal darauf, dass du aus Schweden kommst. Die Deutschen haben, glaube ich, mehr Billy-Regale in ihren Wohnzimmern stehen als wir. Hast du nur die eine Tasche?", fragte er und schaute sich im Zimmer um.

„Und den Rucksack fürs Handgepäck." Sie deutete auf das Sofa, wo ihr Notizbuch aus dem Gepäck ragte.

Kjell spielte an den Federn eines Traumfängers, den Henry zur Reparatur auf ihren Wohnzimmertisch gelegt hatte. Es waren zwei Fäden gerissen. Er war ein Geschenk von Barbro gewesen und die Nachbarin hatte schon im Sommer angeboten, ihn zu reparieren, aber Henry vergaß jedes Mal, ihn mitzunehmen.

„Willst du dir während deiner Reise auch mal Gedanken über uns machen?", fragte Kjell plötzlich.

„Ich habe in Deutschland sicher anderes im Kopf." Sie warf ihr Handyladekabel in den Rucksack. „Aber vielleicht solltest du dir mal Gedanken machen. Denn eigentlich will ich das so gar nicht mehr." Der letzte Satz kam ihr schwer über die Lippen, doch sie war froh, ihn ausgesprochen zu haben.

„Das fällt dir ja früh ein. Ich glaube, du bist einfach nicht fähig, eine Beziehung zu führen", sagte Kjell. Er schien eingeschnappt zu sein.

Henry zog den Reißverschluss zu und sah ihn mit offenem Mund an. „Im Gegensatz zu dir, der sogar in der Lage ist, gleich zwei Beziehungen zu führen, oder wie?"

„Vielleicht liegt es ja daran, dass deine Mutter auch nur Affären hatte. Denk doch mal darüber nach."

„Lässt du wohl meine Mutter aus dem Spiel? Ich weiß ja, dass du sie nie leiden konntest, aber sie ist tot! Und über Tote spricht man so nicht. Ich glaube, ich fahre doch mit dem Bus."

„Entspann dich. Vielleicht hat dein Vater deshalb die Familie sitzen lassen? Weil deine Mutter sich genauso wenig binden wollte wie du? Ist nicht böse gemeint, nur eine Theorie."

Henry schnappte nach Luft. „Ich werde dir schon beweisen, dass das nicht so war. Die Wahrheit liegt irgendwo in Deutschland und ich werde sie herausfinden."

Er nahm ihr den Rucksack aus der Hand und warf sich ihre Tasche über die Schulter. „Na, dann fang mal an. Gehen wir!"

Wutschnaubend stapfte sie hinter ihm her.

Auf dem Weg zum Flughafen biss sie in eine Zimtschnecke und ließ die schwedische Landschaft an sich vorbeiziehen. Wie wäre ihre Kindheit verlaufen, wenn sie nicht in diesem beschaulichen Sigtuna aufgewachsen wäre? Wäre sie ein anderer Mensch, wenn sie ihre ganze Kindheit in Tübingen verbracht hätte? Immerhin war sie da geboren. Einerseits.

Andererseits: eine Kindheit ohne ihre Freundin Janne, die sie dringend mal wieder anrufen musste. Ohne Flaschenpost in den Seitenarmen des Mälarsees. Ohne diese endlosen Wälder, ohne Elche. Ohne Pilzesammeln und Beerenpflücken. Ohne Midsommar- oder Luciafeste, ohne Tomtegubbar. Ohne Käse in Tuben.

Sie war gespannt auf diese Stadt in Süddeutschland. Ihre Oma hatten sie einmal auf der Schwäbischen Alb besucht, aber daran konnte Henry sich nicht mehr erinnern. Danach war die Großmutter immer nach Schweden geflogen.

„Hier“, sagte Kjell und reichte ihr ein Stoffsäckchen.

„Was ist das?“

„Warum fragen Menschen das immer, anstatt einfach reinzuschauen?“

Sie zog die Kordeln auseinander und griff hinein. Ein kleiner Glasanhänger in Form eines Wassertropfens kam zum Vorschein. Sie betrachtete ihn von allen Seiten.

„Ein Talisman für dich. Man kann auch garantiert nicht darin ertrinken, versprochen.“

Sie hielt ihn gegen das Sonnenlicht, das sich hellblau darin brach.

„Der ist toll, danke."

„Du musst aber aufpassen. Er ist ziemlich scharfkantig, nicht, dass du dich damit verletzt. Dir traue ich das zu."

Sie schob ihn trotzdem in ihre hintere Hosentasche. „Ein Glücksbringer, den man nicht am Körper trägt, bringt kein Glück, Kjell. Weiß ich von Barbro."

„Wenn Barbro das sagt, wird es stimmen."

„Den hätte ich schon früher brauchen können."

„Warum?" Er wandte seinen Blick von der Straße ab und sah sie kurz an.

„Na, weil meine Mama dann vielleicht nicht ermordet worden wäre oder weil ich nicht diesem Irren in die Arme gelaufen wäre oder weil …"

„Welchem Irren?" Kjell hielt das Lenkrad angestrengt mit beiden Händen fest.

„Ach, nicht so wichtig." Sie biss sich auf die Lippe und ärgerte sich, dass sie diese Andeutung gemacht hatte. Warum musste sie immer erst reden und dann über die Folgen nachdenken? Aber er ließ nicht locker und sie war sich bewusst, dass sie aus der Nummer nicht mehr rauskam. Also erzählte sie ihm, dass sie bei Fredrik gewesen war. Dass sie eigentlich nur was nachschauen wollte, aber er dann nach Hause gekommen war.

„Du warst bei Fredrik? In seinem Haus?"

„Nein!", sagte sie und hoffte, er würde diese Lüge nicht durchschauen. „Also erst, als er mich hereingebeten hat." Sie war sich durchaus im Klaren darüber, dass sie die Wahrheit etwas anpassen musste.

„Und weiter?"

Sie zögerte kurz, berichtete dann aber doch, wie Fredrik über ihre Mutter gesprochen hatte.

„Das ist so ein elendiges Schwein!" Kjell schlug mit der Hand gegen das Lenkrad.

„Ja, das habe ich ihm auch gesagt", sagte Henry schulterzuckend.

„Du hast was?" Er sah sie entsetzt an, lenkte seinen Blick aber sofort wieder auf die Straße. Sie hatte ihm schon öfter von Fredrik und seinen mutmaßlichen Gewaltausbrüchen gegen ihre Mutter erzählt, und obwohl er ihn nicht kannte, mochte er ihn nicht.

Sie schob die angebissene Zimtschnecke zurück in die Tüte. „Ich habe ihm gesagt, dass er meine Mama geschlagen hat und dass er ein Schwein ist." Sie sagte das, als sei es das Normalste der Welt, einem Psychopathen den Spiegel vorzuhalten.

„Und was hat er dann gemacht?"

„Er hat halt gesagt, dass ich auch nicht besser bin als meine Mutter."

Die ganze Wahrheit drückte gegen ihre Stimmbänder. Sie schluckte den Drang zu erzählen, dass er ihr an die Hüfte gefasst hatte, hinunter. Ihr war klar, dass Kjell ansonsten ausrasten würde, und sie würde nicht mehr für Fredriks oder seine Sicherheit garantieren können. So gut kannte sie ihn. Jetzt wollte sie aber keinen Ärger, sie wollte ihren Vater finden.

„Der soll mir mal begegnen!", sagte Kjell laut und schüttelte den Kopf.

„Ach, ist doch egal. Lass den Idioten reden."

Das Spielzeug, das über dem leeren Kindersitz auf der Rückbank des Volvos hing, klingelte bei jeder Unebenheit der Straße und erinnerte Henry daran, dass Sandra und Jonas zu Hause auf Kjell warteten. Und dass sie ihn während der Fahrt auf die Affäre ansprechen wollte.

„Was hast du ihr eigentlich erzählt?“, fragte sie.

„Wem?“

„Deiner Frau.“

„Dass ich dich zum Flughafen fahre natürlich.“

Die vorbeiziehende Landschaft verursachte ein Augenzittern, als Kjell den Volvo über die E4 steuerte. Wie oft sie diese Straße in der letzten Woche mit ihrem Käfer entlanggefahren war! Als sie an der Ausfahrt Sigtuna vorbeikamen, dachte sie an Barbro Andersson. Nicht mal eine Reiki-Meisterin vierten Grades hatte ihre Mutter vor dem Tod bewahren können. Barbro hatte zur Tatzeit nichts gehört. Sie sagte, der Sturm sei zu laut und sie mit einem Ritual beschäftigt gewesen. Sie hatte nicht etwa einen schützenden Runenkreis um Martas Haus gelegt, sondern einen Liebeszauber für Karin Åslund durchgeführt. Dabei wusste jeder in Sigtuna, dass Karin Åslund ein hoffnungsloser Fall war.

Henry fragte nicht weiter nach, weil sie müde war und sich nicht noch mehr Vorwürfe von Kjell anhören wollte. Sie hoffte, dass sich alles von allein erledigen würde, wenn sie nur in Deutschland war. Vielleicht würde er ja auch selbst zur Vernunft kommen, wenn sie eine Weile weg war.

Der Flughafen war nicht besonders voll. Im Februar gab es wenige Touristen in Schweden. Auf dem Rollfeld stand das Flugzeug der Lufthansa, das sie nach Stuttgart bringen sollte.

Sie gingen nebeneinander zum Gate, Kjell trug noch immer ihre Tasche und ihren Rucksack. Plötzlich blieb er stehen und sah in eine Richtung, in der viele Menschen standen. Er wurde nervös. Henry erkannte mehrere Personen, die die Abflugzeiten studierten.

„Wir sollten uns beeilen", sagte er und schob sie weiter.

„Was ist los?"

„Nichts, wir müssen uns nur beeilen."

Eine groß gewachsene blonde Frau trat aus der Menschentraube und sah sich um. Vermutlich suchte sie ihr Gate. Henry meinte zu bemerken, wie er den Kopf wegdrehte, als wolle er sich verstecken.

„Kennst du die?", fragte sie.

„Flüchtig."

„Auch eine Affäre von dir?" Henry lachte.

„Bullshit!", fuhr Kjell sie an. „Das ist eine Schulfreundin, die will ich nicht treffen."

Er nahm Henrys Hand und zog sie weiter.

„Lass das!", fauchte Henry, aber Kjell ignorierte sie. Ihr wurde schlagartig bewusst, dass sie mit ihrer Vermutung gar nicht so falschgelegen hatte. Sie ahnte, dass er nicht nur mit ihr eine Affäre hatte. Umso wichtiger war es, das Ganze zu beenden, aber sie schaffte es nicht. Henry hatte wieder große Hoffnung, dass der räumliche Abstand ihr dabei helfen würde.

Am Gate blickte er sich noch einmal nach der Frau um, sie war aber nicht zu sehen.

„Tja dann …", murmelte er und sah auf seine Schuhe. „Guten Flug und was man so sagt." Er sprach schnell und es schien, als habe er es auf einmal eilig, was Henrys Vermutung ein weiteres Mal bestätigte. Warum sollte man vor einer Schulfreundin abhauen?

„Danke fürs Fahren. Ich melde mich."

„Alles klar. Viel Glück!" Er drehte sich um.

„Hej då", sagte sie, hob zum Abschied die Hand und sah ihm nach, wie er schnellen Schrittes in Richtung Ausgang ging, ohne sich noch einmal umzudrehen.

Einige Minuten später, Henry saß bereits am Gate, kam die junge Frau von der Abflugtafel herein. Jetzt, wo sie die Dame mit den langen blonden Haaren aus der Nähe sah, wurde ihr endgültig klar, dass es keine Schulfreundin von Kjell sein konnte. Sie war sicher zehn Jahre jünger als er. Kurz überlegte Henry, ob sie die Frau ansprechen sollte, entschied sich aber dann dagegen. So genau wollte sie das alles gar nicht wissen.

Tübingen, 7. Februar 2019

Henry hatte vergessen, wie anders Deutschland war. Sie hatte sich vorgestellt, dass es in Süddeutschland genauso viel Schnee gab wie in Stockholm. Der wenige Schnee aber lag traurig und schwarz am Straßenrand. Die Wiesen versteckten sich unter einer dünnen Schneeschicht, schimmerten hier und da jedoch schlammbraun hervor. Der Bus war nicht voll, aber die Scheiben beschlagen. Sie musste sich erst wieder daran gewöhnen, dass die Menschen um sie herum Deutsch sprachen. In Schweden hatte sie nur mit ihrer Mutter Deutsch gesprochen. Und mit Christian zumindest so etwas Ähnliches.

Ein bisschen fühlte sie sich wie zu Hause, als der Bus alle fünf Minuten in kleinen Dörfern anhielt, ein paar Reisende ausspuckte und andere einsammelte. Sie musste zugeben, dass Süddeutschland ganz anders als Norddeutschland war.

Nach einer Dreiviertelstunde kam sie am Busbahnhof in Tübingen an.

Bei Plusgraden ließ sie sich von ihrem Smartphone in die Stadt navigieren und ging konzentriert über eine Brücke, an deren anderem Ende sie junge Leute auf einer Mauer sitzen sah – trotz niedriger Temperaturen. Ihre Füße hingen bedrohlich dicht über dem Neckar. Eine Frau, vermutlich eine Studentin, hatte ihren Kopf auf den

Schoß eines Mannes gelegt und sah in den Himmel. Henry bewunderte diese Leichtigkeit, mit der andere Menschen so nah am Wasser sitzen konnten. Sie stellte sich vor, wie ihre Eltern vor über dreißig Jahren dort gesessen hatten. Vielleicht hatten sie hier das Bier getrunken, dessen Kronkorken jetzt in einer alten Blechdose lag.

Sie musste zugeben, dass ihr die Stadt gefiel. Solche Fachwerkhäuser kannte sie zwar von Fotos, jedoch hatten diese hier eine Gemütlichkeit, die ihr so noch nicht begegnet war. Ein ganz kleines bisschen erinnerte sie diese Stadt von ihrer Gemütlichkeit her an Sigtuna, nur waren die Häuser wesentlich größer. Es gab sogar welche, die sich regelrecht über die Straße beugten und fast so aussahen, als würden sie bald umkippen. Man hatte sicher eine tolle Aussicht von da oben. Sie fragte sich, wie die Menschen waren, die hier aufwuchsen. Waren sie anders als die Hamburger oder die Schweden? Über Schwaben hatte sie schon vieles gelesen, aber ob das alles so stimmte? Dass ihnen die sogenannte Kehrwoche so wichtig und sie übertrieben sparsam waren. Marta hatte wenig von ihrer alten Heimat erzählt, und obwohl Henry in dieser Stadt geboren war, fühlte sie sich fremd.

Die restlichen Zimtschnecken von Kjell waren in der Papiertüte zerdrückt worden. Mit einem Kaffee setzte sie sich auf den Vorsprung eines abgedeckten Brunnens vor dem imposanten Rathaus.

Sie beobachtete die Menschen, die an ihr vorbeigingen. In Stockholm sahen alle gleich aus. Hier aber waren die Leute ganz unterschiedlich gekleidet. Es wirkte bunter auf sie, obwohl die Stadt selbst dieses mittelalterliche Flair ausstrahlte. Eine Mutter durchquerte mit ihrer Tochter die Szene und ermahnte sie, weil sie trödelte. „Du beeilsch dich jetzt, hab ich g'sagt!" Der Dialekt erinnerte Henry an ihre Großmutter und sie musste unweigerlich lächeln. Ob ihr Vater auch so sprach?

Sie biss in eine zerdrückte Zimtschnecke und der Geschmack schickte sie auf eine kurze Zeitreise zurück in die frühen Morgenstunden, als sie noch in Schweden, in ihrer Heimat, gewesen und in Kjells Volvo über die E4 gefahren war.

Das Klingeln ihres Smartphones holte sie wieder in die Gegenwart. Als sie die schwedische Ländervorwahl sah, ließ das aufkommende Heimweh schlagartig nach.

„Hier ist Mikael Dahlin, Kriminalpolizei Stockholm."

„Na endlich! Ich bin froh, Sie zu hören."

Nach dem Mord an ihrer Mutter hatte sie erst ein Mal mit dem Kommissar zu tun gehabt und seither nichts mehr von ihm gehört.

„Das hört man als Polizist ehrlich gesagt selten", sagte er etwas verlegen. „Ich rufe Sie an, weil ich Ihre Hilfe benötige."

Henry fühlte sich geehrt. Ob er wusste, dass sie eine Ausbildung zur Polizistin absolviert hatte? Sie hatte in Schweden nie in diesem Beruf gearbeitet, sie war eine durch und durch deutsche Polizistin. Aber natürlich hätte sie auch in Schweden ermitteln können.

„Wir haben herausgefunden, dass das Projektil, mit dem Ihre Mutter erschossen wurde, aus Gold gefertigt worden ist."

Henry legte irritiert die Zimtschnecke zur Seite.

„Aus Gold?“ Sie verstand nicht.

„Ja, genau genommen aus 750er-Gold. Das ist eine hochwertige Legierung, die man oftmals für Eheringe benutzt.“

In Gedanken ging sie eine Bibliothek an Erinnerungen durch, konnte die neuen Informationen aber auf keine Weise verknüpfen. Warum hatte jemand ihre Mutter mit einem Goldprojektil erschossen?

„Wie soll das gehen?“ Henry konnte ihre Unsicherheit nicht verbergen.

„Man ersetzt eigentlich nur einen Teil der Patrone, das kann jeder Hobbyschütze. Oder jemand, der sich sonstwie mit Modellbau oder Ähnlichem auskennt. Daher reicht auch ein Ring dafür.“

„Sie meinen, da hat jemand einen Ring eingeschmolzen?“

„Ich habe Ihnen das bislang nicht gesagt, weil es Teil der Ermittlungen ist. Bei der Patrone kommen wir aber nicht weiter, daher rufe ich Sie an. Zugegebenermaßen haben wir da noch keine wirkliche Vorstellung, was das zu bedeuten hat, aber wir wollen, wie gesagt, allem nachgehen. Es könnte sich um einen Ritualmord oder etwas in der Art handeln. Eine Idee ist eben, dass es sich um ein eingeschmolzenes Schmuckstück handeln könnte. Vielleicht sogar um eines, das Ihrer Mutter gehört hat.“

Sie atmete erleichtert auf. „Mit Sicherheit nicht. Meine Mutter besaß hauptsächlich Modeschmuck, und der wurde ja, wie Sie wissen, erst danach gestohlen. Wenn Sie den brauchen, fragen Sie doch mal bei Fredrik Lindström nach."

„Natürlich wissen wir, dass der Schmuck gestohlen wurde. Aber wir fragen uns, ob Ihre Mutter einen Ehering besessen hat."

„Auch da kann ich Sie beruhigen", sagte sie jetzt leise, weil sich ein Paar neben ihr auf der Stufe niedergelassen hatte. Erst als die beiden eine Unterhaltung begannen, wurde ihr wieder bewusst, dass sie in Deutschland war und man sie vermutlich gar nicht verstand, wenn sie Schwedisch sprach.

„Den Ehering meiner Mutter trage ich seit fünfzehn Jahren selbst am Finger." Sie hob dabei ihre Hand und betrachtete das Schmuckstück, in dem sich die grauen Wolken am Himmel spiegelten.

„Können Sie uns den Ring bringen? Wir wollen ein paar Laboranalysen durchführen."

„Zur Polizei? Das wird schwierig. Ich bin im Moment in Deutschland. Genau genommen in Tübingen."

„Das ist ja interessant. Wie kommen Sie dazu, nach Tübingen zu reisen?"

„Das hat familiäre Gründe."

„Ich dachte mir so etwas. Wir sind ohnehin mit den Tübinger Kollegen wegen des Mordfalls in Kontakt."

Henry war verwirrt. Was hatte die deutsche Polizei mit der ganzen Sache zu tun?

„Sie müssen verstehen, dass ich Ihnen nichts dazu sagen kann, da wir mitten in den Ermittlungen stecken. Aber zu Ihrer Beruhigung: Wenn ein Mord an einem deutschen Staatsbürger verübt wird, ist es üblich, die deutschen Behörden mit ins Boot zu holen. Ihre Mutter hat nie die schwedische Staatsbürgerschaft angenommen, deshalb müssen wir so vorgehen. Sie können den Ring also beim Tübinger Kriminalkommissariat abgeben. Ich habe Kontakt zu einem gewissen Kommissar Daniel Faber. Fragen Sie nach ihm, er weiß, worum es geht."

„Warum brauchen Sie denn jetzt meinen Ring dafür?"

„Nun, wir gehen davon aus, dass Ihr Vater das Gegenstück dazu besitzt …"

Und weil Henry schwieg, sagte er nach einer Weile: „Keine Sorge, Sie bekommen ihn natürlich unversehrt wieder."

„Das will ich hoffen." Sie drehte den Ring zwischen zwei Fingern. Die Tatsache, dass die Tübinger Polizei ermittelte, ließ ihr keine Ruhe. „Kümmern Sie sich trotzdem um Fredrik?"

„Wie gesagt, wir ermitteln in alle Richtungen."

Was hatte das alles zu bedeuten? Das waren gleich zwei neue Informationen, die sie nicht zusammenfügen konnte. Wer zum Teufel erschoss ihre Mutter mit einem Projektil aus Gold? Und warum musste die Tübinger Polizei ermitteln? Sie war bis vor einigen Minuten überzeugt davon gewesen, dass Fredrik der Täter war, aber der wusste vermutlich nicht einmal, wo Deutschland auf einer Europakarte zu finden war. Die Polizistin in ihr versuchte, die Puzzleteile zusammenzufügen. Fredrik kannte sicher Leute, die ein Projektil aus Gold herstellen konnten, aber warum sollte er so etwas machen? Es ergab alles keinen Sinn. Ihr Vater war es mit Sicherheit nicht gewesen, er hatte ja gar keinen Grund, Marta zu erschießen. Was sollten also die Anspielungen des Kommissars?

„Kommst du aus Schweden?“, fragte der junge Mann neben ihr, nachdem sie aufgelegt hatte.

„Ja, warum?“ Henry sah ihn irritiert an.

„Ich studiere das hier“, sagte er in gebrochenem Schwedisch.

„Wow, man kann hier Schwedisch studieren? Ist ja cool.“ Sie stand auf und verstaute die Tüte mit den Zimtschnecken in ihrer Tasche.

„Also dann wünsche ich dir noch einen schönen Tag.“ Er schien stolz, dass der Satz, vermutlich aus Lektion 1 des Lehrbuchs, grammatikalisch korrekt war.

„Vielen Dank, euch auch.“ Henry lächelte und hob die Hand zum Gruß.

Ob er das Gespräch mit dem Kommissar auch verstanden hatte? Offensichtlich musste man in diesem Tübingen vorsichtig sein, wenn man Schwedisch sprach.

Henry hatte während der Busfahrt im Internet eine Jugendherberge direkt am Neckar gefunden.

Sie legte sich auf das Bett, das zwar quietschte, aber bequemer war, als sich zunächst vermuten ließ. Sie drehte die Heizung auf und suchte in ihrem Smartphone die Grünwaldstraße. Ihr Vater wohnte drei Kilometer entfernt, aber die Busse fuhren unregelmäßig in diesen Stadtteil. Auf dem Weg zur Jugendherberge hatte sie eine Fahrradvermietung gesehen und beschloss, sich gleich am nächsten Tag nach einem Rad zu erkundigen. Damit wäre sie ohnehin flexibler und musste sich nicht mit anderen Menschen auseinandersetzen, sondern konnte sich auf ihr Vorhaben konzentrieren. Ein bisschen Bewegung würde ihr guttun.

***

Kriminalhauptkommissar Daniel Faber machte am Telefon einen netten Eindruck auf Henry. Es hatte ein Weilchen gedauert, bis sie beim richtigen Beamten gelandet war. Man wollte sie nicht direkt zu ihm durchstellen, sondern erst wissen, worum es ging. Der Polizist am anderen Ende der Leitung verstand nicht genau, warum sie in einem Mordfall, der in Schweden passiert war, mit Kommissar Faber sprechen wollte, also fragte er erst bei ihm nach.

Typisch deutsche Bürokratie. Henry fühlte sich an ihre Zeit in Hamburg erinnert. Nachdem sie zwei oder drei Minuten in der Warteschleife verbracht hatte, wurde sie endlich zu Faber durchgestellt.

„Bringen Sie den Ring bitte so schnell wie möglich. Sie können ihn auch an der Pforte abgeben, falls ich nicht da bin." Er erklärte ihr den Weg zum Polizeirevier. Er würde ihn dann zur Kriminaltechnik bringen. Sie willigte erst ein, nachdem Daniel Faber ihr mehrfach versichert hatte, dass der Ring dabei nicht sichtbar beschädigt würde. Sie kannte derartige Untersuchungen aus ihrer Zeit bei der Polizei. Man würde vermutlich nur aus dem Inneren des Rings ein wenig Metall abschaben und analysieren. Hoffentlich würde das Schmuckstück ihr danach noch passen.

An diesem Tag hatte sie keine Zeit, es zur Polizei zu fahren. Sie wollte erst zu ihrem Vater.

„Auf den einen Tag kommt es nicht an, aber bitte lassen Sie sich nicht allzu viel Zeit damit", sagte er.

Die Sache mit dem Ring ließ Henry keine Ruhe. Wäre sie nicht so erschöpft von diesem Tag gewesen, hätte sie sicherlich die ganze Nacht wach gelegen und darüber nachgedacht. Stattdessen fiel sie unverhofft schnell in ihrem Jugendherbergsbett in Morpheus' Arme.

Tübingen, 8. Februar 2019

Das Mietfahrrad war nagelneu. Wenn es nicht so kalt gewesen wäre, hätte es richtig Spaß gemacht, mit dem teuren Citybike durch die Stadt zu fahren. Sie war ewig nicht auf einem Fahrrad gesessen. Das letzte Mal vor acht Jahren, als sie mit Janne eine Radtour von Sigtuna nach Uppsala gemacht hatte. Sie hatten sich mehrfach verfahren und waren dann lieber mit dem Bus zurückgekommen. Danach hatte sie ihr Rad im Gartenhäuschen ihrer Mutter eingemottet.

Der Fahrtwind war so eisig, dass Henry schon bald ihre Wangen nicht mehr spürte. Sie überlegte jedes Mal, wenn es bergauf ging in diesem hügeligen Tübingen, ob sie nicht doch ein E-Bike hätte mieten sollen. In Schweden brauchte kein Mensch ein E-Bike, aber hier konnte sie das sogar verstehen. Sie verfuhr sich einmal, da sie immer wieder ihr Handy aus der Jackentasche holen musste, um nach dem Weg zu schauen. Jetzt freute sie sich, dass so wenig Schnee lag, die Straßen und Radwege waren frei.

In der Grünwaldstraße stieg sie auf Höhe der Hausnummer 1 vom Rad. Jakob hatte keine Hausnummer angegeben. Natürlich nicht, Marta hatte sicher gewusst, in welcher Nummer er wohnte.

Gefühlt war Henry nur bergauf gefahren. Außer Atem blickte sie zum anderen Ende der Straße und versuchte, irgendetwas wiederzuerkennen. Laut seinem Brief wohnte er immer noch in dieser Straße, Henry nahm an, dass auch sie mit ihrer Mutter hier gewohnt hatte. Sie konnte zu nichts, was sie jetzt sah, eine Beziehung knüpfen. An ihre ersten beiden Lebensjahre hatte sie überhaupt keine Erinnerungen.

Nachdem sie die Namensschilder von sechs Häusern nach dem Namen Winter abgesucht hatte, stand sie unvermittelt unter diesem Baum. Die ganze Szenerie kam ihr bekannt vor. Das Haus neben dem Baum, die Holzbank unter dem Baum, diese Linde ... ja, eine Linde ... mit den schlangenartigen Ästen, die sie auf dem Foto gesehen hatte. Die nackten Zweige des Baumes schwebten über ihr. Auf dem Bild in Martas Schlafzimmer war die Linde saftig grün und noch viel kleiner gewesen. Jetzt hatte sie alle Blätter abgeworfen und wartete aufs Frühjahr.

Es war immer noch ein seltsames Gefühl, nach so vielen Jahren zu wissen, dass der Mann wirklich lebte, der hier mit ihr Kreidebilder auf die Straße gemalt hatte.

Henry hatte das Auto nicht gehört, das plötzlich wild hupend hinter ihr stand. Sie schob das Fahrrad auf den Gehweg und entschuldigte sich mit einem Handzeichen bei dem Autofahrer, der zornig Gas gab.

„Vollidiot“, nuschelte sie lächelnd.

Ein älterer Mann erschien an seinem Gartentor und fuchtelte mit den Händen in der Luft. „Ja, was ist denn hier schon wieder los? Ihr Fahrradfahrer denkt immer, ihr könnt hier machen, was ihr wollt! Was stehen Sie da auf der Straße herum?“

„Entschuldigung", sagte Henry kleinlaut. „Ich habe das Auto wirklich nicht gehört."

„Sie wissen doch, dass hier viel Verkehr ist und keiner sich an die Geschwindigkeitsbegrenzung hält. Ich habe schon so oft bei der Stadt angerufen und gesagt, dass die einen Blitzer hier aufstellen sollen."

„Ich bin nicht von hier", sagte sie schuldbewusst.

Der Mann, der sogleich feststellte, dass sie kein gewöhnlicher Tübinger Rad-Rowdy war, brummte: „Dann passen Sie beim nächsten Mal besser auf. Die Autofahrer hier sind nämlich auch nicht besser, gell. Woher kommen Sie denn?"

Er musterte sie von oben bis unten, als könnte man ihre Herkunft an der Kleidung ablesen.

„Aus Schweden."

Wegen des einsetzenden Schneeregens schob Henry das Fahrrad ein Stück unter den Rosenbogen des älteren Herrn. Dass sie das falsche Schuhwerk trug, merkte sie, als sie auf dem glatten Boden ausrutschte.

„Hoppla!" Der Mann wollte sie festhalten, aber sie schaffte es selbst, sich zu stabilisieren.

„Fy fan!", fluchte sie und wischte sich eine Haarsträhne aus dem Gesicht, an der nasse Schneeflocken klebten. Der Mann verstand natürlich kein Schwedisch, sonst hätte er sie vermutlich auch noch darüber belehrt, dass man nicht fluchte.

„Was macht denn eine Schwedin in Tübingen?"

„Ich suche jemanden. Jakob Winter."

Sie spürte, dass ihre Nase von der Kälte rot wurde.

„Den Jakob? Der wohnt ganz oben in der Straße, eigentlich schon fast im Wald. Aber Sie wissen schon, dass man da nicht einfach so hingehen kann, nur weil man ein Autogramm will, gell. Das mag er nicht so gern, der Jakob."

„Wieso sollte ich ein Autogramm von ihm wollen?", fragte Henry. Ein Auto fuhr vorbei. Die Reifen, die sich auf den kalten Asphalt drückten, kamen ihr wahnsinnig laut vor. Sie kniff die Augen zusammen, als würde es dadurch leiser werden.

„Ja, wollen Sie denn ein Interview mit dem Jakob machen? Oder was wollen Sie von ihm?"

„Eigentlich wollte ich ihn nur besuchen. Aber warum soll ich denn ein Interview mit ihm wollen?" Henry wurde ungeduldig und ärgerte sich. Der Mann wollte einfach nicht erklären, warum Jakob eine solche Wichtigkeit besitzen sollte, dass sie ein Interview oder ein Autogramm von ihm hätte haben wollen. Und warum hatte sie ihn dann nicht im Internet gefunden, wenn er so prominent war?

„Ja, sind Sie denn nicht von der Presse?"

„Nein. Ich bin …" Sie holte tief Luft, bevor sie den Satz vollenden konnte. „… seine Tochter."

Der Mann riss die Augen auf. „Die Tochter vom Jakob? Die Henrietta?"

„Henriette", korrigierte sie ihn.

„Mit Verlaub, junge Dame. Aber die Henrietta ist vor vierzig Jahren gestorben!"

„Vor dreiunddreißig Jahren. Und ich bin nicht gestorben, sondern mit meiner Mama nach Schweden gegangen. Ausgewandert sozusagen."

„Ja, sind Sie denn eine Betrügerin?" Er schlug mit der Hand auf sein Gartentor, das daraufhin laut vibrierte.

„Was? Nein! Ich … ich wusste doch gar nicht, dass mein Vater noch lebt und ich …“ Sie überlegte, wie sie diese Geschichte in einem Satz zusammenfassen konnte.

„Jetzt bin ich aber mal gespannt!“

„Meine Mama hat mir immer erzählt, mein Vater sei bei einem Bootsunglück ums Leben gekommen. Ich habe erst kürzlich erfahren, dass er noch am Leben ist, und jetzt suche ich ihn.“

Er musste ihr angesehen haben, dass sie fror. Vielleicht war er aber auch nur allzu neugierig auf die ganze Geschichte und freute sich darauf, den aktuellen Klatsch aus der Nachbarschaft zu erfahren, und bat sie deshalb herein. Normalerweise ging sie nicht zu Fremden nach Hause, doch die jahreszeitgerechte Deko vor dem Haus ließ sie vermuten, dass der Mann mit einer Frau zusammenlebte. Sie erinnerte sich an die Mahnung von Christian und Doktor Frobenius, ihr Misstrauen anderen Menschen gegenüber abzulegen.

Sie folgte dem Alten.

Ihre Annahme bestätigte sich im Inneren des Hauses, aber eine Ehefrau sah sie nicht. Ihre Mutter hatte ein solches Mobiliar immer als „Gelsenkirchener Barock“ bezeichnet. Trockenblumen zierten hochglänzende edelholzfurnierte Schränke und Kommoden.

„Ja, wollen Sie denn ein paar Kekse?“, fragte der Hausherr.

„Danke, im Moment nicht.“

Henry traute sich nicht, nach einem warmen Kakao zu fragen.

Der Mann, der sich als Herr Häberle vorgestellt hatte, wunderte sich nicht, dass die junge Schwedin, die ihm gegenübersaß, perfekt Deutsch sprach. Ihn interessierte nur die Geschichte, die sie zu erzählen hatte.

Herr Häberle stellte Henry ungefragt ein Glas trüben Apfelsafts auf den Tisch.

„Aber jetzt mal weiter im Text. Ihre Mutter, sagten Sie?“

„Ja, genau.“

Er warf seinen schweren Körper gegen die Lehne seines Stuhls und Henry fürchtete, das fragile Möbelstück würde unter ihm zusammenbrechen.

„Ja, Gott, die haben wir doch auch beerdigt!“

„Auch?“ Henry war entsetzt. „Ich wurde beerdigt?“ Sie wurde blass.

„Ha klar! Gleich oben auf dem Friedhof auf dem Galgenberg!“

Ihr wurde schlecht bei der Vorstellung, dass sie und ihre Mutter ein Grab hatten und das auch noch auf einem Berg namens Galgenberg lag.

„Ein Kindergrab haben Sie bekommen! Gleich neben Ihrer Mutter.“

„Ein Kindergr…“ Das Gelsenkirchener Barock verschwamm vor ihren Augen.

„Das ist ja echt ein Ding!“ Herr Häberle strahlte und stieß seine Tasse gegen ihr Glas. „Mensch, die kleine Henrietta. Dass ich das noch erleben darf.“

„Henriette“, flüsterte sie jetzt und befürchtete, gleich vom Stuhl zu kippen und mit dem Kopf gegen den braunen Fliesentisch zu schlagen.

„Das muss ich ja gleich der Brigitte erzählen, wenn sie heimkommt.“

Herr Häberle lachte und stand schwerfällig von seinem Eichenholzstuhl auf, um die Kekse nachzufüllen. Die Arbeitsplatte der Küche drückte sich in seinen ausladenden Bauch, der augenscheinlich nur von den Hosenträgern gehalten wurde.

Er war gar nicht mehr zu bremsen. „Jede Woche geht der Jakob auf den Friedhof. Jede Woche! Der bringt immer weiße Orchideen zu Ihrer Mutter. Ihnen legt er immer Margeriten aufs Grab, manchmal auch Sonnenblumen. Ich weiß das, weil das Grab meiner Schwiegermutter nur ein paar Reihen weiter hinten ist."

Henry starrte in ihr Glas. Der Apfelsaft schlug kleine Wogen, als Herr Häberle sich über den Tisch beugte.

„Ja, sagen Sie, lebt denn Ihre Mutter auch noch?"

„Nein", sagte sie, ohne ihn dabei anzusehen. „Die ist gestorben." Sie schluckte einen Kloß hinunter, um nicht vor einem Fremden zu weinen.

„Ach, das ist aber schade! Die hätte ich doch auch gern noch einmal gesehen. Die Maria war immer eine Nette."

Da Herr Häberle keine Pausen machte, sparte Henry es sich, den Namen ihrer Mutter zu korrigieren.

„Die hat immer gegrüßt, wenn man sie gesehen hat, die Maria. Seit die nicht mehr da ist, ist der Jakob ja ein bisschen ein Eigenbrötler geworden, gell."

Henry hörte ihm gar nicht mehr zu. Ihr Vater hatte nicht gewusst, dass seine Frau und seine Tochter am Leben waren. All die Jahre hatte er geglaubt, sie wären tot. Sie bekam das Bild eines Kindergrabes nicht mehr aus dem Kopf. Das bedeutete, dass er nicht die Familie verlassen hatte – und Kjells Theorie war damit widerlegt. Aber umgekehrt: Warum hatte Marta ihn verlassen? Er musste Schreckliches getan haben, wenn eine Mutter ihrem Kind den eigenen Vater vorenthält.

„Ich hab den Jakob schon ein paar Wochen nicht mehr gesehen." Herr Häberle kratzte sich geräuschvoll am Kinn.

„Sie meinen, er ist gar nicht zu Hause?" Henry nahm diese Auskunft nur noch wie durch einen Filter wahr.

Die Information über ihre eigene Beerdigung und darüber, dass ihr Vater sie nicht verlassen hatte, lastete schwer auf ihr. Nichts konnte sie in diesem Moment noch tiefer ziehen, nicht einmal die Tatsache, dass sie völlig umsonst nach Tübingen gereist war. Alles stürzte über ihr zusammen und jede neue Information von Herrn Häberle war ein weiterer Stein, der auf sie fiel.

„Aber der hat ja eine Schwester, die immer zum Blumengießen kommt. Also, der hab ich jedenfalls gesagt, dass er weg ist. Neulich, als ich in der Apotheke meine Betablocker geholt habe …"

Sie trank ihren Saft aus. „Dann fahre ich eben wieder in die Stadt und warte, bis er kommt. Irgendwann muss er schließlich wieder nach Hause kommen. Ich kann warten. Sie haben nicht zufällig eine Handynummer von ihm?"

„Leider nein." Herr Häberle klang, als würde er es bedauern, Henry nicht weiterhelfen zu können. „Aber die Anna, die kommt jeden Tag. Der Jakob hat ja jetzt auch eine Katze, gell. Und die Anna füttert das Viech. Die weiß vielleicht auch, wo er ist. Er hat ja dieses Ferienhaus am Bodensee. Manchmal ist er dort, das inspiriert ihn oder wie die jungen Künstler das immer so nennen. Ich sehe ihn nicht mehr so oft in seinem Haus. Ich glaub, das hat er nur der Erinnerung wegen behalten."

Sie erinnerte sich an den Telefonbucheintrag, den Kjell in der ‚Tweed Bar' gefunden hatte. Dann war das nicht Jakobs Frau, sondern seine Schwester. Immerhin die erste gute Nachricht.

„Wissen Sie, um wie viel Uhr diese Anna immer kommt?"

„Meistens so um die Mittagszeit. Ich glaub, die hat dann immer Mittagspause. Die arbeitet doch in einer Apotheke und kommt dann geschwind vorbei, weil sie selber gar nicht so weit weg wohnt."

Henry sah auf die Kuckucksuhr an der gegenüberliegenden Wand, obwohl ihr längst bewusst war, dass es zu spät war, um die Schwester ihres Vaters, ihre unbekannte Tante Anna, anzutreffen.

„Sie können ja morgen noch mal kommen. Und dann kommen Sie doch bei mir wieder vorbei und ich stelle Ihnen die Brigitte vor. Die wird Augen machen!"

Bevor sie sich auf ihr Fahrrad setzte, wagte sie nun doch, ihn zu fragen. „Verraten Sie mir noch, warum Sie dachten, ich wolle ein Autogramm oder ein Interview mit meinem Vater?"

„Ach so, ja! Warten Sie!" Behäbig ging er zurück ins Haus. Es wurde langsam Zeit, wieder in die Stadt zu fahren, sonst würde sie in die Dunkelheit geraten. Das wollte sie in einem Ort, in dem sie sich nicht auskannte, vermeiden.

Herr Häberle gab Henry ein Buch. ‚Versunkene Leben' von Paul Sturm. Sie sah ihn an.

„Das ist der Jakob!" Er schlug leicht mit der flachen Hand auf den Umschlag des Romans. „Der ist doch ein ganz berühmter Krimiautor. Ich habe halt gedacht, dass Sie das wissen. Der schreibt bestimmt zwei Bücher im Jahr und fürs Fernsehen schreibt er auch die Krimidrehbücher. Gucken Sie mal da, er hat das Buch für mich sogar signiert."

Er blätterte zur ersten Seite und zeigte ihr die handschriftliche Signatur, die ihm gewidmet war.

„Wenn Sie wollen, können Sie es ausleihen. Aber ich will es wieder zurück, gell."

„Nein, danke. Ich komme gerade sowieso nicht zum Lesen. Und hier gibt's ja bestimmt auch Buchläden."

„Ja, was denken Sie denn? Das ist eine Universitätsstadt! Ich glaub, wir haben eine Buchhandlungsdichte wie sonst keine andere Stadt! Aber Ihr Herr Vater wird Ihnen sicher auch eins schenken."

Jetzt wurde ihr klar, warum sie Jakob Winter im Internet nicht gefunden hatte. Vermutlich trat er im Netz nur unter Pseudonym auf. Der Name Paul Sturm kam ihr dennoch bekannt vor, sie erinnerte sich aber nicht, woher.

Weil die Straße glatt war, schob Henry das Fahrrad den Berg hinauf bis zum Waldrand. Herr Häberle hatte ihr das Haus beschrieben, und so fand sie es auf Anhieb. Die beginnende Dämmerung ließ das Gebäude unbewohnt wirken. Es war ein saniertes Haus aus den Sechzigerjahren mit dunkelroten Fensterläden und damit unverwechselbar. Sie stieg die Steintreppen zur Haustür hinauf. *Jakob Winter* stand auf der Klingel. Ein Auto fuhr die Straße entlang und beleuchtete mit den Scheinwerfern den Putz, der offensichtlich frisch gestrichen war.

Sie erschrak, als unvermittelt eine schwarze Katze vom Fensterbrett neben der Haustür vor ihre Füße sprang.

„Hej, wer bist du denn?", fragte sie auf Schwedisch. Das Tier drückte sich gegen ihre Beine und schnurrte. Henry sah, dass die Katze nur ein Auge hatte. Sie stellte den Schwanz kerzengerade nach oben und Henry kraulte ihr den Hals.

„Du bist aber verschmust", sagte sie auf Deutsch, in der Hoffnung, das Tier würde sie so besser verstehen.

Die Tür hatte eine Milchglasscheibe. Henry war neugierig und wollte etwas vom Inneren des Hauses sehen und so schlich sie sich durch wuchernde Sträucher um das Gebäude herum. Der Garten sah verwildert aus, war aber auf sonderbare Weise trotzdem gepflegt. In einem Baum hing ein kleines Insektenhotel. In einem anderen ein Vogelhäuschen, auf dem zwei Spatzen ihr Abendessen einnahmen. Es dauerte nicht lange und sie fand die Terrasse aus Teakholz, auf der zusammengeklappte Stühle lagen. Auf dem Boden stand ein leerer Katzennapf, und die Katze, die ihr gefolgt war, sah sie vorwurfsvoll an und saß miauend neben dem leeren Gefäß.

„Sorry, Kleine, ich kann dir leider nichts geben." Die Katze ging auf die Terrassentür zu und stellte den Schwanz wieder hoch.

„Ups. Sorry, Kleiner, natürlich", korrigierte sich Henry, als sie das Tier von hinten sah.

Sie folgte dem Kater, legte ihre Hände an die Schläfen und drückte ihr Gesicht ans Glas. Sie sah ein modern eingerichtetes Wohnzimmer, das von einem überdimensionierten Ecksofa dominiert wurde. Auf einem Sideboard befanden sich Fotografien, die sie nicht genau erkennen konnte. In einer Ecke stand eine Kiste mit Spielsachen. Am Ende des Wohnzimmers sah sie eine offene Küche; sie erkannte einen Kaffeevollautomaten. Ein ähnliches Modell stand in der Mitarbeiterküche von One Earth und konnte sogar Milchschaum für Kakao machen. Es war ständig kaputt. Christian oder Kjell brachten dann ein Ersatzgerät mit.

Sie setzte sich an den Rand des Teakholz-Podests und zog ihr Smartphone aus der Tasche. Fünfzehn Prozent Akku. Die Navigation zur Grünwaldstraße hatte das Gerät einiges an Strom gekostet. Sie suchte im Internet nach Paul Sturm und fand unzählige Interviews, Berichte, Rezensionen und Fotos von ihrem Vater. So sah er also aus. Ein adrett gekleideter Mann, Mitte sechzig, mit ergrautem Haar. Er hätte auch Schauspieler sein können. Paul Sturm lächelte freundlich in die Kamera, und Henry konnte verstehen, warum Herr Häberle diesen Nachbarn, trotz seiner Eigenbrötelei, so gernhatte.

Der schwarze Kater drückte seinen Kopf gegen das Smartphone und forderte weitere Streicheleinheiten ein.

„Die Menschen immer mit ihren Handys, oder?“ Sie legte das Gerät schuldbewusst weg und streichelte das Tier.

Der Garten war nicht groß. Hinter dem Baum mit dem Vogelhäuschen stand eine verrostete Schaukel. Sie fragte sich, ob die schon vor dreißig Jahren dort gestanden hatte, konnte sich aber nicht erinnern. Was hätte sie dafür gegeben, die Erinnerung an ihre zwei ersten Lebensjahre zurück ins Gedächtnis holen zu können. Jetzt, wo sie hier saß, war es ihr ganz recht, dass niemand da war. So konnte sie sich in aller Ruhe erst einmal allein ein Bild machen. Von dem Ort, an dem ihr Vater die vielen Jahre ohne sie gelebt hatte.

Als sie auf die Uhr ihres Smartphones schauen wollte, stellte sie fest, dass der Akku sich ohne Ankündigung auf einen Schlag komplett entleert hatte.

„Es wird sowieso gleich dunkel, Kätzchen. Aber ich komme morgen noch mal. Ich bring dir ein bisschen Wurst vom Buffet mit, versprochen." Sie streichelte dem Tier ein letztes Mal über den Kopf und ging zu ihrem Fahrrad.

Die Katze sprang auf das Fensterbrett und wartete wieder darauf, dass jemand sie ins Haus ließ.

Henry schwang sich auf das Rad und fuhr den Berg hinunter. Die Luft war jetzt noch kühler und der eisige Fahrtwind schnitt ihr ins Gesicht. An einer Kreuzung, an der sie die Rechts-vor-links-Regel beachten musste, wollte sie bremsen. Sie zog die Bremshebel nach hinten, doch sie reagierten nicht. Zu ihrem Glück kam kein Auto von rechts. Das Fahrrad wurde immer schneller, eine Rücktrittbremse besaß es nicht. Henry zog die Bremshebel weiter zurück, bis sie sich schmerzhaft in ihre Finger bohrten. Panisch wandte sie ihren Blick nach vorne. Die Straße ging sicher fünfhundert Meter bergab. Unten am Berg war eine stark befahrene Querstraße, gegenüber eine Häuserwand. Dazwischen jede Menge Kreuzungen, bei denen sie keine Vorfahrt hatte. Sie konnte nicht abwarten, ein Auto kam von rechts und hupte wild.

„Ja, verdammt, ich weiß doch!“, schrie sie und steuerte das Fahrrad auf die linke Straßenseite, die an eine Wiese grenzte, auf der eine dünne Schneeschicht lag. Die Schneefläche sah holprig aus. Wenn es doch keine Wiese, sondern ein Acker war, würde sie stürzen, aber was blieb ihr anderes übrig? Das Fahrrad wurde immer schneller. Was war mit dem Rad los? Es hatte wunderbar funktioniert, als sie es an der Vermietung abgeholt hatte. Der Fahrradvermieter hatte ihr vorgeschwärmt, dass es sein neuestes Modell sei. Obwohl sie nicht reagierten, zog Henry wiederholt die Bremshebel nach hinten. Es war, als ließe ihr Kopf nicht zu, dass sie sie auch nur eine Sekunde losließ. Auf diesen Tübinger Straßen, die sie ein wenig an die in San Francisco erinnerten, hatte sie keine Chance.

Henry hatte das Gefühl, als spiele sich die Szene in einem Film ab. Sie kniff die Augen kurz zusammen, aber der Film stoppte nicht. Warum hatte sie keinen Helm mitgemietet? Sie hatte sicherlich schon sechzig Stundenkilometer drauf, als sie wie ferngesteuert versuchte, das Rad auf die Schneefläche zu lenken. Hier würde sie sich maximal etwas brechen, unten an der Straße könnte sie sterben. Sie steuerte nach links, um auf dem schneebedeckten Gras langsamer zu werden, was ihr nur mäßig gelang. Das Citybike hüpfte über die Grasbüschel unter der Schneedecke und Henry versuchte, gegenzusteuern.

Stattdessen rutschte das Vorderrad weg und sie landete mit dem Knie auf einem am Boden liegenden Ast. Die matschige Erde fing den Rest ihres Körpers ab wie ein weiches Federbett. Ihr rechtes Bein hing über dem Fahrrad, dessen Hinterrad sich jetzt als leichter Achter in der Luft drehte. Für einen kurzen Moment lag sie einfach nur so da und sah in den grauen Himmel, an dem sich direkt über ihr kleine Wölkchen versammelt hatten. Bevor sie versuchen konnte, sich selbst aus dieser Lage zu befreien, kam ein Mann auf sie zugerannt.

„Was machst du denn für Sachen?“ Er nahm das Fahrrad von ihr runter. „War das nicht ein bisschen schnell für eine Geländefahrt?“

„Die Bremsen müssen kaputt sein. Oder irgendwas hat sich verhakt.“ Henry stöhnte und versuchte, sich aufzurichten.

Der Mann lehnte das Rad an einen Baum und hielt ihr seine Hand hin. Sie ließ sich bereitwillig von ihm hochziehen und stellte fest, dass er kaum größer war als sie selbst.

„Danke.“ Sie sah an sich hinunter. Ihr Mantel war voller Matsch und Schnee.

„Alles okay bei dir?“, fragte er.

„Ja, ich habe mir das Knie angehauen, aber ich denke, das ist nur eine Prellung.“ Sie versuchte, ihr zitterndes Bein zu beruhigen und sich die versiegende Todesangst nicht anmerken zu lassen.

„Soll ich mir das anschauen?“ Er griff nach unten in Richtung ihres Beins, das sie sogleich wegzog.

„Sind Sie Arzt?“

Der Mann lachte. „Nein, ich bin Ocularist. Aber ein bisschen kenne ich mich schon aus. Ich habe immerhin meinen Zivildienst im Krankenhaus gemacht. Außerdem darfst du mich ruhig Ben nennen."

„Kein Problem, Ben, es tut schon kaum mehr weh", log Henry und versuchte, ihre Mimik der Lüge anzupassen.

Er hielt ihr erneut seine Hand hin.

„Henry." Sie klopfte den restlichen Schnee von ihrem schmutzigen Mantel. Der Sturz hatte braune Erdstreifen auf Hüfthöhe hinterlassen. „Was macht denn ein Ocularist? Ich kenne nur Okkultisten und die würde ich schon dreimal nicht an mein Bein lassen."

Ben schmunzelte. „Keine Sorge, ich stelle nur Glasaugen her. Ganz ohne Menschen- oder Tieropfer."

„Es gibt eine Berufsgruppe, die nur Glasaugen herstellt?"

Er deutete auf sein rechtes Auge. Es folgte der Blickrichtung des anderen und sah absolut identisch aus.

„Was heißt hier ‚nur'? So leicht ist das nicht."

„Das ist ein Glasauge? Du verarschst mich, oder?"

Henry ging einen Schritt auf ihn zu und versuchte, dabei nicht zu humpeln. Das Knie pulsierte noch, aber der Schmerz ließ ein wenig nach.

„Ganz und gar nicht. Es hat ja einen Grund, dass es hierfür einen eigenen Beruf gibt. Schick, oder?"

„Tatsächlich." Sie betrachtete die Prothese aus unterschiedlichen Perspektiven und erschrak, als sie feststellte, wie nah sie seinem Gesicht gekommen war. Er hatte einige Fältchen um die Augen. Ben war nicht unattraktiv; er erinnerte sie äußerlich ein wenig an Kjell. Nur kleiner war er.

„Sorry", sagte sie und ging wieder ein Stück zurück. „Ist das ein Marketing-Gag oder hast du echt selbst so ein Ding?"

„Nein, es ist wirklich ein Glasauge. Aber du willst bestimmt nicht, dass ich das jetzt zum Beweis rausnehme. Man braucht ja einen Antrieb für seine Berufsausbildung. Meine Motivation steckt hier oben drin." Er klopfte mit dem Finger gegen seine rechte Schläfe.

„Was es nicht alles gibt." Der Matsch war mittlerweile durch ihre Jeans gesickert und ihr wurde kalt. „Jedenfalls kann ich mein Fahrrad jetzt wohl schieben."

„Wohin musst du denn?"

„In die Jugendherberge am Neckar."

„Eine stilvolle Unterkunft." Er lachte und sie staunte über seine perfekten weißen Zähne. Ob die auch künstlich waren?

„Na ja, ich mag keine Hotels. Da sind mir die Leute zu schräg, die man im Frühstücksraum trifft. Anzugträger, die nur in ihr Handy glotzen."

„Das kann ich verstehen. Ist ja auch hübsch, die Herberge am Neckar." Er ging zu ihrem Fahrrad. „Darf ich mal schauen?"

„Klar." Henry überprüfte, ob etwas aus ihrer Handtasche gefallen war, aber es war noch alles da.

„Da hat sich tatsächlich irgendwie die Bremse ausgehängt", sagte Ben mit ratlosem Blick und hängte die Bremszüge wieder ein.

„Kann so was einfach passieren?" Henry ließ sich ihre Skepsis nicht anmerken. Wie hoch war die Wahrscheinlichkeit, dass sich die Bremszüge vorne und hinten einfach so aushängten? Wollte sie jemand umbringen? War Fredrik ihr gefolgt?

Er zuckte die Schultern. „Na ja, es ist ja ein nagelneues Fahrrad, oder? Ich hätte jetzt gesagt Nein. Bin aber kein Fahrradexperte. Man sieht ja, dass es passieren kann."

„Du hast aber gleich gesehen, dass die Bremsen ausgehängt sind."

„Ja, und das mit nur einem Auge." Er zwinkerte ihr zu. „Die Bremszüge standen ja nach oben. Das hätte jeder gesehen. Du hast ganz schön Glück gehabt. Normal ist hier jede Menge Verkehr um diese Zeit. Alle kommen nach Hause und haben es eilig." Er musterte das Rad von allen Seiten. „Ich denke, damit kannst du gut noch weiterfahren. Nach dem Hinterrad solltest du halt mal schauen lassen."

Sie setzte sich auf das Fahrrad und überprüfte die Bremsen. „Funktioniert! Super, danke. Du bist heute wirklich mein Held."

Mit dem leichten Achter im Hinterrad würde sie problemlos fahren können und auch ihr Knie schien noch in der Lage zu sein, sie zurück zur Herberge zu bringen.

***

Kjell fand Ben gar nicht so heldenhaft, aber Henry meinte, ein bisschen Eifersucht aus seiner Stimme herauszuhören, soweit es die Wahrnehmung über das Telefon zuließ. Tausenddreihundertsechzig Kilometer Luftlinie trennten sie und er hatte keine Kontrolle mehr über sie.

Sie saß im Schneidersitz auf dem Bett des Zimmers 12 in der Jugendherberge. Es quietschte bei jeder Bewegung. Die matschbedeckte Jeans hatte sie ausgewaschen und zum Trocknen über die Heizung gelegt. Opinel und Talisman waren bereits in die frische Hose umgezogen. Sie konnte immer noch nicht glauben, dass das jemand mit Absicht getan haben sollte, und wollte sich vor Kjell die Blöße nicht geben. Er hatte sie davor gewarnt, allein nach Deutschland zu reisen, und würde sich bestätigt fühlen.

Im Detail wollte er wissen, wann sie wo gewesen war und was sie jeweils mit dem Rad gemacht hatte. Außerdem machte er Henry unmissverständlich klar, dass sich die Bremse niemals aus Versehen gelöst haben könne, und schon gar nicht beide zur selben Zeit. Die Art, wie er es sagte, ließ die Panik vom Nachmittag wieder in ihr aufsteigen. Sie musste zugeben, dass sie das Rad bei Herrn Häberle eine halbe Stunde aus den Augen gelassen hatte und am Haus ihres Vaters noch einmal.

Kjells Drucker auf dem Schreibtisch sprang an und Henry sprach lauter. „Also ich kann beim besten Willen nicht sagen, ob die Bremsen schon kaputt waren, als ich bei Herrn Häberle losgegangen bin. Ich musste beim Schieben den Berg hoch ja nicht bremsen."

„Jedenfalls solltest du künftig mit dem Bus fahren. Es kann ja nicht immer direkt ein Superheld ums Eck sein." Er zog das U im Wort „Superheld" besonders lang.

„Apropos Superheld. Hat Christian die Präsentation eigentlich gehalten?" Henry sah zum Fenster hinaus. Die

Laternen der Straße gegenüber des Neckars warfen ihr Licht als Spiegelung aufs Wasser; sie erinnerten Henry an den Gang über die Brücke am Katarinavägen an dem Tag, an dem sie den Brief ihres Vaters gefunden hatte. Jetzt saß sie hier in Tübingen in einer Jugendherberge.

„Magnus hat unserem christlichen Sänger natürlich Aufschub gegeben." Er atmete tief ein und aus. Das mit dem christlichen Sänger fand er besonders witzig, nachdem ein Geschäftspartner einmal festgestellt hatte, dass Christian Singers Name im Englischen genau das bedeutete. Christian selbst fand den Witz lahm, weil er ihn seit Jahren hörte. „Sag mal, Hen. Ich könnte auch noch nachreisen."

„Ja, du kannst doch Sandra und Jonas mitbringen. Hier gibt's einen tollen Winterspielplatz. In meinem Zimmer sind auch, tataaa, noch genau drei Betten frei."

„Lass doch mal diesen Zynismus sein!"

„Sagt der Zynismusbeauftragte Mittelschwedens."

„Ich kann doch sagen, dass ich auf Dienstreise muss."

Wie oft wollte er seine Frau noch anlügen? Ständig erwartete er von ihr, dass sie sein niederträchtiges Spiel mitmachte, und erzählte ihr irgendwas von Gefühlen. Wenn er Gefühle gehabt hätte, dann hätte er seiner Frau die Wahrheit gesagt. Er hatte vieles, aber keine Gefühle.

„Du weißt genau, dass ich das längst gemacht hätte, wenn du halt mal sagen würdest, dass du eine Beziehung mit mir führen willst."

„Das ist Sandra gegenüber so was von unfair", wandte Henry ein. „Entweder eure Ehe läuft nicht, dann kümmerst du dich mal darum, oder sie läuft, dann beendest du unsere Beziehung. Ganz unabhängig von mir."

„Die Einzige, die nicht fair …“ Sie hörte, dass jemand die Tür zu Kjells Büro geöffnet hatte und ihn unterbrach. Sie erkannte Håkans Stimme.

„Was will mein Lieblingsnerd?“, fragte sie, als der Kollege die Tür hinter sich geschlossen hatte.

„Ich muss Schluss machen.“

„Wie immer, wenn's ungemütlich wird.“

„Ach komm, Hen. Wenn du nicht willst, dass ich dir helfe, dann jammere bitte künftig woanders. Und wenn der nächste Anschlag auf dich erfolgreicher sein sollte, dann bin jedenfalls nicht ich schuld daran. Ich habe dich gewarnt.“

Bevor sie antworten konnte, hatte er aufgelegt. Sie hätte ihr Handy auf dem Weg zur Herberge im Neckar versenken sollen. Das Ergebnis wäre befriedigender gewesen als ein Telefonat mit diesem besserwisserischen Ignoranten.

Henry zog ihre Reisetasche aus dem Schrank und holte die Blechdose heraus. Ja, der Baum in der Grünwaldstraße war tatsächlich die Linde von dem Foto gewesen.

Sie wusste nicht mehr, wie oft sie sich die Sachen angeschaut hatte. Die Fotos, den Kronkorken, die Kinokarten, die Quittungen, die getrockneten Blumen, alles, was in der Blechdose seinen Platz gefunden hatte. Es ergab sich für sie nichts Neues und sie hoffte, Jakob würde bald nach Hause kommen. Vielleicht wusste seine Schwester, wo er war und wann er wiederkommen würde. Er musste irgendetwas gesehen haben, als er bei ihrer Mutter gewesen war, um den Brief abzugeben. Womöglich hatte er sogar mit ihr gesprochen und sie hatte ihm erzählt, wozu sie bei ihrer Tochter keine Zeit mehr gehabt hatte.

Drei Wochen zuvor, Bremen, 18. Januar 2019

Jakob war spät am Abend zurückgekehrt. Wieder einmal recherchierte er im Internet nach seiner Tochter. Kurz überkam ihn die Befürchtung, dass sie gar nicht in Schweden leben könnte. Immerhin war sie heute Mitte dreißig. Er verwarf den Gedanken schnell wieder. Wenn sie im Ausland war, würde er sie überhaupt nicht finden. Henrietta Winkler. Wie oft hatte er diesen Namen in Suchmaschinen eingegeben? Seine Frau, Maria Winter, hatte ihren Namen geändert und über dreißig Jahre als Marta Winkler in Schweden gelebt. Ohne den Privatdetektiv, den er beauftragt hatte, hätte er nie erfahren, dass die beiden in Schweden lebten. Auch mit dem Geburtsnamen seiner Tochter, Henrietta Winter, hatte er es versucht, doch sie schien – anders als ihre Altersgenossen – im Internet nicht präsent zu sein. Hatte Marta auch den Vornamen ihrer Tochter verändert? Von ihm selbst gab es seitenweise Fotos im Netz. Jeder konnte ihn über Google finden. Gedankenverloren sah er aus dem Fenster. Man konnte ihn auch nur über ein Pseudonym finden, nicht über seinen richtigen Namen. Wenn Henry einen anderen Namen hatte, vielleicht sogar verheiratet war, hatte er keine Chance.

Jakob starrte minutenlang auf seinen Monitor, die Krümel der Butterbrote verschwanden zwischen den

Tasten. Rotbraune Locken und viele Sommersprossen hatte sie als kleines Mädchen gehabt, aber ob das immer noch so war, wusste er nicht. Wieder kamen ihm die Bilder aus Henriettas ersten beiden Lebensjahren in den Kopf. Er hatte viel Zeit mit seiner Tochter verbracht, weil ihre Mutter in den letzten Zügen ihres Studiums gelegen hatte.

„Du bist mein Engelchen, Henry."

Dieser Satz, den Maria immer zu Henrietta gesagt hatte, bevor sie in der Unibibliothek verschwunden war, schoss ihm in den Kopf.

Seine Augen weiteten sich, er beendete den Bildschirmschoner seines Laptops und gab in die Suchmaske den Namen *Henry Winkler* ein.

Nachdem er sich durch etliche Seiten eines Immobilienmaklers selbigen Namens gekämpft hatte, fand er sie. Zusammen mit einer Gruppe junger Leute. *Die Absolventen der Zweiten juristischen Staatsprüfung* stand unter dem Bild auf der Homepage der juristischen Fakultät der Universität Hamburg. Juristin? Alles hätte er diesem Mädchen zugetraut, nur nicht, dass sie Anwältin oder dergleichen wurde. Aber was wusste er schon von ihr? In seinem Kopf war sie zwei Jahre alt, neugierig, mutig, eine kleine Pippi Langstrumpf. Drei Jahrzehnte waren eine lange Zeit, die Menschen veränderte. Die braunen Locken hatte sie noch immer und sie ließen ihr Gesicht sanft und kindlich wirken. Mit dem Finger strich er über den Bildschirm, auf dem seine Tochter ihn anlachte. Außer diesem Foto fand er nichts. Er speicherte es ab und lud es auf sein Smartphone, damit er sie auf jeden Fall erkennen würde.

Seine Frau hatte er bereits gefunden. Es war nur eine Frage der Zeit, bis er auch seine Tochter finden würde.

Jakob Winter klappte seinen Laptop zu, lehnte sich in seinem Sessel zurück und sah aus dem Fenster. Durch die Mondfinsternis konnte er in dieser Nacht kaum etwas erkennen.

Schon morgen würde er nach Schweden fahren und seine Frau nach über dreißig Jahren das erste Mal wiedersehen.

Tübingen, 9. Februar 2019

Anna Winter war klein und zierlich. Ihre Kleidung erinnerte Henry an die der amischen Glaubensgemeinschaft, über die sie während ihres Referendariats in Hamburg bei einer Recherche gestolpert war.

Als sie das Rad am Gartenzaun abgestellt hatte, beobachtete sie, ohne dabei bemerkt zu werden, ihre Tante, die die Tür aufschloss und das Haus betrat. Obwohl es höchstens fünf Grad warm war, glühten Henrys Wangen vor Nervosität. Sie wartete einige Minuten, ehe sie mit zittrigen Händen klingelte. Die schwarze Katze vom Vortag war aus dem Nichts aufgetaucht und drückte sich jetzt schnurrend gegen ihre Beine. Henry zog eine Scheibe Wurst, die sie am Buffet geklaut und in ein Taschentuch gewickelt hatte, aus der Umhängetasche und legte sie der Katze hin, die sich sichtlich darüber freute. Im Inneren des Hauses hörte sie leichtfüßige Schritte näher kommen.

Die Frau, die die Tür öffnete, sah freundlich aus. Kleine Falten zierten ihre blauen Augen. Ihre braunen Haare, die von silbernen Strähnen durchzogen waren, hatte sie sich hochgesteckt. Fragend sah sie die Besucherin an.

„Hi, ich bin Henry, die …“

„Henrietta! Oh mein Gott!“ Anna breitete die Arme aus. Sie war überrascht, sie zu sehen, aber nicht so sehr wie Herr Häberle, der sie tot geglaubt hatte. Vermutlich hatte Jakob ihr bereits erzählt, dass seine Tochter am Leben war. Dennoch musterte sie Henry von oben bis unten, und nachdem sie ihre Nichte hereingebeten hatte, berührte sie ständig wie zufällig Henrys Arme und ihren Rücken, so als wolle sie sich davon überzeugen, dass sie real war.

Der Kater lief voraus über einen offensichtlich frisch geschliffenen und geölten Dielenboden bis ins Wohnzimmer, das Henry vom Flur aus einsehen konnte. Das Tier ging an einer Couch vorbei, die aus den Achtzigerjahren stammen musste, und schlängelte sich zwischen zwei Kisten mit Kinderspielsachen bis hin zur verschlossenen Terrassentür.

„Setz dich doch", sagte Anna und zeigte auf die Stühle am Esstisch. „Ich hätte nie damit gerechnet, dass du plötzlich hier vor der Tür stehst. Das ist wirklich unglaublich." Sie legte ihre schlanken Hände über ihren Mund, als hätte sie erst jetzt realisiert, dass Henry wirklich da war.

Während sie nervös einen Napf mit Futter füllte und ihn der Katze vor die Terrassentür stellte, sah sich Henry in dem Raum um. An der Wand hingen viele Bilder und auf einigen erkannte sie sich selbst als kleines Kind mit ihrer Mutter. Jung und voller Leben.

„Jakob ist nicht hier, wie du siehst", sagte Anna entschuldigend. „Aber ich freue mich sehr, dass du da bist. Nach so vielen Jahren, ich kann das gar nicht glauben."

„Ja, ich weiß, das hat mir Herr Häberle schon erzählt."

„O je, der Häberle, das ist eine alte Tratschtante. Denkt, alles zu wissen, und weiß in Wahrheit gar nichts." Sie lächelte und bot Henry etwas zu trinken an. Die hatte jedoch keinen Durst und wollte nicht allzu lange bleiben, weil es sich auf gewisse Weise falsch anfühlte, ohne ihren Vater in dessen Haus zu sein. Aber der Tee, den Anna aus einem großen Einmachglas in einen Filter füllte, roch schon aus der Ferne so lecker, dass sie das Angebot annahm.

„Jetzt erzähl doch mal, wie und warum du hierhergekommen bist." Die Tante stellte die dampfende Teekanne – als sei es ihr Zuhause – auf den Tisch und setzte sich zu ihr.

„Ich habe zwar gewusst, dass du noch lebst, aber mehr hat Jakob ja nicht rausgelassen. Mensch, du bist so groß geworden." Betreten sah sie auf den Tisch. „Ich weiß, das sind Alte-Tanten-Sprüche." Sie lächelte.

„Das ist eine ziemlich lange Geschichte. Genau genommen fing alles mit dem Tod meiner Mutter an."

„Maria ist tot?" Anna hielt sich wieder die Hände vor den Mund und sah sie fassungslos an. „Wie schrecklich! Wie ist das passiert?"

Henry sah sie irritiert an und erinnerte sich an die Versprecher von Herrn Häberle, der ebenfalls die Namen nicht gekannt hatte. „Marta hieß meine Mama."

Anna legte den Kopf schräg. „Deine Mutter hieß, als sie noch hier war, Maria Winter." Sie sah betroffen zum Fenster hinaus und schien die Nachricht, die ihre Nichte ihr gerade überbracht hatte, zu verarbeiten.

„Was meinst du damit? Dass sie ihren Namen geändert hat?", fragte Henry, die die Verwunderung in ihrer Stimme nicht verbergen konnte. Marta und sie hießen doch mit Nachnamen Winkler, nicht Winter. Was hatte das alles zu bedeuten? Hatte Marta einen anderen Namen angenommen?

„Nun …“, sagte Anna und klang dabei, als bemitleide sie ihre Nichte für deren Unwissenheit. „Ich denke, sie wollte nicht gefunden werden. Natürlich ändert man da seinen Namen.“

Ihre Mutter hatte sie also wirklich versteckt. Geheim gehalten vor der Welt, vor ihrer deutschen Familie, vor ihrem Vater. Warum hatte sie das getan?

„Man kann doch nicht einfach so seinen Namen ändern“, sagte Henry, die Schwierigkeiten hatte, alles für bare Münze zu nehmen, was die Tante ihr sagte.

„Wenn man möchte, kann man das.“ Anna lächelte. „Vor allem, wenn man Beziehungen zum Einwohnermeldeamt hat wie deine Mutter.“

Henry sah geistesabwesend dem Kater vor der Tür beim Fressen zu.

„Alles in Ordnung?“, fragte Anna, die wohl merkte, dass ihre Nichte neben sich stand.

„Ja.“ Sie schüttelte sich kurz, als erwache sie aus einem Tagtraum. „Kanntest du meine Mutter denn gut?“

„Maria war lange Jahre eine sehr gute Freundin, wir kannten uns aus der Schule.“ Anna spielte mit dem Henkel ihrer Tasse. „Genau genommen hat sie deinen Vater über mich kennengelernt. Wir waren echt ein Superteam, wir drei. Es hat mich mindestens so mitgenommen wie Jakob, dass sie plötzlich verschwunden war.“ Sie deutete mit dem Kopf zu den Fotos an der Wand. „Schau, da drüben sind wir alle drei drauf. Deine Mutter, dein Vater und ich. Da gab es dich noch gar nicht, es muss irgendwann in den frühen Achtzigern gewesen sein.“

Henry traute sich nicht, aufzustehen, um das Bild aus der Nähe ansehen zu können. Von einer Anna hatte Marta nie erzählt. In Henrys Kopf hatte Jakob keine Familie, so zumindest hatte es die Mutter ihr erzählt. Die einzige Familienangehörige war ihre Großmutter gewesen. „Weißt du denn, wo Jakob ist?"

„Ach Gott, dein Vater. Der ist überall und nirgends." Anna lehnte sich in ihrem Stuhl zurück und verschränkte die Arme. „Im Moment ist er auf einer Lesung in Norddeutschland. Er macht da eine ganze Tournee. Eigentlich macht er nichts anderes als Schreiben und Lesungen zu geben."

Die Situation war unwirklich. Sie saß hier mit ihrer Tante, von der sie bis gestern nichts gewusst hatte, im Haus ihres Vaters, von dem sie bis vor Kurzem auch nichts gewusst hatte. Sie merkte, wie sie bei dem Gedanken zittrig wurde. Es war alles andere als leicht. In Stockholm ermittelten Beamte, die Henrys Meinung nach keine Ahnung von ihrem Job hatten, im Mordfall an ihrer Mutter. Und hier war plötzlich eine Familie, die ihr völlig unbekannt war – und Marta, die einzige Bezugsperson, die sie gehabt hatte, war nicht mehr da. Die Einzige, die ihr alles hätte erklären können. Warum sie plötzlich Marta Winkler und nicht mehr Maria Winter geheißen hatte, zum Beispiel. Warum sie abgehauen war und vor allem, wovor.

„Alles in Ordnung?", fragte Anna und legte ihre warme Hand auf Henrys Unterarm.

„Geht schon. Es ist nur …" Henry zog den Arm weg und bedeckte mit ihren Händen ihr Gesicht, um nicht weinen zu müssen.

Anna stand auf, umarmte sie und drückte auf mütterliche Weise Henrys Kopf gegen ihren Bauch. Es war der Moment, in dem Henry sich nicht mehr zurückhalten konnte. Sie begann zu weinen.

„Das ist alles scheiße irgendwie", sagte sie schluchzend.

„Nicht alles", antwortete Anna und strich ihr mit der Hand über den Kopf. „Wir sind ja auch noch da. Du hast deine Mama verloren, aber dafür deinen Papa bekommen. Und deine Tante gleich mit."

Henry strich sich die feuchten Haare aus dem Gesicht und richtete sich auf.

„Wann kommt er denn wieder?", fragte sie und wischte mit den Fingern die Tränen und vermutlich ein bisschen Kajalstift unter ihren Augen weg.

„Das hat er mir nicht gesagt." Anna setzte sich wieder auf ihren Stuhl. „Wir haben nicht so viel Kontakt, weil er ja nie da ist. Seine Bücher schreibt er mittlerweile meistens in seinem Ferienhaus am Bodensee. Herr Häberle war letzte Woche als Kunde bei mir in der Apotheke und hat mir erzählt, dass Jakob schon wieder einige Zeit weg ist. Ich wusste bis dahin nicht, dass er jetzt eine Katze hat. Da ich meinen Bruder aber kenne, wurde mir klar, dass sich niemand um das Tier kümmert, und ich hatte recht. Sein Schlüsselversteck ist seit Jahren dasselbe. Ist so ein Stein, in dem man den Schlüssel verstecken kann. Da drüben hängt die Liste mit seinen Tourdaten. In ein paar Tagen hat er eine Lesung in der Nähe, spätestens dann sollte er zurück sein."

Henry legte einen Zuckerwürfel auf ihren Teelöffel, ließ ihn langsam in der heißen Flüssigkeit versinken und wünschte sich in diesem Moment, sie könne sich genauso auflösen wie er. „Das ist nett von dir, dass du dich um die Katze kümmerst. Warum hast du denn so wenig Kontakt zu ihm?“

„Wie gesagt, er ist ja eh nie da. Und weißt du … Seit ihr verschwunden seid, ist er komisch geworden. Er dachte ja immerhin, ihr wäret tot. Er hat's jetzt nicht mehr so mit Menschen und schreibt lieber seine Bücher. Wir telefonieren aber so einmal pro Woche, wenn er am Bodensee ist. Manchmal komme ich auf einen Kaffee vorbei oder bringe ihm frisch gebackenen Kuchen. Ich bin ganz froh, dass er jetzt wenigstens eine Katze hat.“

Das Tier saß neben dem leeren Napf und putzte sich.

„Wie heißt die Katze?“

„Ich habe keine Ahnung.“ Sie zuckte mit den Schultern. „Ich wusste ja bis vor ein paar Tagen nicht einmal, dass sie hier wohnt. Erst als Herr Häberle mir das erzählt hat, habe ich es erfahren. Ich weiß auch nicht, ob es ein Männchen oder ein Weibchen ist.“

Das Tier kam wieder zu Henry und schlich um ihre Beine.

„Es ist ein Kater.“ Sie hob den Schwanz der Katze hoch, als wolle sie ihre Aussage mit dem Vorlegen des Beweisstücks untermauern. „Er erinnert mich an die Kurzgeschichte ‚The Black Cat‘ von Edgar Allan Poe.“

„Die kenne ich gar nicht“, sagte Anna und legte ihre Arme jetzt auf den Tisch wie eine aufmerksame Schülerin. Sie erzählte der Tante die Geschichte, in der es um eine einäugige Katze namens Pluto ging, die einen Mann überführte, der seine eigene Ehefrau getötet hatte.

„Himmel, das klingt ja düster. Du hast das ja ziemlich schnell gesehen, dass es ein Männchen ist. Kennst dich wohl aus mit Katzen?“

„Meine Mutter hat auch einen Kater. Aber der hier bräuchte dringend einen Tierarzt, der ihn von dieser Offensichtlichkeit befreit. Und einen Ocularisten.“

Anna sah sie fragend an.

„Na, einer, der ihm ein Glasauge macht. Ein Ocularist“, fügte Henry hinzu, als handle es sich um Allgemeinwissen.

Die Tante lachte. „Ich finde, er kommt ganz gut zurecht mit dem einen Auge. Und ihm ist es vermutlich egal, wie es aussieht.“

„Wem gehört das Spielzeug?“, fragte Henry und beobachtete den Kater, der inzwischen auf dem Sofa mit einer Rassel spielte.

„Das ist deins.“

„Meins? Das steht da seit über dreißig Jahren?“ Die Farbe wich aus Henrys Wangen.

„Es steht mal hier und mal da. Lange Zeit waren die Sachen im Keller, aber jetzt hat er sie wieder hochgeholt. Vermutlich, nachdem er rausgefunden hat, dass du noch lebst. Ich weiß nicht, ob er denkt, dass du sie noch brauchst.“ Sie lachte. „Hast du denn Kinder?“

„Bisher noch nicht.“

„Also es sind auch ein paar Spielsachen von meinem Pflegesohn dabei. Er war schon sieben, als er zu mir kam, aber seinen Teddy hast du geliebt. Und später hat Ida öfter mit deinen Sachen gespielt“, fuhr Anna fort, „aber ich glaube, deinem Vater war das nicht so recht, weswegen er sie wieder in den Keller gestellt hat.“

Nachdem Anna bemerkte, dass Henry nicht wusste, von wem sie sprach, ergänzte sie: „Ida ist die Tochter deines Halbbruders Sebastian."

Henry war froh, dass sie die heiße Tasse dieses Mal abgestellt hatte, bevor diese zweite erschütternde Neuigkeit ihre Haut verbrühen konnte.

„Ich wusste nicht, dass ich einen Halbbruder habe. Wo lebt er? Wie alt ist er?"

„Oh", sagte Anna und senkte den Kopf. „Das muss echt aufwühlend für dich sein im Moment. Sebastian ist vier Jahre jünger als du. Ich glaube, Jakob musste sich mit dieser Affäre über seinen Verlust hinwegtrösten. Sebastian hat immer versucht, ein guter Sohn zu sein, aber Jakob hat dich in ihm gesehen und ihn mit dir verglichen. Henrietta konnte mit einem Jahr schon dies, sie wusste mit zwei Jahren schon das, sie hätte jetzt und würde jetzt … wirklich ein armer Junge."

Anna umklammerte die Teetasse mit ihren schlanken Händen. „Aber er ist seinen Weg gegangen und hat Medizin studiert, was deinen Vater zumindest ein bisschen stolz gemacht hat."

„Oh, wow …" Henry nickte anerkennend, was aber weniger Sebastians Werdegang galt als der Tatsache, dass sie einen Bruder hatte. „Ich heiße übrigens Henriette."

Anna entschuldigte sich und ging nach oben ins Badezimmer. Henry konnte nicht anders als aufzustehen und sich umzusehen. Sie studierte die Fotos an der Wand. Eine dünne Staubschicht lag auf den Rahmen. Henry sah durch die Terrassentür auf die Schaukel im Garten, die sich leicht im Wind bewegte, als säße der Geist eines Kindes darauf, das dreiunddreißig Jahre lang nicht abgestiegen war. Sie ging zu der Kiste voller Spielsachen, setzte sich auf den Rand des Sofas und kramte leise in der Kiste. Puppen, ein Ball, eine Spieluhr in Form einer Eule. Nichts davon kam ihr bekannt vor. Sie massierte ihre Schläfen. Komm, erinnere dich, dachte sie, aber ihr Gedächtnis reagierte nicht. Während sie auf dem Sofa saß, bemerkte sie gegenüber auf einer Kommode wild übereinandergestapelte Unterlagen. Sie stand wieder auf und schlich hinüber: ungeöffnete Briefe, einige Honorarabrechnungen, vermutlich für Jakobs Lesungen, Post von Verlagen. Ganz unten sah sie eine lederne Mappe und hob langsam und geräuschlos den Papierstapel darüber hoch. Ein Testament. Sie öffnete es vorsichtig. Es war erst zwei Wochen alt. Da Jakob ein berühmter Krimiautor war, konnte sie sich kaum vorstellen, dass er vor zwei Wochen zum ersten Mal ein Testament aufgesetzt hatte. Immerhin würden seine Erben von den Verkäufen seiner Bücher auch weiterhin profitieren, und wenn das stimmte, was Herr Häberle erzählt hatte, auch von den Verfilmungen. Der einzige Erbe, den es in der Familie gegeben hatte, war ihr Halbbruder Sebastian gewesen. Und Anna als Erbin zweiter Ordnung.

Ihre Tante betätigte die Toilettenspülung. Henry musste sich beeilen.

… bestimme folgende Personen zu meinen Erben …

Sie wurde blass. Als Erstes wurde ihre Mutter aufgeführt. Marta Winkler. Es stand nicht etwa *Maria Winter* dort, sondern ihr Name, den sie in Schweden geführt hatte. Mitsamt ihrer Adresse in der Slottsgatan in Sigtuna. Sollte seine Ehefrau vor ihm versterben, so benenne er seinen Sohn Sebastian Glaser und seine Tochter Henriette Winkler, geborene Henrietta Winter, zu seinen Erben. Ihr Halbbruder war ebenfalls mit Adresse versehen, sie nicht. Das Testament sah vor, dass ein DNA-Test durchgeführt werden sollte, insofern seine Tochter sich nach seinem Ableben meldete.

Ein DNA-Test? Erst jetzt wurde ihr bewusst, dass Marta auch ihren Vornamen geändert hatte, von Henrietta in Henriette, und dass weder Herr Häberle noch Anna sich versprochen, sondern schlicht ihren echten Namen benutzt hatten. Es fühlte sich an, als hätte jemand ihr Selbst zerstört. Sie wusste überhaupt nicht mehr, wer sie war und woher sie kam. Henry hörte den Wasserhahn im oberen Stockwerk. Sie nahm einen Zettel von einem Block, der auf der Kommode lag, und schrieb sich die Adresse von Sebastian auf. Er lebte ebenfalls in Tübingen.

Jakob hatte seinen Letzten Willen offensichtlich ändern lassen, gleich nachdem er erfahren hatte, dass sie und Marta am Leben waren. Ob er schwer krank war? Oder warum hatte er es so eilig gehabt, das Testament zu ändern?

Sie blätterte in dem Dokument. In der Mappe befanden sich Kopien ungültiger älterer Testamente. Eines war im Jahr 1986 auf Anna ausgestellt worden. Ein weiteres zwei Jahre später, vermutlich nach der Geburt ihres Bruders, auf Sebastian als Alleinerben.

Anna öffnete die Badezimmertür, Henry legte die Papiere wieder auf die Mappe, steckte den Zettel mit Sebastians Adresse in ihre Hosentasche und setzte sich an den Tisch.

„Was machst du denn beruflich?“, fragte Anna. Henry war mit dem Kopf noch bei ihrem Halbbruder und dem Testament.

„Ich habe in Hamburg Jura studiert. Also nichts, worauf man stolz sein könnte.“

„Ich finde schon, dass man darauf stolz sein kann. Jura. Wahnsinn“, sagte sie anerkennend. „Wo bist du untergekommen in Tübingen?“

„Ich bin in der Jugendherberge am Neckar.“

„Oh je, in einer Jugendherberge? Du kannst gern bei mir wohnen. Es ist nur ein paar Straßen weiter. Ich wohne im Haus deiner verstorbenen Großeltern. Aber du müsstest mir ein paar Stunden zum Aufräumen geben.“

Sie sah verlegen auf ihre schlanken Hände. Die Knochen drückten sich bei jeder Bewegung gegen die Haut, die wirkte, als wäre sie aus Wachs.

Henry lehnte ab. Sie wollte unabhängig sein und brauchte zwischendurch Pausen vom Tauchgang in ihre Vergangenheit. Das hatte nichts mit dem Misstrauen zu tun, von dem Christian und Doktor Frobenius gesprochen hatten.

„Ich muss langsam los. Ich muss noch was bei der Polizei vorbeibringen.“

„Bei der Polizei?“ Anna schaute sie an. Henry erklärte im Schnelldurchlauf die Geschichte mit dem Ring.

„Also wenn du magst, kann ich den Ring dort einwerfen. Ich muss morgen sowieso in die Straße. Dann musst du nicht mit dem Rad extra hinfahren. Von der Jugendherberge bis zur Polizei ist es schon ein Stück. Vor allem bei den Temperaturen.“ Sie legte wieder ihre Hand auf Henrys Unterarm.

Henry mochte die Frau. Obwohl sie aussah, als hätte sie eine Zeitreise aus dem 19. Jahrhundert hinter sich, blühte sie auf sonderbare Weise auf, wenn sie diesen mütterlichen Ton auflegte. Dennoch blieb Henry misstrauisch. Es waren zu viele neue Leute, die plötzlich mit ihr verwandt waren.

„Ich weiß nicht …“, sagte Henry zögerlich.

„Du musst natürlich nicht, es war nur ein Angebot.“ Anna lächelte. „Ich kann dir den Weg auch erklären. Vor dem Polizeirevier ist eine Bushaltestelle, dann musst du nicht mit dem Rad fahren.“

„Es ist ja immerhin der Ring meiner Mama“, sagte Henry, die das Gefühl hatte, sich für das Ablehnen des Angebots entschuldigen zu müssen.

„Das weiß ich, Henrietta. Und ich weiß auch, was er dir bedeutet. Wenn du möchtest, fahre ich auch mit dir zusammen zur Polizei. Allerdings geht das erst übermorgen, vorher habe ich kaum Zeit dafür.“

Henry dachte nach. Wenn sie ihrer Tante den Ring mitgab, so konnte sie sich um Wichtigeres kümmern. Andererseits hing sie sehr an dem Erbstück und wollte auf keinen Fall riskieren, dass es verloren ging. Aber Anna war ihre Tante. Was sollte die mit dem Ring schon anstellen? Sie hätte ja wohl kaum angeboten, ihr die Busverbindung rauszusuchen oder sie sogar hinzufahren, wenn sie ernsthaftes Interesse daran hätte, den Ring zu behalten.

Ihre Gedanken überschlugen sich. Henry musste dringend ihr Misstrauen anderen Menschen gegenüber ablegen. So wie Christian und der Psychiater es gesagt hatten. Vor allem jetzt, da sie auf einmal eine richtige Familie hatte.

Henry schloss kurz die Augen, als würde sie ihr Misstrauen auf diese Weise verdrängen können, und nahm das Angebot zögernd an. Je weniger sie mit der Polizei – und damit mit Martas Tod – zu tun hatte, desto lieber war es ihr im Moment. Erst musste sie Jakob zu seinen Beobachtungen bei ihrer Mutter befragen, dann würde sie wieder mit der Polizei zusammenarbeiten können.

Langsam zog sie den Ring vom Finger und legte ihn vor Anna auf den schwarzen Holztisch. Sie empfahl ihr, das Schmuckstück direkt bei Kommissar Faber abzugeben, damit es nicht zu weiteren Verzögerungen kam.

„Ich passe gut drauf auf, versprochen." Anna hielt den Ring gegen das Licht und las die Gravur. „Das ist wirklich eine sonderbare Geschichte mit dem goldenen Projektil", sagte sie. „Aber das wird sich ganz sicher aufklären. Ich werde ihn gut verpacken und gleich morgen diesem Kommissar Faber bringen."

Drei Wochen zuvor, Sigtuna, 19. Januar 2019

Jakob fragte sich, wie seine Frau und seine Tochter diese kalten schwedischen Winter aushielten. Maria hatte unter anderem Skandinavistik studiert, für sie war es sicher kein Problem gewesen, sich hier zurechtzufinden. Fließend Schwedisch sprach sie ja nun. Es wunderte ihn dennoch, weil er sie als ziemlich verfroren in Erinnerung hatte.

Von Bremen, wo er eine Autorenlesung gegeben hatte, bis Schweden war es gefühlt nur ein Katzensprung gewesen. So hatte er jedenfalls gedacht, bevor ihn die Straßenschilder auf diesen endlos scheinenden Landstraßen zu einer Höchstgeschwindigkeit von neunzig Stundenkilometern gezwungen hatten. Er konnte die ganzen Bäume nicht mehr sehen und fragte sich hin und wieder, ob er im Kreis fuhr. Alles sah gleich aus. Wald, rote Holzhäuser, noch mehr Wald und noch mehr rote Holzhäuser. Die Behauptung, dass man in Schweden an jeder Ecke einen Elch sah, hatte sich als falsches Versprechen der Werbeindustrie herausgestellt. Das einzige Klischee, das er bestätigen konnte, waren die Bullerbü-Häuschen, die überall zu finden waren: kleine Höfe wie bei Michel aus Lönneberga. Das Buch hatte er Henry vorgelesen. Er musste zugeben, dass es hier wirklich schön war. Hätte Maria ihn gefragt, er wäre sofort mitgegangen. Aber sie hatte ihn nicht gefragt, sondern eine tragische Lüge aufgebaut und war ohne ein Wort aus seinem Leben verschwunden.

Er hätte die C-Klasse zu Hause lassen und mit dem Zug fahren sollen. In Deutschland fuhr er nicht gern mit dem Zug, weil die Menschen ihn erkannten und mit ihm über seine Bücher sprechen wollten. Häufig musste er Selfies mit fremden Leuten machen und Autogramme geben, manchmal sogar auf Unterarme. In Schweden wäre ihm das sicher nicht passiert. Zwar waren seine Romane in zwölf Sprachen übersetzt worden, aber Schwedisch war nicht dabei gewesen. Die Skandinavier hatten ihre eigene Auffassung von Krimis und so wären seine Bücher hier vermutlich Ladenhüter in den Buchhandlungen geworden.

Es hatte zu schneien begonnen, als Jakob beim Haus seiner Frau ankam. Die fallenden Schneeflocken erzeugten eine samtige Stille, umrahmten die Idylle, in der das gelbe Holzhaus stand, und untermalten auch hier das Bullerbü-Flair. Er musste zugeben, dass es etwas Märchenhaftes, Unwirkliches hatte.

Seinen Wagen hatte er am Anfang der Slottsgatan geparkt und war den Rest zu Fuß gegangen. Seine Lederschuhe knirschten bei jedem Schritt über die weiße Schneeschicht. Er würde sie einfetten müssen, wenn er wieder in Tübingen war. Die Schneeflocken verfingen sich in seinen Haaren und tropften kalt auf seine Stirn.

Durch das Fenster konnte er Maria sehen, die in der Küche stand und backte. Obwohl sie dreißig Jahre älter war als damals, erkannte er sie sofort. Ein undefinierbares

Gefühl überkam ihn beim Anblick seiner Frau. Wie oft war er mit seinen Händen durch die braunen Haare gefahren, hatte diese Wangen gehalten, die Lippen geküsst. Er würde Maria immer erkennen. Sie knetete angestrengt einen großen Teighaufen. Jakob erinnerte sich daran, wie sie mit Henry Plätzchen gebacken hatte. Es war das letzte Weihnachten gewesen, das er mit ihr und seiner Tochter verbracht hatte.

Alles in ihm schnürte sich zusammen. Eine Mischung aus Sehnsucht und Wut machte sich breit. Den Umschlag hielt er in seiner Hand und versteckte ihn im Ärmel seiner Jacke, um ihn vor den Schneeflocken zu schützen. Schon in der Pension in Sigtuna hatte er den Brief verfasst, weil er Maria, oder Marta, wie sie sich jetzt nannte, nicht gegenübertreten wollte. Sie sollte erst in Ruhe seine Worte lesen. Telefonnummer oder E-Mail-Adresse hatte er absichtlich nicht hineingeschrieben, weil er wiederkommen und persönlich mit ihr sprechen wollte.

Ein Saab bog in die Slottsgatan und beleuchtete Jakob von hinten. Maria hob den Kopf und sah aus dem Fenster, doch sie erkannte ihren Mann nicht, er war zu weit weg und sie würde ohnehin nur seine Silhouette sehen.

Leise ging Jakob um ihr Haus. Von unten schob er den Brief auf die Veranda. Er wollte sie nicht betreten, weil er Angst hatte, seine Schritte könnten auf dem Holz zu laut sein.

Noch einmal beobachtete er im Schutz eines Baumes seine Frau, die den Teig zu kleinen Schnecken zusammenrollte und sie in den Ofen schob.

Er würde wiederkommen.

Tübingen, 9. Februar 2019

Zum Friedhof war sie mit dem Bus gefahren, nachdem Anna sie darauf hingewiesen hatte, dass sie für den steilen Berg ein E-Bike brauchen würde. Von Fahrrädern hatte Henry jedoch genug. Sie hatte das Citybike gleich nach dem Besuch bei Anna wieder abgegeben und der Vermieter hatte ihre Kaution einbehalten. Wegen des Achters und weil er ein paar Kratzer gefunden hatte.

Die Äste der Bäume, die den Friedhof säumten, hingen schneeschwer über den Gräbern. Anna hatte ihr erklärt, wie sie zu ihrer letzten Ruhestätte kommen sollte, und so orientierte Henry sich an der Beschreibung ihrer Tante.

Sie erkannte das Grab schon von Weitem. Jakob hatte keine Kosten gescheut und seiner Frau und seiner Tochter einen ausladenden weißen Marmorgrabstein herstellen lassen. Der Stein war in der Mitte geteilt, aber die Namen standen, in goldener Schrift, beide rechts.

Maria Winter 1957 – 1986

Henrietta Winter 1984 – 1986

Den Riss, der sich links von ihren Namen befand, hatte der Steinmetz deutlich erkennbar bewusst gesetzt. Hatte ihr Vater die andere Hälfte des Grabsteins für sich selbst reserviert?

Das Grab der Zweijährigen und ihrer Mutter zierte ein verblasstes Windrad, das sich nicht mehr drehte, weil die

Flügel schon eingerissen waren. Ein Blumenstrauß, der sicher seit einigen Wochen verwelkt war, lag traurig über einem steinernen Teddybären. An den Pfoten des Bären standen zwei Kerzen, die lange keiner angezündet hatte. Es sah nicht so aus, als käme Jakob jede Woche, wie Herr Häberle behauptet hatte.

Henry setzte sich auf eine gegenüberliegende Bank und betrachtete den Stein. Ihre Mutter hatte zwei Begräbnisstätten. Die Leere, die in ihr war, ließ sich nicht einmal mit den Sonnenstrahlen füllen, die sich orange glühend idyllisch über die Gräber auf dem Bergfriedhof legten. Im Licht der untergehenden Sonne konnte sie die Hochglanzpolitur des Marmorsteins erkennen.

Wer sitzt schon vor seinem eigenen Grab, dachte sie. Eine groteske Situation, die sie nicht einordnen konnte. Was würde ihr Vater mit dem Stein machen, jetzt wo er wusste, dass Henry lebte, ihre Mutter aber verstorben war? Würde er ihren Namen dort lassen und nur das Sterbejahr entfernen? Es war in diesem Moment völlig unerheblich und die Zeit würde es zeigen, aber sie wurde die Gedanken nicht los. Was würde mit ihrem Grabstein passieren? Dass Jakob ihren Namen von dem Stein entfernen lassen könnte, empfand sie so, als würde man ihre Mutter ein zweites Mal aus Henrys Leben reißen. Es fühlte sich richtig an, gemeinsam mit ihr auf dem Stein verewigt worden zu sein. Diese Einheit, die nicht einmal der Tod trennen konnte. Eine schöne Vorstellung! 1986 war etwas in ihr gestorben. Warum sollte sie nicht auf diesem Grabstein stehen? Ein Teil von ihr, die alte Henry, hatte ihr Dasein beendet. Seit 1986 war sie das schwedische Kind einer Alleinerziehenden gewesen. An die Geschichte von Henrietta Winter konnte sie sich nicht einmal erinnern, die deutsche Henry mit zwei Elternteilen war damals gestorben. Ihr wurde bewusst, dass ihr Leben jetzt, dreiunddreißig Jahre später, von vorne beginnen würde. Es war wie eine zweite Geburt. Oder sie würde im Jahr ihres Todes anknüpfen und weiterleben. Sie dachte an Barbro und ihre Tarotkarten. Die Nachbarin ihrer Mutter hatte das Talent, selbst zu den schlechtesten Karten etwas Positives zu sagen, und ihr wäre ganz bestimmt was Erfreuliches zu dieser Situation eingefallen. Vermutlich hätte sie Marta verteidigt, sich für sie eingesetzt, erklärt, warum ihre Mutter ihr den Vater vorenthalten hatte. Sie hätte über die Männer geschimpft und alle Fehltritte ihres Vaters aufgelistet und erläutert, warum es sinnvoll gewesen war, ihn zu verlassen und ihm seine Tochter zu nehmen.

Wenn Doktor Frobenius gewusst hätte, dass sie vor ihrem eigenen Grab saß, wäre er sofort mit Psychopharmaka angereist. Ein typischer Henry-Moment, der das Chaos ihres ganzen Lebens in Stein gemeißelt zusammenfasste.

Sie beobachtete eine Elster, die zehn oder zwölf Meter entfernt von ihr auf einem Grab saß und die Beeren von einem Grabstrauß pickte.

Plötzlich stieg eine tiefe Traurigkeit in ihr auf. Alles, was in den letzten Wochen passiert war, katalysierte sich hier vor ihrem eigenen Grab. Tränen rannen aus ihren Augen, brannten auf ihren kalten Wangen und sie begann zu schluchzen. Sie war froh, dass ein Friedhof ein Ort war, an dem man weinen durfte. Aus der Ferne sah sie zwei Personen an einem Grab stehen, die zu ihr herübersahen. Sie vergrub ihr Gesicht in den Händen. Die Traurigkeit über den Tod ihrer Mutter und ihre verlorene Kindheit stach von innen gegen ihre Rippen. Sie weinte so heftig, dass es sie schüttelte. Und sie hatte Angst zusammenzubrechen. Henry bohrte ihre Finger in ihre Kopfhaut und versuchte, sich zu beruhigen. „Hör auf zu weinen", sagte sie leise und wischte über ihre Augen. Ihre Wimperntusche versagte ihren Dienst und ihre Hände wurden schwarz. Henry zog die Knie an ihren Körper und kauerte auf der Bank, bis dieser Anfall von Trauer, Enttäuschung und Angst vorüber war. Was war das nur alles für eine Scheiße. Und warum saß sie hier mutterseelenallein – im wahrsten Sinne des Wortes? Niemand war da, der sie in den Arm nahm, niemand war da, der ihr helfen konnte. Die Polizei in Stockholm trat auf der Stelle, sie konnte nicht bei den Ermittlungen assistieren und nicht einmal ihr Vater war da.

Als sie wieder im Bus saß, wollte sie eine Nachricht schreiben. An Kjell oder Christian. An irgendwen. Sie musste ihre Gedanken loswerden. Ihr Handy war nicht, wie sonst, in der Innentasche ihrer Handtasche. Sie holte alles aus ihrer Tasche und legte es auf den Nebensitz: Taschentücher, Portemonnaie, Lippenbalsam, Bonbons von ‚Tant Bruns', eine verdrückte Schachtel Streichhölzer, auf der der Solstickan-Junge der Sonne entgegenlief, einen Flyer für eine Vernissage in Stockholm, den ihr vor Monaten jemand in der Fußgängerzone in die Hand gedrückt hatte und auf dessen Rückseite sie die Busverbindungen notiert hatte. Ihr Smartphone war verschwunden. Henry versuchte, sich zu erinnern, wann sie das letzte Mal ihr Telefon in der Hand gehabt hatte. Sie hatte sich doch die Busverbindungen rausgesucht. Hatte sie auf der Fahrt noch mal darauf geschaut? Es musste in der Herberge liegen. Entweder in ihrem Zimmer oder im Frühstücksraum. Das fehlte ihr gerade noch! Wie sollte sie Kontakt zur Außenwelt halten? Die Polizei würde sie nicht erreichen können. Keine Telefonate mit Christian. Er würde sie nicht informieren können, wenn er Neuigkeiten von Oberstaatsanwalt Elander hatte. Kjell würde sie nicht anrufen können.

Sie dachte kurz nach. Die Vorstellung, dass Kjell sie nicht mehr provozierte, ihr nicht ihre Unfähigkeit um die Ohren haute, sie nicht mehr Sandra und Jonas im Hintergrund hören musste, fühlte sich eigentlich ganz gut an.

Waren ihre Gebete doch erhört worden? Es wäre nicht das Schlechteste, wenn Kjells Anrufe am Grund des Neckars ins kalte Nichts klingeln würden.

Drei Wochen zuvor, Stockholm, 19. Januar 2019

Es war keine gute Idee gewesen, mit dem Auto nach Stockholm zu fahren. Da Farsta einer der südlichen Randbezirke war, musste Jakob die schwedische Hauptstadt vollständig durchqueren.

Nachdem er den Brief bei Maria abgegeben hatte, war ihm der Gedanke gekommen, sie hätte vermutlich direkt ihre Tochter informiert. Die Wahrscheinlichkeit, dass Henrietta ihn abweisen würde, war relativ hoch. Wer wusste schon, was Maria ihr über ihn erzählt hatte? Dass er beide sitzen gelassen hatte? Dass er eine Gefahr für sie und ihre Mutter darstellte? Er war sich sicher, dass er sich Mühe geben musste, um das Vertrauen seiner Tochter zu gewinnen.

Noch vor wenigen Wochen war sein Leben trostlos, aber geregelt gewesen. Er reiste von Lesung zu Lesung, jeder neue Roman war erfolgreicher als sein Vorgänger. Bis zu dem Tag, an dem sein Tennispartner Peter aus dem Schwedenurlaub zurückgekommen war und ihn angerufen hatte. Peter war sich überhaupt nicht sicher gewesen, aber diese Frau im Touristenbüro in Sigtuna, die perfekt Deutsch gesprochen hatte, war ihm so bekannt vorgekommen. Es sei doch gar nicht so abwegig, dass Maria noch lebe, weil schließlich nie eine Leiche gefunden worden war.

Einige Tage hatte Jakob die Idee für ein Hirngespinst gehalten und sogar vermutet, Peter wolle sich nur ein wenig wichtigmachen. Als er irgendwann nicht einmal mehr einschlafen konnte, rief er im Touristenbüro an, doch keiner kannte Maria Winter. Also beauftragte er den Privatdetektiv mit dem passenden Namen Adler, in Schweden nach ihr zu suchen. Doch Adler, Spezialist im Aufspüren von Personen, recherchierte zunächst in Deutschland und präsentierte Jakob kurz darauf die Tonaufnahme. Und dann war alles ganz schnell gegangen. Adler kam in der Grünwaldstraße vorbei, mit einer guten und einer schlechten Nachricht: Marias Adresse – und seiner Honorarrechnung.

Jakobs Frau hieß jetzt Marta Winkler und wohnte tatsächlich in Sigtuna, fünfzig Kilometer nordwestlich von Stockholm. Erst als der Detektiv ihm ein Foto von ihr zeigte, war Jakob sicher, dass es sich um Maria handelte. Aber nicht nur seine Frau war am Leben, auch seine Tochter. Der Detektiv sollte nur nach Maria suchen, weil Jakob davon ausgegangen war, über sie würde er ebenfalls Henrietta wiederfinden. Dass sie eine quicklebendige Tochter hatte, hatte Adler trotzdem in Erfahrung gebracht. Was Jakob in diesem Moment gefühlt hatte, wusste er nicht mehr, weil er sich an die Stunden danach nicht erinnern konnte. Er hatte einen regelrechten Filmriss, was sicherlich auch an der Menge an Alkohol lag, die er nach dieser Neuigkeit konsumiert hatte. Die Erkenntnis, dass seine Frau nicht verstorben war, sondern ihn mitsamt seiner Tochter verlassen hatte, war schmerzvoll. Klebrig und abgestanden wie ein Cocktail aus Wut und Enttäuschung.

Die Rechnung belief sich auf exorbitante knapp vierzehntausend Euro.

Als er seinen Wagen vor Henriettas Haus parkte, hatte es aufgehört zu schneien; die Sonne drückte sich zwischen einzelnen Wolken hervor.

An der Haustür stellte er fest, dass es keine Klingel gab. Nur Briefkästen. *Henry Winkler* stand handschriftlich auf einem. Wenn er gewusst hätte, dass sie sich offiziell Henry nannte, hätte er sie und ihre Adresse schneller gefunden. Jetzt war es ein Leichtes gewesen.

Er trat einen Schritt zurück und sah an dem Haus hoch. Es mussten drei oder vier Parteien darin wohnen, was die Anzahl der Briefkästen bestätigte, aber die Fenster waren entsprechend der Jahreszeit alle verschlossen.

Jakob war versucht, sie zu rufen, überlegte es sich jedoch schnell anders. Sie würde das Fenster öffnen, und er hätte direkt sagen müssen, dass er ihr Vater war. Die Vorstellung, dass er mehrere Meter unter ihr stand und darum betteln musste, hereingelassen zu werden, erschien ihm für eine Familienzusammenführung ungünstig.

Ein Paar, beide vielleicht Mitte fünfzig, kam aus einem Fußweg und ging aufs Nachbarhaus zu. Auch bei diesem Haus konnte Jakob keine Klingeln erkennen, doch der Mann zog wie selbstverständlich sein Mobiltelefon aus der Tasche und rief jemanden an. Jakob konnte kaum Schwedisch, aber den Satz „Vi är här“ verstand er. Es dauerte höchstens fünf Sekunden, bis jemand von oben auf den Türöffner drückte und dem Paar Einlass gewährte. Hatte in Schweden niemand eine Klingel? Das Handynetz in dieser Stadt musste ausgesprochen gut sein, ansonsten würde dieses System nicht funktionieren. Die Handynummer seiner Tochter hatte er nicht und so konnte er sich diesen Gepflogenheiten nicht anpassen.

Jakob setzte sich in seinen Wagen und war froh über die Standheizung. In Tübingen fuhr er die meiste Zeit mit dem Rad, und er hatte sich schon einige Male gefragt, ob dieses Zubehör nötig gewesen war. Genau genommen hatte er sich nur für den Einbau entschieden, weil die junge Kundenberaterin bei Mercedes so nett gewesen war. Die blonde Schönheit hätte ihm alles verkaufen können. Wegen ihrer langen Beine, ihres charismatischen Lächelns oder allein deshalb, weil sie Kaffee genauso liebte wie er. Beim Abholen des Wagens schenkte er ihr ein Kilo hawaiianischen Kona. Vermutlich kannte sie den Kilopreis dieses Kaffees nicht, weshalb sie etwas unsicher reagierte. Nachdem sie sich bedankt und dabei archaisch einen Knicks angedeutet hatte, obwohl sie höchstens dreißig Jahre alt war, überreichte sie ihm mit ihrem einnehmenden Lächeln den Schlüssel. Eine gute Fahrt wünschte sie ihm, und er war sich sicher, dass sie es anders, zweideutiger, betonte als bei den anderen Kunden. Jakob winkte ihr durch das wärme- und geräuschdämmende Akustikglas zu und fuhr vom Hof. Mit der obsidianschwarzen C-Klasse, die jeden Schnickschnack hatte, den er nicht brauchte. Beheizte Scheibenwaschanlage, Ambientebeleuchtung, Nappaleder, Panoramadach – und Standheizung.

Jetzt, wo er im kalten Stockholm auf seine Tochter wartete, wusste er: Es war ein Wink des Schicksals gewesen.

Tübingen, 9. Februar 2019

Er saß bereits einige Zeit im Bus, als sie einstieg, und fragte sich, warum sie ihre hübschen Beine unter dieser unvorteilhaften Jeans verbarg. Nur allzu gern hätte er sie ihr ausgezogen. Jetzt und hier, in diesem Bus. Nur um diese Beine ohne Textilien anschauen zu können. Vielleicht hätte er sie gezeichnet.

Hinter ihr sitzend versteckte er sein Gesicht in der Kapuze seiner Jacke. Hier konnte er ihr Haar riechen. Die langen braunen Locken fielen über den Sitz. Wie kleine Schlangen wandten sie sich zwischen den Bänken hindurch und wollten nach ihm greifen, doch er blieb standhaft. Sein Moment war noch nicht gekommen. Immer wieder schloss er die Augen und sog ihren Duft auf.

Es fiel nicht auf, dass er ebenfalls am Friedhof ausstieg, weil er einer alten Dame half, ihren Rollator aus dem Bus zu heben. Henry war längst vorgegangen und zwischen den Gräbern verschwunden. Die Frau bedankte sich bei ihm und er ging ein paar Schritte mit ihr. Sie erzählte von ihrem verstorbenen Ehemann, aber er hörte nicht zu. Er hatte nur Augen für diese junge Frau, deren braune Locken hier und da zwischen den Steinen und Kreuzen auftauchten und im Licht der Sonne aussahen wie wildes Feuer.

Die Gießkanne für das Grab ihres Ehemannes hatte er der Frau bis zum Rand gefüllt. Er wusste natürlich, dass sie ein solch schweres Gefäß nicht mehr selbst heben konnte, und so bewässerte er bedächtig die Blumen für sie. Wie in Slow Motion tropfte das Wasser auf das Grab. Zuweilen, wenn er sich im Anblick der hübschen Henry verlor, goss er die Steine daneben, aber die Alte sagte nichts, weil sie dankbar war, dass er ihr half.

Wie sie da stand in dieser unsäglichen Jeans! Alle Kleider hätte er ihr abgenommen, bis auf den Mantel. Es wäre sicherlich ein schönes Bild, wenn sie nackt, nur in dieses Kleidungsstück gehüllt, vor ihm stünde. Vielleicht würde er sie nicht nur zeichnen, sondern auch fotografieren, bevor er sie anfasste. Ihre Haut war bestimmt ganz rosig und weich. Er fragte sich, wie viele Männer diese Beine schon berührt hatten. Ob sie oft mit Typen verkehrte? Sie war diese Art von Frau, die jahrelang denselben Kerl hatte. Diese Langweilerin in ihr würde er ihr austreiben. Die blassen Mädchen waren meistens die, die in der Nacht die größten Biester wurden und die Dunkelheit erhellten. Sie kratzten wie Katzen, bissen und schlugen um sich, verzehrten sich nach seinem Körper. Die gebildeten Frauen, die immer versuchten, sich gewählt auszudrücken, waren am Ende die, die am lautesten schrien, wenn sie breitbeinig vor ihm lagen. Henry gehörte mit Sicherheit auch zu der Sorte Frau. Sie wäre nicht die Erste, die sich von ihm flachlegen ließ. Doch, und das tat ihm jetzt schon fast leid, die Erste, die danach nicht mehr aufstehen würde.

Vielleicht fände sie es aber auch verwerflich, mit ihm zu schlafen. Moralisch nicht in Ordnung. Natürlich nicht, aber sie musste ja nicht erfahren, wer er war. Er selbst hatte damit kein Problem, für ihn war sie nur eine schöne

Frau wie viele andere. Ihre Abstammung interessierte ihn nicht. Wenn sie nicht wollte, würde er sie eben nur zeichnen und fotografieren. Ihren Körper zweidimensional konservieren für die Nachwelt.

„Sie müssten dieselbe Größe haben wie mein Mann. Ich habe noch so viele gute Kleider zu Hause. Wollen Sie die nicht mal anprobieren?", fragte die Frau. Er lehnte ihr Angebot höflich ab.

Henry hatte sich auf eine Bank gesetzt, und er meinte sie hier, aus der Ferne, riechen zu können. Immer dann, wenn ein kleiner Windzug zu ihm herüberwehte, der ihren Duft zu ihm trug. Er atmete tief ein und bedauerte, dass dieser Geruch, dieser Duft nach Leben, Freiheit, Unbekümmertheit, bald einem abscheulichen Verwesungsgeruch weichen würde. Es war schade um sie, und er wollte sie noch ein wenig beobachten, wollte sie riechen, sie einige Schritte in ihrem Leben begleiten, denn sie führte ein Leben, das ihm verwehrt worden war. Die hübsche kleine Henrietta.

„Kennen Sie die junge Dame?" Die Frau hatte sich auf ihren Rollator gesetzt.

„Nein, leider nicht", antwortete er, ohne den Blick vom Objekt seiner Begierde abzuwenden. „Aber ich denke, ich werde sie bald kennenlernen."

„Warum gehen Sie nicht zu ihr? Sie müssen nicht bei mir bleiben." Beide hatten längst festgestellt, dass Henry in Tränen ausgebrochen war. Zusammengekauert saß sie auf der Bank vor ihrem Grabstein.

„Alles zu seiner Zeit", sagte er und zog die Kapuze seiner Jacke wieder tiefer ins Gesicht.

Er kannte die Stelle gut, weil er mehrmals auf derselben Bank gesessen hatte. Viele Stunden hatte er auf diesen Stein geschaut. *Henrietta Winter, 1984–1986.* Was musste das für eine Erkenntnis sein, wenn man vor seinem eigenen Grab saß?

Ihr Todesdatum *1986* auf dem Stein würde man wie das ihrer Mutter bald ändern müssen.

Sigtuna, 9. Februar 2019

Als er vor nicht einmal drei Wochen Sigtuna verlassen hatte, war Jakob bereits in dieser hübschen kleinen Pension namens ‚Blommagården' in der Stora Gatan gewesen, und er freute sich jetzt, dass er wieder ein Zimmer dort bekommen hatte. Die Besitzerin der Pension hatte ihn ins Herz geschlossen. Er erinnere sie an ihren Sohn Per, der seit vielen Jahren in New York lebte, hatte sie gesagt. Inger vermietete die Zimmer ihrer Kinder seither an Durchreisende und freute sich, wenn sie ihnen ein üppiges Frühstück zubereiten durfte. Gerade im Februar kamen nicht viele Gäste. Höchstens ein paar Geschäftsreisende, die aber kaum Zeit hatten, ihre Mandeltorte zu probieren. Sie starrten in ihre Smartphones oder Tablets, während sie aßen, und hetzten danach meistens gleich weiter. Für Gespräche hatten sie keine Zeit. Aber diesen Gast aus Deutschland mochte sie, denn er war sogar nachmittags da, sodass Inger ihr ganzes Backbuch durcharbeiten konnte.

An diesem Tag gab es die klassische schwedische Prinzessinnentorte.

„Es kommt nicht so oft vor, dass jemand gleich zwei Mal hintereinander hier auftaucht", sagte Inger und drapierte ein giftgrünes Tortenstück auf Jakobs Teller.

Er sah es sich von allen Seiten an, als wäre es ein Ausstellungsstück im Museum.

„Normalerweise sind Touristen immer in Stockholm oder Vimmerby oder sie machen Elchsafaris, aber nach ein paar Tagen sind sie weg und gehen beim nächsten Mal lieber ins Warme. Du bist nach nicht einmal drei Wochen schon wieder gekommen."

Gleich nach der Ankunft bei seinem ersten Besuch hatte sie ihm erklärt, dass sie zwar Deutsch spreche, aber das mit dem Siezen nicht ihr Ding sei. In Schweden sieze man sich höchstens in Geschäftsbriefen und auch da täten das nur Spießer, an denen die Du-Reform vorbeigegangen sei.

„Ich hatte mir letztes Mal Schweden ein wenig angeschaut, wollte jemanden besuchen und musste dann zu einigen Lesungen in Norddeutschland. Deshalb habe ich die Reise unterbrochen. Ich versuche noch einmal, die Person anzutreffen, die ich beim ersten Mal schon besuchen wollte. Diejenige war letztes Mal nicht da."

Jakob pikste ein Stück Kuchen auf seine Gabel.

„Was schreibst du denn für Bücher?"

„Kriminalromane."

Inger staunte. „In Schweden gibt es viele Krimiautoren. Wir lieben Krimis. Kennst du Henning Mankell?"

Jakob sah zum Fenster hinaus. Die Sonne hatte die Menschen in die Stora Gatan gelockt. Die meisten waren Einwohner der Stadt. Der Februar war kein Monat, der Touristen nach Schweden lockte.

„Die Krimis, die wir in Deutschland schreiben, sind ein bisschen anders als eure hier", sagte Jakob.

Inger nahm einen Schluck Kaffee. „Und du besuchst jemanden in Sigtuna?"

„Nein, sie wohnt in Stockholm. Aber ihre Mutter wohnt in der Slottsgatan hier in Sigtuna."

„Jaha", sagte sie jetzt auf Schwedisch und meinte damit „Ach so". „Meine Freundin wohnt auch in der Slottsgatan." Inger nahm ein Stück von der Prinzessinnentorte in den Mund und schloss die Augen. „Habe ich lang nicht mehr gebacken", sagte sie selig.

„Wirklich? Kennen Sie zufällig eine Marta Winkler?", fragte Jakob, der jetzt neugierig wurde, was Inger wusste.

„Natürlich, hier kennt doch jeder jeden. Sigtuna ist ein Dorf! Schlimm, was passiert ist. Es gibt kaum noch ein anderes Gesprächsthema im Ort."

Jakob versuchte, die hellgrüne Marzipanmasse, die an seinen Zähnen klebte, unauffällig mit der Zunge zu entfernen. „Was meinen Sie damit?"

Inger senkte ihre Kaffeetasse. „Oh … weißt du nicht …"

Obwohl Jakob sie nicht unterbrach, beendete sie ihren Satz nicht.

„Was weiß ich nicht?" Er wurde ungeduldig.

„Also … dass Marta tot ist."

Jakob ließ die Gabel auf den Teller fallen, woraufhin Inger zusammenzuckte.

„Sie wurde doch erschossen", sagte sie unsicher. Sie betonte es so, als wisse das jeder nördlich des Äquators.

„Von wem?", fragte Jakob und tupfte sich den Mund mit einer Serviette ab. Seine Hände zitterten und er schob sie unter den Tisch.

„Das weiß dagegen niemand." Inger stellte fest, dass die Nachricht Jakob weniger hart traf, als sie befürchtet hatte. So ging sie davon aus, dass er kein enges Verhältnis zu

Marta Winkler gehabt haben konnte. „Ich kannte sie nicht gut. Sie war meiner Freundins Nachbarin."

Jakob war sich nicht sicher, ob das Schwedische diesen Satzbau verlangte oder ob seine Vermieterin sich einfach gewählt ausdrücken wollte.

„Du bist nicht sehr überrascht", sagte Inger und nahm wieder einen Schluck Kaffee.

Weil Jakob nicht weiter reagierte, erzählte sie vom letzten Luciafest, bei dem die Enkelin ihrer Freundin aus der Slottsgatan die Lucia gespielt hatte. Den Rest von der Prinzessinnentorte rührte er nicht mehr an.

***

Jakob legte frische Orchideen in den Schnee vor Marias Veranda. Damals waren es ihre Lieblingsblumen gewesen, und sie hatte behauptet, die Orchidee stehe für Seelenverwandtschaft. Er hatte die Blumen nicht einmal bezahlen müssen, da Inger die Besitzerin des Blumenladens in der Stora Gatan selbstverständlich ebenfalls kannte und direkt einen Gruß an sie hatte ausrichten lassen. Trotzdem hatte er ihr denselben Betrag, den er ansonsten hätte zahlen müssen, in die Kaffeekasse gesteckt.

Jakob dachte viel, als er hier vor Marias Haus stand. Warum hatte sie alles kaputt gemacht? Es hätte nicht so weit kommen müssen. Sie hätten doch glücklich bleiben können. Sie und er. Und Henrietta.

Er stand eine Weile da und las immer wieder die Aufschrift auf dem Briefkasten. *Marta Winkler.* Sie hatte nach der Hochzeit seinen Nachnamen angenommen, und er überlegte, ob sie wieder geheiratet hatte. Die Überlegung erschien ihm sogleich abwegig, weil sie auch einen anderen Vornamen hatte. Vermutlich hatte sie eine neue Identität angenommen, so wie es der Privatdetektiv gesagt hatte.

Als er in sein Auto stieg, sah er sich noch einmal nach dem Haus um. Die frischen weißen Blumen, die er für seine Frau niedergelegt hatte, waren auf der dicken Schneeschicht beinahe unsichtbar.

Tübingen, 9. Februar 2019

Henry hatte schon befürchtet, dass Kommissar Faber genauso oft Pause machte wie dieser Dahlin aus Stockholm, aber nach dem fünften Klingeln ging er doch an sein Telefon.

„Henry Winkler hier, Sie wissen schon, die …"

„Frau Winkler! Ja, natürlich weiß ich, wer Sie sind. Wie ich sehe, haben Sie es noch nicht geschafft, den Ring auf dem Präsidium vorbeizubringen." Es klang nicht vorwurfsvoll, sondern so, als wolle Kriminalhauptkommissar Faber von ihr den Grund dafür erfahren.

„Ich weiß gar nicht, wo ich anfangen soll. Ich hatte so wahnsinnig viel zu tun heute und eigentlich wollte ich ihn ja vorbeibringen, aber … also den Ring bringt meine Tante morgen zu Ihnen, Ehrenwort! Die muss sowieso in die Straße."

„Am Sonntag bin ich nicht da, aber ich finde ihn dann sicher übermorgen, wenn sie ihn auf der Wache abgegeben hat. Ihre Tante sollte sich jedenfalls nicht allzu viel Zeit damit lassen."

Kurz überlegte sie, ob sie Faber von den kaputten Bremsen erzählen sollte, entschied sich dann aber dagegen. Sie wollte nicht exaltiert erscheinen und hatte nicht das Gefühl, in Gefahr zu sein.

„Das zweite Problem, das ich habe", sagte sie, „ist, dass mir mein Telefon gestohlen wurde."

„Ihr Handy?" Faber sah auf seinem Diensttelefon auf die Nummer. Es war keine schwedische Ländervorwahl, sondern eine Festnetznummer aus Tübingen.

„Ja, genau, mein Handy."

„Wie kommen Sie darauf, dass es gestohlen wurde? Könnte es auch irgendwo liegen geblieben sein?"

„In der Jugendherberge ist es nicht mehr. Aber ja, es kann schon sein, dass ich es im Bus oder so habe liegen lassen."

Sie hatte bereits bei den Stadtwerken angerufen. Das war ein Vorschlag des Herbergsvaters gewesen, aber das Handy war nicht abgegeben worden, weshalb sie vermutete, dass es gestohlen worden war.

„Wollen Sie jetzt Anzeige erstatten oder wollten Sie mir das nur erzählen?" Sie hörte, dass er grinste, als er das fragte.

„Beides. Also nein, ich glaube, ich will keine Anzeige erstatten."

„Da müsste ich Sie auch an die Kollegen verweisen, denn für Handydiebstähle ist die Kripo nicht zuständig. Aber in Tübingen passiert so was schon hin und wieder, vor allem wenn man abends weggeht."

„Ich war nicht abends weg", sagte Henry in einem Ton, als müsse sie sich vor einem Erziehungsberechtigten rechtfertigen.

„Schon gut. Aber wenn Sie den Diebstahl aufnehmen lassen wollen, dann wenden Sie sich an Polizeihauptkommissar Wagner. Das ist ein guter Freund von mir und der nimmt das bestimmt gern auf. In so einer Jugendherberge ist ja auch schnell mal was weg."

„Werde ich machen, vielen Dank.“ Sie sah den Herbergsvater an, der ihr bedeutete, das Telefonat zu beenden. Er hatte schon davor angekündigt, dass er einen wichtigen Anruf erwartete.

„Herr Faber, melden Sie sich unter dieser Nummer, wenn Sie mit dem Ring fertig sind.“

***

Daniel Faber legte den Hörer aufs Telefon.

„Das war die Tochter von der Winter“, sagte er.

Sein Kollege Charly Hellstern schaute von der Tastatur auf. „Welche Winter?“

„Maria Winter. Ich hatte dir doch von dem Fall erzählt.“

Weil Charly ihn verunsichert ansah, sagte er: „Sie hat vor vierzig Jahren einen Unfall verursacht, bei dem Zwillinge ums Leben gekommen sind. Die ist jetzt in Schweden ermordet worden. Sie nannte sich nach ihrem Verschwinden Marta Winkler. Ist auch logisch, aus Maria Winter konntest du früher in der Einwohnermeldedatei ganz leicht eine Marta Winkler machen. Aus ihrer Tochter Henrietta hat sie eine Henriette gemacht. Heute wäre das nicht mehr so einfach. Damals waren es ein paar kleine Striche mit dem Kugelschreiber.“

Charly lehnte sich in seinem Schreibtischstuhl zurück und nickte. „Ja, ich erinnere mich. Das war die österreichische Familie, die bei dem Unfall geschädigt wurde, richtig? Aber warum kümmerst du dich jetzt um den Fall?“

„Geschädigt ist gut. Da sind zwei Kinder ums Leben gekommen. Und die Schweden meinten, man solle sich mal im ehemaligen Umfeld der Toten umhören. Die Kriminalinspektion Esslingen hat mich darum gebeten. Immerhin habe ich ein paar Jahre für die Jungs gearbeitet und sie wissen halt, dass ich gut bin." Er grinste. „Eigentlich schade, dass wir keine eigene Kriminalinspektion haben. Irgendwie wäre das genau mein Ding. Aber gut, solange Esslingen an mich delegiert, soll's mir recht sein."

„Klar, deshalb hast du auch schon rausgefunden, wie sie ihren Ausweis hat ändern lassen." Charly zwinkerte. „Aber meinst du wirklich, die hat ihren Pass einfach so gefälscht? Man musste auch in den Achtzigern ziemlich gewieft sein, um so was zu machen."

„Anders kann es nicht sein. Vielleicht kannte sie jemanden auf einem Einwohnermeldeamt. Dann wäre das so schwierig nicht gewesen. Ich erinnere mich daran, wie ich damals kommissarisch einen kleinen Polizeiposten auf der Schwäbischen Alb geleitet habe. Da war das Einwohnermeldeamt direkt nebenan und wir sind einfach rübergelaufen und haben in den Akten gekramt. Wenn du da was verändert hättest, hätte das kein Mensch gemerkt, und wenn es ein Mitarbeiter gemacht hätte, sowieso nicht."

„Stimmt auch wieder", sagte Hellstern nachdenklich. „Und was für einen Ring will die Tochter bringen?" Laut raschelnd holte er ein belegtes Brötchen aus einer Papiertüte und biss hinein.

„Den Ehering ihrer Mutter. Die Kriminaltechnik soll untersuchen, ob es sich um dasselbe Gold handelt wie bei dem Projektil, mit dem Maria Winter erschossen wurde. Sie lässt sich aber leider ziemlich Zeit damit."

Er fragte sich, warum Henrietta Winter den Ring ihrer Tante gegeben hatte. Es musste ihr doch auch ein Anliegen sein, den Fall schnellstmöglich aufzuklären.

„Das ist wirklich eine kuriose Geschichte", sagte Charly kauend. „Ich kann mich nur noch dunkel an die Sache erinnern, war ja da schon bei der Kripo."

„Wir hatten vier Jahre keine Ahnung, wer den Unfall verursacht hat. Wenn die Kieler Kollegen 1986 nicht den Wagen am Hafen gefunden und ihn der Spurensicherung übergeben hätten, weil Maria und Henrietta Winter als vermisst gemeldet worden sind, wäre das mit dem Unfall nie aufgeflogen. Da wurden Lackspuren an dem Fahrzeug entdeckt, die man dem Unfall von 1982 zuordnen konnte."

Charly schüttelte den Kopf. „Da streift die Frau nachts ein Auto, zwei Kinder kommen ums Leben, und man hätte nie rausgefunden, dass sie den Unfallwagen gefahren hat, wenn sie das Auto nicht am Hafen abgestellt hätte? Wie ungeschickt. Dabei kann man Autos doch so leicht loswerden!"

Daniel Faber sah ihn irritiert an.

„Na ja", fuhr Hellstern fort, „nach Polen verkaufen oder so?" Er fuchtelte mit dem angebissenen Brötchen in der Luft herum.

„Stimmt. Aber ich denke fast, dass es Absicht war. Immerhin sind wir dreißig Jahre lang davon ausgegangen, dass sie sich und ihre Tochter suizidiert hat. Man ging ja auch damals davon aus, dass sie das wegen des Unfalls getan hat. Es gab sogar einen kurzen Abschiedsbrief in dem Fahrzeug. Sie hat sicher darauf spekuliert, dass wir die Zusammenhänge erkennen." Er seufzte. „Und jetzt wurde sie in Schweden ermordet, und es fliegt auf, dass sie sich einfach nur abgesetzt hat. Ohne ihren Wagen hätten wir ja nicht unbedingt geglaubt, dass sie erweiterten Suizid begangen hat."

„Da ist was dran. Meinst du, die Tochter kennt die Geschichte?" Charly biss wieder in sein Brötchen und schüttete einen Schluck Cola hinterher.

Daniel Faber blätterte gedankenverloren in einer Akte. „Ja, Charly. Ich denke schon, dass sie das weiß. Es kann ihr aber jetzt egal sein, wo ihre Mutter nun wirklich tot ist. Und wenn sie es nicht weiß, sollte sie vermutlich nicht erfahren, dass ihre Mutter zwei Dreijährige auf dem Gewissen hat."

„Schon seltsam, dass die Winter Jahrzehnte später ausgerechnet auf so eine skurrile Art und Weise ermordet wird, oder? Ich meine, ein Projektil aus Ringgold!" Charly Hellstern schüttelte ungläubig den Kopf. „Das klingt, als hätte es sich ein Krimiautor ausgedacht."

„Frag dich doch mal, warum die schwedischen Kollegen den Ring untersucht haben wollen. Wenn die Legierung dieselbe ist wie bei der Kugel, dann kannst du davon ausgehen, dass ihr Mann sie umgelegt hat."

Charly sah ihn an. „Das kapier ich nicht."

„Mensch, Charly! Die wollen wissen, ob einer der Ringe eingeschmolzen wurde, nämlich seiner. In der Hoffnung, dass die Eheringe dieselbe Legierung haben, wollen sie jetzt den Ring der Frau analysiert haben. Vielleicht hat

Winter erfahren, dass sie damals mit der Tochter abgehauen ist."

„Tja, ich habe dich gewarnt. Wärst du doch mal im Revierdienst geblieben. Dann könntest du dich jetzt mit einem Ladendieb begnügen oder so und hättest nicht schon wieder mit der Familie zu tun."

„Ob das so viel besser wäre?" Daniel sah zum Fenster hinaus. Ein paar Krähen suchten auf der Wiese gegenüber nach Nahrung. „Und ich hatte damals nicht mit den Winters zu tun, weil bis zum Verschwinden von Mutter und Tochter und dem nachfolgenden Auffinden des Unfallfahrzeugs ja gar niemand wusste, dass Maria Winter die Unfallverursacherin war. Die Fahndung verlief damals, wie gesagt, ergebnislos."

„Wirklich eine beispiellose Familie", sagte Charly und rümpfte die Nase.

„Wenn er es denn war."

„Winter? Also ich glaube, es war jemand, der zu viel ‚Tatort' schaut und mal einen spektakulären Mord durchführen wollte, um die Polizei zum Narren zu halten", vermutete Charly.

„In Schweden läuft doch gar kein ‚Tatort'." Daniel Faber grinste. „Also doch Winter?"

„Jedenfalls suchen nun alle den Grund für das vergoldete Projektil und der Täter ist längst über alle Berge."

„Du meinst, es könnte ein Ablenkungsmanöver sein?"

Charly Hellstern zuckte die Schultern. „Wäre nicht das erste Mal. Hat man die Familie der Zwillinge eigentlich darüber informiert, dass die Unfallfahrerin gefunden wurde?"

„Das war eine fahrlässige Tötung, die ist seit zwanzig Jahren verjährt. Außerdem ist sie ja verstorben, was sollte es die Familie da noch interessieren? Aber Martin hat sich doch damals so um diese Familie gekümmert. Vielleicht hat er es ihnen gesagt. Für manche ist das tröstlich zu wissen, was aus dem Täter geworden ist. Vor allem wenn er nie für sein Vergehen bestraft worden ist."

„Martin? Du meinst den komischen Kerl vom Opferschutz?"

„Ja, Martin Köhler. Der hat sich mit der Familie angefreundet."

Charly kratzte sich am Kopf. „Was wäre denn, wenn Winter seine Frau schon 1986 umlegen wollte?"

„Wie meinst du das?"

„Nun, er hat das Boot manipuliert und dachte, sie und die Tochter wären tot. Dass sie überlebt haben, hat er erst jetzt herausgefunden und will sein Werk vollenden."

Faber musste zugeben, dass die Theorie nicht schlecht war. Er machte sich einige Notizen.

„Wirklich eine schlimme Geschichte, Daniel", sagte Charly Hellstern, schob den Rest des belegten Brötchens in seinen Mund und widmete sich wieder seinem Monitor.

***

Es war nicht leicht gewesen, ihr unauffällig bis zur Herberge zu folgen. Das größte Problem war, dass er die PIN ihres Handys nicht kannte und das Scheißteil einige Male in seiner Hosentasche vibrierte. Bei jeder Vibration hatte er Angst, sie würde dieses stakkatoartige Brummen ihres eigenen Smartphones erkennen. Vermutlich hörte sie es aber gar nicht, weil sie jetzt vier Sitzreihen von ihm entfernt saß. In dem Moment, in dem er ihr von der Bank direkt hinter ihr das Handy aus der Handtasche gezogen hatte, hatte sie völlig geistesabwesend aus dem Fenster geschaut.

Da die Kurznachrichten jedes Mal aufpoppten, konnte er zumindest die ersten Sätze sehen. Es war fast immer dieser Kjell. Ob das ihr Freund war? Der Mann schrieb auf Schwedisch, sodass er nicht verstand, wovon er sprach. Die eine Nachricht begann er mit „Hen", später wechselte er zu „Henry" und dann sogar zu „Henriette". Sein Anliegen schien dringend. „Var är du" mit fünf Fragezeichen dahinter übersetzte er mit „Wo bist du". Den Rest kapierte er nicht, zumal ständig eine neue Nachricht aufploppte, wenn er gerade angefangen hatte, zu rätseln.

Nachdem Henry an der Eberhardsbrücke aus dem Bus gestiegen war, rief dieser aufdringliche Typ sogar an. Er drückte die Vibration schnell weg.

„Alter, kannst du mal laufen?" Ein junger Mann, den er nicht gesehen hatte, weil er auf Henry fixiert war, schubste ihn zur Seite. Er sagte nichts und nickte entschuldigend.

Die Straße kannte er und wusste, welche Ecken dunkel waren. Im Abstand von zwanzig Metern ging er hinter ihr her und der Duft ihrer Haare schlug ihm wieder entgegen.

Als sie ihre Schritte beschleunigte, tat er es ihr gleich. Es war nicht mehr weit bis zur Herberge und er war sich immer noch nicht sicher, ob er sie vorher abfangen oder sie in ihrem Zimmer besuchen sollte. Vorerst wollte er ihr keine Angst einjagen. Sie würde ihm sonst nicht folgen. Wenn sie seinem Charme nicht erliegen würde, hätte er ein Problem. Er hatte ja auch nur wenige Sekunden – höchstens einige Minuten – Zeit, sie davon zu überzeugen, mit ihm zu kommen. Falls sie nicht mitkommen wollte, würde er das Chloroform einsetzen müssen. Aber wie sollte er sie hier wegschaffen? Sein Auto stand kilometerweit weg. Sie würde ihm folgen müssen. Freiwillig.

Kurz vor der Abzweigung Olgastraße wollte er sie ansprechen. Doch plötzlich überquerte ein Mädchen, das vor dem ‚Alten Fritz' stand und das er schon viel früher wahrgenommen hatte als Henry, die Straße und schrie „Tschuldigung?" in Henrys Richtung. Verdammt noch mal, was wollte die Göre? Wut stieg in ihm auf und verdrängte die Nervosität. Er konnte nicht hören, was sie sprachen, aber er ging davon aus, dass sie nach einem Feuerzeug fragte, denn sie hatte eine Zigarette im Mund, die nicht brannte. Verschwinde hier, Mädchen!, dachte er, sonst muss ich dich auch noch mitnehmen. Das wird ein logistisches Problem geben. Doch sie ging weiter neben Henry her. Die blieb irgendwann stehen, wühlte in ihrer Tasche, zog ein kleines Päckchen heraus und versuchte offenbar, ein Streichholz anzuzünden, was jedoch misslang. Nach dem vierten Versuch gab sie auf und ging weiter. Sie legte etwas auf einen Mülleimer. Was sprachen die beiden? Um das Gespräch belauschen zu können, beschleunigte er seinen Schritt. Schneller werden. Abstand halten. Noch schneller. Abstand. Er kam an dem Mülleimer vorbei, auf dem eine blaue Streichholzschachtel mit der Aufschrift *Solstickan* lag. In der linken Ecke eine Sonne, darunter ein Kind, das auf das rote Gestirn zuging. Die offensichtlich leere Schachtel nahm er an sich und steckte sie in seine Hosentasche. Wenn sie im Bus die Handtasche nicht über der Schulter getragen hätte, hätte er ohnehin ihre ganze Tasche genommen. Je mehr er von ihr besaß, desto besser. Sie sollte so wenig Spuren wie möglich hinterlassen. Wieder bereute er, dass es keine andere Lösung gab, als die hübsche junge Frau zu töten. Sie hatte sein Leben lang genug gelebt, jetzt war er an der Reihe. Jetzt zählte nur noch sein Leben. Die Unsicherheit, die in ihm aufkam, unterdrückte er.

„Gleich da vorne", sagte Henry. Was wollte das Mädchen von ihr? Würde sie ihr bis zur Herberge folgen? Verdammt noch mal! Ein unbändiger Zorn stieg in ihm auf. Diese Wut kannte er. Sie kam immer dann, wenn etwas nicht so funktionierte, wie er sich das vorgestellt hatte. Wenn er nicht wütend war, hatte er sich sehr gut im Griff. Jetzt durchkreuzte diese dahergelaufene Rotznase von höchstens sechzehn Jahren seine Pläne. Er trat mit dem Schuh einen Stein aus dem Weg, der gegen einen Baum prallte. Henry und das Mädchen verschwanden in der Herberge. Dorthin wollte er ihnen nicht folgen und ging wütend den Weg zurück zur Bushaltestelle. Aber dein Handy habe ich noch, dachte er und umfasste das Mobiltelefon in seiner Jackentasche fest mit der rechten Hand. Morgen ist auch noch ein Tag.

Stockholm, 9. Februar 2019

„Also fangen wir noch mal von vorne an." Kommissar Mikael Dahlin wurde ungeduldig.

„Sie sagen, Sie waren seit zwei Monaten nicht bei Ihrer Ex-Freundin, ist das richtig?"

Fredrik Lindström rutschte auf dem unbequemen Stuhl hin und her. „So habe ich es wohl gesagt."

„Wir haben jede Menge Spuren von Ihnen im Haus gefunden, das ist Ihnen klar?"

„Ja." Lindström lehnte sich breitbeinig zurück und verschränkte die Arme. „Viele, viele Spuren, Herr Kommissar. Sicher nicht nur am Häkeldeckchen." Er grinste. „Apropos. Schauen Sie sich doch mal die Kleine von Marta an. Wenn Sie mich fragen, ist die gemeingefährlich. Aber mich fragt ja wieder keiner."

„Sie meinen Henriette Winkler, die Tochter?"

„Ja, die feine Henriette. Reden Sie am besten gleich mit ihrem Psychiater. Wegen Körperverletzung solltet ihr die drankriegen. Ihr wisst ja sicher schon, dass sie bei Frobenius in Behandlung ist? Die tickt nicht ganz richtig." Er tippte sich mit dem Finger gegen die Schläfe.

Dahlin lächelte. „Hat sie Ihnen denn … wehgetan?" Fredrik hörte die Provokation heraus.

„Sagen wir so, eine Vasetokomie oder wie das heißt kann ich mir vermutlich sparen."

„Vasektomie“, korrigierte Dahlin trocken. „War mit Sicherheit nicht ihre schlechteste Tat.“

„Na, prima. Die Polizei mal wieder. Strafverfolgungspflicht sagt Ihnen was, Dahlin?“

Mikael nahm einen Schluck Kaffee. Er hasste die Plörre aus dem Präsidium und hätte jetzt viel für einen guten Cappuccino aus seinem Vollautomaten zu Hause in Sollentuna gegeben. Dort, wo seine Frau und seine Kinder mit dem Abendessen auf ihn warteten. Dieser Lindström nervte ihn. Bisher waren es immer kleinere Delikte gewesen, Betrügereien und dergleichen. Jetzt saß er hier und verhörte ihn in einem Mordfall, das hatte eine andere Dimension.

„Ich will ehrlich zu Ihnen sein“, sagte der Polizist und setzte sich gegenüber von Fredrik an den Tisch. Er ahnte, dass sein Chef zuhörte. „Mehrere Zeugen haben Sie in den letzten Tagen immer wieder am Haus von Marta Winkler gesehen.“

Fredrik sah den Schneeflocken zu, die sacht vom Himmel fielen und auf dem Fensterbrett des Vernehmungsraums verschwanden.

„Würden Sie meine Frage beantworten?“, hakte Mikael Dahlin nach.

„Sie haben keine Frage gestellt, Herr Kommissar.“

Mikael hasste es, wenn er vorgeführt wurde. Er atmete tief ein und wieder aus. „Okay. Dann noch mal zum Mitschreiben. Zeugen haben Sie gesehen. Können Sie hierzu etwas sagen?“

„Ja.“

Nach einer kurzen Pause schlug Dahlin mit der flachen Hand auf den Tisch. Fredrik schien nicht beeindruckt, sondern quittierte es mit einem süffisanten Lächeln. Der Kommissar wusste, dass jedes Zusammentreffen mit der Polizei für Fredrik Lindström ein Spiel war.

„Ihre Kollegen haben sämtliche Nachbarn vernommen", sagte Lindström. „Von mir wolltet ihr bisher nichts wissen. Woher der plötzliche Sinneswandel?"

„Weil wir drei Informationen noch nicht hatten. Erstens, dass Sie sich ständig an Marta Winklers Haus aufhalten, zweitens, dass die Verstorbene erst kürzlich eine Beziehung mit Ihnen beendet hat, und drittens, dass Sie ihr gegenüber gewalttätig geworden sind."

Fredrik lächelte spöttisch. „Gewalttätig? Wer behauptet so einen Schwachsinn? Lassen Sie mich raten. Die Tochter?"

„Warum waren Sie in Marta Winklers Haus?"

„Ich war nicht in Martas Haus." Er betonte „in".

„Aber vor ihrem Haus, hinter ihrem Haus, das spielt doch überhaupt keine Rolle. Auf ihrem Grundstück eben. Was haben Sie da zu suchen?"

Fredrik beugte sich vor und sah ihm in die Augen. „Gar nichts. Sie haben natürlich recht, Herr Kommissar."

Mikael Dahlin stand auf und verließ den Raum. Draußen wartete sein Vorgesetzter. Er schloss die Augen und konzentrierte sich auf seinen Atem.

„Was ist los?", fragte sein Chef Karlsson.

„Ich raste gleich aus. Ich lasse mich von dem Kerl nicht verarschen!"

„Mikael, du weißt doch, wie es läuft. Du bist lange genug im Geschäft, also geh wieder rein und zieh das Ding durch. Wenn du mich fragst, war er's. Und du weißt, dass

Lindström gern provoziert. Und wir wissen auch beide, dass du ihn nicht leiden kannst, was ich durchaus verstehe …"

„Quatsch, der war's nicht. Der spielt nur gern mit uns. Lindström ist harmlos."

Der Chef sah ihn an.

„Okay, harmlos ist vielleicht das falsche Wort. Aber der bringt doch niemanden um."

Karlsson deutete wortlos auf die Tür zum Vernehmungsraum und Mikael verstand.

„Also gut. Warum waren Sie dort?" Er setzte sich Lindström wieder gegenüber.

„Wo?"

„Am Haus von Marta Winkler." Dahlin stöhnte, versuchte aber, sich nicht weiter provozieren zu lassen. Zu Hause wartete eine große Portion Raggmunk auf ihn. Die Kinder liebten die Kartoffelpfannkuchen, weshalb seine Frau sie häufig machte. Die Vorstellung, wie er bald mit seiner Familie zu Abend essen würde, ließ seine Nerven für einen Moment ruhiger werden.

„Kann ich nicht drüber reden", sagte Lindström und verschränkte die Arme.

„Sollten Sie aber, sonst stecke ich Sie in U-Haft, Lindström. Dann können Sie noch ein bisschen darüber nachdenken, ob Sie nicht doch reden wollen." Dahlins Organe zogen sich wieder zusammen und rebellierten. Die Anwesenheit seines Chefs hinter dem Venezianischen Spiegel machte ihn nervös. Gab es überhaupt genügend Verdachtsmomente gegen Fredrik Lindström? Oder lehnte er sich mit dieser Drohung mal wieder zu weit aus dem Fenster?

Er brauchte dringend eine Zigarette.

„Moment!“ Fredrik richtete sich in seinem Stuhl auf. „U-Haft? Geht's noch? Wieso wollen Sie mich in U-Haft stecken, Dahlin? Haben Sie einen Knall?“

Mikael bedeutete ihm mit der Hand, sich wieder nach hinten zu lehnen, was Lindström wider Erwarten auch tat. Jetzt hatte er die Oberhand.

„Ich glaube, Sie haben den Ernst der Lage nicht verstanden. Es sieht überhaupt nicht gut aus für Sie.“

„Dann will ich vielleicht doch meinen Anwalt“, sagte Fredrik mürrisch.

„Sie können natürlich jederzeit einen hinzuziehen. So lange kann ich Sie aber nicht draußen rumrennen lassen, das ist Ihnen hoffentlich klar.“

„Also gut“, sagte Fredrik nach kurzem Zögern.

Mikael richtete sich auf und sah ihn gespannt an.

„Aber ich will, dass das hier unter uns bleibt.“ Fredrik zeigte jetzt auf den Einwegspiegel und meinte damit auch Karlsson und die Praktikantin.

„Okay.“

Er kam Dahlin näher. „Ich füttere die Katze“, flüsterte er.

Mikael lachte laut auf. „Katze?“

Fredrik sah zum Spiegel und verdrehte die Augen. „Ja, so ein Tier mit spitzen Ohren, großen Augen und Schnurrhaaren?“ Als Dahlin nicht antwortete, fügte er genervt hinzu: „Den Kater von Marta.“

Der Kommissar hatte mit vielem gerechnet, aber nicht mit dieser Antwort. Er wusste nicht, wie er damit umgehen sollte. Es war eine verdammt dumme, aber gleichzeitig eine verdammt gute Antwort.

„Und dafür gibt es sicherlich Zeugen?"

„Ich dachte, die hätten Sie schon? Oder haben Sie mir nicht gerade was von Zeugen erzählt, die mich beobachten? Dann fragen Sie doch die. Ist sicherlich eh die Andersson, die kriegt alles mit. Und da die gern redet, kommt sie bestimmt auch ohne zu zögern aufs Revier." Er holte tief Luft. „Ich füttere nur …" Er hob unschuldig die Hände. „… die Katze." Lindström ließ die Hände geräuschvoll auf den Tisch fallen.

Mikael Dahlin machte sich einige Notizen. Ihm war klar, warum Fredrik Lindström damit erst jetzt rausrückte, aber er wollte sich dieses Mal nicht auf seine Spielchen einlassen.

„Und Sie haben natürlich einen Schlüssel?"

„Nein, das Mädchen will ihn mir nicht geben. Wissen Sie, es sind noch Sachen von mir im Haus, die ich sehr gern wiederhätte. Ich war seit zwei Wochen nicht in Martas Haus."

„Sie füttern die Katze vor dem Haus? Und bringen immer selbst das Futter mit?", fragte Dahlin zynisch.

Fredrik erkannte die Skepsis im Gesicht des Kommissars und fühlte sich offenbar wieder überlegen. „Yes, Sir. Manchmal kommt das Tier sogar zu mir nach Hause. Aber wenn ich es ein oder zwei Tage nicht gesehen habe, gehe ich eben zu Marta rüber und schaue nach dem Rechten."

„Wir checken das."

„Wollen Sie die Katze vernehmen, oder was? Sie sind wirklich ein Clown, Dahlin."

Mikael stand von seinem Stuhl auf und stellte sich direkt neben Fredrik. „Nein, Lindström. Wir fahren dich jetzt heim. Und dann zeigst du uns mal dein Katzenfutter und am besten auch die Katze dazu. Und ich warne dich: Wenn du uns hier verarschst, dann sitzt du schneller in U-Haft, als du Miezekatze sagen kannst."

Tübingen, 10. Februar 2019

„Sie wissen ja, dass draußen Aschenbecher stehen, oder?“ Der Herbergsvater füllte die Saftkannen auf.

„Ja klar, aber die Streichhölzer gestern Abend waren gar nicht für mich.“

Akribisch legte er Wurst- und Käsescheiben auf eine Platte.

„Haben Sie heute schon was vor?“, fragte er, den Blick immer noch auf die Cateringplatte gerichtet.

„Ich besuche meinen Bruder.“

Dass Henry ständig Familienmitglieder besuchte, aber dennoch in einer Jugendherberge wohnte, wunderte ihn nicht. Er hatte hier schon so einiges gesehen. Es war im Moment nicht viel los in der Herberge. Am Wochenende würde eine Schulklasse kommen, was für Februar eine Besonderheit war, weshalb er ganz froh darüber war, dass der Gast aus Schweden nicht bei seiner Familie wohnte.

In ihrer Tasche hielt Henry den Zettel fest, den der Herbergsvater ihr mitgegeben hatte. Der Bussteig, die Abfahrtszeit, der Fußweg bis zum Haus ihres Halbbruders. Ohne Smartphone war sie in dieser fremden Stadt aufgeschmissen, sie durfte den Zettel auf keinen Fall verlieren.

Die Sonne biss in ihre Augen und sie überlegte, ob sie einen Abstecher zu einem Optiker machen sollte, um sich eine Sonnenbrille zu besorgen. Ihre lag zu Hause in Farsta auf dem Esszimmertisch. Würde ihre Mutter noch leben, hätte sie sicherlich gefragt, ob Henry alles eingepackt hatte. Sie hätte alles aufgezählt, was ihr eingefallen wäre, darunter bestimmt auch die Sonnenbrille. Aber gut, würde Marta noch leben, wäre Henry gar nicht hier. Jetzt vermisste sie die Überfürsorglichkeit ihrer Mutter. Der Gedanke an Marta machte sie schwermütig und sie versuchte, ihn zu verdrängen. Wenigstens für ein paar Stunden.

Henry staunte nicht schlecht, als sie im Französischen Viertel ausstieg. Zwar hatte der Herbergsvater ihr erklärt, dass das Viertel seinen Namen daher hatte, dass französische Streitkräfte hier stationiert gewesen waren, aber tatsächlich kam ein wenig Urlaubsstimmung in ihr auf. Es sah ganz anders aus als die Altstadt. Die Vielfältigkeit, die sie schon bei den Menschen kennengelernt hatte, spiegelte sich in den Gebäuden unterschiedlicher Stadtteile wider. Sie ging zwischen Neubauten und ehemaligen Kasernen durch die Straßen, immer den Zettel in der Hand, auf dem die Wegbeschreibung stand.

Sebastian wohnte ganz am Ende des Viertels, aber Henry war absichtlich zwei Stationen früher ausgestiegen. Nicht etwa, weil es eine Brücke gegeben hätte. Es war die Idee des Herbergsvaters gewesen, damit sie ein wenig von der Stadt sehen konnte. So pittoresk und urban fand Henry das Französische Viertel aber nach ein paar Minuten gar nicht mehr. Vielleicht lag es an der Jahreszeit, aber die Straßen waren wie ausgestorben. Sie stellte sich die Gegend im Sommer vor, mit Kindern, die auf der Straße spielten, und Erwachsenen, die sich zu einem Plausch trafen. Dann war es sicher sehr hübsch. Es gab nicht wirklich viele Läden, sodass man sich die farbenfrohen Wohnhäuser anschauen musste. Im Internet hatte sie gelesen, dass man dieses Viertel auch als „Grüne Hölle“ bezeichnete. Sie konnte sich gut vorstellen, wie hier gut situierte Erstlingsmütter zu ihrem handgewalkten Dinkelschrotbrötchen Soja Latte tranken. Ein leichtes Grinsen konnte sie sich nicht verkneifen, weil der Ort sie an den Prenzlauer Berg in Berlin erinnerte, wo sie vor einigen Jahren Urlaub gemacht hatte.

Familie Glaser stand auf der Türklingel. Anna hatte ihr erzählt, dass Sebastian bei seiner Heirat den Namen seiner Frau angenommen hatte.

„Ja?“, meldete sich eine Frauenstimme.

„Hier ist … ähm … Bin ich richtig bei Sebastian Glaser?“

„Ja, ich bin seine Frau, worum geht es denn?“

Henry hörte ein Kind im Hintergrund.

„Ich bin … Henry, Sebastians Schwester.“

Die Gegensprechanlage verstummte.

Nach einigen Sekunden wurde der Türöffner betätigt.

„Es ist nicht zu glauben!“ Die Frau stellte sich als Lena vor und bat Henry sofort herein.

Sebastians Wohnung sah ähnlich aus wie die von Kjell und Sandra. Hier und da lagen Kinderspielsachen. Durch die große Fensterfront strahlte die Sonne und setzte Gemälde aus Fingerfarben wie ein Scheinwerfer ins Rampenlicht.

Hinter Lenas Beinen stand ein Mädchen – es reichte ihr nicht einmal bis zur Hüfte, dessen rote Locken links und rechts hervorschauten.

„Und du bist Ida?“, fragte Henry und ging in die Hocke. Augenscheinlich gewann sie damit direkt das Vertrauen der Kleinen, die jetzt hinter den Beinen ihrer Mutter hervorkam und Henry ein Stofftier entgegenhielt. „Das ist die Miau.“

Henry sah die Katze an. „Hallo, Miau. Schön, dich kennenzulernen.“ Sie nahm die rotkarierte Pfote des Kuscheltiers in die Hand und schüttelte sie, was Ida ein breites Lächeln entlockte.

„Sebastian kommt gleich. Er hat drei Nachtschichten hinter sich und das Wochenende frei.“

Lena ging in die Küche. Hinter ihr blieb ein Duft nach Zitronengras in der Luft stehen. Sie hatte blondiertes Haar, trug große Ohrringe und war intensiver geschminkt, als Henry das bei einer jungen Mutter im Dinkelbrotviertel erwartet hätte. Dennoch war sie ihr direkt sympathisch.

Ida hatte Henry in ihre Kinderküche geschleift und leerte aus einer kleinen Kanne imaginären Kaffee in eine Tasse. „Bitte sehr!“, sagte sie und strahlte.

„Mmmhhh, das ist aber ein sehr leckerer Kaffee“, sagte Henry. „Hast du auch Milch für mich?“

Ida zog eine Schachtel aus dem Regal und tat so, als gösse sie daraus einen Schuss Milch in die Tasse der Besucherin.

„Wie heißt du?“, fragte die Kleine mit den riesigen blauen Augen.

„Henry.“

„Mein Freund heißt auch Henry“, sagte Ida und rührte mit einem Kochlöffel in einer Gugelhupfform aus Plastik.

„Oh, du hast einen Freund?“ Offenbar hatten schon dreijährige Mädchen einen Freund. Nur sie nicht. Vor einigen Wochen hatte Henry eine Doku gesehen, über die Sheng Nu, die unglücklichen „Restefrauen“ in China, deren verzweifelte Eltern sie in Parks anboten und dort passende Männer suchten. Zum Glück lebte sie nicht in China.

Lena stellte eine Karaffe mit Wasser und offensichtlich ganz dinkelfreie Butterkekse auf den Tisch. Das Geräusch des Kekstellers zog Idas Aufmerksamkeit auf sich und sie ließ ihren Gast allein in der Kinderküche sitzen. Henry hörte, wie jemand einen Schlüssel ins Schloss schob und ihn umdrehte. Schlagartig wurde sie nervös. Was würde er sagen, wenn er sie sah? Würde er sich freuen? Oder würde er sie nicht mögen, weil ihr Vater ihn immer mit ihr verglichen hatte? Würde er sie womöglich gleich rauswerfen? Vielleicht war es keine gute Idee gewesen, herzukommen. Sie hätte lieber noch ein bisschen imaginären Kaffee getrunken.

Lena eilte zur Tür. Sie begrüßte ihren Mann mit einem Kuss. „Schatz, du glaubst nicht, wer hier ist.“

Sebastian hängte seine Jacke an die Garderobe und zog seine Schuhe aus. Er sah immer wieder zu Henry herüber, sagte aber nichts.

Als er fertig war, zerrte ihn seine Frau ins Wohnzimmer. „Das …“ Sie machte eine theatralische Pause und deutete schließlich mit einer weit ausholenden Geste auf Henry, gerade so, als präsentiere sie die neueste Zirkusattraktion. „… ist deine Schwester!“

Sebastian erstarrte augenblicklich. Henry saß noch immer auf einem Ikea-Kinderhocker und hatte die winzige Kaffeetasse in der Hand.

„Papa, guck mal, mein Besuch“, sagte Ida und umarmte die Beine ihres Vaters. Der stand weiterhin wie angewurzelt da und sah seine Halbschwester an. Langsam stellte Henry die Kaffeetasse mit den Blumen auf den kleinen Herd, erhob sich von ihrem Hocker, strich sich verlegen die Haare aus dem Gesicht und ging auf die Statue ihres Bruders zu. Sie streckte ihm die Hand entgegen. Diese Geste löste seine Schockstarre wie ein Zauberspruch, er nahm ihre Hand und zog sie zu sich, um sie zu umarmen.

„Oh Gott“, sagte er. „Oh Gott.“

Es fühlte sich fremd an und doch so vertraut. Das Gefühl von Vertrauen war vermutlich künstlicher Natur, ganz einfach, weil Henry wusste, dass Sebastian ihr Bruder war. Sie suchte unweigerlich nach Gemeinsamkeiten zwischen ihr und ihm. Vielleicht hatten sie eine ähnliche Nase. Er war ihr auf Anhieb sympathisch, aber auch das mochte daran liegen, dass er ihr Bruder war. Diese Ambivalenz zwischen Nähe und Fremdheit zog sich durch die ganze Begegnung. Sebastian schien genauso zu fühlen. Manchmal fasste er Henry kurz an, ähnlich wie Anna, zog den Arm aber gleich wieder zurück, als hätte er auf eine glühende Herdplatte gefasst. Er lachte zwischendurch verlegen, ganz so wie bei einem romantischen Date. Ja, das war es. Es fühlte sich an wie ein Date mit einem Ex-Freund.

„Und warum bist du nicht bei der Polizei geblieben?“ Sebastian spielte angespannt mit einem Kugelschreiber. Lena war gerade mit der Tochter zum Kinderschwimmen gegangen.

„Ich habe mich zu blöd angestellt, glaube ich", sagte Henry.

„Ach was! Jemand, der danach Jura studiert, ist doch nicht zu blöd für die Polizei." Sebastian lächelte charmant.

„Meinst du, Jakob kommt bald zurück?" Sie schaute auf den nervös klickenden Kugelschreiber in der Hand ihres Bruders.

„Er hat in ein paar Tagen eine Lesung in Süddeutschland. Aber wenn du willst, rufe ich ihn vorher an und sage ihm, dass du da bist."

„Nein, lass mal. Wenn er sowieso in zwei Tagen da ist, kann ich das auch noch abwarten. Du darfst mir doch nicht den Überraschungseffekt kaputt machen." Sie grinste.

„Da hast du wohl recht. Mensch, Henry. Ich wusste ja von Papa, dass du noch lebst, aber dass du plötzlich hier vor der Tür stehst, damit habe ich nicht gerechnet. Papa wollte euch in Schweden suchen."

Es war ihr unangenehm, dass Sebastian sie zwischendurch immer wieder von oben bis unten musterte.

„Damit war er auch erfolgreich, aber er hat meiner Mutter nur einen Brief hinterlassen und ist seither spurlos verschwunden." Sie zog ein Sofakissen zu sich und legte es sich auf den Schoß.

„Und deine Mutter weiß auch nicht, wo er ist? Hat sie ihn denn gesehen? Wie gesagt, ich kann ihn gern anrufen." Er sah auf das Kissen, das auf ihren Beinen lag.

Henry schüttelte den Kopf. „Das weiß ich alles nicht. Meine Mama ist …" Sie schluckte. „Meine Mutter wurde erschossen." Sie spürte wieder diesen Kloß im Hals. „Und ich habe den Brief erst danach gefunden."

„Erschossen? Oh Gott, das tut mir so leid für dich." Er warf den Kugelschreiber auf den Tisch und legte seine Hand auf das Kissen, vermutlich traute er sich nicht, sie direkt anzufassen, und sah ernsthaft bestürzt aus. Henry fand, dass er für einen Mediziner ziemlich oft „Oh Gott" sagte.

„Schon gut." Auch vor Sebastian wollte sie nicht weinen, und so versuchte sie, das Thema wieder auf Jakob zu lenken. „Ich überlege eben auch, ob Jakob irgendetwas gesehen haben könnte. Das ist dann wohl die Polizistin in mir. Es muss passiert sein, kurz nachdem er den Brief bei ihr abgegeben hat."

Sebastian zog die Hand wieder zu sich, lehnte sich in seinem Stuhl zurück und verschränkte die Arme. Als denke er über etwas nach, sah er in die Luft, sagte dann aber nichts weiter dazu. Er hatte die gleiche Augenfarbe wie sie. Eine undefinierbare Mischung aus Grün und Braun. Kjell sagte immer, sie hätte einen braunen Stern auf grünem Untergrund. Ob Jakob dieselbe Augenfarbe hatte?

Sebastian sah ihr in die Augen und die sich gleichenden Farben trafen sich. Die Tiefe des Blicks löste in Henry ein Gefühl aus, als kollidierten zwei gleiche Pole, die sich gegenseitig abstießen, weshalb sie schnell in eine andere Richtung schaute.

Sigtuna, 10. Februar 2019

Obwohl er wusste, dass er seine Frau nicht mehr antreffen würde, fuhr er ein letztes Mal in die Slottsgatan. Bei seinem vorigen Besuch war er beinahe mit einem alten VW Käfer kollidiert und so bog er besonders langsam in die Seitenstraße.

Jakob parkte die C-Klasse vor dem gelben Haus. Wie erwartet war die Haustür verschlossen. Er setzte sich auf einen alten Eisenstuhl, der auf der Veranda stand, und stellte sich vor, wie Maria hier mit ihrer Tochter gesessen hatte. Ob die beiden die ganzen dreißig Jahre hier gelebt hatten? Oder waren sie zwischendurch umgezogen? Waren sie vielleicht erst jetzt nach Schweden gekommen? Jakob sog die kalte Winterluft in seine Lungen. Er erinnerte sich wieder daran, wie er die Information erhalten hatte, dass seine Frau und seine Tochter in Schweden lebten. Der Privatdetektiv hatte ihn ein halbes Vermögen gekostet, aber er war es wert gewesen. Die Tonaufnahme hatte Jakob den Boden unter den Füßen weggezogen.

Die Reifen eines Streifenwagens drückten sich ins Kiesbett der Slottsgatan. Vorne saßen zwei Polizisten, hinten ein Mann mit zerzaustem Haar, der zum Fenster hinaussah und ihn beim Vorbeifahren anstarrte. Jakob holte sein Notizbuch heraus. Es war ein in schwarzes Leder gebundenes Büchlein, das ihm sein Sohn zu Weihnachten geschenkt hatte. Jedes Jahr bekam er ein neues und doch reichte es meistens nur bis Mai oder Juni. Alles, was er sah, wurde notiert: Gerüche, Eindrücke, Wetterlagen, Gefühle. Es gab nichts, was er nicht für einen seiner Romane gebrauchen konnte. Er sammelte Menschen und Situationen wie andere Leute Briefmarken. Eine ganze Liste an Ideen, auf deren Basis er seine nächsten Krimis schreiben wollte, füllte seine Notizbücher, als sei sein Ideenpool unendlich.

Jakob beschrieb das Nachbarhaus. Das dunkelrot gestrichene Holz an der Fassade, die weißen Fensterläden, an denen die Farbe schon abblätterte, und die buntglitzernde Deko in den Sprossenfenstern. Die Traumfänger vor der Tür, das Windspiel, das leise im Baum klingelte, und den fernöstlichen Duft nach Räucherstäbchen, der aus dem Haus drang, als das Fenster geöffnet wurde. Die rothaarige Frau mit den großen Ohrringen sah ihn nicht. In diesem Moment kam der Streifenwagen wieder zurück. Er hielt direkt an Marias Haus. Jakob klappte das Notizbuch zu und zog dessen Gummiband um den Einband.

Ein uniformierter Polizist saß am Steuer und wartete, ein Mann ohne Uniform stieg auf der Beifahrerseite aus. Mit schneeknirschenden Schritten kam er auf Jakob zu.

„Hej", sagte der Mann. „Jag är Mikael Dahlin. Vem är du?"

Jakob senkte sein Notizbuch und sah ihn an. „Sorry, I don't speak Swedish."

„Aus Deutschland?", fragte der Mann jetzt mit deutlichem Akzent.

„Ja, genau. Winter." Er hielt dem Polizisten die Hand hin, der sie sogleich annahm.

„Mikael Dahlin. Polizei Stockholm. Freut mich."

Jakob war verunsichert, weil der Mann ihn von oben bis unten musterte, also stand er auf, um ihm auf Augenhöhe zu begegnen. Die Feststellung, dass er einige Zentimeter größer war als der Polizist, beruhigte ihn. Es war ihm unangenehm, dass er jetzt der Polizei gegenüberstand, und er ärgerte sich, dass er noch einmal hergefahren war. Er hatte das Gefühl, sich erklären zu müssen, wusste aber nicht genau, wie er sich vorstellen sollte. War er überhaupt Marias Witwer? Bis vor Kurzem hätte er sich so vorgestellt, aber dann hatte er herausgefunden, dass sie lebte, und war plötzlich wieder ihr Ehemann gewesen. Geschieden waren sie nicht, also war er kein Ex-Mann. War er jetzt wieder ihr Witwer?

„Was führt Sie hierher?", unterbrach der Polizist Jakobs Gedankenfluss.

„Ich bin der Witwer der Frau, die hier gelebt hat."

„Martas Ehemann?"

Jakob war irritiert, dass der Polizist seine Frau nur „Marta" nannte, rief sich dann aber sofort ins Gedächtnis, was Inger ihm erzählt hatte: dass in Schweden jeder jeden duzte und beim Vornamen nannte.

„Ja, wir haben vor sechsunddreißig Jahren geheiratet."

„Ach, der Mann sind Sie. Ich weiß schon …"

Der Kommissar sprach nicht weiter und musterte ihn wieder. Er sah zu seinem Kollegen im Streifenwagen.

„Ich bin hier, weil ich noch einmal … Ich wollte das Haus noch einmal sehen."

Dahlin sah ihn fragend an. Der Ermittler in ihm war offensichtlich geweckt. „Sie waren also schon einmal hier?"

„Ja, mehrfach." Jakob wusste gleich, dass die Antwort nicht die beste gewesen war. Die langjährige Arbeit als Krimiautor hatten ihn zu einem Spezialisten gemacht. Umso dümmer kam er sich jetzt vor, weil er den Verdacht auf sich gelenkt hatte.

Der Kommissar sah wieder zu seinem Kollegen und bedeutete ihm mit einer Handbewegung, zu ihm zu kommen. Der Schutzpolizist stieg zusammen mit dem Mann auf der Rückbank aus. Der fing direkt auf Schwedisch an zu zetern. Mikael Dahlin kehrte Jakob den Rücken zu und antwortete dem Mann. Daraufhin wurde der lauter. Er war groß gewachsen. Durch das eng anliegende karierte Hemd konnte Jakob sehen, dass er muskulös war. Seine Haut war braun gebrannt und wirkte in dieser schwedischen Schneelandschaft deplatziert.

Dass die darauffolgende Antwort des Kommissars eindringlich gewesen sein musste, erkannte Jakob nicht nur an Dahlins imposanter Stimme, sondern auch an der Reaktion des Braungebrannten: Er verstummte sofort.

„Wer ist das?", fragte Jakob unsicher.

„Das ist der Lebensgefährte Ihrer Frau. Also früher war er das."

Jakob taxierte den Mann. Was war in Maria gefahren? Offensichtlich hatte sie nicht nur ihren Namen, sondern auch ihren Männergeschmack erheblich verändert. Sie hatte immer viel Wert auf gebildete Männer gelegt. Der sah so aus, als könne er eher seine Siegerurkunde der Bundesjugendspiele 1966 vorlegen als eine Dissertation.

„Ich habe ihm gesagt, wer Sie sind. Er wollte wissen, ob Ihre Tochter Sie geschickt hat", ergänzte Dahlin. „Und noch ein paar andere Dinge, die ich Ihnen lieber nicht übersetze."

Jakob staunte, wie gut das Deutsch dieses Herrn war. Viel besser als das von Inger.

„Er kennt Henrietta?" Er spielte nervös mit dem Gummiband seines Notizbuches.

Dahlin zeigte auf das Haus mit den Traumfängern, das Jakob gerade schriftlich verewigt hatte. „Hier in Sigtuna gibt es viel Klatsch und Tratsch. Vermutlich haben wir den besten Gerüchtekoch Schwedens! Wenn Sie eine andere Milchmarke kaufen, weiß das sofort die ganze Stadt. Und wenn Sie verreisen, steht es in den Lokalnachrichten. Und entsprechend kennt auch jeder jeden." Mikael Dahlin lachte.

Jakob wendete seinen Blick vom Nachbarhaus ab und widmete sich wieder dem Kommissar. „Okay. Also meine Tochter hat mich jedenfalls nicht geschickt." Er steckte den Kugelschreiber oben ins Notizbuch und ging die Treppe der Veranda hinunter.

Fredrik versuchte, auf ihn zuzugehen, und brüllte wieder irgendetwas auf Schwedisch.

„Håll käften!", schrie Dahlin und Jakob verstand sehr gut, was er in etwa gesagt hatte.

Es war Zeit, seine Tochter zu finden, aber der Kommissar fragte immer mehr. Offensichtlich war er tatsächlich misstrauisch geworden, weil Jakob bereits das drittte Mal am Haus seiner Frau war.

„Ich möchte, dass Sie zu mir aufs Revier kommen. Ich habe einige Fragen an Sie. Wie lange sind Sie denn noch in Schweden?"

Jakob geriet ins Stottern. „Ich … Also ich reise eigentlich heute … nein, morgen wieder ab", log er. Blut schoss ihm in die Wangen und ihm wurde schlagartig warm.

„Dann kommen Sie bitte gleich heute Abend. Ich bin bis zwanzig Uhr da."

Vermutlich hätte ihn Dahlin direkt mitgenommen, aber er hatte ja diesen Dorfdeppen im Wagen sitzen.

„Ich werde da sein."

Jakob musste Zeit gewinnen. Bis dahin wäre er längst nicht mehr in Schweden und Dahlin würde ihn, den er als Zeugen vernehmen wollte, wohl kaum per internationalem Haftbefehl suchen lassen.

„Wo wohnen Sie aktuell? In Sigtuna?"

Jakob erinnerte sich an die Ortschaften auf den Straßenschildern. „Etwas außerhalb. In einem ‚Rum & Frukost' in Granby."

Natürlich war auch das gelogen. Aber er hatte keine Lust, buchstäblich hinter schwedischen Gardinen zu landen. Er würde den Kommissar gleich am nächsten Tag anrufen, das sollte genügen. Jetzt musste er Henrietta finden.

Dahlin zog einen kleinen Papierblock aus seiner Hemdtasche und machte sich eine Notiz. Er holte eine Visitenkarte aus der anderen Hemdtasche und gab sie Jakob. „Dann sehen wir uns ja heute Abend bei mir im Büro."

Stockholm, 10. Februar 2019

„Du meinst, dieser Fredrik Lindström wird als Beschuldigter geführt?"

Obwohl Oberstaatsanwalt Erik Elander ganz gut Deutsch sprach, unterhielt sich Christian mit ihm auf Englisch. Er fand es fairer, wenn sich beide einer Fremdsprache bedienten, als wenn nur Elander sich anstrengen musste. Abgesehen davon fiel es ihm ohnehin schwer, Christians Deutsch zu verstehen. Der Lautstärkepegel in der Bar machte es für den schwedischen Juristen auch nicht leichter.

„So wie es sich für mich darstellt, wird er bereits verhört und ist zumindest tatverdächtig", sagte Erik und schwenkte sein Weinglas.

„Das wird Henry beruhigen."

Der Oberstaatsanwalt stöhnte. „Du weißt, dass ich dir das eigentlich nicht sagen darf. Du arbeitest nicht mehr bei uns und solltest die Informationen, die ich dir gebe, wirklich vertraulich behandeln."

Die Kälte drückte sich an die beschlagenen Fenster der Bar. Christian nahm einen Schluck Bier. „Das weiß ich, Erik. Welche Verdachtsmomente gibt es gegen Lindström?"

„So wie ich das mitbekommen habe, hält er sich seit der Tat laut einer Zeugenaussage regelmäßig in der Nähe des

Hauses des Mordopfers auf, ist vorbestraft wegen einfacher Körperverletzung, und die Tochter des Opfers hat bei der Polizei zu Protokoll gegeben, dass er Marta Winkler wohl mehrfach geohrfeigt hat …"

„Wegen einfacher Körperverletzung und ein paar Ohrfeigen, die nicht mal verifiziert wurden? Und das reicht, um ihn als Beschuldigten zu führen?" Christian zog seinen grauen Zopf zurecht. „Da muss noch mehr dahinterstecken. Ich will Henry nichts unterstellen, ich halte große Stücke auf sie. Aber sie kann auch, vorsichtig ausgedrückt, impulsiv sein und ist leider manchmal ziemlich leichtgläubig."

„Ich war noch nicht fertig." Elander richtete seine Krawatte aus. „Marta Winkler hat Lindström kurz vor ihrem Tod verlassen."

„Oh. Das wiederum war mir nicht klar." Christian malte mit den Fingern die Holzstruktur des Tischs nach. „Das wirft natürlich ein neues Licht auf die Sache."

Der Oberstaatsanwalt nippte vorsichtig an seinem Rotweinglas.

„Gibt es noch andere Tatverdächtige?"

„Ein Teil der Ermittlungen soll wohl nach Deutschland abgegeben worden sein."

„Henry ist ebenfalls nach Deutschland geflogen."

„Was macht sie denn dort?" Erik Elander sprach schneller.

„Sie sucht ihren Vater."

„Was? Sie kann doch nicht kurzerhand nach Deutschland fliegen und ihren Vater suchen! Die Ermittlungen sind doch noch gar nicht abgeschlossen."

„Meinst du, weil sie eine wichtige Zeugin ist oder weil ihre deutsche Familie etwas damit zu tun haben könnte?“ Christian erhob seine Stimme. Er wollte so reagieren; Elander sollte ihm seine Skepsis anmerken.

Da eine Kellnerin Getränke an den Nebentisch brachte, flüsterte Elander. „Die Polizei weiß noch nicht wirklich was. Das Mädchen wäre besser in Schweden geblieben. Was will sie denn bei ihrem Vater?“ Er schüttelte den Kopf.

„Na, genau das. Die Wahrheit herausfinden. Lass sie mal. Das Mädchen, wie du sie nennst, ist nämlich Mitte dreißig, ehemalige Polizeibeamtin, und weiß, was sie tut. Meine Vermutung ist ja, dass Winter sich das Bootsunglück ausgedacht hat. Aber ich habe mich, ehrlich gesagt, noch nicht allzu intensiv mit dem Fall beschäftigt.“

„Nein, nein. Das hat die Kripo bereits überprüft. Es gab ein Bootsunglück. 1986 zwischen Rügen und der Südküste.“

„Ach? Das gab es tatsächlich? Und Winter hat das überlebt? Hat er sich danach abgesetzt?“

Erik Elander druckste herum. Christian merkte, wie er nach Worten suchte.

„Ich darf dir das alles wirklich nicht erzählen.“

„Jetzt rück schon raus mit der Sprache, Erik.“

Christian setzte sich aufrecht auf seinen Stuhl. Viele Jahre hatten sie gemeinsam bei der Staatsanwaltschaft in Stockholm gearbeitet. Richtig zusammengeschweißt hatte sie der Fall Emma Sjögren – ein junges Mädchen, das stranguliert im Tyresta Nationalpark aufgefunden worden war. Ähnlich wie in Fernsehkrimis hatten sie viel Zeit auf dem Polizeipräsidium verbracht und die Beamten bei den

Ermittlungen unterstützt. Sie waren ein verdammt gutes Team gewesen, Erik und er. Christian wusste aber auch, dass Erik Elander sich immer an die Regeln hielt, und fühlte bei jedem Wort, wie schwer es seinem Kollegen fiel, diese jetzt zu brechen.

„Christian, es ist so …“ Elander holte Luft. Christian machte eine Handbewegung, die ihm signalisierte, dass er schneller sprechen sollte. „Es gab dieses Bootsunglück, aber Jakob Winter war nicht an Bord.“

„Wie kann das sein?“ Christian sah Elander zweifelnd an. „Er wird ja wohl kaum auf Hiddensee ausgestiegen sein.“

Zwei junge Männer setzten sich zu der Gruppe an den Nebentisch und begrüßten ihre Freunde lautstark.

Elander sah zu ihnen hinüber. „Ich glaube, das reicht für heute.“

„Siehst du, Erik, deswegen mag niemand Juristen.“

„Wie meinst du das?“ Der Oberstaatsanwalt schob seine Brille mit einem Finger nach oben.

„Weil wir so verstockt sind und uns immer an die Regeln halten.“

Der Kollege lachte. „Deswegen bist du ja auch nicht mehr bei der Staatsanwaltschaft, sondern bei diesem Tierschutzverein.“

„Naturschutzorganisation, bitte.“ Christian winkte die Kellnerin an den Tisch. „Habt ihr ’nen Single Malt?“

„Klar, Lagavulin, sechzehn Jahre alt.“

„Zwei Double Shots bitte, ohne Eis!“

Erik Elander hob die Hand und wollte ihn stoppen, aber er wusste, dass er nicht erfolgreich sein würde.

Der Whisky verfehlte seine Wirkung nicht. Es dauerte keine halbe Stunde, bis der Oberstaatsanwalt seine Krawatte lockerte.

„Das ist so toll, dass wir uns endlich mal wieder sehen, Mensch.“ Erik Elander klatschte Christian mit der Hand auf die Schulter. „Wie lang ist das her?“ Sein Englisch war jetzt etwas schwieriger zu verstehen.

„Vor zwei Jahren haben wir uns auf Gunnars Geburtstag gesehen, oder?“

„Ja! Ha ha! Der Geburtstag, bei dem Margit in den Pool gefallen ist.“ Lachend schlug er auf den Tisch, dabei hatte er es damals überhaupt nicht lustig gefunden, weil er nie ein Freund ausufernder Partys gewesen war.

„Genau. Ins-Wasser-Fallen ist ein gutes Stichwort. Also um noch mal auf das Bootsunglück zurückzukommen …“

„Welches Bootsunglück?“ Elander setzte das dritte Whiskyglas an, merkte aber, dass es leer war, und griff stattdessen zu seinem Weinrest. Christian hatte die Rotweingläser des Kollegen nicht mitgezählt.

„1986, Bootsunglück Jakob Winter. Du erinnerst dich?“

„Ach, das Bootsunglück meinst du! Sag das doch gleich.“ Er lachte wieder und Christian fragte sich, ob es nicht doch etwas zu viel Whisky für ihn gewesen war.

„Jakob Winter war also nicht mehr auf dem Boot, sagst du?“

„Nein, nein, so habe ich das nicht gesagt. Der Winter war nämlich nie auf dem Boot.“ Elander hob oberlehrerhaft den Zeigefinger.

„Aber ich dachte, es gab dieses Bootsunglück wirklich. Hat er das womöglich in der Zeitung gelesen und dann behauptet, er wäre auf dem Boot gewesen? Jetzt lass mich doch nicht raten, Mensch!“ Christian merkte, dass der Whisky auch ihm zu Kopf stieg und so konzentrierte er sich auf das Gespräch.

„Nein, Winter war zu dieser Zeit nachweislich in Süddeutschland. Der konnte das gar nicht behaupten, weil es so viele Zeugen gab. Dort. Also ich meine in Süddeutschland. Du weißt schon, was ich meine. Hatte irgendeine Autorenlesung. Sag mal, wie geht es denn eigentlich deiner Frau? Birgit?“

„Beate. Wer war denn dann auf dem Boot?“, fragte Christian, der langsam ungeduldig wurde. Er nahm einen Bierdeckel in die Hand, um seine Nervosität zu kanalisieren.

„Ja, und wie geht es Beate?“

„Gut geht’s ihr. Erik! Weißt du denn jetzt, wer damals auf dem Boot war?“

„Klar! Dazu gibt es ja Ermittlungen.“

Christian verdrehte genervt die Augen. „Ja? Und?“

„Na, Marta Winkler, die ja damals noch Maria Winter hieß. Und ihre Tochter. Die waren auf dem Boot. Sonst keiner.“

Der Bierdeckel zerbrach in Christians Händen.

Tübingen, 10. Februar 2019

Als Henry die Gartenstraße entlangging, war es bereits Abend. Die dunklen Ecken und Winkel zwischen den Häusern lösten Unbehagen in ihr aus. Ein paar Jugendliche kamen ihr grölend entgegen. Einer rempelte sie beim Vorbeigehen an. Henry stellte ihren Mantelkragen auf und zog die Schultern hoch, sagte aber nichts. Hätte sie Sebastians Angebot doch annehmen sollen, bei ihm zu übernachten? Sie hatte es abgelehnt, weil sie während der Reise in ihre Vergangenheit Auszeiten und Pausen brauchte. Da war sie lieber allein in der Jugendherberge, als ihren Halbbruder oder dessen Familie um sich zu haben. Sie beschleunigte ihre Schritte.

Henry konnte nur erahnen, wie lange er da schon saß. Neben ihm lagen drei Zigarettenkippen am Boden. Sie waren noch trocken, obwohl der Asphalt nass war, sie mussten frisch sein. Er hatte Henry nicht kommen hören, weil sie zwar zügig, aber leise um die Hausecke gebogen war.

Da sie sich zunächst nicht sicher war, ob er es tatsächlich war, schlich sie mit dem nötigen Abstand um ihn herum.

Er nahm einen Zug von seiner Zigarette und hob den Kopf.

„Na, da schau her. Endlich!“ Bei jedem Wort kam eine kleine Rauchwolke aus seinem Mund.

„Kjell? Was machst du hier?“ Sie befand sich in einem Zustand zwischen Freude und nervlicher Anspannung. Misstraute er ihr derart, dass er, ohne sie vorher zu fragen, nach Deutschland reiste? Auf der einen Seite war es schön, ein vertrautes Gesicht zu sehen, auf der anderen aber fühlte sie sich kontrolliert und bevormundet.

„Du gehst ja nicht mehr an dein Handy“, sagte er trocken.

„Oh, ja. Das hab ich verloren.“ Sie stand immer noch vor ihm in der Dunkelheit und sah nur seine Silhouette.

„Darf ich reinkommen?“

„Du warst doch schon drin“, sagte Henry und hob die Schultern.

Der ungebetene Gast legte den Kopf zur Seite.

„Oder hast du etwa kein Gepäck dabei?“, fragte sie.

„Du hast recht, Frau Kommissarin. Steht drin“, sagte er und deutete auf die Eingangstür.

Henry ging die Stufen hinauf, er stand auf und folgte ihr. Sie hatte ihre Tante kennengelernt. Ihren Bruder. Bald würde sie ihren Vater treffen. Es fühlte sich manchmal an, als wäre sie nie in Schweden gewesen, ganz so, als wäre sie noch ein Kind. Und hier sprach sie ausschließlich Deutsch, so wie damals in Hamburg. Und jetzt stand Kjell hier und klatschte ihr die schmerzhafte Gegenwart um die Ohren. Auf Schwedisch. Wollte er ihr helfen, ihren Vater zu suchen? Oder war es eine Art Kontrollwahn, den er da hatte?

„Willst du deinen Müll noch wegräumen?“, fragte sie monoton.

Er stöhnte.

„Junge, du arbeitest als Ökologe bei One Earth.“

„Hier gibt's aber eine Straßenreinigung. Habe ich heute Mittag erst gesehen. Die wollen auch ein bisschen Geld verdienen."

Sie verdrehte die Augen, er sammelte die Kippen auf und warf sie in den Mülleimer neben der Eingangstreppe.

„Danke", sagte Henry.

„Gern." Er deutete eine Verbeugung an.

Kjell stand ein wenig verloren in der Mitte ihres Zimmers und schaute sich um.

„Hier wohnst du also?"

Henry zog ihren Mantel und die nassen Schuhe aus und ging einen Schritt auf ihn zu.

„Was willst du denn eigentlich hier?", fragte sie barsch.

„Ich hatte Sehnsucht nach dir." Er schob seine Tasche ungefragt unter eines der Betten und deutete damit an, dass er sich häuslich einrichten wollte.

Henry empfand sein plötzliches Auftauchen als übergriffig, war sich aber nicht sicher, ob sie ihm das so sagen konnte, ohne wieder mal einen Streit vom Zaun zu brechen.

„Ich komme auch ganz gut ohne dich zurecht", sagte sie, in einem sanften Tonfall, aus Angst, er würde ansonsten wütend werden.

„Weiß ich, Hen. Aber ich habe dich vermisst und wollte halt mal gucken, was du hier so treibst. Und wenn du nicht an dein Handy gehst, muss ich ja auch befürchten, dass dir was passiert ist oder du womöglich mit einem anderen durchgebrannt bist." Er zwinkerte.

„Sehr witzig. Ich suche hier meinen Vater. Meine Mutter wurde ermordet und ich helfe der Polizei bei den Ermittlungen, und du meinst, ich habe nichts Besseres zu tun, als mit irgendwem durchzubrennen?“ Henry zog die Gardinen ein Stück zu, weil sie sich von der Außenwelt beobachtet fühlte.

Kjell stand plötzlich hinter ihr und schlang seine Arme um sie. „Jetzt entspann dich doch mal.“

***

„Das ist wirklich ein Ding, dass du einen Bruder hast, von dem du all die Jahre nichts gewusst hast.“

Sie lagen auf dem Jugendherbergsbett, das bei jeder Bewegung quietschte. Sein Oberkörper war nackt und glänzte vom Schweiß. In den letzten Minuten war die alte Vertrautheit da gewesen, doch jetzt, wo die Ekstase nachließ, stellte Henry wieder fest, dass er überhaupt nicht hierher passte.

„Ja, aber ein bisschen unheimlich ist er mir auch. Er war schon nett, aber irgendwie auch zurückhaltend.“

„Na, wie würdest du denn reagieren, wenn plötzlich deine Schwester in deiner Wohnung steht, nach über dreißig Jahren?“

„Im Gegensatz zu mir wusste er ja schon immer, dass er eine Schwester hat oder zumindest hatte. Jakob hat ihm erzählt, dass ich noch am Leben bin. Er konnte sich definitiv länger auf diesen Moment vorbereiten als ich.“

Sie nahm einen Schluck aus der Saftflasche, die neben dem Bett stand. In der Herberge gab es einen Getränkeautomaten mit vielen Alternativen zu Wasser.

Von dem Projektil aus Ringgold erzählte sie Kjell nichts. Über einiges musste sie sich erst selbst klar werden, bevor sie mit anderen drüber sprach. Mit Christian hätte sie darüber geredet, aber ohne Handy war das schwierig. Christian. Wie sie diesen väterlichen Freund und die Gespräche mit ihm vermisste! Wie gern hätte sie auch nur einen einzigen wienerischen Satz von ihm gehört. Kurz überlegte sie, ob sie Kjell nach seinem Smartphone fragen sollte, um den Freund anzurufen, aber sie ahnte, dass es nur zu Ärger führen würde, und ließ es bleiben.

„Wie hast du es eigentlich geschafft, Urlaub zu bekommen?", fragte sie stattdessen.

„Genauso wie du. Ich bin krankgeschrieben."

„O je, armer Christian. Jetzt muss er mit Håkan alles allein machen."

Kjell schüttelte den Kopf. „Ja, der Arme. Als ob der Überflieger das nicht hinbekommt."

„Und was hast du Sandra gesagt?"

„Dass ich auf Dienstreise bin."

„Wenn das mal nicht auffliegt ...", sagte sie genervt und bereute, dass sie sich schon wieder der Intimität mit ihm hingegeben hatte.

Sie wurden von einem harten Klopfen an der Tür unterbrochen.

„Moment!", rief Henry und streifte sich ihr T-Shirt über, links herum. Die Jeans zog sie ohne Slip an und ging barfuß zur Tür. Der Herbergsvater stand davor. „Es ist jemand am Telefon für Sie, Frau Winkler."

An diese Siezerei konnte sie sich einfach nicht gewöhnen. „Ich komme", sagte sie und holte ihre Schuhe.

„Was hat er gesagt?", rief Kjell. Die Antwort blieb sie ihm schuldig und folgte dem Herbergsvater zügig.

„Henry, er kommt nach Tübingen." Sie erkannte ihren Halbbruder sofort. Ihr Herz schlug schneller.

„Du meinst jetzt? Heute?" Sie konnte die Nervosität in ihrer Stimme kaum verbergen. Jakob war da. Ihre Gedanken überschlugen sich. Wann würde sie ihn sehen und was sollte sie ihm sagen? Wie würde er auf sie reagieren?

„Er hat mich angerufen und mir gesagt, dass er auf dem Weg nach Deutschland ist. Morgen ist er da."

„Hast du ihm gesagt, dass ich bei dir war?"

„Nein, er wollte wissen, ob du bei mir bist, aber ich dachte, ich überlasse es dir, wann du ihn sehen willst, und habe ihm daher erst mal nicht verraten, wo du untergekommen bist. Ich habe ihm gesagt, dass du dich sicher bei ihm melden wirst, wenn er hier ist."

„Danke, Sebastian. Das ist lieb, dass du dich gleich gemeldet hast. Ich werde morgen bei ihm vorbeigehen und hoffe, er ist zu Hause."

„Er wird da sein. Papa kommt immer mindestens zwei Tage vor der nächsten Lesung nach Hause. Eigentlich habe ich schon viel früher mit ihm gerechnet, aber er hat sich ja nicht mehr gemeldet."

„Ich danke dir wirklich."

„Soll ich mitkommen?", fragte er in einem Tonfall, den vermutlich nur Brüder draufhatten. Und Kjell. Im Gegensatz zu Kjell wollte Sebastian sie aber nicht kontrollieren, sondern fragte nur aus Nettigkeit und Fürsorge.

„Lieb von dir, aber ich denke, ich will das allein machen."

„Das verstehe ich. Ich wünsche dir viel Erfolg."

Wozu braucht man Erfolg, wenn man seinen Vater besucht?, fragte sie sich. Henry stand noch ein Weilchen wie angewurzelt vor dem Telefon und starrte auf den aufgelegten Hörer. Sie wünschte sich in diesem Moment, Kjell hätte nicht in ihrem Bett gelegen.

Tübingen, 11. Februar 2019

Henry war mit dem Bus gekommen. Den Mietfahrrädern traute sie nicht mehr. Ihre Nasenspitze war rot von der Kälte, und sie bereute, nicht doch ihren dicken Mantel mit nach Deutschland genommen zu haben. Die Wettervorhersage, die sie noch in Farsta angeschaut hatte, hatte gelogen und auch hier war es jetzt eisig kalt mit Temperaturen um den Gefrierpunkt.

Sie musste von der Bushaltestelle zum Haus ihres Vaters einige Minuten gehen und nutzte diese Zeit, um ihre Gedanken zu sortieren und sich zu überlegen, was sie ihm sagen würde.

Kjell war in der Jugendherberge und arbeitete. Es hatte das ganze Frühstück gedauert, ihn davon zu überzeugen, dass sie das hier allein machen musste. Es nervte sie, dass er immer den Beschützer spielte. Immerhin handelte es sich hier um ihren Vater, den sie treffen würde, nicht um Jack the Ripper. Beinahe war Kjell ihr eifersüchtig vorgekommen, was natürlich aufgrund seiner eigenen Familienverhältnisse besonders lächerlich war.

„Henry!"

Sie zuckte zusammen. Auf der Straßenseite gegenüber sah sie Ben; er trug enge schwarze Sportklamotten und joggte auf der Stelle. Lächelnd winkte sie ihm. Er sah sich nach dem Verkehr um und lief dann zu ihr herüber.

„Dieses Mal ohne Fahrrad?“

Henry musste zugeben, dass der junge Mann sogar in engen Laufhosen gut aussah. Die Muskeln seiner Oberschenkel zeichneten sich durch den dünnen Stoff der Sporthose ab. Sie wurde verlegen.

„Ich bin mit dem Bus gekommen. Will meinen Vater besuchen“, sagte sie und deutete die Straße hinauf.

„Ich bin auf dem Weg in den Wald und könnte dich bis oben begleiten.“

„Gerne.“ Sie überlegte, wie es wäre, die Affäre mit Kjell zu beenden und sich endlich einen richtigen Partner zu suchen. Es stimmte nicht, dass sie nicht in der Lage war, eine Beziehung zu führen. Sie wollte nur keine mit Kjell. Vielleicht war es an der Zeit, ihm und ihr selbst das zu beweisen.

Ben war ein richtiger Charmeur und sie mochte das. Er hielt Frauen sicherlich die Tür auf, wenn er sie im Auto mitnahm. Wenn er denn überhaupt ein Auto hatte.

Im Schritttempo joggte er neben ihr her und fragte, wie es ihr in Tübingen gefiel. Abgesehen von der Jugendherberge und dem Französischen Viertel hatte sie ja noch nicht viel gesehen und sie wollte einem Fremden nicht ihre ganze Lebensgeschichte erzählen.

Die Ablenkung kam ihr trotzdem gerade recht.

„Wenn du magst, lade ich dich mal auf einen Kaffee ein. Ich kenne natürlich die besten Cafés in Tübingen, auch die Geheimtipps.“

Henry war noch nicht klar, wie sie ein Treffen mit Ben arrangieren sollte, wenn Kjell da war, aber irgendwann würde er nach Schweden zurückgehen, zu Sandra und

Jonas. Falls nicht, würde sie ihn rauswerfen. Jetzt zählten andere Dinge.

Die ganze Bedrohlichkeit dieser Stadt Tübingen wurde durch Kjells Anwesenheit erstaunlicherweise nicht besser und er nahm ihr auch noch das einzig gute Gefühl: eine Reise in ihre Kindheit zu unternehmen. Wenn sie durch die Straßen dieser Stadt ging, war sie hin- und hergerissen zwischen einem Fremdheitsgefühl und einer Vertrautheit, die sie sich vermutlich nur einbildete. Mit dieser Situation musste sie erst einmal klarkommen. Das hoffentlich bald bevorstehende Treffen mit ihrem Vater machte ihr Angst und Kjell nahm ihr diese überhaupt nicht. Für einen kurzen Moment hatte sie gehofft, sie würde sich nicht mehr so allein fühlen, wenn er da wäre, aber dem war nicht so. Er war ihr im Weg und sie merkte, dass sie keine Nerven mehr für ihn hatte. Das Wissen darüber, dass Sandra mit einem kleinen Kind zu Hause saß, weckte immer noch ein schlechtes Gewissen in ihr. Sie wollte das nicht mehr und sie musste der armen Frau die Wahrheit über ihren Ehemann sagen. Aber das hatte Zeit.

Ben war dazu übergegangen, vor ihren Augen ein Kniehubtraining zu absolvieren. Ob er ihr imponieren wollte? Sein Atem warf kleine Wolken in die Luft.

„Gibst du mir deine Handynummer?“, fragte er atemlos.

„Leider habe ich kein Handy mehr“, sagte Henry. „Das muss ich verloren haben.“

„Hoffentlich nicht bei deinem Radunfall?“

„Nein, da war es noch da.“

„Und wie erreiche ich dich dann?“

„Du kannst mich in der Jugendherberge anrufen und wir machen was aus."

„Oder wir machen gleich was aus?"

„Im Moment ist mein Kopf gar nicht frei, aber wir kriegen das bestimmt noch hin, solange ich hier bin." Sie lächelte unsicher. Zunächst einmal musste Kjell verschwinden. Er würde durchdrehen, wenn sie einen anderen Mann traf, und erst recht, wenn es so etwas wie ein Date war.

„Gib mir doch deine Nummer", sagte sie schnell.

Bei Ben fühlte sie sich nicht mehr so bedroht. Sie stellte sich vor, wie es sich angefühlt hätte, wenn er bei dem Besuch am Friedhof dabei gewesen wäre. Er hätte sie ganz bestimmt in den Arm genommen und ihre Tränen getrocknet.

„Klar! Ich habe nur mein Handy nicht hier und kann sie nicht auswendig, aber ich lasse dir meine Nummer zukommen", sagte Ben und sie stellte ein zweites Mal fest, wie perfekt seine Zähne waren. „Ich weiß ja jetzt, wo dein Vater wohnt."

Sie verabschiedeten sich oben an der Straße, und er joggte schnell in Richtung Wald, drehte sich noch einmal um, lief ein paar Meter rückwärts, um ihr zu winken, und verschwand dann zwischen den Bäumen.

Vor dem Haus ihres Vaters stand jetzt ein schwarzer Mercedes. Mit demselben Modell wäre sie in der Slottsgatan beinahe kollidiert. In Jakobs Haus brannte Licht, aber sie konnte ihn von außen nirgends sehen. Die schwarze Katze saß nicht auf dem Fensterbrett und Henry vermutete sie im Inneren des Hauses. Mit geschlossenen Augen atmete sie tief ein und wieder aus, öffnete die Augen, ging zügigen Schrittes auf die Tür zu und klingelte. Sie zuckte zusammen, es war wie ein Stromschlag, bei dem zweihundertdreißig Volt durch ihren Körper schossen. Das Gefühl war ihr vertraut, weil sie immer meinte, alles selbst reparieren zu müssen, meistens jedoch vergaß, die Sicherung rauszumachen.

Sie hörte Schritte, die Tür wurde geöffnet, und ihr gegenüber stand der Mann, den sie im Internet gesehen hatte. Live und in Farbe und doch irgendwie unwirklich.

Es fühlte sich an wie eine Ewigkeit, wie er sie anstarrte mit seinem Smartphone in der Hand. Er kam ihr kleiner vor als auf den Fotos.

„Henrietta", sagte er leise, nahm ihre kalte Hand, zog sie durch die Haustür und drückte sie so fest, dass sie Angst hatte, keine Luft mehr zu bekommen.

„Mein kleines Mädchen."

Stockholm, 11. Februar 2019

Am nächsten Morgen versuchte Christian, Henry zu erreichen. Er hatte in der Nacht kaum geschlafen, weil er über die Informationen, die Erik Elander ihm gegeben hatte, nachgedacht hatte. Konnte das wirklich wahr sein, dass nicht Jakob, sondern Henry und ihre Mutter auf dem Boot gewesen waren? Er hatte die ganze Nacht gegrübelt, was das am Sachverhalt änderte. Eigentlich alles. Denn offensichtlich hatte sich nicht Jakob abgesetzt, sondern Marta – und zwar gemeinsam mit ihrer zweijährigen Tochter. Und vermutlich hatte Jakob von alldem gar nichts gewusst. Christian überlegte sogar, ob sie Teil eines Zeugenschutzprogramms gewesen sein könnten. Marta hätte problemlos einen neuen Namen bekommen. Aus Henrietta hätte man aber nicht einfach eine Henriette gemacht. Die neuen Namen waren den alten zu ähnlich. Es musste etwas anderes dahinterstecken. Er fragte sich, ob Henry davon gewusst und wenn ja, warum sie ihm die Wahrheit verschwiegen hatte.

„The person you are calling is not available at the moment."

Okay. Sie hatte vermutlich Besseres zu tun als zu telefonieren. Dennoch war es ungewöhnlich, dass sie ihr Handy ganz ausschaltete. Dass der Empfang in einer deutschen Studentenstadt so schlecht war, konnte er sich kaum vorstellen.

Selbst auf der Fahrt zur Arbeit versuchte er zweimal, seine Kollegin und Ziehtochter zu erreichen.

Magnus stand in seinem Büro und blätterte durch die Unterlagen.

„Was machst du da?" Man hörte Christians Unmut darüber, dass sein Chef ungefragt in seinen Papieren stöberte, heraus.

„Ich schaue, wie weit du mit der Präsentation bist", sagte Magnus, als sei es das Normalste der Welt, dass der Vorgesetzte eigenmächtig in die Unterlagen schaut.

„Und du meinst, dass du das hier, auf meinem Schreibtisch, findest? Wäre da mein Computer nicht die bessere Anlaufstelle gewesen oder hast du es nicht geschafft, mein Passwort zu knacken? Frag doch mal Håkan, der stellt dir sicher seine Expertise zur Verfügung, wenn du ein bisschen auf meinem Rechner schnüffeln willst." Christian knallte seine Tasche auf den Tisch und zwei der Papiere, die darauf gelegen hatten, segelten zu Boden.

Provokativ setzte Magnus sich auf den Schreibtischstuhl seines Mitarbeiters, obwohl er wusste, dass Henrys Stuhl, der direkt gegenüberstand, ohnehin nicht besetzt war. „Nun ja. Es wundert mich schon etwas. Henry ist kurz vor der Präsentation angeblich krank, Kjell kurze Zeit später auch und du scheinst ebenfalls den ganzen Tag irgendwas anderes zu machen. Vielleicht kann mir mal jemand erklären, was hier los ist?"

„Hast du vergessen, dass Henrys Mutter gestorben ist?", fuhr Christian seinen Chef an.

Weil er das beste Pferd in Magnus' Stall war, konnte er so mit ihm reden. Und das teuerste obendrein. Der Jurist hatte nicht etwa selbst eine Bewerbung geschrieben, sondern One Earth hatte ihn explizit angefordert. Er kannte seinen Stand und nutzte ihn durchaus manchmal aus.

„Und der Kollege Bergström muss sich ganz persönlich um sie kümmern? Habe ich mir doch gedacht, dass zwischen denen was läuft …“

„Was mit Kjell ist, weiß ich nicht und es interessiert mich auch nicht. Henry ist jedenfalls krankgeschrieben und das vom renommiertesten Psychiater Stockholms, falls dir das nicht aufgefallen ist. Und der Kollege Bergström ist verheiratet.“

Magnus spielte mit dem kleinen Globus auf Christians Tisch. Es war ein Abschiedsgeschenk von seinen Wiener Kollegen gewesen, und am liebsten hätte er Magnus das Dekorationsstück in diesem Moment aus den Händen gerissen und es demonstrativ auf das Regal gestellt. Sein Chef drehte den Erdball immer schneller.

„Siehst du, Christian, die Welt dreht sich auch ohne euch weiter.“ Man merkte ihm an, dass er stolz auf diesen Spruch war. „Dennoch hätte ich gern mal einen verbindlichen Termin für die Präsentation von dir.“

„Morgen ist sie fertig. Ich musste das Material von Henry erst einmal sichten und strukturieren.“

„Ja, Struktur ist nicht gerade Fräulein Henrys Stärke, das ist mir klar.“

Christian verdrehte die Augen, beugte sich über Magnus, der immer noch auf seinem Stuhl saß, und zog seine Kaffeetasse zu sich herüber. „Zum Glück haben wir ja dich und deine fürsorglichen Kontrollen, die uns immer so richtig motivieren.“ Er drehte sich um, ließ Magnus mit offenem Mund sitzen und stiefelte zum Kaffeeautomaten.

Als Christian in sein leeres Büro zurückkam, stellte er die Tasse auf den Tisch, setzte sich auf den Stuhl, der von Magnus' Besuch unangenehm warm war, lehnte sich nach hinten, drehte sich zum Fenster und atmete einmal tief ein und wieder aus. Eine kleine Achtsamkeitsübung, die Beate im Yoga gelernt und ihm beigebracht hatte. Ganz tief in den Bauch einatmen. Achtsamkeitsübungen waren das Einzige, das ihn die Arbeit bei One Earth noch aushalten ließ. Und seine Kollegin Henry. Es wurde wirklich langsam Zeit, dass er nach Österreich zurückkehrte.

Er griff zum Telefonhörer und wählte erneut Henrys Nummer. Keine Verbindung. Wo steckte die junge Dame?

Kjells Handynummer stand, zwischen denen von Henry und Håkan, auf einem Post-it an Christians Monitor. Eigentlich wollte er überhaupt nicht mit ihm telefonieren, aber vielleicht wusste er, wie er Henry erreichen konnte. Es klingelte so lange, bis eine Bandansage kam. Verdammt, war denn hier niemand erreichbar?

Er suchte aus dem Who's who der Firma Kjells Festnetznummer heraus.

„Ja?", meldete sich eine weibliche Stimme.

„Ähm …" Christian schielte über seine Lesebrille und verglich Kjells Nummer aus der Mitarbeiterdatenbank mit der auf seinem Telefon. „Hier ist Christian Singer von One Earth", sagte er auf Englisch. „Bin ich richtig bei Kjell Bergström?"

„Ja, hier ist Sandra Bergström, seine Frau."

„Ist Ihr Mann zu sprechen? Wenn es gerade schlecht ist, kann ich aber auch später noch einmal anrufen. Jetzt soll er erst mal gesund werden."

Sandra antwortete nicht.

„Hallo?", fragte Christian. „Sind Sie noch da?"

„Ja."

„Ja, und? Soll ich später noch mal anrufen? Oder könnten Sie Kjell ausrichten, dass er mich dringend anrufen soll?" Er öffnete nebenher die Präsentation auf dem Computer, falls Magnus wieder unangemeldet in sein Büro stürmen würde.

„Nein." Im Hintergrund schrie der kleine Jonas. „Worum geht es denn?"

„Ich erreiche Henry Winkler, unsere Kollegin, nicht. Müsste aber dringend etwas mit ihr besprechen." Christian klickte sich durch die Präsentation. Sein Perfektionismus klopfte an und wies ihn darauf hin, dass er noch ein paar ästhetische Grafiken brauchen würde.

„Kjell ist nicht hier."

„Ach so? Ist er gerade beim Arzt? Wann kann ich ihn denn erreichen? Ans Handy geht er nicht."

„Er sagte mir, er sei auf Dienstreise."

Christians Finger erstarrte auf der Computermaus. Jetzt war er derjenige, der schwieg.

„Es gibt keine Dienstreise, oder?", fragte Sandra monoton.

„Ich … Also, ich müsste noch einmal nachschauen." Er machte mit den Papieren auf seinem Schreibtisch ein Geräusch, das so klang, als würde er in Unterlagen blättern.

„Sparen Sie sich die Mühe. Es gibt keine Dienstreise."

Christian seufzte. Der Tag begann wirklich großartig.

Sein Handy vibrierte in seiner Tasche.

„Frau Bergström, ich muss leider auflegen. Ich …“

„Schon okay. Ich wünsche Ihnen noch einen schönen Tag und Danke.“

Es war Kjell, der ihn zurückrief, und Christian wartete ab, bis Sandra aufgelegt hatte.

„Kjell, wo zur Hölle steckst du?“, flüsterte er, obwohl das andere Telefonat eindeutig beendet worden war.

„Ich bin krank, weißt du doch.“

„Ach herrje, du Armer, was hast du denn?“

„Ich bin ziemlich erkältet. Bronchitis.“ Kjell hustete ins Telefon.

„Na, dann ist es ja gut, dass du zu Hause im Bett liegst. Kümmert sich deine Frau um dich?“

„Ja, aber was willst du denn jetzt von mir?“

„Dir sagen, dass da offensichtlich noch eine andere Frau bei dir zu Hause ist, die gar nichts von einem kranken Kjell weiß.“

„Verdammt noch mal! Warum rufst du bei mir daheim an?“

„Weil ich dich erreichen musste? Vielleicht informierst du mich nächstes Mal darüber, wenn du krankfeierst und lieber zu Henry fliegst!“ Christians Stimme wurde lauter.

„Okay, du hast mich erwischt. Ich kriege das mit Sandra wieder hin“, murrte Kjell.

„Deine Ehe interessiert mich überhaupt nicht. Ist Henry bei dir?“

„Nein, sie ist bei ihrem Vater. Warum?“

Christian erzählte seinem Kollegen von dem Treffen mit dem Oberstaatsanwalt und von der Neuigkeit, die er erfahren hatte. Kjell war genauso überrascht wie er. Zusammen überlegten sie, wie all das zusammenpassen konnte. Kjell erinnerte sich an die tiefe Narbe an Henrys Bein und dachte darüber nach, ob sie etwas mit dem Bootsunglück zu tun haben könnte. Dann hätte ihre Mutter nur behauptet, dass sie bei einem Unfall mit dem Dreirad entstanden war. Er versprach, Henry gleich nach ihrer Rückkehr darauf anzusprechen. Eigentlich hatte Christian es ihr selbst erzählen wollen, weil er wusste, dass Kjell nicht der Sensibelste war. Aber der Kollege wollte es sich nicht nehmen lassen, als Verkünder der Neuigkeit aufzutreten.

„So ein Trottel. Des geht schief", sagte Christian zu sich selbst, nachdem er aufgelegt hatte.

Tübingen, 11. Februar 2019

Jakob wirkte aufgeregt wie ein Kind an seinem ersten Schultag. Er redete unheimlich viel und schnell, wobei Henry zunächst nicht sicher war, ob es an der Situation lag oder ob er immer so sprach. Alles Mögliche bot er ihr an. Tee, Kaffee, Kekse, sogar Wurst und Käse.

„Setz dich, bitte", sagte er und führte sie schnellen Schrittes zur Couch. Ganz so, als wären ihre Augen verbunden und als könne sie den Weg nicht allein gehen.

„Und du willst wirklich nichts, nein? Also ich mache mir jetzt mal einen Kaffee. Hawaiianischen Kona. Der ist wirklich ganz fantastisch und du solltest den unbedingt probieren."

Henry hielt es für keine gute Idee, dass Jakob sich auch noch eine Ladung Koffein verpasste. Ihre innere Anspannung ließ sie stumm auf einem Drehsessel im Wohnzimmer auf ihn warten.

Es war ein seltsames Gefühl, hier mit ihrem Vater zu sitzen. Ganz anders als mit Anna. Die Stimmung war eine andere, ja sogar die Luft kam ihr frischer und das Licht heller vor. Henry warf einen unauffälligen Blick in Richtung der Kommode, auf der das Testament gelegen hatte. Es war weg.

Jakob hatte sich gegenüber auf das Sofa gesetzt. Seinen Kaffee leerte er binnen weniger Sekunden auf ex.

„Also, dann … na ja, worüber möchtest du reden? Über damals? Über heute? Oder soll ich dir das Haus zeigen?"

Henry wollte nicht über 1986 sprechen, jedenfalls nicht jetzt. Sie hatte Angst vor der ganzen Wahrheit und wollte ihren Vater erst einmal so kennenlernen, wie er heute war.

Ihre Nervosität verführte sie immer wieder dazu, sich auf dem Sessel nach links und rechts zu drehen, was jedes Mal ein leises Quietschen hervorrief, das die angespannte Stimmung untermalte. Auf ihrem Schoß saß die schwarze Katze, die bei jeder Drehbewegung aufstand und hinunterspringen wollte. Henry drückte sie in ihrer Aufregung immer wieder nach unten und kraulte sie, bis sie schnurrte. Die schwarzen Katzenhaare blieben an ihren von der Nervosität schweißfeuchten Händen kleben.

„Der ist mir zugelaufen. Ich habe so viele Zettel aufgehängt und im Tierheim angerufen. Sogar bei diesem Haustierregister. Niemand kennt den Burschen. Aber ich mag ihn, auch wenn er manchmal ein bisschen aufdringlich ist."

Jakob klang wie jemand, der beim ersten Date nicht wusste, was er sagen sollte, und deshalb über seine Katze sprach. Henry konnte Ähnlichkeiten zu Sebastian in ihm finden. „Es ist ja auch schön, wenn man nicht so allein ist. Manchmal läuft er mir über die Tastatur und schreibt irgendwelchen Mist in mein Manuskript …" Er lachte verunsichert.

„Wie heißt er?", fragte Henry und fuhr dem Tier über den Kopf, das sogleich wieder laut schnurrte und sich gegen ihre Hand drückte.

„Ich nenne ihn nur Katze."

„Katze ist aber ein blöder Name. Ich wäre für Pluto."

Jakob lächelte. „Pluto ist aber doch ein Hund."

„Nein, ich meine nicht den Disney-Pluto."

Wie sie es bei Anna getan hatte, erzählte sie auch ihm Edgar Allan Poes Kurzgeschichte. Eine Geschichte zu erzählen, die sie in- und auswendig kannte, beruhigte sie zunehmend und ihr Vater wurde ebenfalls sichtlich entspannter. Er fand den Namen genauso passend wie sie und stimmte zu. In dem Moment erinnerte sie sich an Fiete und daran, was nun aus ihm werden sollte. Vielleicht würde sie ihren Vater später noch fragen, ob er auch eine zweite Katze aufnehmen konnte. In Stockholm war jedenfalls kein Platz für ihn und bei Barbro würde er früher oder später eine Patschuli-Vergiftung bekommen oder gemeinsam mit ihr auf dem Scheiterhaufen landen.

Jakob machte ihr auf ihren Wunsch hin dann doch noch einen Kakao. Natürlich hatte er keinen zu Hause. Er gab deshalb kurz entschlossen ein paar Stücke Ritter Sport in die heiße Milch, die der Vollautomat ausgespuckt hatte, den Henry bei ihrem ersten Besuch durch die Terrassentür entdeckt hatte.

Er betonte, dass die Schokolade aus dem nahe gelegenen Waldenbuch stammte, und empfahl das dortige Museum.

Henry hatte natürlich im Moment so gar keinen Sinn für Museen. Der frisch getaufte Pluto stieß ihr die Tasse vor lauter Euphorie beinahe aus der Hand. Vorsichtig nahm sie einen Schluck des heißen Kakaos. Es war der beste, den sie je getrunken hatte.

„Das ist schon witzig, dass du immer noch so ein Kabakiller bist“, sagte Jakob. „Ich habe ihn dir früher auch mit echter Schokolade gemacht. Deine Mutter war immer gegen Kaba und wollte kein Pulver kaufen. Also haben wir beide heimlich improvisiert.“ Sein Lächeln wich einem ernsten Gesichtsausdruck. „Aber das weißt du sicher nicht mehr“, fügte er wehmütig hinzu.

Daran erinnerte sie sich nicht, aber die Vorstellung der konspirativen Kakaoherstellung mit ihrem Vater gefiel ihr.

Jakob zeigte ihr das Haus. Henry merkte, wie es ihnen beiden guttat, die Beine kurz zu bewegen. Die Nervosität und die Anspannung konnten sich auf diese Weise zumindest ein bisschen entladen.

Ihr altes Kinderzimmer gab es nach wie vor. Zwar standen hier jetzt einige Kartons, und Henry konnte sehen, dass es als Ablagezimmer diente, aber an der Wand hingen immer noch Gemälde von ihr. Ihr Kinderbett stand bis zum heutigen Tag in dem Zimmer und es lagen sogar einige Kuscheltiere darin.

„Und wo hat Sebastian gewohnt?“, fragte sie, während sie sich wie eine Ballerina in Zeitlupe im Kreis drehte und sich umsah.

„Sebastians Kinder- und Jugendzimmer wurde zum Gästezimmer umfunktioniert“, sagte Jakob. „Dein Lieblingskuscheltier ist leider nicht mehr da. Es war ein kleiner Affe.“

„Oskar“, sagte Henry, ohne sich ihm zuzuwenden, und strich mit den Fingern über die staubigen Möbel.

„Ja, genau, Oskar! Dass du das noch weißt. Deine Großmutter hat ihn dir zur Geburt geschenkt, und du bist nirgendwo ohne ihn hingegangen."

„Auch heute noch nicht. Liegt in der Jugendherberge."

Das war das Stichwort, auf das Jakob gewartet hatte. Er bot ihr an, bei ihm zu übernachten. Aus Angst, sie müsse im Kinderzimmer schlafen, sagte sie zunächst nicht zu, aber nachdem er ihr das sehr stilvolle Gästezimmer gezeigt hatte, willigte sie dann doch ein. Ein seltsames Gefühl würde das werden, wenn sie hier in diesem Haus, dem Haus ihrer Kindheit, mit ihrem Vater wohnen würde, auch wenn es nur für ein paar Tage wäre. Dass sie das gleiche Angebot bei Anna und Sebastian abgelehnt hatte, war ihr bewusst. Bei Jakob war das jedoch anders und sie würde es den beiden erklären. Sicherlich würde man mal ein Treffen mit allen Familienmitgliedern arrangieren. Zumindest den Gang durch diese unheimliche Gartenstraße im Dunkeln konnte sie sich ab sofort sparen. Außerdem hatte sie einen Computer zur Verfügung und würde mit Christian skypen können. Sie war sich durchaus darüber im Klaren, dass sie Kjell mit hierherbringen musste und dass sie ihn nicht allein in der Herberge lassen konnte. Kurz überlegte sie, ihm direkt den Laufpass zu geben, aber jetzt war es gerade so friedlich geworden und diesen Frieden sollte auch kein Streit mit Kjell stören. Sie bezeichnete ihn als Kollegen und ihr Vater wollte zunächst ein weiteres Zimmer für den Gast herrichten. Aber nachdem Henry ihm erklärt hatte, dass ein gemeinsames Zimmer okay war, hatte er nicht weiter nachgefragt.

Es war ein seltsames Gefühl, das sie dabei hatte. Einerseits wollte sie Kjell gern alles zeigen, ihn ihrem Vater vorstellen. Andererseits wäre es ihr am liebsten gewesen, er hätte gar nichts mit alldem zu tun und würde so schnell wie möglich zu seiner Familie zurückkehren.

Dass Sebastians Kinderzimmer nicht mehr existierte, ihres aber schon, schmerzte sie. Es war zwar irgendwie logisch, weil sie im Gegensatz zu ihrem Bruder schließlich tot geglaubt gewesen war und Jakob darum eine Art Altar in Form des Zimmers für sie errichtet hatte. Fair fand sie es trotzdem nicht. Sie fühlte sich beinahe schuldig und konnte nur erahnen, wie sich ein Kind fühlen musste, das im Schatten einer Toten aufwuchs.

Jetzt wagte sie es, Jakob nach Sebastians Mutter zu fragen.

„Isabelle war nur eine Affäre. Und irgendwie wurde sie schwanger trotz Verhütung, na ja, und als Sebastian vier Jahre alt war, verschwand sie."

Kurz war Henry versucht, ihren Vater zu fragen, warum sämtliche Frauen in seinem Leben in aller Selbstverständlichkeit davonliefen, aber sie verkniff es sich. Bevor sie weiterfragen konnte, ergänzte Jakob, der offenbar Gedanken lesen konnte: „Also sie verschwand nicht so wie deine Mutter. Ich weiß durchaus, wo sie lebt, aber sie wollte mit mir und ihrem Sohn nichts zu tun haben und sich ein neues Leben aufbauen. Irgendwo in Bayern. Dein Bruder sieht sie, seit er zwanzig war, ungefähr einmal im Jahr. Eine enge Beziehung haben die beiden nicht."

Jetzt tat ihr Sebastian noch mehr leid. Er war ohne Mutter aufgewachsen und sie ohne Vater – wenn das keine tragische Gemeinsamkeit war.

„Wir werden ihn und seine Familie zum Essen einladen“, sagte Jakob, der schon wieder Henrys Gedanken gelesen hatte.

Sie standen unsicher im Flur des oberen Stockwerks.

„Sag mal, was ich jetzt doch loswerden muss“, sagte Henry vorsichtig. Ihr Puls erhöhte sich schlagartig. „Ich würde gern wissen, was du mit dem ‚Geheimnis‘ gemeint hast.“

Mit der Hand deutete er an, dass sie in das Kinderzimmer gehen und sich setzen sollte. Allem Anschein nach war ihm das Thema zu ernst, um es im Stehen zu besprechen. Sie setzten sich auf Henrys Kinderbett und Jakob sah sie zweifelnd an.

„Henrietta, ich weiß nicht, ob das jetzt der richtige Zeitpunkt ist, darüber zu sprechen. Es hat nichts mit dir zu tun und ist auch längst verjährt.“

„Verjährt? Du meinst, sie war kriminell?“, fragte sie mit großen Augen.

„Weißt du, es ist so …“ Mitten im Satz hörte er auf zu sprechen und kratzte sich hörbar am Kinn.

Henry wartete einige Sekunden, erkannte dann, dass Jakob mit der Situation überfordert war, und beschloss, ihn am nächsten Tag noch einmal auf das Thema anzusprechen.

„Du musst mir das nicht heute erzählen, aber noch was anderes …“

Jakob, der sichtlich erleichtert war, dass er seinen Satz nicht beenden musste, sah sie an.

„Du warst doch bei Mama“, sagte sie. „Und ich frage mich, ob du da jemanden gesehen hast. Oder ob sie dir was erzählt hat. Das war eigentlich auch ein Grund, warum ich dich schnell finden wollte."

Sie musste sich eingestehen, dass sie sich vor Jakobs Antwort fürchtete.

„Okay … Also deine Mutter und ich. Wir haben uns nicht gesehen, Henrietta. Ich habe ihr einen Brief geschrieben und dann wollte ich wiederkommen und da habe ich erfahren, dass sie tot ist. Ich …" Er sprach nicht weiter und blickte betreten auf den Fußboden.

„Du hast sie gar nicht getroffen?", fragte Henry irritiert. Konnte ihr Vater ihr etwa keinen Hinweis auf den Täter geben? Hatte sie die ganzen letzten Tage umsonst gehofft, eine bahnbrechende Erkenntnis zu erlangen, wenn sie mit ihm über den Mord an ihrer Mutter sprechen würde?

„Nein, ich habe sie leider nicht getroffen. Also … Ich habe sie gesehen, als sie gebacken hat. Ich stand draußen und sie hat mich nicht gesehen … glaube ich … Den Brief habe ich dann auf die Veranda gelegt und …"

Seine Wangen färbten sich unter dem grau melierten Dreitagebart ein wenig rot.

„Verdammt!", sagte sie jetzt laut und Jakob sah sie erschrocken an.

„Ich hatte gehofft, du hättest etwas gesehen, und jetzt erfahre ich überhaupt nichts Neues!"

„Hey, beruhige dich doch." Er legte seine Hand auf ihre Schulter. „Ich weiß, dass das eine schwierige Situation ist. Aber die Polizei wird ihre Arbeit schon machen. Als ich oben war, waren sie mit so einem komischen Kauz vor Ort."

„Fredrik Lindström?“, fragte Henry freudig.

„Ja, so hieß er, glaube ich. Ein Kommissar Dahlin war mit ihm am Haus deiner Mutter. Der Polizist machte auf mich schon den Eindruck, als wenn er gute Arbeit macht.“

„Dann sind sie ihm also auf den Fersen. Sehr gut!“ Henry klatschte in die Hände.

„Können wir weitermachen?“, fragte Jakob vorsichtig und deutete gestisch an, ihr den Rest des Hauses zeigen zu wollen. „Wenn du ab morgen bei mir wohnst, kann ich dir die andere Sache ja bestimmt morgen erzählen, oder?“

Sie nickte und so zeigte er seiner Tochter zuletzt das Arbeitszimmer. Henry staunte, wie viele Bücher er besaß. Zwei Regale waren gefüllt mit seinen eigenen, und jetzt, wo sie die Buchrücken sah, erinnerte sie sich, warum der Name Paul Sturm ihr bekannt vorgekommen war. Im Haus in Sigtuna standen Bücher von ihm im Regal. Wie es schien, hatte Marta ihn, ohne das Wissen ihrer Tochter, doch nicht ganz aus ihrem Leben verbannt.

Jakob ging zu dem einen Regal voller Bücher und zog eines heraus. „Hier, das war das erste, das ich geschrieben habe, nachdem ihr weg wart. Ihr kommt auch darin vor. Ich schenke es dir, wenn du magst.“

Sie hielt es vorsichtig in den Händen und strich immer wieder über den Einband. „Vielen Dank“, sagte sie, ohne ihn dabei anzusehen. Erst als ihr Blick sich hob, erspähte sie auf Jakobs Schreibtisch die Mappe mit den Testamenten. Sie lag unter einem Stapel anderer Papiere, aber sie erkannte sie an dem schwarzen Einband. Wie es schien, hatte er sie gezielt unter andere Dokumente gelegt, denn sie konnte sich kaum vorstellen, dass er in der kurzen Zeit so viele neue Schriftstücke angesammelt hatte. Auch jetzt wagte sie nicht, ihn nach den verschiedenen Testamenten in der Mappe zu fragen. Damit hätte sie zugeben müssen, dass sie in seinem Wohnzimmer herumgekramt hatte, als sie mit Anna hier gewesen war.

Es gab so viele Dinge, die sie wissen wollte. Zu diesem Testament, dem Geheimnis und zu allem, was damals passiert war. Wenn da nicht diese Unsicherheit gewesen wäre, die Kommissar Faber in ihr ausgelöst hatte. Ihr war klar, dass Jakob für ihn einer der Verdächtigen war. Die Tatsache, dass die schwedische Polizei sich Fredrik vorgeknöpft hatte, war zwar vielversprechend, aber sie wusste aus Erfahrung, dass man erst einmal die Ermittlungsergebnisse abwarten musste.

***

In der Klinik hatte es mehrere Notfälle gegeben. Die Straßen waren glatt und es gab reihenweise Unfälle im Kreis Tübingen. Jedes Mal, wenn er den Rettungshubschrauber Christoph 41 anfliegen hörte, schoss das Adrenalin durch Sebastians Adern und er machte sich bereit. An den Anblick zerrissener Körper würde er sich nie gewöhnen und manchmal konnte er nachts nicht schlafen, weil ihn die Bilder aus der Klinik verfolgten. Er hatte Medizin studiert wie seine Mutter. Während die aber als Orthopädin wenig mit Blut in Kontakt kam, bestand seine Arbeit nicht nur aus Knochenbrüchen, sondern auch aus offenen Wunden und abgerissenen Gliedmaßen.

Professor Kranich, bei dem er gelernt hatte, hatte ihm von schrecklichen Unfällen erzählt. Die schlimmsten waren die, bei denen Kinder betroffen waren. Sebastian erinnerte sich gut an so manche Geschichte seines Lehrmeisters. Der sechsjährige Junge, der von einem Straßenschild erschlagen worden war; die Zehnjährige, die im Eis eingebrochen war; die dreijährigen Zwillinge, die ein Autounfall buchstäblich in Stücke gerissen hatte; das vierjährige Mädchen, das vor den Bus gelaufen war. Die Kindergeschichten waren die, die Sebastian die größte Angst machten. Angst vor dem, was noch auf ihn zukommen könnte. Oft überlegte er, ob er sich aus der Arbeit in der Klinik zurückziehen und eine Praxis eröffnen sollte. Unfallchirurgie. Hier sah man zwar auch viel Unschönes, aber in der Regel starben die Menschen auf dem OP-Tisch einer Unfallchirurgiepraxis nicht. Die Arbeitszeiten waren geregelter und das Gehalt höher. Aber er wollte seine Kollegen in der Klinik nicht im Stich lassen, und er wusste, dass Kranich von ihm erwartete, seinen Platz einzunehmen. Immerhin war der Professor über siebzig und er würde nicht mehr lange mit dem Skalpell im Operationssaal stehen können. Schon jetzt war es oft so, dass Kranich ihn dirigierte, statt selbst Hand anzulegen. Er stand dann im OP-Saal wie ein Souffleur hinter Sebastian und gab ihm Tipps. Es waren gute und erfolgreiche Operationen, weil Kranich eine Koryphäe auf seinem Gebiet war. An diesem Tag hatte er schon drei Notoperationen durchgeführt. Alle mit der Unterstützung des Professors.

Ida lag bereits im Bett, als Sebastian nach Hause kam. Mit Straßenschuhen schlich er in ihr Zimmer, um ihr noch rechtzeitig eine gute Nacht zu wünschen. Die Momente, wenn seine Tochter ihm abends mit müden Augen erzählte, was sie am Tag gemacht hatte, ließen ihn an der Arbeit in der Klinik zweifeln.

Das Essen stand auf dem Herd und Sebastian musste es nur noch warm machen. Lena saß auf dem Sofa und las ein Buch.

Über der Spüle hing der noch tropfende, frisch gewaschene Silikonlatz seiner Tochter. Sie war so schnell groß geworden und er hatte kaum etwas davon mitbekommen. Er setzte sich mit seinem Teller an den Tisch. Gemüse mit Grünkernbratlingen. Idas Lieblingsessen.

„Wie war dein Tag?", fragte Lena, die ihr Buch zugeklappt und sich zu ihrem Mann an den Esstisch gesetzt hatte.

„Anstrengend", sagte Sebastian wahrheitsgetreu. „Wir hatten drei Unfälle mit fünf Verletzten. Zwei davon schwer. Aber die schaffen es." Er pikste mit der Gabel ein Stück Brokkoli auf. „Die schaffen es", sagte er noch einmal wie sein eigenes Echo.

„Hast du noch mal was von deiner Schwester gehört?" Lena fuhr mit dem Finger über die Kante eines Glases, das auf dem Tisch stand, und erzeugte ein leises Klingen.

„Nein, wann denn auch?" Er seufzte. „Ich hatte nicht mal Zeit, aufs Handy zu schauen, und soweit ich weiß, wollte sie heute zu unserem Vater."

„Schade, dass du nicht dabei warst, oder?“ Sie sah seiner Gabel zu.

„Ich denke, sie wollte das allein machen.“ Sebastian streute noch ein wenig Parmesan über sein Essen. Das Gemüse war nicht ganz warm, aber das spielte keine Rolle. Er hatte Hunger.

„Jetzt, wo sie da ist, ist die Sache mit dem Testament wohl durch?“, fragte Lena und sah ihm in die Augen.

„Vermutlich. Aber was soll's? Maria als Alleinerbin fällt jedenfalls weg. Und Vater wird das Testament sicher wieder ändern.“

„Das stimmt wohl. Aber trotzdem wird deine Schwester noch drinstehen. Es war ja wohl mühsam genug, dass er nicht auch noch Anna als Teilerbin vermerkt hat.“ Sie schenkte sich ein Glas Bio-Kirschsaft ein. „Hast du mit Henry eigentlich darüber gesprochen?“

„Über das Testament?“ Sebastian senkte sein Besteck und sah seiner Frau in die Augen. „Ich spreche sie doch nicht gleich bei unserem ersten Treffen auf das blöde Testament an. Mein Vater ist vierundsechzig und es dauert hoffentlich noch ein paar Jahre, bis das Testament überhaupt eine Rolle spielt. Da fließt noch viel Wasser den Neckar runter. Was würde sie denn denken, wenn ich sie auf das Testament ansprechen würde, hm? Sie war Polizistin. Denk doch mal nach!“

Manchmal kam es ihm vor, als wäre ihr Jakobs Testament wichtiger als er. Er war erschöpft von dem langen Tag, und sie hatte nichts Besseres zu tun, als schon wieder über den Nachlass seines quicklebendigen Vaters zu sprechen.

„Ich meine ja nur. Wie schnell man nicht mehr da ist, sieht man ja jetzt an Henrys Mutter, oder?“ Sie nippte an ihrem Glas. „Das könnte deinen Vater ja auch ereilen und dann stehst du da mit dem halben Erbe. Dass die Lösung auf der Hand liegt, weißt du so gut wie ich.“

„Ja, aber jetzt, wo ich Henry kennengelernt habe, fällt mir das alles auch nicht mehr so leicht. Sie ist ja nicht deine Schwester, sondern meine. Und ich habe darüber nachgedacht.“

Er legte das Besteck links und rechts auf der Tellerkante ab.

„Ich verdiene doch genug. Mir reicht locker die Hälfte des Erbes. Oder wozu, meinst du, habe ich Medizin studiert? Wozu gebe ich mir den Scheiß jeden Tag? Warum arbeite ich teilweise achtundvierzig Stunden am Stück? Damit ich am Ende noch ein Erbe brauche? Die Dinge, die du von mir verlangst, sind langsam unerträglich!“

Seine Augen funkelten. Schnell schnappte er sein Besteck und stopfte sich einen halben Bratling in den Mund, damit er nicht weiterreden musste.

Seine Frau stöhnte. „Es ist halt nicht irgendein Erbe, oder?“

„Ich weiß selber, was dranhängt, Lena! Aber ich wiederhole mich. Mein Vater ist vierundsechzig. Nicht vierundneunzig. Wir haben noch lang genug Zeit, um das zu klären. Und ich bin es langsam leid, ständig über das Testament sprechen zu müssen. Sie ist doch meine Schwester!“ Er schüttelte den Kopf.

Seine Frau ging in die Küche und stellte ihr leeres Glas in den Ablauf. „Dann gib aber mir nicht die Schuld, wenn du am Ende mittellos dastehst. Ich bin es meiner Tochter schuldig, dass sie besser aufwächst als ich. Und wenn du das nicht kannst, dann kann es jemand anderes", sagte sie, bevor sie im Schlafzimmer verschwand.

Lena stammte aus eher ärmlichen Verhältnissen. In ihrer Familie war sie die Einzige gewesen, die Abitur gemacht hatte. Ihr Vater arbeitete immer noch als Kellner und die Mutter hatte Putzjobs in Privathaushalten, bei denen sie meistens schwarz kassierte. Das war zwar im Moment gut, würde ihr aber sicher keine üppige Rente verschaffen. Es hatte schon Situationen gegeben, in denen Sebastian sich gefragt hatte, ob Lena ihn nur deshalb geheiratet hatte, weil er als Arzt nicht schlecht verdiente und weil es ein angesehener Beruf war. Wie affig, dass sie jetzt meinte, ohne das Erbe seines Vaters irgendwann mittellos zu sein. Er war Arzt und nicht arbeitslos.

Nach seinem Studium hatte er ein Praktikum in der Gerichtsmedizin gemacht und hatte dort eigentlich eine Stelle annehmen wollen. Es wäre aber nur eine Vertretungsstelle gewesen und Lena fand das zu unsicher. Lieber wäre ihr, er hätte eine eigene Praxis eröffnet. Da er das aber partout nicht wollte, hatte sie ihren Mann überredet, in die Klinik zu gehen und dem Rat von Professor Kranich zu folgen. Er versuchte immer, ihr alles recht zu machen. Sie hatte die Hochzeit im Heidelberger Schloss bekommen, die Jakob bezahlt hatte. Mit weißer Hochzeitskutsche. Die Flitterwochen auf Bali waren auch ihre Idee gewesen und so hatte er seiner Frau den Wunsch erfüllt. Jedes Jahr flog er mit ihr und Ida in den Urlaub. Es waren Ziele, die er sich faktisch nicht leisten konnte. Er war sich bewusst, dass er hauptsächlich für den Lebensstandard seiner Frau arbeitete, und er gab alles, um ihr diesen zu erhalten. Sebastian hätte Lena auf einem millionenteuren NASA-Flug den Mond vom Himmel geholt, wenn es hätte sein müssen. Sie war schließlich die einzige Frau, die ihn nie im Stich gelassen hatte. Dennoch nagte es langsam an ihm, dass sie immer mehr wollte, dass sie Unmögliches von ihm verlangte. Es war anstrengend, es war mühsam und er wusste nicht, wie er ihren Wunsch von einem eigenen Haus mit Swimmingpool erfüllen sollte. Ja, vielleicht hatte sie recht und das Testament von Jakob spielte eine Rolle für die weitere Lebensplanung, zumindest für ihre. Aber nicht jetzt. Nicht heute Abend. Müde legte er das Besteck in den leeren Teller.

***

Jakob fuhr Henry zur Jugendherberge in die Gartenstraße. Sie hatte ihm während der Fahrt von dem Fahrradunfall erzählt. Ihr Vater nahm das nicht auf die leichte Schulter und war sich sicher, dass es sich um einen Anschlag handelte. Seiner Meinung nach war es kein Zufall, dass sie erst wegen einer Creme im Krankenhaus gelandet und dann mit einem nagelneuen Fahrrad verunglückt war.

Henry dagegen war nicht sicher, ob ihr Vater zu viele Krimis geschrieben hatte, womöglich nur väterlich besorgt war oder vielleicht doch recht hatte. Jedenfalls wollte er sie nicht mit dem Bus fahren lassen und brachte sie bis vor die Tür der Herberge.

„Warte“, sagte er, bevor sie ausstieg. „Ich will, dass du auf dich aufpasst, hörst du? Bitte nimm das ernst, was dir mit dem Fahrrad passiert ist. Das würde nämlich bedeuten, dass es hier irgendjemand auf dich abgesehen hat. Vielleicht wäre es sogar das Beste, wenn du deinen Freund Kjell wieder nach Hause schickst. Je weniger Menschen um dich herum sind, desto geringer die Gefahr, dass jemand einen Anschlag auf dich verübt. Ich hole dich morgen früh hier ab. Wenn es sein muss, auch mit deinem Freund. Aber lieber wäre mir, wenn du morgen allein bei mir im Haus wärst. Ohne diesen Kjell.“

Sie umarmte Jakob stumm zum Abschied und stieg aus. Natürlich würde Kjell sie nicht umbringen, dazu hätte er in den letzten Monaten ja nun wirklich genug Möglichkeiten gehabt, aber ihn nach Hause zu schicken, war sicher keine schlechte Idee.

Sie hatte ihm einiges zu erzählen. Er hatte den ganzen Tag allein in ihrem Zimmer gearbeitet und auf sie gewartet – entsprechend war auch seine Stimmung.

„Na, war's schön?“, murmelte er, ohne vom Bett aufzustehen. Neben ihm lag eine offene Tüte Chips, die er wohl aus dem Snackautomaten gezogen hatte; er hatte seinen Computer auf dem Schoß abgestellt.

„Ja, war's.“ Henry hängte ihren Mantel an den Garderobenhaken.

„Rat mal, wer angerufen hat“, sagte er monoton.

„Magnus?“

„Falsch.“

„König Gustaf? Der Papst? Deine Mutter?“ Sie verdrehte die Augen. „Sag's doch einfach.“

„Der Ösi.“ Kjell klappte seinen Computer geräuschvoll zu und setzte sich aufrecht hin.

Henry war sich sicher, dass er die Bezeichnung „Ösi“ erst von ihr gelernt hatte. Als Schwede hatte er diesen Ethnophaulismus gar nicht gekannt, und es klang auf Schwedisch auch total bescheuert. Jedes Mal, wenn er Christian so bezeichnete, bereute sie, es ihm gesagt zu haben.

„Und wie geht's ihm?“

„Gut, er hat sich mit dem Oberstaatsanwalt getroffen. Ekström oder wie der heißt.“

„Erik Elander“, korrigierte Henry, stellte ihre Stiefel ab und setzte sich Kjell gegenüber aufs Bett. „Und was wusste der?“

„Dass dein Vater keinen Unfall mit einem Boot hatte.“

„Oh, das sind ja bahnbrechende Neuigkeiten. Das hätte er mir mal lieber vor ein paar Wochen gesagt, als ich noch dachte, er sei tot! Wusste er auch noch irgendwas, das nicht schon von Barbro in ganz Sigtuna erzählt worden ist?“ Sie zog ein Haargummi von ihrem Handgelenk und band sich die Haare zu einem Messy Bun hoch.

„Ja.“

Sie ahnte an seiner Einsilbigkeit, dass Christians Anruf seine Stimmung verändert haben musste.

„Und was? Jetzt sag schon! Hat er was über Fredrik rausgefunden?“

„Es gab halt trotzdem ein Bootsunglück.“ Er zuckte die Schultern.

Henry rutschte nervös auf dem Bett hin und her. Ihr Puls erhöhte sich schlagartig.

„Okay, aber nicht mit meinem Vater", sagte sie. „Dem geht's nämlich blendend. Ich werde übrigens bei ihm wohnen. Du darfst aber mit, hat er gesagt. Es gibt extra ein Gästezimmer für uns und wir können gleich morgen früh hin. Zu Fredrik hat Christian gar nichts gesagt?"

„Lenk nicht ab!", fauchte Kjell und sie zuckte zusammen. „Willst du nicht wissen, wer auf dem Boot war?"

„Na ja, wenn Jakob nicht drauf war, dann wohl irgendjemand anderes. Das Haus meines Vaters ist wirklich schön, weißt du. Und es gibt echt genug Platz für uns. Willst du denn überhaupt mit? Dann kannst du ja auch mal meinen Bruder kennenle…"

„Hen!"

„Beruhig dich doch." Sie legte ihre Hand auf seinen Arm. „Hast du eigentlich schon was gegessen? Ich habe dir was mitgebracht. Vielleicht essen wir erst mal was und dann …"

Sie wollte aufstehen, aber er packte sie unsanft am Arm und bugsierte sie zurück aufs Bett.

„Du weißt, wer auf dem Boot war, oder?"

„Kjell, es war echt ein anstrengender Tag und ich will eigentlich jetzt einen ruhigen Abend mit dir verbringen. Ein bisschen von Jakob erzählen und so. Nicht über das Bootsunglück reden. Können wir das nicht morgen besprechen?"

Kjell schüttelte den Kopf und vergrub sein Gesicht in den Händen.

„Du warst auf dem Boot!" Er dehnte das „Du" und packte sie fest an den Schultern. „Du und deine Mutter!"

Sie wand sich aus seinem Griff und sah stumm zum Fenster hinaus in die Dunkelheit der Nacht. Ihre Schultergelenke schmerzten, ihr Herz raste.

„Hen?"

Immer noch auf dem Bett sitzend zog sie ihren Rucksack zu sich und holte eine Edelstahldose heraus. „Vegetarische Lasagne", sagte sie, ohne ihn anzusehen. Ihre Stimme zitterte. „Von meinem Papa."

„Oh Gott, Hen. Du wusstest das, oder?"

Sie öffnete die Dose und stellte sie unsicher vor Kjell.

„Ich will deine Scheißlasagne nicht!" Er schlug mit der Hand auf die Bettdecke. „Sag bitte, dass du das nicht die ganze Zeit gewusst hast. Dass du selber auf dem Boot warst und nicht dein Vater!"

Henrys Atem stach winzig kleine Nadeln in ihre Lungen. Kjell zog ruckartig ihre Jeans am Bein hoch. „Und die Narbe? Von wegen Unfall mit dem Dreirad!"

Langsam schob sie die Hose nach unten und sah zum Fenster hinaus. Ihre Augen brannten. Während des Jurastudiums war sie einmal in einer Klausur dabei erwischt worden, wie sie einen kopierten Gesetzestext gelesen hatte, der in ihrer Federmappe versteckt gewesen war. Das hier fühlte sich genauso an wie damals, als sie vor dem Professor Rede und Antwort hatte stehen müssen. Danach hatte sie sich nie mehr getraut, einen Spickzettel zu benutzen.

„Woher ist die Narbe?" Kjells Stimme war laut und erzeugte einen Hall in dem kleinen Zimmer.

Henry nahm die Edelstahldose mit der Lasagne, legte den Deckel darauf und drückte langsam und geräuschlos die Bügel links und rechts hinunter.

„Woher, Hen?", schrie Kjell.

„Die ist von dem Unfall mit dem Boot, Mann", sagte Henry.

„Du verarschst mich!" Er stand auf und ging im Zimmer auf und ab wie ein vernachlässigter Tiger im Zoo. „Du hast die ganze Zeit gewusst, dass du mit deiner Mutter auf dem verschissenen Boot warst und hast uns alle glauben lassen, dass du denkst, dein Vater sei ertrunken?"

„Herrgott! Das dachte ich doch auch!" Ihre Stimme war lauter, als sie gehofft hatte, zitterte aber immer noch.

„Und seit wann weißt du, dass du selber auf dem Boot warst?"

„Seit ein paar Jahren."

„Das ändert die Sache aber gewaltig. Dann weißt du nämlich seit ein paar Jahren, dass dein Vater nicht auf dem Boot war, und jagst uns alle hier wie die Idioten durchs Dorf auf der Suche nach deinem Vater mit deiner scheinheiligen Geschichte einer tragischen Kindheit, in der du dachtest, dein Vater sei verstorben!"

„Das stimmt nicht!" Henry stand jetzt auch auf, um Kjell auf Augenhöhe zu begegnen. Wirklich erfolgreich war sie damit aufgrund ihrer Körpergröße nicht. „Ich hatte meine Mutter darauf angesprochen, nachdem die Vermutung bei Doktor Frobenius aufgekommen war. Und sie sagte, wir seien alle drei auf dem Boot gewesen und er sei dabei ums Leben gekommen."

„Meinst du nicht, dass das trotzdem ein kleines, aber wichtiges Detail ist, das du uns hättest erzählen müssen? Weil es vielleicht auch was mit deiner beschissenen Angst vor Wasser zu tun haben könnte?“

„Euch?“ Henry sah ihn fassungslos an. „Wen meinst du?“

„Mich! Und deinen Christian vielleicht ...“

„Du spinnst doch! Das geht euch überhaupt nichts an. Ihr habt nichts damit zu tun, und es ändert ja auch gar nichts am Sachverhalt.“

„Ach komm, hör auf wie ein verdammter Jurist zu reden! Verarsch doch bitte andere Leute, aber mich nicht mehr. Christian hat sich deinetwegen mit diesem Oberstaatsanwalt getroffen und du lügst ihm eiskalt ins Gesicht.“ Er zog seine Reisetasche unter dem Bett hervor und knallte alles hinein, was er fand. Seinen Computer, seine Kleider, sogar die angefangene Chipstüte rollte er zusammen und stopfte sie laut knirschend in die Seitentasche. „Nicht dass ich Mitleid mit diesem Schnitzelfetischisten hätte, aber es wäre deine verdammte Pflicht gewesen, uns die volle Wahrheit zu erzählen!“

„Ich habe dich nicht gebeten, mir zu helfen!“ Ihre Stimme klang schrill.

„Leck mich, Hen“, sagte er und warf seine Tasche über die Schulter.

„Und wo willst du jetzt hin?“, fragte Henry.

„Nach Hause!“

„Ich glaube kaum, dass heute noch ein Flieger nach Schweden geht.“

„Schluss jetzt!“

Henry wurde wütend. Er war doch derjenige, der seit Monaten seine Frau belog, der sich am Flughafen komisch verhielt, weil eine fremde Blondine auftauchte, wahrscheinlich eine seiner tausend Liebschaften, und der alle Menschen um sich herum verarschte! Und jetzt war sie die Schuldige, weil sie ihm keine ausgearbeitete Autobiografie inklusive Literaturverzeichnis hingelegt hatte?

„Weißt du was? Dann geh!" Sie stand vor dem Fenster und sah auf den schwarzen Neckar, der die Lichter der Straßenlaterne von der gegenüberliegenden Straße reflektierte.

Er hielt inne. „Scheint dich ja nicht sehr zu interessieren, dass ich gehe."

„Nein, Kjell. Es interessiert mich nicht mehr. Du benimmst dich wie eine Prinzessin, der man das Krönchen weggenommen hat, und erwartest jetzt, dass ich auf die Knie falle und dich anflehe zu bleiben? Bei dir kann man sowieso machen, was man will, man ist immer der Idiot und Kjell Bergström ist der Held der Nation. Geh, wenn du gehen willst. Und dann lass mich in Ruhe. Es wundert mich, dass Sandra es so lange mit dir aushält. Vielleicht solltest du dich ihr gegenüber mal ordentlich benehmen, denn eine Bessere wirst du nicht finden, die das alles mitmacht."

Sie sah in der Spiegelung des Fensters, wie er verständnislos den Kopf schüttelte und seine Feldjacke anzog.

„Dann mach's gut, Hen."

Schweigend senkte sie den Kopf und schloss die Augen. Kjell zog die Tür hinter sich unerwartet geräuschlos zu.

Stille breitete sich in dem kalten Raum der Jugendherberge aus.

Henry setzte sich wieder aufs Bett. Sie dachte an den Sex mit Kjell am Vorabend. Es fühlte sich jetzt auf der einen Seite gut an und ein Gefühl von Freiheit und Stolz beschlich sie. Endlich hatte sie ihm die Meinung gesagt. Auf der anderen Seite wusste sie aber, dass es kein Zurück gab. Sie stellte sich vor, wie Kjell die ganze Nacht am Bahnhof oder am Flughafen in der Kälte saß und wartete. Es war seine Entscheidung gewesen, ein kleiner Anflug von schlechtem Gewissen machte sich dennoch in ihr breit. Er würde zu Sandra und Jonas fliegen und so tun, als wäre nichts gewesen. Er würde von seiner Dienstreise erzählen und vielleicht sagen, dass er für seine Frau früher zurückgekommen sei. Aber es war nicht mehr Henrys Problem, wie Kjell sich durch seine Ehe log. Der Aufenthalt in Tübingen fühlte sich an wie ein anderes Leben, ein neuer – aber doch alter – Lebensabschnitt. Hier hatte Kjell keinen Platz mit seinen Eskapaden, seinem Kontrollwahn und seinen Provokationen.

In diesem Moment bedauerte Henry, dass sie kein Telefon mehr hatte. Wie gern hätte sie jetzt Christian angerufen, um mit ihm über das Gespräch mit Elander zu reden. Sie hatte Angst, dass er wütend auf sie war, weil sie ihm nicht die ganze Wahrheit gesagt hatte. Ob er auch so böse war wie Kjell? Bei ihm hätte es ihr etwas ausgemacht. Mehr als bei Kjell. Sie mochte Christian und seine unaufgeregte Art.

Henry schloss die Augen und stellte sich vor, sie würde am Wasser liegen. Am Ufer des Mälarsees, zu Hause in Sigtuna. In Gedanken warf sie eine Flaschenpost an ihre Mutter hinein. *S.O.S.*

***

Als Henry die Herberge verließ, war es fast Mitternacht. Schlafen konnte sie ohnehin nicht und wollte sich ein wenig die Beine vertreten. Es sollte ihre letzte Nacht in der Innenstadt werden und ein kleiner Stadtspaziergang würde ihr guttun.

Vor dem Gebäude sog sie die kalte frische Luft ein, als wäre sie nach einem langen Tauchgang endlich wieder an die Oberfläche gelangt. Mit hochgeklapptem Mantelkragen ging sie los. Obwohl es kalt war, waren viele Menschen unterwegs. Kleine Gruppen, Freunde, die sich trafen, Jugendliche, die vorglühten, Partygänger, Kneipenbesucher. Sie beneidete die jungen Leute, die in Richtung Eberhardsbrücke flanierten, um die Getränkeflaschen in ihren Händen.

Einige Gruppen verschwanden gegenüber der Gartenstraße in der Neckargasse. Wie kleine Karawanen auf dem Weg in die Oase des Vergessens, dachte sie. Beneidenswert. Was hätte sie jetzt für einen Drink gegeben, einen einzigen Drink. Eigentlich wollte sie nicht unter Menschen, aber andererseits kannte sie ohnehin keiner. Sie beschloss, der Menge nicht zu folgen, sondern schlug den Weg in Richtung Lustnauer Tor ein. Die Bushaltestelle dort war ihr bereits vertraut, weil sie neben dem Busbahnhof eines der Drehkreuze in der Stadt war.

Auf dem Weg kamen ihr grölende Männer entgegen, die einen Junggesellenabschied zu feiern schienen.

„Na, schöne Frau, willst du einen Schluck?“, fragte ein torkelnder Teilnehmer und hielt ihr eine fast leer getrunkene Flasche Irgendetwas hin. Sie drehte ihren Kopf zur Seite und ging schnellen Schrittes an ihm vorbei. Dem jungen Mann schien ihre Ignoranz egal zu sein, er bot sein Getränk direkt den nächsten beiden Frauen an, die ihm entgegenkamen. Diese Art von Junggesellenabschieden kannte sie aus Schweden nicht. Bei ihr zu Hause feierte man eher Partys anstelle von Saufgelagen in Innenstädten. Aus Hamburg war ihr diese Form des Massenbetrinkens jedoch vertraut.

Henry drehte sich um, weil sie wissen wollte, ob die Frauen das Angebot annahmen. Ein Stück hinter ihr, im Schein einer Straßenlaterne, entdeckte sie einen Mann mit dunkler Kapuzenjacke. Nachdem sie stehen geblieben war, stoppte er ebenfalls. Für einen kurzen Moment wartete sie darauf, dass er weiterging, aber er verharrte dort, als hätte jemand auf die Pausen-Taste gedrückt.

Verunsichert ging sie weiter, erhöhte jedoch die Geschwindigkeit ihrer Schritte.

Sie war fast am Ende der Mühlstraße angekommen und drehte sich ein zweites Mal um. Der Unbekannte war immer noch hinter ihr und blieb erneut stehen, als sie sich ihm zuwandte. Was sollte das? Schlagartig erhöhte sich ihre Herzfrequenz. Konnte das Kjell sein? Es war zu dunkel und der Mann zu weit weg, als dass sie ihn erkennen konnte. Aber das war unmöglich, Kjell hatte seine Reisetasche mitgenommen, der Typ hatte keine.

Sie sondierte die Umgebung. Rechts von ihr stand eine Tür geöffnet, davor tummelten sich ein paar Raucher. Hinter der Tür führten Treppenstufen in einen Keller, aus dem Licht und Musik drang. Ihr Blick wanderte hoch, auf einem Schild über der Tür prangte der Schriftzug *Last Resort.* Noch einmal sah sie sich nach dem Verfolger um und stellte fest, dass er weiterhin wie angewurzelt dastand und sie augenscheinlich anstarrte.

‚Last Resort', dachte sie, letzter Ausweg, und hastete die Stufen hinab. Barbro wäre stolz auf sie gewesen, dass sie dieses offensichtliche Zeichen erkannt hatte.

Unten war es warm, viel zu warm für ihren Mantel, und laut. Die Wände waren rot gestrichen, die Farbe durchbrochen von hellen Balken im Fachwerkstil. In einer Ecke spielten Männer und Frauen gegeneinander Tischkicker. Henry setzte sich an den Tresen.

„Was darf's denn sein, die Dame?", fragte ein nett aussehender junger Mann, vermutlich ein Student. Sie konnte die blaue Farbe seiner Augen sogar im Dämmerlicht des Kellers erkennen und irgendwie kam er ihr bekannt vor.

„Jacky Cola, bitte", sagte sie etwas atemlos, mehr aus Nervosität denn aus Anstrengung. Als er sich umdrehte, fügte sie schnell hinzu: „Mit Coke Zero."

Er sah sie fragend an. „Mit Coke Zero? Really?"

„Ich bin Diabetikerin", log Henry, die keine Lust auf Diskussionen hatte. Wiederholt warf sie einen Blick in

Richtung Treppenaufgang, ob der Mann mit der dunklen Jacke kam. Aber außer den Gästen, die die Kneipe verließen und wieder betraten – vermutlich rauchten sie oben ihre Zigaretten –, kam niemand.

Hier konnte ihr nichts passieren. Kein Mensch würde hier unten versuchen, sie umzubringen. Jetzt mach dich nicht verrückt, dachte sie. Du bist ja schon richtig paranoid, Henry!

Mit einem Mal stand, wie von Geisterhand serviert, ein Glas Jacky Cola vor ihr. Sie kippte es hinunter, als hätte sie seit Tagen nichts zu trinken bekommen.

„Na, Durst?", fragte ein Mann mit Glatze, der hinter dem Tresen aufgetaucht war und ein Glas abtrocknete. Er war einiges älter als der mutmaßliche Student und seine Arme waren von oben bis unten tätowiert.

„Bisschen", sagte sie verlegen.

„Noch was?", fragte der Glatzköpfige lächelnd.

„Noch so einen, bitte. Mit Coke Zero."

Ohne nachzufragen, bereitete er ihr das Getränk zu. Währenddessen unterhielt er sich mit dem jungen Mann, der gerade von einem Gästetisch an den Tresen zurückgekehrt war. Aus dem Gespräch schloss Henry, dass der Glatzköpfige der Chef war. Als sie den beiden so zuhörte, erinnerte sie sich: Er war der Schwedischstudent, der am Tag ihrer Ankunft mit seiner Freundin auf dem Rand des Brunnens gesessen hatte. Vermutlich erkannte er sie nicht, weil sie blütenreines Deutsch sprach.

Der Chef, der von dem Studenten nur Thomas genannt wurde, schob ihr das Getränk hin. Die Eiswürfel klirrten gegen das Glas. „So schlimm?"

Es fühlte sich in diesem Moment gut an, dass jemand nach ihrem Befinden fragte. Dass jemand sich für sie interessierte, ihr keine Vorwürfe machte und sie nicht provozierte. Ein Fremder, der nichts Genaues von ihr wissen wollte. Ähnlich wie beim Friseur.

Henry erzählte von ihrem Gefühl, verfolgt zu werden. Sie gab sich Mühe, es nicht so zu formulieren, dass es klang, als litte sie unter Verfolgungswahn. Nervös wischte sie mit dem Daumen das immer wieder neu entstehende Kondenswasser von der Außenseite des kalten Glases.

Der Chef des ‚Last Resort' nickte. „In Tübingen sind halt auch ein paar Spinner unterwegs. Wo musst du denn hin?"

„In die Jugendherberge am Neckar", sagte sie zurückhaltend.

„Hey, Flo!" Er winkte den jungen Kellner zu sich. „Kannst du die Dame gleich in die Juhe am Neckar begleiten? Ist ja gleich ums Eck."

„Klar", sagte der blauäugige Schwedischschüler und strahlte sie an.

„Danke!" Henry legte die Hände zusammen wie bei der Grußgeste Namaste und deutete eine kleine Verbeugung an.

Ein warmes Gefühl überkam sie. Sie wusste nicht, wer der Mann war, der sie verfolgte. Aber sie war sicher, dass sie in Begleitung des Studenten auf dem Weg zurück in die Herberge weder provoziert noch angebaggert oder getötet werden würde – und das reichte ihr für den Moment.

Immer mehr Gäste betraten den Laden und beschäftigten Flo und seinen Chef.

„Hallo, schöne Frau", hörte Henry eine raue Stimme hinter sich und erschrak dabei so sehr, dass sie das Glas auf dem Tresen umwarf. Blitzschnell drehte sie sich um, stieß den Fremden ein Stück von sich weg und nahm eine Abwehrhaltung ein. Vor ihr stand ein älterer Mann mit langen Haaren. Es war nicht der mit der Kapuzenjacke.

„Sorry, wollte dich nicht erschrecken, kleine Lady." Er grinste.

„Komm, verzieh dich, Andi", sagte Thomas mit einer abwinkenden Handbewegung und wischte die dunkelbraune Pfütze vom Tresen.

Sie musste sich eingestehen, dass sie hier niemandem traute und dass sie die Sache mit dem Fahrradunfall doch mehr mitnahm, als ihr lieb war. Die Vorstellung, mit ihrem Vater bei einer Tasse Kakao gemütlich auf dem Sofa zu sitzen, kam ihr jetzt wie ein lang ersehntes Lebensziel vor. Hätte sie doch schon in dieser Nacht bei ihm bleiben sollen?

„Ich glaub, ich gehe jetzt lieber", sagte sie und legte das Geld auf den Tresen. So schnell wie möglich wollte sie ihre Tasche packen. Der Langhaarige hatte sich in eine Ecke verzogen und drehte sich eine Zigarette.

Thomas rief nach Flo und zeigte von oben auf Henry.

Henry verließ das ‚Last Resort' in Begleitung von Flo. Gegenüber der Kneipe befand sich die Stadtmauer, die in der Nacht beleuchtet wurde und nahezu märchenhaft aussah. Aber nicht nur die Mauer wurde beleuchtet, sondern auch der Unbekannte mit der schwarzen Kapuzenjacke, der sich lässig gegen die Steinwand lehnte.

„Da steht der Typ", sagte sie mit zusammengepressten Lippen.

„Ich guck mir den mal an", antwortete Flo. „Bleib hier stehen."

„Nicht!", flüsterte sie so laut, dass es im Hals kratzte, und wollte ihren Begleiter am Ärmel zurückziehen, aber der ließ sich nicht aufhalten.

Zügig schritt er auf den Mann gegenüber zu. Der Unbekannte hob den Kopf, erkannte, dass Flo auf ihn zukam, und rannte los.

„Hey!", schrie Flo und wollte schon hinterherrennen, sah aber dann Henry vor dem ‚Last Resort' stehen und joggte zu ihr zurück.

„Du hast recht gehabt." Er schaute dem Mann zu, der die Mühlstraße hinunterlief. „Ich bringe dich jetzt in die Juhe. Dir wird nichts passieren."

„Vielen Dank fürs Zurückbringen", sagte Henry auf Schwedisch, als sie mit Flo an der Jugendherberge angekommen war.

„Verdammt!" Er lachte. „Ich wusste, dass du mir irgendwie bekannt vorkommst." Diesen langen Satz hatte er sich vermutlich nur auf Deutsch zugetraut. „Hey, wenn du mal wieder nächtliche Hilfe brauchst, weißt du ja jetzt, wo du mich findest."

Henry hoffte nicht, dass sie so schnell seine Hilfe brauchen würde. Immerhin würde sie ab morgen im Haus ihres Vaters wohnen. Ganz ohne betrunkene Junggesellen und zwielichtige Verfolger.

Tübingen, 12. Februar 2019

Gleich morgens versuchte sie, Christian zu erreichen. Der war aber nicht im Büro. Offenbar hielt es auch sonst niemand bei One Earth für nötig zu arbeiten. Unglaublich, dachte Henry, während sie die restlichen Sachen in ihre Tasche packte. Ist das denn möglich, dass man ohne so ein blödes Handy keinen mehr erreicht? Sie beschloss, noch einmal bei Christian durchzuklingeln, wenn sie bei ihrem Vater war.

Jakob hatte Henry eine Tafel Schokolade aufs Bett gelegt. Er hatte nicht weiter nachgefragt, als sie ihm mitgeteilt hatte, dass Kjell nach Schweden zurückgereist war, worüber sie wirklich froh war. Genau genommen machte ihr Vater alles richtig, und sie fühlte sich in seiner Gegenwart sehr wohl, auch wenn es immer noch eine unwirkliche Situation war. Auf der anderen Seite überkam sie immer wieder Wehmut, weil die drei Jahrzehnte ohne ihren Vater verloren waren. Niemand würde sie ihr zurückgeben. Die Väter ihrer Freundinnen waren lockerer gewesen als die Mütter. Sie hatten viel mehr erlaubt. Und wenn Janne, Kerstin und Solveig abends nach Stockholm gedurft hatten und dort die wildesten Partys gefeiert, die leckersten Cocktails getrunken und die heißesten Jungs aufgerissen hatten, war Henry zu Hause geblieben und hatte mit ihrer Mutter Krimis angeschaut oder Rommé gespielt. Sie hatte keine Männer aus der Stadt kennengelernt und musste sich mit Mattias Lindgren zufriedengeben, der zwei Straßen weiter in Sigtuna wohnte und der Klassenstreber war. Weil sie nie nach Stockholm durfte, hatte sie den Anschluss verloren und sie war froh gewesen, als sie endlich ihr Abitur abgelegt hatte. Beim traditionellen Schulabschlussfest stand sie betrunken auf dem Studentflak, dem Truck, auf dem die Abiturienten durch die Stadt fuhren und feierten, und gab Mattias Lindgren den Laufpass. An diesem Tag war sie glücklich. Glücklich darüber, dass sie jetzt aus dem Dorf herauskam und ein neues Leben beginnen konnte.

Mattias war ständig zu Barbro gerannt und hatte sich die Karten legen lassen. Einen Liebeszauber wollte sie nach eigener Aussage nicht für ihn durchführen. Es wäre Henry aber auch egal gewesen, weil sie nicht daran glaubte und außerdem überzeugt war, dass ihr ausgeprägter Drang nach Freiheit jede Liebesmagie vernichten würde.

Die Zusage für die Polizeiausbildung in Hamburg lag bereits auf ihrem Tisch, und sie konnte es kaum abwarten, diesem schwedischen Kaff den Rücken zu kehren. Endlich würde sie das am eigenen Leib erleben können, wovon Janne, Kerstin und Solveig immer erzählt hatten. In Hamburg wollte sie auch so sein. Wilde Partys feiern, Cocktails trinken, Männer aufreißen. Jakob hätte ihr sicher schon in ihrer Jugend erlaubt, länger wegzubleiben, und Mattias Lindgren wären einige Tränen erspart geblieben. Und viel Geld, das er Barbro gezahlt hatte.

Am Abend kochten sie zusammen. Spaghetti mit vegetarischer Bolognese. „Ich hoffe, sie schmeckt", sagte Jakob und schaute skeptisch auf die Packung. „Ich hätte Lena fragen sollen, die kocht immer solche Sachen."

„Klar schmeckt das. Ansonsten bestellen wir uns eben was."

Er sah sie verwirrt an.

„Ja, wie? Kann man hier in Tübingen nichts bestellen?", fragte sie zögerlich.

Jakob lachte. „Ich will bestimmt nicht für meine heimgekehrte Tochter beim Imbiss eine Pizza bestellen. Natürlich kann man bei uns was bestellen."

„Ich weiß ja nicht." Henry zuckte die Schultern. „Immerhin spricht Mikael Nyqvist hier ja auch Deutsch. Seither gibt es nichts, was ich nicht glaube."

„Wie meinst du das?"

„Na, eure Synchronisierung. Damals in Hamburg war ich das erste Mal in einem deutschen Kino und mir ist alles aus dem Gesicht gefallen, als Mikael Nyqvist in ‚Wie im Himmel' plötzlich anfing, Deutsch zu sprechen. Dabei hatte ich mich so auf einen schwedischen Film gefreut." Sie holte zwei Teller aus dem Schrank und stellte sie auf den Esstisch.

„Man kann sich die Filme auch im Original mit Untertiteln anschauen." Er schmunzelte.

„Im Kino aber nicht", sagte Henry und legte das Besteck neben die Teller.

Jakob zog einen Zettel aus der Hosentasche. „Übrigens, der hier war für dich im Briefkasten."

Sie nahm das Schreiben, das aufgewärmt und weich war, entgegen. *Henry, das ist meine Handynummer.* Sie vermutete, dass es von Ben war, musste unweigerlich lächeln und schob den Zettel in ihre hintere Hosentasche, vorbei an dem Wassertropfen-Talisman, den Kjell ihr geschenkt hatte.

„Du, Henry?" Jakobs Stimme senkte sich. „Was ich mich gar nicht traue zu fragen, aber … Also genau genommen heißt du ja Winter und nicht Winkler …"

In der einen Hand die Schöpfkelle für die Soße, in der anderen die Nudelzange, blieb sie vor ihm stehen. „Ich denke, ich weiß, was du sagen willst."

„Also, ich habe mich mal schlaugemacht. Wir könnten zum Beispiel einen Gentest machen lassen. Dann wäre bewiesen, dass ich dein Vater bin und du die echte Henrietta Winter bist. Dann könntest du deinen Geburtsnamen zurückerhalten."

„Einen Gentest?", fragte sie laut.

Er wollte einen Vaterschaftstest durchführen lassen? Glaubte er etwa nicht, dass sie seine Tochter war?

Jakob nahm ihr Kelle und Nudelzange ab und legte beides leise auf den Tisch. Sie schob ihre Hände in die Hosentaschen. Nachdem er nicht mehr reagierte, wiederholte sie: „Du willst einen DNA-Test machen lassen?"

„Das ist doch nur fürs Amt, damit die das auch wissen", sagte Jakob. Er hielt ein Weinglas gegen das Licht der Deckenlampe und überprüfte dessen Sauberkeit.

Warum fragte er nicht nach ihrer Geburtsurkunde? Die lag schließlich in Martas Haus in Sigtuna in der Kiste WICHTIGE DOKUMENTE. Dort konnte doch jeder nachlesen, dass er ihr Vater war! Wer sollte denn sonst ihr Vater sein? Er hatte den Brief an Marta geschrieben, seine

Adresse war darin gestanden. Es gab Fotos, auf denen sie mit Marta und sogar mit ihm zusammen abgelichtet war.

„Falls du eine Geburtsurkunde hast, steht da ja sicher der Name Winkler drauf", sagte Jakob und öffnete die Besteckschublade. „Ich schätze mal, die hat deine Mutter auch ändern lassen."

Henry krallte durch den Stoff der Hosentasche ihre Fingernägel in die Oberschenkel. Sie stand immer noch wie festgeklebt an derselben Stelle neben dem Esstisch. Was hatte das zu bedeuten? Warum wollte er klären, ob sie seine Tochter war? Und warum jetzt sofort? Hatte Marta ihn etwa betrogen und hatte er sie in Wahrheit nur deswegen gesucht, weil er wissen wollte, ob sie überhaupt sein Kind war? Misstrauisch beobachtete sie jede seiner Bewegungen. In aller Ruhe legte Jakob das Besteck neben die Teller.

„Lass mich darüber nachdenken, okay?", presste sie mühsam hervor.

„Klar", sagte Jakob, ging wieder in die Küche und rührte weiter die Soße. „Ist jetzt auch alles ein bisschen viel für dich, hm?"

Henry nickte kaum sichtbar und legte Servietten mit bunten Schmetterlingen neben die Teller.

Die Bolognese schmeckte ausgezeichnet. Genau genommen war es das Beste, das Henry seit Langem gegessen hatte. Für einige Momente fühlte es sich an, als sei sie nie weg gewesen. Selbst das Wohnzimmer kam ihr bekannt vor. Vielleicht lag es auch nur daran, dass sie jetzt schon zum dritten Mal hier war, aber sie bildete sich gern ein, dass sie sich erinnerte. Zwischendurch schaffte sie es, den

Gedanken zu verdrängen, dass Jakob die Vaterschaft feststellen lassen wollte.

Nach dem Essen schauten sie sich gemeinsam ein altes Fotoalbum an. An keiner Ecke war es staubig, im Gegenteil: Es sah aus, als wäre es in den letzten Jahren sehr oft angeschaut worden. Manche Seiten waren bereits lose. Darin klebten hauptsächlich Fotos von Jakob und der schwangeren Maria. Später von Henry. Sie entdeckte ein Duplikat des Fotos, auf dem sie schokoladenverschmiert in die Kamera lachte.

„Das Bild hatte Mama auch", stellte sie fest. Jakob blätterte schweigend weiter.

Sie erkannte ihre Großmutter, die ebenfalls auf ihrem zweiten Geburtstag gewesen war. „Oma lebt nicht mehr", sagte Henry.

Jakob antwortete nicht.

Weil sie die Stille nicht ertrug, redete sie weiter. „Vor sechs Jahren ist sie gestorben. Hast du dich gut mit ihr verstanden?"

„Dachte ich zumindest bis zu eurem Verschwinden." Jakob wirkte, als sei er in Gedanken vertieft.

„Was meinst du damit?"

Er stand auf, holte die Weinflasche aus der Küche und schenkte sich und seiner Tochter Rotwein nach.

„Deine Großmutter hat auf einem kleinen Einwohnermeldeamt gearbeitet. Nachdem ihr weg wart, hat sie dort gekündigt und ich habe sie aus den Augen verloren. Wenn du mich fragst, hat sie deiner Mutter einen neuen Ausweis besorgt und dir eine neue Geburtsurkunde. Beweisen kann ich das nicht, und es ist jetzt auch egal, da sie nicht mehr lebt. Aber ich denke, sie hat ein ziemlich falsches Spiel getrieben. Jedenfalls hat sie die trauernde Mutter und Großmutter gespielt. In Wahrheit wusste sie, dass ihr noch lebt."

Jetzt wurde Henry klar, dass Jakob ihre ganze Vergangenheit kannte, vermutlich sogar besser als sie selbst. Keineswegs glaubte er an einen Unfall. Sein Gesicht verdunkelte sich und er wirkte plötzlich verstimmt.

„Warum hat Mama dich eigentlich nicht mitgenommen?", fragte sie mit gesenkter Stimme. Sie war nicht sicher, wie indiskret diese Frage war.

„Tja." Er lehnte sich zurück. „Das ist eine Frage, die ich mir seither stelle. Deine Mutter ist immer schlecht darin gewesen, Fehler zuzugeben." Nachdenklich sah er sie an. „Vielleicht darf ich aber auch nicht zu negativ denken und sie wollte mich nicht mit reinziehen. Ich weiß es schlichtweg nicht."

Henry nickte so, als verstünde sie alles, was ihr Vater sagte. In Wahrheit konnte sie ihre Mutter und deren Verhalten überhaupt nicht mehr einordnen. Seit ihrem Tod war sie ihr fremd geworden. Welchen Fehler sollte sie zugeben? Womöglich hatte sie sich mit ihr zusammen aus dem Staub gemacht, weil Jakob eben doch nicht ihr Vater war. Das würde so vieles erklären. Vielleicht wollte er damals schon einen Vaterschaftstest machen lassen. Henry erinnerte sich an die Kassette, die sie in der Tiefgarage in Farsta angehört hatte. Maria hatte von Jakob wissen wollen, was Anna ihm erzählt hatte. Hatte ihre Tante womöglich davon gewusst, dass Jakob gar nicht ihr Vater war?

Ihre Gedanken rasten und jeder einzelne hinterließ verbranntes Land, unfüllbare Leere. Henry wollte nicht weiter nachfragen, weil sie Angst vor der Antwort hatte. Sie blätterte um.

Von 1986 bis 1988 gab es keine Fotos. Danach ging es weiter mit Jakob und einer anderen Frau.

„Ist das Sebastian?" Sie zeigte auf das Bild eines kleinen Jungen in gestreiften Strumpfhosen.

Er nickte. „Er war wirklich ein aufgewecktes Kind. Nicht so aufgeweckt wie du, aber trotzdem clever. Sonst wäre er sicher kein Arzt geworden wie seine Mutter."

„Und das?"

„Das ist meine Schwester Anna."

Henry zog das Album auf ihren Schoß und beugte sich über das Foto. Sie hätte sie kaum erkannt. Anna war für die Zeit modisch angezogen und lachte in die Kamera. Nichts erinnerte an die spröde und altmodisch gekleidete Frau, die sie vor drei Tagen kennengelernt hatte. Jakob hatte sie nur kurz von der Begegnung mit der Tante erzählt. Von dem Ring hatte sie ihm nichts gesagt. Ihr war klar, welchem Verdacht die Polizei nachging, aber sie selbst wollte daran gar nicht denken. Ihr Vater hatte nichts mit Martas Tod zu tun, da war sie sich sicher. Er war immerhin ihr Vater und er würde ihr nicht die Mutter nehmen. Oder doch? Wieder dachte sie an den DNA-Test.

„Du?" Henry rutschte auf dem Sofa hin und her.

„Ja?" Er sah sie an und sie versuchte, seine Augenfarbe zu erkennen, aber das Licht war zu schwach. Braun, vielleicht grünbraun, vielleicht ein brauner Stern auf grünem Untergrund. Vielleicht auch ganz anders.

„Ach, nichts.“ Sie sah auf den Boden.

Das Telefon klingelte und Jakob stand auf.

„Winter?“

Henry hörte eine aufgeregte Männerstimme am anderen Ende der Leitung.

„Ja, die ist hier, Moment“, sagte Jakob. „Ist für dich. Ein Christian Singer aus Stockholm, der sich gar nicht anhört wie ein Schwede.“ Er grinste.

***

Kriminalhauptkommissar Faber arbeitete, wie so oft, viel zu lang. Zu Hause wartete niemand mehr auf ihn, und er genoss es, wenn das Polizeipräsidium fast leer war. Um diese Uhrzeit war nur noch die Wache gegenüber besetzt und wenige Kollegen störten ihn bei seiner Arbeit.

Er sortierte Fälle, die seit längerer Zeit auf seinem Tisch lagen, denn er wollte sich bei der nächsten Ausschreibung auf eine Dreizehnerstelle bewerben. Es war nicht so, dass ihm der Sold aus A12 wirtschaftlich nicht genügte, aber er brauchte ein neues Ziel. Die Chancen auf die Stelle würden steigen, wenn er zumindest seine alten Fälle abgearbeitet hatte. Warum hatte die Kriminalinspektion in Esslingen ihn ausgerechnet jetzt darum gebeten, diesen Fall auch noch zu übernehmen? Trotz allem war er sich darüber im Klaren, dass die Kollegen von der Schutzpolizei gegenüber, bei der er lang gewesen war, noch höhere Stapel auf dem Schreibtisch liegen hatten.

Es war ungewöhnlich, dass so spät jemand an der Wache nach ihm fragte.

„Sie haben Glück, dass er noch da ist", hörte er seinen Kollegen Engelmann sagen, der offensichtlich mit jemandem den Flur entlang in Richtung seines Büros kam. Es war wahrscheinlich wieder diese Simone Mertens, die ihn ständig anrief. Ob ihr Ex-Mann sie tatsächlich vergewaltigt hatte, war noch nicht erwiesen. Wirklich Lust auf ein Gespräch hatte er jetzt jedenfalls nicht, und er verfluchte Engelmann, weil er die Geschädigte um diese Zeit überhaupt zu ihm brachte.

Faber holte vorsichtshalber schon einmal die Taschentücherbox aus dem Rollcontainer seines Schreibtischs. Männer saßen meist breitbeinig vor ihm, fühlten sich durch die bloße Anwesenheit eines Polizeibeamten provoziert, egal, ob sie Geschädigte waren oder Verdächtige. Frauen dagegen weinten. Ein Polizist sollte diese Tränentrockner vom Staat erstattet bekommen, dachte er. Aber sowohl die Taschentücher als auch die Süßigkeiten für die Kinder bezahlte er immer aus eigener Tasche. Die Polizei bot in dieser Hinsicht zu wenig psychologische Hilfestellung.

Es war nicht Simone Mertens, sondern ein Mann, den er nicht kannte. Der Besucher war etwas jünger als er, sein Äußeres war gepflegt. Daniel Faber hatte gelernt, sich bereits bei der ersten Begegnung ein Bild von seinem Gegenüber zu machen. Selten täuschte ihn seine Wahrnehmung. Der Mann stellte sich mit dem Namen Baumgartner vor und streckte Faber die Rechte entgegen.

Engelmann hob entschuldigend die Hände, ganz so, als sei es ihm unmöglich gewesen, den Besucher an der Wache abzuwimmeln.

Baumgartner setzte sich nur zögerlich auf den Stuhl, der auf der anderen Seite von Fabers Schreibtisch stand. Draußen war es längst dunkel und die Tischlampe aus den Achtzigern beleuchtete müde ein paar Akten, die auf dem Tisch lagen.

„Wie kann ich Ihnen helfen?", fragte Daniel Faber. Seine Begeisterung, dienstliche Gespräche zu führen, hielt sich um diese Uhrzeit in Grenzen, und er bereute, nicht doch um acht nach Hause gegangen zu sein und dort weitergearbeitet zu haben.

„Es geht um einen Autounfall", sagte der Besucher. Er trug eine abgewetzte braune Lederjacke, darunter einen schwarzen Pullover.

Faber legte seinen Kugelschreiber mit zwei Fingern leise auf dem Tisch ab. „Für Verkehrsunfälle bin ich eigentlich nicht zuständig."

„Man sagte mir, ich solle mich an Sie wenden. Der Unfall war im Jahr 1982." Er sah sich im Büro um und las die Aufschriften auf den Ordnerrücken im Regal.

Jetzt wusste Faber, dass es um den Verkehrsunfall ging, den Maria Winter verursacht hatte. „Baumgartner, sagten Sie? Sind Sie verwandt mit der betroffenen Familie?"

„Ich bin der Sohn. Ich habe den Unfall damals überlebt, weil ich rechts hinten saß. Bei einer Kollision mit dem Gegenverkehr natürlich der sicherste Platz." Er lächelte, was Faber als Unsicherheit deutete.

Der Kommissar musste kurz seine Gedanken sortieren. Warum saß ausgerechnet jetzt der überlebende Sohn des Verkehrsunfalls, den Maria Winter verursacht hatte, vor ihm? Das konnte kein Zufall sein. Er stand auf und holte die Akte *Winkler/Winter* aus dem Schrank. Wo er sie suchen musste, wusste er sofort. Viele Male hatte er sie in den letzten Tagen aus dem Regal gezogen und immer wieder durchgelesen und ergänzt. Es war keine echte Akte von damals, sondern eine Sammlung von Erinnerungen, die Faber noch an den Unfall hatte. Die Akte selbst war vor Jahrzehnten aus Datenschutzgründen vernichtet worden. An den traumatisierenden Unfall erinnerte er sich aber nur zu gut und so hatte er aus einem Gedächtnisprotokoll ein neues Dokument angelegt.

„Und wie kann ich Ihnen dabei helfen?", fragte er und legte die Mappe auf den Schreibtisch.

„Ich wüsste gern alles, was damals passiert ist", sagte Baumgartner. Auf Faber machte er einen freundlichen Eindruck, dennoch fragte er ihn nach seinem Personalausweis. Er konnte nicht irgendwem Akteneinsicht gewähren, auch wenn es schon vierzig Jahre her war. Baumgartner zog sein Portemonnaie aus der Tasche und schob ihm den Ausweis hin.

„Sie waren damals erst sieben Jahre alt", sagte der Kommissar mit Blick auf das Geburtsdatum.

„Richtig. Das ist wohl auch der Grund, warum ich mich nicht wirklich an etwas erinnere."

„Haben Ihre Eltern Ihnen nicht von dem Unfall erzählt?"

Baumgartner druckste herum. Nervös spielte er mit einem dunkelbraunen, schon leicht speckigen Lederarmband, das locker an seinem rechten Handgelenk hing.

„Ich habe zu meinen Eltern seit vielen Jahren kaum Kontakt."

„Ach?“ Faber lehnte sich zurück im Schreibtischstuhl, der unter seinem Gewicht leise knarrte.

„Ich weiß nicht, was Sie denken, was so ein Unfall mit einer Familie macht.“

Der Kommissar merkte, dass Baumgartner wütend wurde, ließ ihn aber weiterreden.

„So etwas zerstört eine Familie! Da sind kleine Kinder gestorben, meine Mutter hat sich von diesem Trauma nie wirklich erholt.“ Nach einer kurzen Pause fügte er hinzu: „Mein Vater vermutlich auch nicht, aber zu dem habe ich keinen Kontakt mehr.“ Er zog wieder an dem Lederarmband, das sich jetzt in sein Handgelenk schnürte.

Faber hatte grundsätzlich keine Lust auf dienstliche Gespräche nach acht Uhr. Aber schon dreimal hatte er keine Lust auf Gespräche dieser Art. Es würde eine Konversation werden, bei der man aufpassen musste wie ein Luchs, damit man nichts Falsches sagte. Zwar saß ein gepflegter Mann vor ihm, der keinesfalls den Eindruck machte, als hätte er sein Leben nicht im Griff. Aber Faber wusste aus Erfahrung, dass das Stochern in traumatisierenden Lebensereignissen den stärksten Mann zu einem weinenden Kind machen konnte. Schlimmstenfalls würde er die Taschentücherbox doch noch benötigen.

Ohne dass Faber ihn gefragt hätte, erzählte Baumgartner weiter. „Meine Mutter war einige Zeit in der Psychiatrie. Jetzt ist sie im betreuten Wohnen untergekommen.“ Beim letzten Satz hob er einen Zeigefinger und betonte ihn so, als müsse er seine Mutter wenigstens für einen kurzen Moment in Schutz nehmen. „Mein Vater wurde

Alkoholiker. Meine Mutter besuche ich ab und zu. Geschwister habe ich ja keine mehr."

Baumgartner hob seine Hand und wollte nach der Akte greifen. Faber zog sie zu sich. „Tut mir leid, Herr Baumgartner. Ich kann Ihnen gern Fragen beantworten, aber die Akte möchte ich Sie nicht lesen lassen."

„Warum nicht?", fragte der Besucher so laut, dass Faber regelrecht erschrak.

„Na ja, wissen Sie, das ist keine echte Akte. Es ist eine Art Gedächtnisprotokoll, das ich erstellt habe. Die richtige Akte wurde natürlich nach zwanzig Jahren vernichtet."

Nachdem Baumgartner ihn ansah, sagte Faber: „Das ist Vorschrift."

Der Mann, der ihm gegenübersaß, setzte sich aufrecht auf den Stuhl, drückte den Rücken durch, was zu einem unüberhörbaren Knacken der Gelenke führte, und schüttelte den Kopf. „Das glauben Sie doch selber nicht." Seine Unterlippe begann zu zittern.

„Stellen Sie mir doch einfach Ihre Fragen." Obwohl Daniel Faber merkte, dass Baumgartner aggressiv wurde, lächelte er verständnisvoll und hoffte, sein Gegenüber damit besänftigen zu können. Der Gast wollte alles wissen. Wie es genau zu dem Unfall gekommen war und welche Erkenntnisse es gegeben hatte.

Faber versuchte, möglichst nüchtern zu erzählen: „Soweit sich das seinerzeit mithilfe eines Gutachters rekonstruieren ließ, geriet die Unfallverursacherin mit ihrem Fahrzeug auf die Gegenspur …"

„Warum?", unterbrach ihn Baumgartner, der sich jetzt unangenehm weit mit dem Oberkörper nach vorne lehnte.

„Die Ursache ist nicht näher bekannt", antwortete der Kommissar wahrheitsgemäß.

Baumgartner zupfte an seinem Lederarmband.

Faber fuhr fort: „Leider streifte sie dort das Auto Ihrer Eltern, das sich in der Außenkurve befand. Ihr Vater verlor die Kontrolle über den Wagen, woraufhin sich das Fahrzeug überschlug und dann unglücklicherweise auch noch gegen die Schaufel eines Radladers prallte, der ausgerechnet dort abgestellt war. Da wurde zu dieser Zeit ein Radweg gebaut. Es ist also mitnichten so, dass Sie der Platz rechts hinten geschützt hat, weil Sie nicht in Kontakt mit dem anderen Fahrzeug kamen. Sie hatten einfach nur Glück, dass die Schaufel des Radladers sich nicht …" Er nahm seine Brille ab, legte sie auf den Tisch und massierte mit zwei Fingern die Druckstellen an der Nasenwurzel.

Baumgartner atmete schwer, sagte aber nichts und sah auf den Schreibtisch. Faber hatte das Gefühl, er müsse den Sachverhalt noch näher erläutern.

„Erst viel später hat man das Fahrzeug gefunden, mit dem dieser Unfall verursacht worden ist. Zumindest passten Lackspuren und Unfallschäden exakt zu dem Unglück, das Ihrer Familie passiert ist."

„Unglück!", sagte Baumgartner aufgebracht. „Das klingt ja, als wäre uns eine Tortenplatte Schwarzwälder Kirsch runtergefallen!" Wie ein bockiges Kind lehnte er sich ruckartig in seinem Stuhl zurück und verschränkte kopfschüttelnd die Arme. „Und warum haben Sie diese Frau nicht festgenommen?"

„Der Unfallwagen stand am Hafen von Kiel. Die Fahrerin war mit ihrer Tochter mit einem Segelboot aufs Meer gefahren und ist nie zurückgekehrt. Man musste davon ausgehen, dass beide verstorben sind."

„Man musste davon ausgehen? Ich denke eher, man wollte nicht mehr so viel Arbeit haben. Da lässt man dann gern auch mal eine Zweifach-Mörderin laufen, oder?"

„Wissen Sie, damals waren die Personenwagen noch nicht so sicher gebaut wie heute", sagte Faber und es klang beinahe, als wolle er selbst sich für den Unfall entschuldigen. „Die passiven Sicherheitssysteme waren sozusagen nicht vorhanden und es gab ja auch keine richtigen Kindersitze. Wenn ich es richtig in Erinnerung habe, fuhren Ihre Eltern einen Opel Kadett B, der, wie viele Autos zur damaligen Zeit, hinten gar keine Sicherheitsgurte hatte. Deswegen waren die Unfallfolgen vor allem für die, die hinten saßen, also in diesem Fall Sie und Ihre Geschwister, verheerend. Wir sprechen hierbei nicht von Mord, sondern von fahrlässiger Tötung."

Baumgartner schnellte in seinem Stuhl vor. „Wollen Sie jetzt meinen Eltern die Schuld daran geben? Weil das Auto hinten keine Gurte hatte?"

Faber deutete mit einer beschwichtigenden Geste an, dass der Besucher sich wieder in seinem Stuhl zurücklehnen solle. „Das sagte ich mit keiner Silbe. Ich wollte Ihnen nur erklären, warum Verkehrsunfälle zur damaligen Zeit viel schlimmer für die Insassen ausgehen konnten als vergleichbare Unfälle heutzutage."

Baumgartner atmete laut durch die Nase ein und aus, schien sich aber wieder zu beruhigen.

Obwohl Daniel Faber schon so lange bei der Polizei war, fiel ihm das Erzählen nicht leicht. Er war damals Praktikant bei der Schutzpolizei gewesen und es war einer seiner ersten großen Einsätze gewesen. Noch heute dachte er an den Unfall, jedes Mal, wenn er an dieser Stelle auf der Bundesstraße 296 vorbeikam. Auf jeder Fahrt zwischen Tübingen und der Autobahn sah er dieses Fahrzeug völlig zerstört auf dem Feld liegen: die Schaufel des Radladers in das Auto gegraben, als wäre es aus Butter. Die Feuerwehr, die die Insassen herausholte, die zwei Rettungswagen, den Hubschrauber, die abgedeckte Kinderleiche. Das zweite Kind war in der Klinik verstorben. Zwanzig Jahre lang hatte an der Stelle ein Kreuz an die Zwillinge erinnert. Seit den Straßenarbeiten Anfang der Zweitausender war es weg und niemand hatte es neu aufgestellt. Die Beisetzung der Kinder hatte in Salzburg stattgefunden, da die Familie ursprünglich aus Österreich stammte. Das war der einzige Grund gewesen, warum Faber nicht zur Beerdigung gegangen war. Er hatte zu dieser Zeit Schichtdienst gehabt. Zwei Kollegen waren trotzdem hingefahren. Für ihn selbst war dieser Fall absolut traumatisierend gewesen. Auch heute noch, nach all der Zeit, musste er sich darauf konzentrieren, den nötigen Abstand herzustellen. Aus diesem Grund hoffte er, dass das Gespräch bald vorbei sein würde. Er war froh, dass er die Erinnerungen an den Unfall nach all den Jahren weitgehend ausblenden konnte. Da Maria Winter aber verstorben und das Verfahren bereits seit Längerem wegen Verjährung eingestellt worden war, konnte Faber Baumgartner wenigstens noch mitteilen, dass sie die Unfallverursacherin gewesen war.

Sein Gegenüber reagierte nicht auf die Information, also hakte der Kommissar nach.

„Wussten Sie das schon?"

„Ihr Kollege, der Martin Köhler, hat mir ein bisschen was erzählt. Unter anderem das mit dieser Frau Winter."

„Sie wussten demnach darüber Bescheid, dass Maria Winter den Unfall verursacht hat?"

„Falls Sie jetzt auf dumme Gedanken kommen: Er hat es mir erst nach ihrem Tod erzählt. Also vor ein paar Tagen."

„Dann verstehe ich aber nicht genau, warum Sie zu mir gekommen sind." Faber kratzte sich am Kinn. „Haben Sie Köhler denn nicht zum Ablauf des Unfalls befragt? Sie sitzen doch quasi an der Quelle?"

„Doch, klar. Aber ich hatte gehofft, Sie wüssten noch etwas mehr. Martin war bei dem Unfall ja nicht dabei", sagte er schulterzuckend. „Er hat sich doch nur danach um mich und meine Familie gekümmert."

„Da muss ich Sie leider enttäuschen. Das ist so lange her, und da keine Akte mehr existiert, musste ich ja selbst in meinem Gedächtnis kramen. Mehr als das, was ich Ihnen erzählt habe, weiß ich nicht."

Natürlich wusste er mehr. Er erinnerte sich an alle Details, wusste, welches Kind sofort tot gewesen war, erinnerte sich an den abgerissenen Kopf, die blutüberströmte schreiende Mutter, die in den Armen des Kollegen zusammengebrochen war. Jedes Bild, das er damals gesehen hatte, hatte sich in seine Träume gebrannt. Sogar an die gelben Regenjacken der Zwillinge konnte er sich erinnern.

„Mehr weiß ich nicht", wiederholte Faber.

„Trotzdem vielen Dank", sagte Baumgartner jetzt übertrieben freundlich und reichte dem Kommissar die Hand. Alle Gestik und Mimik, die darauf hingedeutet hatten, dass der Besucher innerlich aufgewühlt war, ja nahezu aggressiv, waren wie weggeblasen und es wirkte beinahe, als stünde ein anderer Mensch vor Faber.

Er stand am Fenster und sah Baumgartner zu, wie er in Richtung Bushaltestelle ging. Es wunderte ihn nicht, dass er nicht mit dem Auto gekommen war. Vielleicht hatte er nach dem Ereignis nicht mal einen Führerschein gemacht. Der Kommissar ging zurück an seinen Schreibtisch und sah auf den offenen Ordner mit dem Gedächtnisprotokoll. Er klappte die Akte zu, knipste die Schreibtischlampe aus und verließ gedankenvoll sein Büro.

Stockholm, 12. Februar 2019

Beate hatte ihm eine Tasse Schwarztee auf den Schreibtisch gestellt. Sie selbst hatte sich ins Bett gelegt und wollte ihren Roman fertiglesen. Nachdem der Tee leer getrunken war, ersetzte Christian ihn durch ein Glas Jim Beam. Der Whiskey war ein Geschenk einer Geschäftspartnerin gewesen und irgendwann musste er ja mal getrunken werden.

Das Gespräch mit Erik Elander hatte ihn aus der Bahn geworfen. Hatte Henry all die Jahre gewusst, dass sie selbst Teil eines inszenierten Bootsunglücks gewesen war? Und wenn ja, warum hatte sie ihm das nicht erzählt?

Christian hatte von Elander die Akten gefordert, was der natürlich zunächst strikt abgelehnt hatte. Also hatte er seinen ehemaligen Kollegen daran erinnert, dass er ihn vor einigen Jahren gedeckt hatte. Elander hatte in einem Fall von Wirtschaftskriminalität mehrere Fehler begangen, die zur Einstellung des Verfahrens geführt hatten; der Täter war ohne Strafe davongekommen. Der Oberstaatsanwalt hatte gewusst, dass er Christian mehr als einen Abend in einer Bar schuldig war, und so hatte er ihm widerwillig die Akte kopiert.

Draußen war es schon lange dunkel. Im Scheinwerferlicht der vorbeifahrenden Autos erkannte Christian, dass es noch schneite. Dieser Winter schien ewig zu dauern. Er dachte an Wien und die Stelle beim Verkehrsministerium, aber er konnte Henry nicht im Stich lassen.

Christian rieb die Hände aneinander und blätterte durch die Akte. Marta Winkler, die eigentlich Maria Winter hieß, war mit ihrer Tochter zu einem Segeltrip aufgebrochen. Ihr Mann war zu Hause geblieben, weil er Lesungen in Süddeutschland gehalten hatte. Zwischendurch googelte Christian nach Jakobs Krimis. Beinahe hätte er sich einen bestellt, ließ sich dann aber doch nicht dazu hinreißen. Es wäre ihm falsch vorgekommen.

Das Auto von Maria Winter war am Hafen von Kiel entdeckt worden, einige Trümmer des Segelbootes hatte man wenige Tage später geborgen. Man hatte Blutspuren an den Wrackteilen gefunden, aber keine Leichen. Das Blut hatte eindeutig Henrietta Winter zugeordnet werden können.

„Was is da nur mit dir passiert, Madl?", flüsterte Christian und schenkte sich, ohne hinzusehen, noch ein Glas Whiskey ein.

Maria und Henrietta Winter waren über acht Tage intensiv mit Hubschraubern und Schiffen gesucht worden. Sie waren wie vom Erdboden verschluckt. Im Herbst 1986 hatte sich eine Marta Winkler mit ihrer Tochter Henriette in Sigtuna angemeldet. Warum war das keinem aufgefallen?

Christian ärgerte sich, dass die Behörden aus zwei Staaten so wenig zusammenarbeiteten. Henrys Mutter musste auf dem Amt in Tübingen jemanden gekannt haben, der ihren Namen von Maria Winter in Marta Winkler und Henrys Geburtsurkunde geändert hatte. Warum hatte es vierzig Jahre gebraucht, um das festzustellen?

Nach dem Verschwinden von Maria Winter und ihrer Tochter hatten die deutschen Behörden es nicht geschafft, diesen Fall aufzuklären; sie hatten die beiden für tot erklärt. Erst jetzt, nach dem Mord an Maria Winter, war die Sache aufgeflogen. Unglaublich! Christian schlug die Hände über dem Kopf zusammen.

Er las weiter. Jakob Winter hatte mithilfe eines Privatdetektivs bei der Polizei eine Tonaufnahme zu hören bekommen. Es war die Aufnahme eines Notrufs vom Tag des Verschwindens. Eine Frauenstimme teilte der Rettungsleitstelle mit, dass ein Boot gekentert sei. Der Akte entnahm Christian, dass Jakob erst jetzt diese Aufnahme vorgespielt worden war und er nach über dreißig Jahren sofort die Stimme seiner Frau erkannt hatte. Henrys Mutter hatte selbst den Notruf gewählt und behauptet, beobachtet zu haben, wie ein Boot mit Mutter und Tochter gekentert war. Niemand war vorher auf die Idee gekommen, das zu überprüfen. Christian wurde wütend und kippte den Jim Beam in einem Zug hinunter. Was war das für ein Pfusch? Saßen bei den deutschen Behörden nur Elanders? Der Bleistift in seiner Hand zerbrach. Er hatte nicht gemerkt, wie fest er ihn umschlossen hatte.

Kjells Festnetznummer würde er vorerst nicht mehr anrufen, also rief er ihn auf dem Handy an.

„Ja?"

„Gib mir mal Henry", sagte Christian, ohne ihn zu begrüßen.

„Ich bin nicht mehr in Deutschland, ich bin wieder zu Hause. Oder wie auch immer man das hier nennen kann."

Christian hörte, dass Sandra im Hintergrund auf Schwedisch auf das reagierte, was Kjell gerade auf Englisch zu ihm gesagt hatte. Sein Schwedisch war immer noch schlecht, und um das Fluchen einer zeternden Ehefrau im Detail zu verstehen, hätte er sicher das Sprachniveau C1 gebraucht.

„Und wo steckt Henry? Verdammt noch mal! Wir leben im 21. Jahrhundert, und ich erreiche die Frau einfach nicht, das kann doch nicht sein!"

„Die ist vermutlich jetzt bei ihrem Vater. Zumindest war das meine letzte Info. Aber eigentlich interessiert mich das alles nicht. Ich habe hier echt andere Sorgen."

„Ja, richtig, du musst dich ja von deiner Dienstreise erholen. Aber danke."

„Ja, ja, du mich auch. Und dir auch noch mal vielen Dank für das, was du angerichtet hast", blaffte Kjell.

„Ich? Spinnst du? Das warst du schon ganz allein, junger Mann. Ich rufe jetzt Henry an."

Christian war nach dem kurzen Gespräch mit Kjell noch zu aufgeregt, um sie sofort anzurufen, und beschloss, vorher den Rest der Akte zu lesen, falls Fragen aufkommen würden.

Er las über den Unfall 1982 und über die Erkenntnis, dass Maria ihn verursacht hatte. Allerdings hatte man das erst nach ihrem Verschwinden erfahren. Die Polizei hatte die Lackspuren mit Marias Fahrzeug am Kieler Hafen verglichen. Warum war zwischen dem Unfall und ihrer Flucht so viel Zeit vergangen? Man haut doch nicht vier Jahre später erst ab. War sie von jemandem erpresst worden? Darüber stand nichts in den Dokumenten.

Christian wählte die Nummer von Jakob Winter, die er aus den Akten gezogen hatte. Zu seiner Erleichterung war Henry bei ihm und ihr Vater holte sie ans Telefon.

„Henry, mein Gott, des ist ja eine Odyssee, bis man dich erreicht."

„Wie schön, deine Stimme zu hören", sagte sie und es klang ehrlich. „Ich habe heute Morgen schon versucht, dich zu erreichen. Aber bei dir scheint das ja auch nicht gerade leicht zu sein, Mister Workinghard."

Er erzählte ihr von den Erkenntnissen, die er aus der Akte erlangt hatte, aber Henry schien keinesfalls überrascht zu sein. Zumindest nicht bei dem Teil mit dem Bootsunglück.

„Christian, ich weiß das schon länger." Sie klang schuldbewusst. „Wir haben das bei Doktor Frobenius herausgefunden, aber ich dachte, es spielt jetzt erst mal keine Rolle. Es tut mir so leid, dass ich dir das nicht gesagt habe, aber es war für mich in den letzten Jahren auch nicht so leicht und …"

„Des ist ned so schlimm, Madl." Christian bemerkte, wie nervös seine Freundin war.

Die Geschichte mit dem Autounfall schien sie hingegen noch nicht zu kennen, zumindest reagierte sie auf jede neue Info mit „Was?" oder „Wie bitte?".

„Ich frag meinen Vater danach", sagte sie bestimmt.

„Nein, Henry, des machst bitte ned. Du hast doch keine Ahnung, wer da wie mit drinsteckt, und wartest bitte einfach, bis die Polizei mit ihren Ermittlungen fertig ist. Ich hab dir des schon mal gesagt, dass du die Füße besser still hältst."

Infolge des tiefen Zugs, den Henry ausatmete, rauschte Christians Hörer.

„Du hast recht“, sagte sie und er staunte.

„Seit wann des?“

„Schon immer. Meistens zumindest.“

Sie bedankte sich für die Informationen und Christian blieb nichts anderes übrig, als sie mit diesem neu erlangten Wissen allein zu lassen.

Als er aufgelegt hatte, war er nicht mehr sicher, ob er nicht vorschnell gehandelt hatte. Er kannte Henry und ahnte, dass sie eben nicht die Füße still halten würde. Immer wieder musste er sich ins Gedächtnis rufen, dass sie erwachsen und sich sicher darüber im Klaren war, was sie tat. Immerhin war sie Polizistin und Juristin. Dennoch war sie für ihn eine Ersatztochter, und er konnte spüren, wie unwohl es ihm wurde bei dem Gedanken, dass sie womöglich allein im Haus eines Mörders war.

Den Akten entnahm er den Namen des ermittelnden Polizeibeamten, Kriminalhauptkommissar Daniel Faber. Da der mehrere Mails an die schwedischen Behörden geschickt hatte, kannte er seine E-Mail-Adresse. Er verfasste ein Schreiben an den Kommissar, in dem er beichtete, dass er Henry vermutlich zu viel gesagt hatte, und in dem er darum bat, Jakob im Auge zu behalten. Mehr konnte er von hier aus nicht für seine Freundin tun.

Tübingen, 13. Februar 2019

Akribisch sortierte er die Insulinspritzen auf seinem Schreibtisch. Mit dem Gift VX in der Creme hatte er etwas Neues ausprobieren wollen, was gründlich schiefgegangen war. Im Nachhinein war es auch riskant gewesen. Was wäre passiert, wenn Marta oder Henry die Creme verschenkt hätten? Aber einen Versuch war es wert gewesen. War ja auch nicht seine Idee. Insulin hatte sich jedoch bewährt und es funktionierte nahezu immer, war außerdem leichter zu bekommen. Nach dem Tod im Körper nicht mehr nachzuweisen, nur die Einstichstellen würde man unter Umständen in der Gerichtsmedizin finden. Eine Idee war gewesen, ihre Bremsen am Fahrrad zu lockern. Wäre sie im Krankenhaus gelegen, so hätte er das Insulin in ihre Infusion geben können. Dieser Plan war ebenfalls misslungen, aber was wurde da auch von ihm erwartet? Der perfekte Mord? Das war gar nicht so leicht und schon andere hatten sich die Zähne dabei ausgebissen.

Abgesehen davon glaubte er nicht daran, dass jemand von einem natürlichen Tod ausging, wenn Henry nur wenige Wochen nach ihrer Mutter ins Gras biss. Genau genommen hätte er sie auch mit einem Holzbrett erschlagen können, aber es hätte ihm um ihr zartes Gesicht leidgetan. Außerdem war es spannend, sich perfide Pläne auszudenken und vielleicht würde er irgendwann mal ein Buch über den perfekten Mord schreiben können.

Er ärgerte sich, dass er in der Dunkelheit der Gartenstraße nicht schnell genug zugeschlagen hatte. Wenn nur nicht immer diese Männer um sie herum wären. Jedes Mal, wenn er sicher war, dass er sie erwischen würde, tauchte einer von ihnen aus dem Nichts auf. Ob sie die Sache mit dem Testament schon herausgefunden hatte? Es spielte keine Rolle. Sie war zu naiv, um die Zusammenhänge zu verstehen, und er hatte nicht das Gefühl, dass sie sich wirklich bedroht fühlte. Das würde sich ganz bestimmt bald ändern.

Vom Gebüsch aus konnte er sie sehen. Die Dunkelheit schützte ihn. Sie saß auf dem Sofa im Wohnzimmer, hatte Kopfhörer im Ohr und las irgendwelche Dokumente. Ob es das Testament war? Nein, das sah anders aus. Henry hatte dieses Leben nicht verdient. Jetzt saß sie auch noch in diesem Haus in der Grünwaldstraße und ließ sich von morgens bis abends den Hintern pudern.

Er ging um das Haus herum und zog seine Kapuze über den Kopf, es war bitterkalt. Ganz sicher war er sich nicht, wie er das hinter sich bringen sollte, ohne Spuren zu hinterlassen. Sie musste ihm unbedingt folgen. Hier, in diesem Haus, würde er es keinesfalls machen können. Man hätte ihn sofort verdächtigt. Den Schlüssel wollte er nicht benutzen, aus Angst, man könnte zurückverfolgen, dass er die Tür damit geöffnet hatte. Ein Einbruch kam wegen der Alarmanlage nicht infrage. Die Polizei fand heutzutage alles Mögliche heraus, die Gefahr war zu groß. Womöglich würde dieser Herr Häberle ihn bei einem Abendspaziergang beobachten, wie er die Tür aufschloss. Nein, wenn ihn jemand beobachtete und danach als Zeuge bei der Polizei vorsprechen würde, sollte es aussehen, als hätte Henry nichts weiter als unerwarteten Besuch bekommen.

Er klingelte.

Er lauschte, hörte jedoch keine Schritte. Ein zweites Mal drückte er auf die Klingel, doch sie öffnete nicht. Hatte sie die Musik so laut aufgedreht, dass sie die Türklingel nicht hörte? Er sah ihre Silhouette durch die Milchglasscheibe, aber sie machte keine Anstalten, die Tür zu öffnen. Ein Auto fuhr die Straße hoch und er sprang die Stufen vom Eingang hinunter, um sich mit dem Rücken gegen einen Strauch zu drücken. Das Licht der Scheinwerfer streifte den Ärmel seines Pullovers. Der Schneematsch, der von den Blättern des Strauchs hing, drückte sich kalt durch den dünnen Stoff. Er fluchte und kickte einen Stein in Richtung der schwarzen Katze, die in diesem Moment zum Tor hereinkam. Es wäre seine Chance gewesen, wenn Henry ihm jetzt die Tür geöffnet hätte. Sie machte ihm jedes Mal einen Strich durch die Rechnung und langsam nervte es ihn. Es könnte so leicht sein. Jeder andere Mensch hätte die Tür aufgemacht. Vielleicht war es aber auch ein Wink des Schicksals, denn jedes Mal, wenn er ihr nah kam, war er sich nicht mehr sicher, ob er das wirklich tun wollte.

Die Katze ging auf ihn zu und schnurrte. Er schob das Tier wie zur Entschuldigung besonders vorsichtig mit dem Fuß zur Seite. Im Inneren des Hauses regte sich nichts und er sah Henrys Silhouette nicht mehr hinter der Scheibe. Die Katze war verschwunden und es tat ihm leid, dass er einen Stein in ihre Richtung gekickt hatte. Sie konnte ja nichts dafür und war sicher nur auf der Suche nach ein paar Streicheleinheiten gewesen.

Er hätte jetzt genauso gut einen schönen Abend mit Freunden verbringen können. Stattdessen musste er nass im Dunkeln stehen und darauf warten, dass die verwöhnte Göre aus Lönneberga ihm die Tür öffnete.

Er klingelte noch einmal und vernahm Schritte im Inneren des Hauses.

***

Jakob hatte sie gefragt, ob sie mit auf die Lesung wolle, aber sie hatte kein Interesse daran, mehrere Stunden zwischen wildfremden Menschen zu sitzen. Er wollte drei Tage weg sein, was ihr nach all der Aufregung zu viel war. Stattdessen wollte sie die Ruhe genießen und es sich gemütlich machen. Es würde ihr guttun, ein wenig allein zu sein. Da sie Musik hören wollte, aber Angst hatte, dass ihr das Bedienen der großen Stereoanlage zu kompliziert sein könnte, hatte Jakob ihr seinen alten MP3-Player gegeben. Bei der Anlage musste sie einen Subwoofer einschalten und den richtigen Kanal finden. Der MP3-Player genügte ihr. Jakob hatte ihr seine Lieblingsinterpreten aus den frühen Siebzigern aufgespielt: Simon & Garfunkel, The Doors, Janis Joplin.

„Und pass gut auf dich auf, hörst du?“, sagte Jakob in väterlichem Tonfall, und Henry überlegte, ob sie mit ihrer Vorstellung, er hätte sie als Jugendliche öfter weggelassen als ihre Mutter, nicht gänzlich falschgelegen hatte. Womöglich wären nicht einmal Dates mit Mattias Lindgren möglich gewesen.

Dennoch genoss sie seine Fürsorge und wünschte ihm alles Gute für seine Lesung. Er wies sie wiederholt darauf hin, dass sie doch einen seiner Romane lesen könne, bis er zurück war. Immerhin war er zwei Tage weg und er wollte so gern ihre Meinung dazu hören. Weil sie Polizistin war. Und seine Tochter. Sie war sich nicht sicher, ob sie derzeit Lust auf Krimis hatte.

„Ich würde trotzdem eines nehmen." Sie zeigte auf einen Stapel neuer Bücher auf dem Tisch. „Aber signiert."

„Für dich?", fragte Jakob.

„Schreib rein: Für Christian." Sie lächelte. Er kannte Paul Sturm vielleicht schon, aber dieses Buch war noch nicht auf dem Markt.

Jakob hinterließ eine unangenehme Leere. Henry hatte das Gefühl, das Haus sei schlagartig um einige Grad kühler geworden, und jeder ihrer Schritte verursachte einen Hall, der sie daran erinnerte, dass sie allein war. Jakob hatte ihr seinen Laptop hingestellt, falls sie Kontakt zur Außenwelt brauchte. Sie surfte ein wenig im Internet, las die Onlineausgabe der ‚Dagens Nyheter' und stellte fest, dass sich in Schweden nichts verändert hatte. Die Schneewerkzeuge in Jämtland waren ausverkauft. Sie musste unweigerlich grinsen, weil sie sich vorstellte, dass das aktuell in ihrer Heimat das einzige Problem war. Sie vermisste ihre Wohnung und den Blick aufs Wasser. Warme Kanelbullar und Käse in Tuben. Jetzt, wo sie ihren Vater endlich gefunden hatte, stand da immer noch die Frage nach dem Mord an ihrer Mutter im Raum. Sie hatte weder eine neue E-Mail von Kommissar Dahlin noch eine Ahnung, wie weit die Tübinger Polizei mit ihren Ermittlungen war. Christian hatte nicht viel erzählen wollen und sie wollte ihn nicht in einen moralischen Zwiespalt bringen. Sie war sich darüber im Klaren, dass die meisten Morde in den ersten vierundzwanzig Stunden aufgeklärt wurden. Die Wahrscheinlichkeit, den Mörder ihrer Mutter zu finden, sank von Tag zu Tag.

Henry erschrak, als das Telefon klingelte und die Stille im Haus gewaltsam durchbrach. Sie sprang vom Sofa auf und nahm den Hörer ab.

„Ja?"

„Kriminalhauptkommissar Faber hier. Hallo, Frau Winkler."

Henry merkte, wie sie sich entspannte und das Adrenalin sich langsam wieder abbaute. Es hinterließ ein sanftes Zittern in ihren Beinen.

„An Sie habe ich gerade gedacht", sagte sie.

„Tja, das ist ja oft so, wenn man jemanden anruft", antwortete Faber, und sie hörte ihn dabei schmunzeln.

Er fragte sie, ob es ihr gut gehe und ob Jakob da sei. Als sie ihm berichtete, dass ihr Vater für zwei Tage verreist war, wirkte Faber erleichtert. „Diese Lesungen werden sich ja bestimmt nachprüfen lassen?"

„Was meinen Sie damit? Die Flyer liegen hier und er hat mich sogar gefragt, ob ich mitkomme." Sie zeigte auf einen Stapel mit Flyern, obwohl ihr Gegenüber am Telefon war.

„Alles gut, ich wollte Ihnen keine Angst machen. Bitte öffnen Sie trotzdem niemandem die Tür."

„Das habe ich heute schon einmal gehört."

„Ach?"

„Ja, von meinem Vater." Sie lachte. „Haben Sie eigentlich den Ring schon?"

„Oh, ja." Sie hörte ein Knistern im Hintergrund. „Darum rufe ich auch an. Es wurde ein gefütterter Umschlag für mich abgegeben. Als Absender stehen Sie darauf."

„Na wunderbar, also hat meine Tante es doch noch rechtzeitig geschafft. Dann kann der ja jetzt in die KTU."

Er betonte ein zweites Mal, dass sie niemandem die Tür öffnen solle, und bat darum, ihn anzurufen, falls Jakob unerwartet nach Hause käme. Er gab ihr hierfür sogar seine private Handynummer.

„Was haben Sie denn immer mit meinem Vater?", fragte sie.

„Gar nichts. Sie müssen nur verstehen, dass ich im Moment niemandem so recht traue."

„Das Problem kenne ich! Aber Jakob ist doch mein Vater. Sagen Sie lieber diesem Dahlin, dass er sich um den Ex meiner Mutter kümmern soll", sagte Henry laut.

„Es sind nur Vorsichtsmaßnahmen, und das bedeutet nicht, dass Sie wirklich in Gefahr sind. Ich möchte nur, dass Sie auf sich achtgeben."

Als Henry aufgelegt hatte, kam wieder das Unwohlsein in ihr hoch. Sie sah aus dem bodentiefen Wohnzimmerfenster in die Dunkelheit der Nacht. Schokolade wäre jetzt genau das Richtige, dachte sie und ging nach oben, um die Tafel zu holen, die Jakob ihr aufs Bett gelegt hatte.

Auf dem Weg zurück ins Wohnzimmer kam sie an seinem Arbeitszimmer vorbei und betrachtete das große Eichenregal mit den Romanen ihres Vaters. Sie las die Buchrücken und zog den Krimi mit dem Titel ‚Verlorene Leben' aus dem Regal. Es war derselbe, den Herr Häberle ihr hatte ausleihen wollen. Als sie mit der Schokolade und dem Buch das Arbeitszimmer verlassen wollte, fiel ihr Blick auf Jakobs Schreibtisch. Hier lag – neben den Papierstapeln, die sie bereits bei der Hausführung gesehen hatte – ein Dokument, das ihre Aufmerksamkeit auf sich zog. Henry sah sich um, obwohl sie sich bewusst war, dass niemand außer ihr selbst im Raum war. Es fühlte sich irgendwie falsch an, in Jakobs Papieren herumzustöbern, aber sie war zu neugierig.

Tiefe Wasser sind still stand auf dem ersten Blatt. *Von Paul Sturm.* Es war vermutlich sein neuestes Manuskript, denn es umfasste gerade einmal hundertdreiundzwanzig Seiten und war damit deutlich zu kurz für einen fertigen Roman. Sie schob das Buch, das sie gerade geholt hatte, zurück in die Lücke im Regal und ging mit dem Blätterstapel unter dem Arm und der Schokolade ins Wohnzimmer.

Auf dem Sofa steckte sie die Kopfhörer in die Ohren, ließ sich von ‚Scarborough Fair' berieseln, während sie Alpenmilchschokolade kaute, und blätterte im Manuskript.

Hinter dem Deckblatt fand sie ein Exposé, das die Geschichte zusammenfasste, aber sie wollte sich zunächst ein

Bild von Jakobs Schreibstil machen. So las sie die ersten Seiten, auf denen er mit einem Rotstift Anmerkungen an den Rand geschrieben hatte.

Der Plot fesselte sie sofort. Es ging offenbar um eine junge, alleinerziehende Kommissarin, die nicht nur Fälle löste, sondern auch ihre Beziehungsprobleme. Das kam Henry bekannt vor. Die Beamtin wurde zu einem Leichenfund auf einem Friedhof gerufen. Ein Buch, das gleichermaßen Männer wie Frauen ansprach, fand sie.

Die Türklingel riss sie unvermittelt aus der Geschichte und sie schaltete den MP3-Player aus. Ihr Herzschlag beschleunigte sich und ihr wurde heiß. Sie sollte niemandem öffnen, hatte Faber gesagt. Wieder sah sie durch die Terrassentür in die Finsternis des Gartens. Pluto war irgendwo da draußen in der Kälte. Sie verharrte auf dem Sofa wie festgefroren und traute sich kaum zu atmen.

Plötzlich fühlte sie sich vom Schwarz der Nacht beobachtet. Ein zweites Klingeln ließ sie zusammenzucken. Henry legte leise die Manuskriptseiten auf den Wohnzimmertisch und schlich in Richtung Treppe. Sie konnte durch die Milchglasscheibe nicht erkennen, wer vor der Tür stand, befürchtete aber, dass die Person draußen sie sehen konnte, da im Haus alles hell erleuchtet war. Leisen Schrittes ging sie die Treppe nach oben ins Gästezimmer und blickte von dort aus dem Fenster, konnte aber niemanden vor der Tür stehen sehen. Die Scheinwerfer eines nahenden Autos beleuchteten die Hecke, die Jakobs Grundstück eingrenzte. Wer konnte das sein um diese Zeit? Sie hatte das Licht im Gästezimmer nicht angemacht und stand nun in völliger Dunkelheit, während sie aus dem Fenster starrte. Es klingelte ein drittes Mal. Henry konnte nicht bis zur Haustür sehen, offensichtlich stand die Person direkt davor. Ein kleiner Schweißtropfen bahnte sich den Weg durch ihre Nackenhaare und kitzelte unangenehm zwischen den Schulterblättern. Die Wollsocken waren ihr schlagartig zu warm. Sie hatte Angst, ihr Herz würde ihr die Rippen brechen, so schnell und laut schlug es. Wovor hatte Kommissar Faber sie warnen wollen? Warum hatte er nicht Klartext gesprochen und warum zum Teufel hatte sie nicht näher nachgefragt? Nur weil sie zu sehr damit beschäftigt gewesen war, Jakob zu verteidigen.

Nach einigen Sekunden sah sie eine vermummte Gestalt vor dem Haus stehen. Es musste ein Mann sein, er trug Jeans und einen schwarzen Kapuzenpullover und kam ihr irgendwoher bekannt vor. War es derselbe Mann, der sie in der Mühlstraße verfolgt hatte? Aber da war er zu weit weg gewesen. Er war ein paar Schritte zurückgegangen, um am Haus hinaufzusehen. Schlagartig stieß Henry sich am Fensterbrett ab und drückte sich mit dem Rücken gegen die Wand. In dieser Stellung verharrte sie einige Sekunden und traute sich kaum, zu atmen. Ob sie Jakob anrufen sollte? Oder Kommissar Faber? Aber was sollte sie ihm erzählen? Dass jemand an der Tür klingelte? Das war lächerlich. Es gab keine Indizien dafür, dass ihr jemand etwas tun wollte. Faber hatte ja nur gesagt, dass sie sich melden solle, wenn Jakob nach Hause kam, nicht, wenn irgendwer an der Tür klingelte. Vielleicht war der Mann ein Bekannter ihres Vaters, der ihn besuchen wollte?

Henry sah wieder aus dem Fenster, konnte aber niemanden mehr sehen. War er gegangen? Oder stand er nur wieder direkt vor der Tür, wo sie ihn nicht sehen konnte? Ging er womöglich ums Haus herum, um durch die Terrassentür einzusteigen?

Es vergingen sicherlich zehn Minuten, in denen sie in völliger Dunkelheit im Gästezimmer stand und flach atmend aus dem Fenster starrte, aber sie konnte niemanden mehr sehen. Nur Pluto saß auf dem Gehweg gegenüber und putzte sich.

Henry schlich die Treppen nach unten, um zu überprüfen, ob wirklich alle Fenster und Türen verschlossen waren. Sie knipste das Licht aus, damit man sie nicht von draußen sehen konnte. Warum nur hatten diese alten Häuser keine Rollläden?

Lautlos huschte sie durch die Dunkelheit zum Sofa, um das Manuskript und das Telefon zu holen. Hier unten, wo man sie von draußen sehen konnte, wollte sie nicht weiterlesen.

Als sie wieder im Gästezimmer war, schaltete sie die Lampe neben dem Bett an. Jetzt hörte sie keine Musik mehr, sie wollte die Ohren frei haben, falls es noch einmal klingelte oder sie womöglich ein zerberstendes Fenster hörte.

„Jetzt entspann dich mal", sagte sie leise zu sich selbst und vernahm dabei Kjells Stimme. Es war der erste Moment seit Langem, in dem sie ihn wirklich gern bei sich gehabt hätte. Er hätte gewusst, was zu tun wäre. Wäre sie nur mit Jakob auf die Lesung gefahren.

Sie nahm das Manuskript erneut in die Hand, legte sich noch zwei Stücke zart schmelzender Schokolade auf die Zunge und las das Exposé. Sie musste sich irgendwie ablenken.

Als Kommissarin Wolf zu einem Friedhof gerufen wird …

Henry senkte das Manuskript und sah in den leeren Raum. Natürlich! Der Friedhof! Da hatte sie den Kerl mit dem schwarzen Kapuzenpulli schon einmal gesehen. Er hatte mit dieser alten Dame an dem Grab gestanden und dauernd zu ihr herübergestarrt. Nur war er viel zu weit weg gewesen, als dass sie sein Gesicht hätte erkennen können. Ihr wurde klar, dass der Unbekannte sie nicht zum ersten Mal aufgesucht hatte und dass es kein Besuch für Jakob gewesen war. Bis zur Jugendherberge war er ihr gefolgt und dann zum ‚Last Resort'. Jetzt wurde ihr doch wieder mulmig. Ob er immer noch vor dem Haus stand?

Schweißperlen bildeten sich auf ihrer Oberlippe, als sie die eingegangenen Anrufe durchsuchte und den Rückruf für die letzte Nummer wählte. Faber war nicht mehr in seinem Büro. Henry zog einen Zettel aus der Hosentasche, auf dem sie seine Mobilfunknummer notiert hatte. Die Leitung war besetzt. Sie versuchte es noch einige Male, kam jedoch nicht durch. Großartig. Sie sollte ihn anrufen und dann war er nicht erreichbar.

„Okay, ganz ruhig bleiben, Henry, und nicht hysterisch werden", sagte sie und atmete tief ein und aus. So wie Beate es im Achtsamkeitskurs gelernt und ihr und Christian gezeigt hatte. „Hier kommt niemand rein", flüsterte sie zu sich selbst. Nicht einmal Pluto war hier, aber sie wollte keinesfalls die Tür öffnen und nach ihm rufen.

Henry ging langsam im Dunkeln in die Küche und schenkte sich den Rest des Rotweins ein, den sie mit Jakob geöffnet hatte. Wenn nichts mehr hilft, hilft Rotwein, hatte ihre Mutter immer gesagt und verdammt recht damit gehabt. Das Einzige, was jetzt noch mehr geholfen hätte, wäre ihre alte Walther P99 gewesen. Jakob hatte sicher keine Waffe zu Hause, nicht einmal Pfefferspray. Aber sie wusste, dass es eine Alarmanlage gab. Eine Türklingel mit Kamerafunktion wäre ihr fast lieber gewesen, doch in so einen Schnickschnack investierte Jakob wiederum nicht. Sein Auto hatte alle möglichen Gadgets, nur im Haus gab es nichts, was sie jetzt hätte brauchen können. Sie stampfte leise mit dem Fuß auf. So eine Scheiße. Der Rotwein schmeckte scharf und sie kippte das ganze Glas hinunter. Wenn sie schon sterben sollte, dann wenigstens betrunken. Aber gut, solange die Alarmanlage nicht auslöste, war sie sicher. Außerdem war die ja bestimmt mit einer Sicherheitsfirma verbunden, die sofort kommen würde. Niemand bricht in Jakob Winters Haus ein.

„So ist es gut, Henry", lobte sie sich selbst für die beruhigenden Gedanken. Das Exposé wollte sie aber zu Ende lesen, bevor sie ins Bett ging. Schlafen würde sie ohnehin nicht können. Sie sah noch einmal durch die Terrassentür in die Dunkelheit der Nacht, konnte aber niemanden sehen.

Der Plot gefiel ihr beim Lesen des Exposés immer besser. Es ging um eine Frau, die auf einem Friedhof ermordet worden war. Jemand hatte sie erschossen und kopfüber an ein großes steinernes Kreuz gehängt, das in der Mitte der Friedhofskapelle stand. Eigentlich wollte sie die Aufklärung des Falls nicht lesen, weil sie dann den Roman nicht mehr zu lesen brauchte, aber sie war zu gespannt, wie die

Geschichte ausging. Doch das, was sie dort zu lesen bekam, löste etwas ganz anderes in ihr aus. Natürlich war sie sich darüber im Klaren, dass es sich um Fiktion handelte, aber der Fall kam ihr nur allzu bekannt vor. Die Buchstaben verschwammen vor ihren Augen. Es fühlte sich an, als wenn jemand sanft seine Hände um ihren Hals legte und ganz langsam zudrückte.

Der Täter war der eigene Ehemann.

Er hatte seinen Ehering eingeschmolzen.

Aus dem Metall hatte er ein Projektil gebaut.

Und damit seine Frau erschossen.

Die Zeit schien stillzustehen, als Henry das Manuskript anstarrte. Ihre Gedanken überschlugen sich, sie erinnerte sich an alles, was Faber zu ihr gesagt hatte. Aber Jakob würde jetzt nicht zurückkommen, und so hatte sie genügend Zeit, um weitere Indizien zu finden.

Im Arbeitszimmer durchsuchte sie lautlos die Papiere ihres Vaters. Verstaubte Rechnungen und Fanpost. Wonach sollte sie suchen? Ihr war mittlerweile so heiß geworden, dass sie nur noch im T-Shirt dastand, völlig verloren in diesem Raum, der sie förmlich erschlug mit all seinen Buchstaben, die rings um sie herum in den Regalen schliefen. Wo konnte es Hinweise darauf geben, dass Jakob ihre Mutter ermordet hatte? Sie drehte sich mehrfach im Kreis und scannte die Regale ab. Es waren nur Bücher.

Henry holte sich im Weinregal in der Küche noch eine Flasche Chardonnay und setzte sich damit vor den Laptop, den Jakob ihr dagelassen hatte. Ihr Herz schlug immer noch in doppelter Geschwindigkeit, ganz so, als wäre sie auf der Flucht. Aber wovor sollte sie fliehen?

Auf dem Rechner fand sie kein E-Mail-Programm, also öffnete sie den Browser und durchsuchte den Verlauf. Da es Jakobs alter Computer war – seinen neuen hatte er mitgenommen –, war auch hier nichts zu finden. Ein Geräusch, das an ein Klopfen erinnerte, zog ihre Aufmerksamkeit auf sich. An den Fenstern konnte sie niemanden sehen. Jakob würde nicht an den Fenstern klopfen, er hatte einen Schlüssel. Vielleicht war es nur ihr Herz gewesen, das um Ruhe bat. Und selbst wenn es ihr Vater war, was sollte er ihr tun? Das konnte doch alles nicht stimmen!

Henry hatte keine Chance. In diesem Haus war nichts. Und wenn, dann würde es nur die Spurensicherung finden, aber die würde sie sicher nicht alarmieren, es ging immerhin um ihren Vater. Zögerlich griff sie zum Telefon. Sie wählte Christians Nummer. Oh bitte, lass ihn ausnahmsweise mal rangehen, dachte sie. Sie schmeckte Blut und stellte fest, dass sie sich die Unterlippe zerbissen hatte. Das Freizeichen schien unendlich.

„Singer?"

„Beate, ich bin's, Henry. Ist Christian da?"

„Hey, Henry, schön, von dir zu hören, wie geht's dir denn? Hast du einen Marathon hinter dir oder warum bist du so atemlos?"

„Ich muss ihn dringend sprechen, bitte!" Es tat Henry leid, dass sie Beate so abwürgen musste, aber es ging buchstäblich um Leben und Tod.

„Klar, ich hole ihn dir."

Während Henry am Telefon wartete, weil Beate gefühlt unendlich lange nach ihrem Mann suchte, erdrückte sie die Leere des Wohnzimmers.

„Henry!“

Als sie seine Stimme hörte, brach alles aus ihr heraus und sie schluchzte unverständlich ins Telefon.

„Henry, was? Ich versteh dich ned. Beruhig dich erst mal.“

„Ich … Christian, ich will nach Hause, ich hab hier …“ Und wieder unterbrach ein lautes Schluchzen ihren Satz.

„Mensch, Madl, was isn passiert?“

Aber es hatte keinen Wert, die Tränen, die Angst, das Gefühl, von allen verlassen zu sein, mussten raus, und vor Christian konnte sie weinen.

Nach einigen Minuten hatte sie ihre Stimme wieder im Griff und erzählte dem Freund von ihrer Entdeckung.

„Du musst sofort die Polizei anrufen, des ist eh klar.“ Sie hörte, dass er es ernst meinte.

„Was? Ich ruf doch nicht die Polizei! Damit die meinen eigenen Papa verhaften?“ Sie wischte mit der Hand über ihr nasses Gesicht.

„Henry, du bist doch Juristin. Erstens weißt du genau, dass des eigentlich deine staatsbürgerliche Pflicht ist, und zweitens hab ich keine Lust, dass dich da unten einer umnietet. Wenn du die Polizei ned rufst, mach ich des!“

Sie hörte Angst aus seinen Worten, was sie bisher von Christian nicht gekannt hatte. Was aber noch schlimmer war: Sie wusste, dass er wirklich die Polizei rufen würde, wenn sie es nicht tat. Vermutlich würde er sie sicherheitshalber so oder so alarmieren, sobald sie aufgelegt hatten.

„Da brauchst ned überlegen, ich mach des eh. Ob du da anrufst oder ned.“ Christian klang jetzt wie ein strenger Vater.

„Aber das ist doch unlogisch!" Ihre Stimme wurde lauter. „Warum sollte Jakob meine Mutter und mich im Testament bedenken und uns dann umbringen?"

„Seit wann sind Morde logisch? Also außer beim Hitchcock vielleicht."

Henry musste ihm in der Hinsicht recht geben und sicherte zu, den Anruf selbst zu tätigen, und auch er wusste, dass sie ihn nicht belügen würde.

„Rufst mich an, wenn du was weißt. Wenn ich nix von dir hör, komm ich da runter, hörst?"

Faber war nicht erreichbar, also tippte sie die 110 in Zeitlupe und es fühlte sich an, als stünde sie neben sich und sah sich selbst dabei zu.

Mach das nicht, sagte eine Stimme, aber sie hörte nicht mehr auf sie. Keine Alleingänge, das hatte sie in der Ausbildung gelernt, und sie wollte nicht schon wieder von Christian zurechtgewiesen werden, weil sie etwas Dummes getan hatte. Sie war nicht bewaffnet und auch nicht mehr im Dienst. Christian hatte recht: Jetzt brauchte sie die Hilfe der Kollegen.

Aus Schweden war Henry gewohnt, dass es eine Weile dauerte, bis die Polizei da war. Hier waren sie schon nach zehn Minuten aufgeschlagen. Sie fühlte sich schuldig, weil sie ihrem Vater die Polizei ins Haus geholt hatte. Andererseits sprach im Moment alles gegen ihn. Den Gedanken daran, dass ihr Vater ihre Mutter umgebracht haben könnte, ertrug sie kaum, aber sie war auch Polizistin und wusste, dass sie jetzt klar und objektiv denken musste. Immerhin bestand noch die Möglichkeit, dass er gar nicht ihr Vater war und Marta aus Rache umgebracht hatte. Rache war ein häufiges Tatmotiv. Wenn sie nicht seine Tochter war, wäre ihre Immunität, an die sie sich bislang geklammert hatte, hinfällig und sie genauso in Gefahr wie ihre Mutter.

Die beiden Streifenbeamten saßen an Jakobs Esstisch.

Henry legte einem der Männer das Manuskript hin. „Ja, also da steht das drin mit dem Projektil aus Gold …"

Der Polizeihauptmeister – sie konnte seinen Dienstgrad unschwer an seinen Schulterklappen ablesen – zog seine Brille nach unten und las in dem Manuskript, als wäre es die Heilige Schrift. Ohne etwas zu sagen, steckte er es mit Gummihandschuhen in eine Tüte.

Der andere Polizist holte sein Smartphone aus der Tasche, stand auf und ging zum Telefonieren in eine Ecke des Wohnzimmers. Es ergab nicht wirklich Sinn, weil sowohl Henry als auch sein Kollege ohnehin zuhören konnten.

Der Beamte forderte die Kripo an. Genau genommen den Kriminaldauerdienst, den er mit KDD abkürzte, weil das Kriminalkommissariat nicht mehr erreichbar war.

Das Team vom KDD brauchte etwas länger. Henry war es unangenehm, dass sie die beiden Beamten in der Zeit bei der Stange halten musste. Am liebsten wäre sie woanders gewesen. Am Strand von Öland zum Beispiel. Oder mit einer frischen Limonade am Mälarsee. Alles fühlte sich so falsch an. Die Beamten waren nicht sehr gesprächig, wollten nichts trinken und von Henry erst einmal nichts wissen. Der Jüngere der beiden streichelte Pluto, der mit den Polizisten hereingekommen war, und bemerkte nicht, dass seine Uniformhose danach voller schwarzer Haare war.

Nach einer halben Stunde, die Henry endlos vorgekommen war, klingelte das Team des KDD an der Tür. Und dann ging alles ganz schnell. KDD und Streife berieten sich, der Bereitschaftsstaatsanwalt wurde eingeschaltet und eine weitere halbe Stunde später war die Kriminaltechnik im Haus.

Eigentlich hatte sie der Polizei ja nur mitteilen wollen, was sie in dem Manuskript gefunden hatte. Jetzt aber stand hier eine ganze Armada an Uniformierten und Nichtuniformierten in dem Haus, das ihr Vater ihr anvertraut hatte. Henry war bewusst, dass eine Streife unterwegs zu ihm war. Sie hoffte, dass er die Lesung erst am nächsten Tag hatte und sie ihn nicht vor allen Zuschauern abräumen würden. Eine grauenhafte Vorstellung. Sie ging zum Kühlschrank und holte sich ein Glas Saft. Gleich beim Öffnen fiel ihr die Plastikdose mit der Bolognese ins Auge, die sie mit Jakob gekocht hatte. Sie senkte die Lider und schloss den Kühlschrank geräuschvoll.

„Können Sie uns vielleicht sagen, was das ist?“ Ein Mann im Schutzanzug stand vor ihr und hielt ihr mit gummibehandschuhten Händen zwei Flaschen aus Braunglas hin. Auf einer prangte ein grellorangefarbener Aufkleber mit einem schwarzen Totenkopf darauf. Daneben war einer mit der Aufschrift *O-Ethyl-O-2-diisopropylaminoethylmethyl-phosphonit.* Auf der zweiten Flasche stand nichts weiter als *Schwefel.*

„Sie werden lachen“, sagte Henry. „Ich habe in Chemie immer eine Fünf gehabt. Ich hoffe jetzt eher, Sie können mir sagen, was es ist.“

Der Mann lachte nicht. „Das werden wir dann herausfinden. Es war in einem der Badezimmerschränke, hinter den Handtüchern, zusammen mit ein paar Tuben verschiedener Lotionen."

Die ganze Situation war unwirklich. Er packte die beiden Braunglasflaschen in eine große Kiste und ging weiter seiner Arbeit nach.

Was hatte das alles zu bedeuten? Handelte es sich bei dem Inhalt der Fläschchen um Gift? Aber Marta war erschossen worden. Sie dachte an die Lotion, die in Farsta im Mülleimer lag. Es würde ihre Vermutung bestätigen, dass Jakob sie ebenfalls umbringen wollte. Aber das ergab keinen Sinn! Er hätte jetzt schon zweimal die Möglichkeit gehabt, sie zu vergiften. Mit der Bolognese zum Beispiel. Oder mit der Lasagne, deren Rest sie noch Kjell mitgebracht hatte. Hatte er sie töten wollen, weil er dachte, dass sie nicht seine Tochter war? Und nun wollte er vorsichtshalber doch einen Vaterschaftstest durchführen lassen, bevor er sie in die ewigen Jagdgründe schickte?

Ihr Kopf pochte laut und die Stimmen der Polizisten verflossen zu einem Meer aus Lärm. Das Bild vor ihren Augen verschwamm und sie setzte sich auf das Sofa.

Jakob war unschuldig. Er musste unschuldig sein. Erst ein gellender Piepston in ihrem Ohr, der offensichtlich aus ihrem Kopf kam, überdeckte den Lärm für einige Sekunden. Die Hände an die Ohren gedrückt, presste sie die Augenlider zusammen.

Sie wusste nicht, wie viel Zeit vergangen war, als sie spürte, dass das Polster zu ihrer Linken nachgab. Als sie die Augen öffnete, saß ein Mann neben ihr und sah sie an. Er musste Kommissar Faber sein.

„Ich weiß, dass das eine verdammt beschissene Situation ist“, sagte er, und sie merkte, dass er selbst unsicher war, was er sagen sollte.

„Was soll ich denn jetzt machen?“, fragte Henry. Ihre Augen füllten sich mit Tränen.

„Jetzt warten Sie erst einmal ab, was bei den Ermittlungen gegen Ihren Vater rauskommt.“

Mit dem Ärmel ihres Pullovers wischte sie die Tränen aus dem Gesicht. „Ermittlungen gegen meinen Vater! Er hat nichts getan. Erst verliere ich meinen Vater, dann meine Mutter, dann taucht mein Vater wieder auf und jetzt verliere ich ihn doch wieder. Und wenn Sie recht haben, dann wollte er mich sogar umbringen. Und vielleicht ist er überhaupt nicht mein Vater!“

Faber sah sie verwirrt an. „Jetzt noch einmal eins nach dem anderen. Wie meinen Sie das, dass er nicht Ihr Vater ist?“

Und Henry erzählte ihm von der Sache mit der Handcreme und von den manipulierten Bremsen.

„Er will einen Vaterschaftstest machen lassen“, sagte sie und schluckte.

„Warum das?“

„Er sagt, damit ich meinen alten Namen wieder annehmen kann.“

Faber nickte. „Sie sollten das alles auf jeden Fall auf dem Revier zu Protokoll geben. Können Sie in mein Büro kommen, damit ich das alles in Ruhe in die Akte aufnehmen kann?“ Das Wort „Ruhe“ betonte er besonders und deutete dabei auf die herumrennenden Kollegen von der Kriminaltechnik.

„Natürlich, kann ich machen", sagte Henry und wischte sich die Nase mit dem Ärmel ab. Sie hatte das Gefühl, Faber wollte sie in den Arm nehmen, war sich aber darüber im Klaren, dass ihm das nicht zustand.

„Wenn ich es richtig weiß, sind Sie doch eine Kollegin, oder?", fragte er behutsam.

„Ich war mal eine …", sagte Henry zögerlich.

„Dann wissen Sie auch, dass man immer erst abwarten muss, was bei den Ermittlungen herauskommt. In dubio pro reo. Und auch als Juristin wissen Sie doch, dass immer zuerst die Unschuldsvermutung gilt. Vielleicht … Ich weiß, das klingt jetzt komisch, aber möglicherweise haben ja auch Sie recht und Ihr Vater hat gar nichts damit zu tun."

Henry vergrub ihr Gesicht wieder in den Händen. Zum ersten Mal seit Wochen war ihr Leben in Ordnung gewesen. Für einen ganz kurzen Moment. Und nun stand sie vor lauter Trümmern. Kjell war weg und redete nicht mehr mit ihr. Ihr Vater, der vielleicht nicht einmal ihr Vater war, hatte ihre Mutter getötet und versucht, auch sie zu töten. Verdammt, wenn das alles stimmte, dann war jetzt gar nichts mehr in Ordnung. Und wenn es nicht stimmte, hatte sie ihren Vater verraten und schwer enttäuscht.

„Vielleicht sollte ich meinen Bruder anrufen", sagte sie und schniefte.

Faber riet davon ab. Zu ihrer Familie sollte sie erst einmal Abstand halten, bis alles geklärt war, was sie zwar in diesem Moment nicht wirklich verstand, aber sie vertraute dem Kommissar.

Henry musste raus aus diesem Haus. Den Beamten zuzusehen, wie sie alles durcheinanderbrachten und Jakobs Leben in Kisten packten, war unerträglich. Ihr war klar, dass der Kommissar sie nicht gehen lassen würde, also mischte sie sich unter die Beamten, ging unruhig kurz nach oben und wieder nach unten. Als Faber mit den Kollegen beschäftigt war, zog sie wie selbstverständlich ihren Mantel an, nickte einem Beamten des KDD zu, der vor der Tür stand, und verließ den Schauplatz.

Henry ging die Straße hinunter, vorbei am Haus von Herrn Häberle, bei dem Licht brannte. Sie erinnerte sich an ihren ersten Tag hier und wie aufgeregt sie gewesen war, ihren Vater bald kennenzulernen. Jetzt war sie diejenige, die alles zerstört hatte. Als sie sich umdrehte, sah sie vier Streifenwagen vor Jakobs Tür stehen, dazu mehrere Zivilfahrzeuge. Es wunderte sie beinahe, dass Herr Häberle noch nicht mit dem Fernglas am Gartenzaun stand. Wohin sollte sie jetzt? Zurück zur Jugendherberge war die einzige Möglichkeit. Und sie musste Christian anrufen.

Henry saß an der Bushaltestelle in der Grünwaldstraße und fror. Sie hoffte, Kommissar Faber würde nicht genau jetzt ins Auto steigen und zur Wache fahren. Er hätte sie gesehen und ihr sicher Vorwürfe gemacht. Zu Recht. Es war keine gute Idee gewesen, das Haus ihres Vaters zu verlassen, aber sie hatte unmöglich dort bleiben können.

„Henry?“, hörte sie eine Stimme, gedämpft durch die gefütterte Kapuze ihres Mantels.

Ben, der gerade offensichtlich von seiner Laufrunde zurückkam, sagte nichts, als sie erneut in Tränen ausbrach und ihm erzählte, was passiert war. Er hörte einfach nur zu. Als sie fertig war, bot er ihr an, zu ihm zu kommen. Sie zögerte kurz, weil sie Ben ja nur zwei Mal gesehen hatte. Aber dann dachte sie wieder an Christian, der ihr geraten hatte, ihr Misstrauen abzulegen, und da sie keinen anderen Ausweg wusste, willigte sie ein.

***

Die Einrichtung von Bens Wohnung war eine Mischung aus modernen und antiken Möbeln, die durchaus aufeinander abgestimmt wirkten. Er hatte wirklich Geschmack und Henry fühlte sich sofort wohl.

Es war schon spät, aber er kochte ihr eine Suppe mit frischem Gemüse. Er wollte ihr etwas Gutes tun, sie musste dagestanden sein wie ein Häuflein Elend.

„Ist ein Rezept von meiner Mutter", sagte er, während er die gefrorene Brühe im Topf schmolz. „Gemüsesuppe hilft immer, sagt sie."

„Bei mir ist das eher Kakao", sagte Henry.

Ben bat Henry, die Brühe zu rühren, und stellte wortlos einen Topf mit Milch auf den Herd. Er füllte eine Tasse mit Kakaopulver und Henry lächelte dankbar.

„Das ist das kleinste Problem", sagte er ruhig und reichte ihr die Tasse.

Sie schlang die Hände um die heiße Tasse und pustete kleine Kakaowellen über die Oberfläche ihres Getränks.

Ben schnitt neben ihr Karotten, Lauch, Kohlrabi, Kartoffeln und Blumenkohl. Henry war beeindruckt, dass er so viel frisches Gemüse zu Hause hatte.

„Glaubst du wirklich, dass dein Vater deine Mutter umgebracht hat?", fragte er, während er die Suppe mit Gewürzen abschmeckte.

„Verdammt, Ben." Sie stellte vorsichtshalber die Tasse ab. „Ich weiß überhaupt nicht mehr, was ich glauben soll. Wie würde es dir gehen, wenn du erfährst, dass deine Mutter dich dein ganzes Leben lang verarscht hat?"

„Vermutlich würde es mir genauso gehen, und ich wüsste auch nicht mehr, wem oder was ich glauben soll." Er stellte zwei Teller auf den Tisch und zündete eine Kerze an. „Mache ich immer zum Essen", sagte er entschuldigend, als wolle er die romantische Wirkung abschwächen.

Es war ein gutes Gefühl, bei Ben zu sein, und dennoch konnte sie nicht leugnen, dass sie immer misstrauischer wurde. Vielleicht hatte sogar er etwas mit der Sache zu tun? Die ganze Stadt kam ihr plötzlich verdächtig vor.

„Darf ich kurz telefonieren?", fragte sie zaghaft.

Er legte ihr sein Handy hin und holte noch mehr Gewürze aus dem Schrank.

Henry tippte Fabers Nummer von dem Zettel, den er ihr gegeben hatte, ab.

„Faber?"

„Ja, Henry Winkler hier, ich …"

„Frau Winkler! Wo stecken Sie? Wir suchen Sie überall."

Sie entschuldigte sich mehrfach bei ihm und erklärte, warum sie einfach gegangen war. Obwohl er es nicht guthieß, zeigte er Verständnis, wollte jedoch ihren Aufenthaltsort wissen. Sie hatte nicht auf die Straßennamen geachtet.

„Ben? Sagst du mir kurz deine Adresse?"

„Schlossgasse 28", antwortete er, nachdem er ein wenig Suppe zum Abschmecken vom Löffel geschlürft hatte.

„Schlossgasse 28", wiederholte Henry in den Telefonhörer und Faber bat sie, am nächsten Tag zu ihm aufs Revier zu kommen.

Obwohl die Suppe wirklich gut schmeckte, bekam Henry kaum etwas davon hinunter.

„Wenn du magst, gehen wir zu Alkohol über."

„Hilft auch immer?", fragte Henry.

„Klar. Aber die Theorie stammt nicht von meiner Mutter."

„Aber von meiner", sagte sie augenzwinkernd.

Er stellte eine Flasche Wein auf den Tisch und eine mit irgendetwas Hochprozentigem, das Henry nicht kannte.

„Bedien dich", sagte er und setzte sich neben sie. Seine Augen leuchteten.

Nach zwei Gläsern Wein und einem halben Glas des Hochprozentigen ging es ihr schon besser und auch ihre Unsicherheit, ihr Misstrauen verschwanden. Zumindest dachte sie das. Ben berichtete von seiner Arbeit und Henry von Schweden. Er wollte alles über das Land wissen, und nachdem sie ihm erzählt hatte, was es zu erzählen gab, wollte er unbedingt seinen nächsten Urlaub dort verbringen. Und Käse in Tuben probieren.

„Aber ich sag's dir gleich. Elche wirst du vermutlich nur im Elchpark sehen. Das ist so eine Romantisierung von Deutschen. Bullerbü und Elche." Sie lächelte.

„Da zähle ich mich nicht dazu“, sagte Ben. „Ich freue mich schon, wenn ich mal wieder echten Schnee anfassen kann.“

Henry ertappte sich immer wieder, wie sie in seiner Wohnung nach Indizien suchte, die auf eine Frau hinwiesen, aber sie fand nichts. Nicht einmal im Badezimmer, als sie kurz auf der Toilette war. Es gab nur eine Zahnbürste und Pflegeprodukte für Männer. Mindestens Tampons oder eine zweite Zahnbürste hätten hier zu finden sein müssen, wenn er eine Freundin gehabt hätte.

Sie fühlte sich wohl in seiner Nähe. Zwischendurch musste sie immer wieder lachen und sie vergaß beinahe, dass ihr Vater ihretwegen, wahrscheinlich genau in diesem Moment, auf dem Weg zum Polizeirevier war.

Zwei Stunden später fand sie sich in Bens Armen wieder und musste die Tränen zurückhalten, weil ihr die Umarmung unglaublich guttat. Er war ein bisschen wie Kjell. Nur eben eine nette und verständnisvolle Variante von Kjell.

Der Alkohol wirkte recht schnell und Henry war in diesem Moment froh, dass ihr Handy weg war. Dem Kommissar hatte sie gesagt, wo sie war. Ansonsten wusste es niemand. Keiner würde anrufen und sie stören.

Ben schob seinen Finger unter ihr Kinn und hob ihren Kopf sanft nach oben, damit sie ihm direkt in die Augen sah.

„Was ist lo…“ Sein Kuss unterbrach sie. Sie spürte, wie eine unbändige Hitze in ihr aufstieg, und sie setzte sich auf seinen Schoß. Er nahm ihr Gesicht zwischen die Finger und zog sie immer wieder zu sich her. Während sie sich in Ekstase küssten, riss sie wie von Sinnen seinen Pullover und dann sein T-Shirt nach oben. Sie konnte es nicht sehen, aber fühlte, dass seine Brust warm und muskulös war. Die Vermutung, dass Ben viel Sport machte, bestätigte sich, als er aufstand und sie ins Schlafzimmer trug – während sie weiter auf ihm saß.

Bodensee, 14. Februar 2019

Jakob bereitete sich auf seine Lesung vor, die am nächsten Vormittag stattfinden sollte. Die Signierstunde danach war jedoch traditionell jener Teil, der ihn am meisten anstrengte.

Er klebte farbige Zettel in das Buch, das er vorstellen wollte. Das Konstanzer Publikum liebte ihn und er freute sich auf den Auftritt. Am Abend würde er noch eine Lesung in Friedrichshafen geben und am darauffolgenden Tag zurück nach Tübingen fahren. Auf der Fahrt hatte er überlegt, ob es nicht doch unkomplizierter gewesen wäre, wenn er Henry überzeugt hätte mitzukommen. Das Ferienhaus lag etwas abgelegen, nur zwei Häuser waren in unmittelbarer Nähe. Das eine war ein anderes Ferienhaus und stand im Winter leer. Das zweite wurde von einer alleinstehenden Frau Ende siebzig bewohnt, die sich freute, wenn Jakob da war, ihn aber meistens in Ruhe arbeiten ließ.

Vom Haus führte ein Steg direkt zum Wasser. Nachts, wenn man an seinem Ende saß, konnte man in die schwarze, unendlich scheinende Tiefe des Sees blicken. Jakob hatte einen Krimi geschrieben, der hier spielte und bei dem die Leiche im Bodensee versenkt wurde. Wenn er hier auf diesem Steg saß, dachte er oft darüber nach, wie viele Tote der See schon unbemerkt verschlungen haben musste.

Laut und energisch klopfte es an der Tür seines Ferienhauses. Jakob war gerade erst angekommen und vermutete deshalb hinter dem Klopfen die Nachbarin, die ihm hin und wieder kleine Präsente brachte, wenn er da war. Langsam stand er auf, streckte seinen Rücken durch, der mit einem lauten Knacken antwortete, und öffnete die Tür. Zwei Polizisten in voller Montur sahen ihn an.

„Jakob Winter?"

„Ja?" Schlagartig schoss ihm das Blut in die Wangen.

„Sie sind hiermit vorläufig festgenommen wegen Verdachts des Mords an Ihrer Ehefrau."

Er fühlte sich wie in einem seiner Bücher, aber er stand jetzt definitiv auf der falschen Seite. Was wurde hier gespielt? Dahlin hatte er doch erklärt, warum er nicht in Schweden hatte bleiben können, und in Deutschland hatte keiner was von ihm wissen wollen. Zwei weitere Beamte tauchten aus dem Nichts auf. Sie mussten hinten im Garten gewesen sein.

Es kam nicht oft vor, dass Jakob Winter sprachlos war, aber jetzt stand er vor den Polizisten, als hätte ihn jemand eingefroren, und starrte sie an. Er hatte mit vielem gerechnet, aber nicht damit, festgenommen zu werden. Jakob wusste, dass die Beamten darauf achteten, wie und was er jetzt antwortete. Wie hatten die unschuldigen Charaktere in seinen Romanen reagiert, wenn sie verhaftet worden waren? In Lichtgeschwindigkeit spulte er die Geschichten seiner Bücher im Kopf ab.

„Wo ist meine Tochter?" Seine Stimme klang nervöser, als er es geplant hatte.

„Ihrer Tochter geht es gut", antwortete der Kleinere der beiden, die an der Tür geklingelt hatten. Er war vielleicht Anfang zwanzig und sein unruhiger Stand verriet seine Nervosität. Sein Kollege dagegen hatte eine umso ehrfurchtgebietendere Aura und strahlte absolute Autorität aus. Er war es auch, der Jakob die kalten Handschließen anlegte.

Tübingen, 14. Februar 2019

„Wohnst du jetzt hier?“, fragte Charly Hellstern, der an Daniel Fabers Bürotür stehen geblieben war.

„Hör bloß auf“, stöhnte Daniel. „Das war eine verdammt lange Nacht.“

„Ich hab's schon gehört“, sagte Charly. „Das mit dem Haftbefehl ging aber auch wirklich schnell dieses Mal.“ Nach einem Blick auf die Tasse in seiner Hand trat er in Daniels Büro und stellte den dampfenden Kaffee auf den Tisch seines Kollegen. „Ist ganz frisch. Ich hole mir einen neuen.“

Faber lächelte dankbar und nahm einen Schluck. Er spürte, wie der heiße Kaffee durch seine Speiseröhre floss.

„Aber mal im Ernst, Daniel. Davon hat doch keiner was, wenn du arbeitest, bis du tot umfällst. Warst du wirklich heute Morgen schon in Konstanz mit Winter bei der Eröffnung des Haftbefehls?“

„Klar, ich wollte ihn ja gleich mitnehmen. Gott, dieser Bodensee.“ Er schüttelte den Kopf. „Der ist um diese Jahreszeit echt deprimierend. Kein Vergleich zum Sommer.“ Er kippte den Kaffee in einem Zug hinunter.

„Willst du nicht mal zwischendurch schlafen?“

„Winter sitzt in U-Haft, der muss heute noch vernommen werden. Und der Kollege aus Schweden hat mir eine Liste geschickt mit Namen von deutschen Urlaubern, die im Februar in Sigtuna waren.“

„Wenn ich dir was helfen kann …"

Faber stellte die Tasse ab. „Danke für das Angebot. Aber auf der Liste kenne ich sowieso keinen. Also natürlich abgesehen von Jakob Winter. Das weiß ich aber schon von den Schweden, dass er dort war. Angeblich, um seine Frau und seine Tochter zu suchen. Der Kommissar dort, Dahlin, hatte Winter vorgeladen, der kam aber nicht, sondern hat ihn am nächsten Tag von der Autobahn angerufen und Dahlins Fragen am Telefon beantwortet. Macht ihn nicht gerade unverdächtiger. Ich werde jetzt in Schweden die Pensionen durchtelefonieren und lasse mir die restlichen Personen, die da waren, beschreiben. Kann ja sein, dass jemand unter falschem Namen gereist ist."

Charly hob fragend eine Augenbraue. „Du machst das, obwohl Winter dort war und jetzt schon in U-Haft sitzt?"

Daniel schüttelte seufzend den Kopf. „Ich weiß es doch, Charly. Aber ich bin es seiner Tochter schuldig, dass ich zumindest alles andere ausschließe."

Charly Hellstern merkte, dass der Fall seinen Kollegen mitnahm. Er kannte Daniel und wusste, dass er immer darauf bedacht war, eine Ermittlung bis ins letzte Detail durchzuführen. Wenn auch nur der Hauch einer Unsicherheit bestand, gab Daniel Faber so lange keine Ruhe, bis diese aus dem Weg geräumt war.

„Ich verstehe dich ja", sagte Charly. „Wenn du magst, kann ich die Anrufe für dich übernehmen."

„Bringt aber doch nichts." Daniel seufzte. „Du weißt doch gar nicht, wie die Beteiligten aussehen, oder?"

„Auch wieder wahr." Charly ließ die Schultern hängen. „Tut mir leid, Daniel. Dann gehe ich mal rüber. Aber du meldest dich, wenn ich etwas für dich tun kann, okay? Ich kann auch gern mit in die Vernehmung, wenn du willst."

„Das ist nett, aber nicht nötig. Der Kerl hat eine Nacht in U-Haft verbracht. Der will reden. Und er wird es auch, glaub mir."

Wenn Winter geständig war, konnte er sich die Telefoniererei nach Nordeuropa sparen.

„Aber Familie Winter scheint ja öfter Kunde bei uns zu sein", sagte Charly, der im Begriff war, das Büro zu verlassen.

„Wie meinst du das?" Daniel Faber wurde hellhörig.

„Die Blöm hat mal die Schwester von diesem Schriftsteller als Zeugin vernommen, hat sie erzählt."

„Kriminaloberkommissarin Blöm? Warum? Ging es da auch um Jakob Winter?"

„Weiß ich auch nicht. Sie hat das aber neulich erwähnt, als dein Fall reinkam. Hat sich mit Martin im Frühstücksraum darüber unterhalten."

„Interessant", sagte Daniel und sah nachdenklich auf seine Akte.

Nachdem Faber die schwedischen Kollegen über die neuesten Entwicklungen in Kenntnis gesetzt hatte, öffnete er die Tür zum Haftraum, in dem Jakob Winter zusammengekauert auf dem Bett saß. Er erinnerte ihn an Henry, wie sie am Vorabend in der gleichen Haltung auf dem Sofa gesessen hatte.

„Herr Winter, kommen Sie bitte mit mir mit."

Jakob stand auf. Er sah Faber nicht an und folgte ihm still in den Vernehmungsraum, wo er sich gleich erschöpft auf den Stuhl fallen ließ, und Faber fand, dass er eher aussah wie ein kleines Kind als wie ein Mörder. Aber er hatte schon viele Tatverdächtige und tatsächliche Mörder gesehen und ließ sich davon nicht beirren. Das Diktiergerät legte er offen auf den Tisch.

„Und Sie sind sicher, dass Sie keinen Anwalt wollen?"

„Natürlich. Ich habe nichts zu verbergen", sagte Winter, aber der Kommissar bemerkte seine Unsicherheit. Er schlussfolgerte daraus nicht, dass sein Gegenüber schuldig war. Jeder wäre in dieser Situation unsicher gewesen, und die meisten versuchten, es zu überspielen.

Faber belehrte ihn über seine Rechte als Beschuldigter und wies ihn darauf hin, dass er jederzeit einen Anwalt hinzuziehen könne. Dann erklärte er ihm zunächst den Sachverhalt. Winter blickte mit gesenktem Kopf auf den Tisch. Erst als Faber von den Chemikalien berichtete, hob er den Kopf und sah ihn das erste Mal an.

„Was sollen das für Sachen sein?", fragte er. „Die sind nicht von mir." Sein Fuß wippte nervös auf und ab und ließ den Tisch kaum wahrnehmbar vibrieren.

„Laut KTU handelt es sich um zwei Chemikalien, die, wenn man sie kombiniert, das hochgiftige Neurotoxin VX ergeben."

Weil Jakob Winter immer noch verständnislos schaute, fuhr Daniel Faber fort. „Sie kennen das vielleicht aus den Medien. Es ist ein relativ bekannter chemischer Kampfstoff." Der Kommissar sah auf seine Unterlagen, damit er nichts Falsches sagte. „Es wirkt schon in geringsten Dosen toxisch und kann über die Haut aufgenommen werden."

„Gift? Ich dachte, Maria wurde erschossen? Wollten Sie mir nicht gerade noch wegen des Manuskripts einen Mord durch eine Schusswaffe andichten?“ Faber stellte fest, dass Jakob Winter kurzatmig war, was in dieser Situation jedoch ebenfalls nicht ungewöhnlich war.

„Ihre Ehefrau wurde erschossen, ja. Aber auf Ihre Tochter wurde vermutlich ein Mordanschlag verübt, als sie noch in Schweden war. Und das Gift, das wir in Ihrem Haus gefunden haben, käme hier durchaus infrage.“

Jakob Winter sah ihn fassungslos an. „Sie glauben, dass ich meine eigene Tochter vergiften wollte? Was wollen Sie mir denn noch alles anhängen? Wo wäre denn da mein Motiv?“

„Nun, es bestehen ja auch gewisse Unsicherheiten beim Thema Vaterschaft …“

„Was?“ Winter biss sich auf die Unterlippe.

Der Kommissar machte sich ein paar Notizen.

„Was meinen Sie damit?“ Winter wirkte nervös.

„Sie wissen doch gar nicht sicher, dass sie Ihre Tochter ist, oder?“

Wie eine zähe, klebrige Masse tropfte alles zu Jakob Winter durch. Ganz langsam. Wieder machte sich Faber Notizen, obwohl das Diktiergerät lief, was den Verdächtigen merklich verunsicherte.

„Natürlich ist sie meine Tochter! Wenn ich Ihre Kollegen richtig verstanden habe, stehe ich im Verdacht, meine Frau mit einem Projektil erschossen zu haben, das aus meinem eigenen Ring gefertigt wurde.“

Faber nickte kaum sichtbar.

„Ich denke, den Quatsch hat schon dieser Dahlin geglaubt. Der war aber wohl nicht ganz so überzeugt wie Sie, sonst hätte er mir keinen Vorsprung gegeben, sondern mich gleich mitgenommen. Mir kam es eher so vor, als wollte der unbedingt diesen Fredrik Lindström hinter Gitter bringen, und mit dem Verdacht liegt er wohl nicht ganz falsch." Er räusperte sich. „Ich jedenfalls habe damit nichts zu tun. Der Ring liegt seit Jahren bei mir im Nachttisch neben dem Bett in einer Schublade. Das sollte doch als Beweis genügen."

Faber verließ den Raum und telefonierte. Man hatte am Vorabend keinen Ring gefunden, aber da immer noch Beamte im Haus waren, wies er diese an, noch mal danach zu schauen.

„Um ehrlich zu sein", sagte er, als er zurück bei Winter war, „halte ich das für unwahrscheinlich. Heute Morgen bekam ich die Nachricht von der Kriminaltechnik, dass es sich um exakt dasselbe Gold handelt wie bei dem Ehering Ihrer Frau. Den hatte Ihre Tochter bei sich und er wurde untersucht."

„Das kann nicht sein!" Winter wurde laut und sprach schneller. „Dann muss das irgendein anderer Ring gewesen sein, der zufällig dieselbe Legierung hat. Meiner ist jedenfalls noch da, das werden Sie schon sehen." Er senkte die Stimme wieder, weil er fürchtete, mit der Lautstärke nicht seine Glaubwürdigkeit erhöhen zu können.

„Und das mit dem Manuskript", fuhr er hastig fort. „Das kann ich mir nicht erklären. Das liegt seit Monaten unbearbeitet bei mir rum. Mein Verlag steht mir schon auf den Füßen, aber ich war in der letzten Zeit so beschäftigt mit der Suche nach meiner Frau und meiner Tochter, dass ich schlichtweg nicht zum Schreiben kam. Sie glauben doch nicht ernsthaft, dass ich so blöd bin und einen Mord auf die gleiche Weise verübe, wie ich ihn in einem Krimi beschrieben habe?"

„Wenn ich das richtig sehe, wurde das Buch ja noch nicht veröffentlicht, oder?"

„Natürlich nicht! Es ist ja noch nicht einmal fertig!"

„Haben Sie denn jemandem von der Idee erzählt?"

„Jeder im Verlag kennt die Idee. Mein Sohn Sebastian kennt sie, meine Schwester, mein Tennispartner Peter, ein, zwei andere Freunde, was weiß ich. Oder stellen Sie sich vor, dass wir Schriftsteller mutterseelenallein in einem Turmzimmer bei Kerzenschein sitzen, unsere Geschichte niederschreiben und, misanthropisch, wie wir ja alle sind, mit keinem darüber sprechen?" Jakob Winter kam langsam in Fahrt und nichts erinnerte mehr an einen kleinen Jungen, wie er eben noch vor Faber gesessen hatte. „Und Sie, Herr …" Er fuchtelte aufgebracht mit den Händen in der Luft herum.

„Faber", ergänzte der Kommissar trocken.

„Herr Faber! Sie lassen mich da aus meinem Ferienhaus abführen wie einen Schwerverbrecher. Haben Sie sich mal überlegt, was passiert, wenn das an die Presse vordringt?"

Daniel Faber lehnte sich in seinem Stuhl zurück. „Nun." Er lächelte. „Sie sind doch Krimiautor, oder?"

„Ja, warum?" Jakob Winter sah ihn verwirrt an.

„Bestenfalls verkaufen sich Ihre Bücher jetzt noch besser als vorher."

„Ach, hören Sie doch auf!"

Aber Faber hörte nicht auf und fragte nach Winters Alibi. Er hatte keines. Allerdings gab er an, zum Zeitpunkt, als Henry einen Fahrradunfall gehabt hatte, in Schweden gewesen zu sein. Dies ließe sich auch bestätigen durch eine Inger Larsson, die Pensionsinhaberin des ‚Blommagården' in Sigtuna.

„Das passt gut, die rufe ich nachher sowieso noch an", sagte Faber.

Möglicherweise war das mit dem Fahrrad wirklich ein Unfall gewesen. Henry Winkler hatte erzählt, dass die Handcreme ein Werbegeschenk gewesen war, das in der Post gelegen hatte. Hierfür konnte er kein Alibi abfragen, und da es sich ohnehin nur um Mutmaßungen handelte, war das auch nicht angebracht. Die schwedischen Kollegen untersuchten die Creme im Moment. Erst dann würde Faber dem Verdacht nachgehen können. Das alles war wirklich konfus.

Es klopfte an der Tür und die Praktikantin, die Jakob Winter gerade noch einen Kaffee gebracht hatte, steckte vorsichtig ihren Kopf herein. „Herr Faber, können Sie kurz kommen?"

Faber stand auf und ließ Jakob Winter allein im Vernehmungsraum sitzen. Nach wenigen Minuten kam er zurück und setzte sich wieder auf den Stuhl. Winter starrte leer die Wand an.

„Die Kollegen konnten den Ring nirgendwo in Ihrem Schlafzimmer finden."

„Wie bitte?" Jakob sprang von seinem Stuhl auf.

„Setzen Sie sich bitte wieder."

Winter tat wie ihm geheißen und nahm auf dem harten Stuhl Platz. Er fuhr sich mit der Hand durch die grauen Haare. „Das kann nicht sein … Ich … Der Ring muss da sein. Kommissar Faber, ich war das nicht!"

Daniel Faber war nicht sicher, ob Jakob ein guter Schauspieler war oder ob er wirklich so verzweifelt war. Immerhin stand er sehr oft vor Publikum und war es bestimmt gewohnt, eine Rolle zu spielen. Abgesehen davon war er der wohl bekannteste Krimiautor Deutschlands. Er wusste, wie man sich in einer Vernehmung verhalten musste.

„Sie können doch nicht wirklich denken, dass ich so blöd bin und meine Frau mit meinem eigenen Ehering erschieße, oder?"

Daniel Faber seufzte. „Sie haben sich ja immerhin auch so eine Geschichte ausgedacht und fanden die da sicher nicht blöd … Aber denken Sie doch mal nach. Die Kollegen sind immer noch in Ihrem Haus. Könnte der Ring woanders sein?" Irgendwie tat Winter ihm leid.

„Nein, ganz bestimmt nicht. Ich habe ihn immer dort aufbewahrt und schon länger nicht mehr rausgeholt. Er lag über dreißig Jahre dort. Die Mutter meines Sohnes hat mich damals gebeten, ihn nicht mehr zu tragen, und seither lag er dort. Manchmal habe ich ihn mir abends angeschaut, bevor ich eingeschlafen bin. Auch noch vor ein paar Wochen, als ich herausgefunden hatte, dass Maria noch am Leben ist. Der Ring muss da sein! Ihre Kollegen sollen noch einmal schauen. Ich weiß, dass da viele Sachen drinliegen, aber der Ring muss auch irgendwo da sein."

„Haben Sie in den letzten Wochen mal überprüft, ob der Ring noch da ist?"

„Ja … Nein … Ach, keine Ahnung, ich weiß es nicht mehr.“ Jakob Winter legte die Hände auf sein Gesicht. Er wirkte verzweifelt.

Faber verließ den Vernehmungsraum und telefonierte mit den Kollegen vor Ort. Sie hatten beide Nachtkästchen ausgeräumt, aber in keinem davon war der Ring.

Jakobs Körperhaltung war wieder zusammengefallen, als Faber zurückkam; er kauerte auf dem Stuhl wie noch kurz zuvor auf dem Bett in der Zelle.

„Herr Winter, der Ring ist nicht dort. Wir müssen davon ausgehen, dass er eingeschmolzen und zu einem Projektil verarbeitet wurde.“

„Wollen Sie damit sagen, meinen Ring gibt es nicht mehr? Irgendein Irrer hat ihn geklaut! Aus meinem Haus! Und damit meine Frau erschossen!“

Faber kreiste mit dem Kopf, um seine Verspannungen zu lösen. „Wir gehen in dem Gespräch jetzt noch einmal ein wenig zurück, Herr Winter. Sie haben herausgefunden, dass Ihre Frau noch lebt. Wie haben Sie sich dabei gefühlt?“

„Spielen Sie jetzt Psychiater? Finden Sie lieber den Mörder meiner Frau!“

Faber sah ihn wortlos an.

„Entschuldigung“, sagte Jakob, der sich über seine Situation durchaus im Klaren war. „Ich war geschockt … Also, ich war wirklich davon ausgegangen, meine Frau und meine Tochter wären tot. Monatelang habe ich sie damals suchen lassen. Am Ende hat es mich fast hunderttausend Mark gekostet, weil ich die Suche selbst habe weiterführen lassen, nachdem die Behörden längst aufgegeben hatten.

Und dann erfahre ich, so beiläufig, dass meine Frau noch lebt. Und meine Tochter gleich mit."

„Und dann sind Sie direkt dorthin gereist?"

„Ja! Ich bin natürlich sofort nach Schweden gefahren. Ich hatte einen Brief an meine Frau geschrieben und wollte ihn vor ihre Tür legen, weil ich Angst hatte, ihr gegenüberzutreten. Erst mal bin ich zu meiner Lesung nach Bremen gefahren. Dann nach Schweden mit dem Brief. Und im Februar wollte ich wieder nach Schweden, weil ich gehofft hatte, dann mit ihr sprechen zu können. Ich wollte ihr erst ein paar Tage Zeit geben, das Ganze zu verarbeiten und zu überdenken. Ja und dann …" Er holte Luft. „Dann war sie tot."

Jakob Winter fuhr extra nach Schweden hoch und legte nur einen Brief vor die Tür seiner Frau, weil er sich nicht traute, sie zu treffen? Faber glaubte ihm kein Wort.

„Können Sie mir das fürs Protokoll der Reihe nach noch einmal aufzählen, was von dem Moment, an dem Sie erfahren haben, dass Ihre Frau noch lebt, bis zu Ihrer Abreise geschehen ist?"

„Ich habe erfahren, dass sie noch lebt. Nach meiner Lesung in Bremen bin ich dann nach Sigtuna gefahren, habe mich da in eine Pension eingemietet und am nächsten Tag Maria den Brief gebracht."

„Da war Ihre Frau noch am Leben?"

„Ja, sagte ich doch! Sie lebte noch. Quicklebendig hat sie in der Küche gestanden und gebacken. Ich bin zurück in die Pension und am nächsten Tag wieder zur nächsten Lesung nach Deutschland. Anfang Februar bin ich wieder nach Sigtuna gefahren, wo ich sie treffen wollte. Aber da war sie dann schon tot. Ich bin noch zu ihrem Haus gefahren und habe Blumen davorgelegt. Wie oft denn noch?"

„Und das war's?"

„Na ja", sagte Winter. „Ich habe auch meine Tochter gesucht. Sie wohnt in einem Stockholmer Ortsteil namens Farsta. Dort bin ich hingefahren, aber sie war nicht da."

„Und was ist mit Ihrer Begegnung mit Kommissar Mikael Dahlin?"

Schweißtropfen bildeten sich auf Winters Stirn.

„Ich wollte noch einmal zu Martas Haus und mich verabschieden, also mental, meine ich, als plötzlich der Polizist mit diesem Fredrik Lindström kam. Der Kommissar wollte mich verhören, aber ich wollte doch meine Tochter finden, deshalb bin ich nicht hingegangen." Jakob Winter wirkte jetzt wie ein alter, gebrechlicher Mann.

„Was denken Sie denn, warum Ihre Frau Sie damals verlassen hat?", fragte Faber.

„Ich weiß es doch nicht. Und genau das hätte ich gern noch von ihr erfahren."

Faber wusste natürlich, warum Maria Winter ihren Mann verlassen hatte, aber diesen Trumpf wollte er nicht ausspielen. Möglicherweise wusste Winter gar nichts von dem Autounfall. Vielmehr interessierte den Kommissar jetzt, wie der Verdächtige auf emotionale Fragen und Provokationen reagierte.

„Vielleicht wollten Sie ja auch mal wissen, wie es ist, selbst einen Mord durchzuführen. Sozusagen als Teil einer Art Recherche. Da ist es doch nur logisch, dass Sie den

Mord durchführen, den Sie selbst beschrieben, aber eben noch nicht veröffentlicht haben."

Jakob ballte die auf dem Tisch liegenden Hände zu Fäusten. „Das ist doch völliger Schwachsinn! Was hätte ich denn davon, meine Frau zu töten? Und dann auch noch meine Tochter! Ich liebe mein Kind!"

„Sie wären nicht der Erste, der jemanden wegen einer Zurückweisung umbringt, Herr Winter."

„Aber doch nicht dreißig Jahre später! Meine Tochter kann doch auch gar nichts dafür, dass meine Frau sie entführt hat." Winter hörte nicht mehr auf, den Kopf zu schütteln. „Ich möchte jetzt, glaube ich, doch einen Anwalt. Kanzlei Beckmann und Partner. Aber denken Sie bloß nicht, dass ich einen brauche, weil ich es war! Ich brauche ihn, weil Sie mir irgendeinen Mist unterstellen."

Faber ahnte, dass Jakob davon ausgegangen war, sich selbst rausboxen zu können. Aber ein Krimiautor war eben weder Polizist noch Jurist. Da hatte ihm seine Tochter einiges voraus.

„Ich unterstelle Ihnen gar nichts", sagte Faber ruhig. „Ich mache meine Arbeit und versuche, den Mord an Ihrer Frau aufzuklären. Wenn Sie es nicht waren, dann müsste das doch auch in Ihrem Interesse sein."

„Natürlich ist das in meinem Interesse. Aber doch nicht, wenn Sie mir den Mord andichten!"

„Ich dichte Ihnen grundsätzlich gar nichts an. Sie schreiben Kriminalromane, weshalb ich davon ausgehe, dass Sie auf dem Gebiet der Kriminalistik einigermaßen bewandert sind. Dann müssen Sie doch selber sehen, dass hier einiges gegen Sie spricht und wir dem nachgehen müssen, oder?"

„Ja, natürlich." Jakob seufzte, während er immer noch leicht den Kopf schüttelte. „Aber Sie müssen dann umgekehrt sehen, dass es unsinnig wäre, einen Mord zu begehen, den man danach in einem Krimi veröffentlicht."

„Finde ich gar nicht. Immerhin bringen Sie die Story ja erst danach raus und dann könnte man davon ausgehen, dass Sie einfach nur gut recherchiert haben und der echte Mord Sie inspiriert hat."

Der Beschuldigte sagte nichts weiter.

Aus Jakob Winter war erst einmal nicht mehr herauszukriegen und er war weit davon entfernt, zu gestehen. Also steckte Faber ihn wieder zurück in die Zelle und machte sich an seine Telefonliste.

Es waren gerade einmal drei Pensionen, in denen zur Tatzeit deutsche Urlauber gewesen waren. Zwei Pensionsbetreiber konnten sich an ihre Gäste erinnern und sie sehr genau beschreiben. Einer erinnerte sich überhaupt nicht an das Aussehen seiner Gäste. Inger Larsson, die Betreiberin von Jakob Winters Pension, hatte zwei deutsche Gäste in dem Zeitraum gehabt. Winter jedoch war gerade zur Tatzeit nicht dort gewesen was Faber bereits wusste. Sie beschrieb die beiden Gäste, ihre Beschreibung passte jedoch auf die Hälfte aller deutschen Männer.

„Aber warte mal", sagte Inger Larsson. „Zu der Zeit war eine Frau aus Dänemark hier. Die hat alles mit dem Handy fotografiert und das immer ins Internet gestellt. Auf Instagram oder wie das heißt, wo die jungen Leute ihre Fotos hochladen. Die hat ständig sich selber mit ihrem Smartphone fotografiert. Und vielleicht sind da die anderen auch mal drauf, die hat das nämlich auch beim Frühstück gemacht."

Faber massierte sich die Schläfen. Er glaubte nicht daran, dass der Täter, wenn es nicht Jakob Winter gewesen war, bei Inger Larsson in der Pension gewesen war, ließ sich aber dennoch die Telefonnummer der jungen Dänin geben und rief sie sofort an. Zu seinem Glück sprach sie perfekt Englisch wie die meisten Skandinavier. Sie wollte ihm direkt alle Fotos schicken, die sie in den drei Tagen in Sigtuna gemacht hatte.

Wenig später hatte Faber eine E-Mail mit einer Dropbox-Einladung. Hier fand er über zweihundert Fotos. Die meisten zeigten die junge Frau, die in die Kamera lachte. Auf der Hälfte der Fotos lag ein Filter, der die Haut der Dänin wirken ließ, als wäre sie aus Porzellan.

Er holte sich noch einen Kaffee und klickte sich durch die Fotos. In der Pension selbst waren im Hintergrund zwar Personen zu sehen, aber er kannte keine davon. Zwei Tassen Kaffee später war er fast durch. Als er auf Bild Nummer 178 klickte, erhöhte sich sein Puls. Er zoomte in das Foto, so weit es ging, und ärgerte sich, dass die junge Dame mit der gefilterten Porzellanhaut im Vordergrund beinahe das ganze Bild einnahm. Dennoch erkannte er ihn. An einem Tisch in der Ecke sitzend studierte er eine Straßenkarte, wie sie Touristenbüros verschenkten.

***

Kriminalhauptkommissar Faber hatte Henry mitgeteilt, dass sie Jakob nicht besuchen durfte. Der Richter hatte wohl im Haftbefehl ein Kontaktverbot für sie verfügt. Sie vermutete, dass der Kommissar im Antrag angeregt hatte, den Kontakt wegen Verdunklungsgefahr und Manipulation ihr gegenüber als wichtige Zeugin zu unterbinden. Die Juristin in ihr konnte die Entscheidung absolut nachvollziehen. Als Tochter aber empfand sie das Kontaktverbot zu Jakob als unverhältnismäßig. Sie hatte überlegt, ob sie bei Gericht eine Besuchserlaubnis beantragen sollte, wollte dem sympathischen Kommissar aber nicht in den Rücken fallen.

Nun saß sie in Bens Wohnung und fühlte sich allein, obwohl er bei ihr war. Er hatte ihr einen Kakao zum Frühstück gemacht und dazu Obst geschnitten. Sogar frische Brötchen hatte er beim Bäcker geholt. Dennoch musste sie sich eingestehen, dass sie nur hier war, weil sie keine andere Wahl hatte und weil sie nicht allein sein wollte. Und vielleicht auch ein bisschen, weil sie sich selbst, Doktor Frobenius und Christian beweisen wollte, dass sie nicht allen Menschen misstraute.

Ben war überaus höflich, fast zu nett für ihr Empfinden. Ein typischer Täter-Typ. Allerdings hatte er überhaupt kein Motiv, weil er ihre Familie nicht einmal kannte.

„Alles in Ordnung?", fragte Ben.

Henry zuckte leicht zusammen, als müsse sie die Vorstellung gewaltsam von sich abschütteln.

„Es ist wirklich okay für dich, wenn ich hierbleibe?" Sie schenkte sich noch ein Glas Orangensaft ein. In Gedanken beschäftigte sie sich aber bereits mit der Idee, sich wieder in der Jugendherberge einzumieten.

„Klar, habe ich doch gesagt.“ Er nahm ihre Hand. „Ich würde mich jedenfalls freuen.“

„Ja, aber ich meine, du musst ja auch arbeiten. Ich werde dann allein hier sein.“ Sie zog die Hand unter seiner weg und nahm einen Schluck des Safts, der sie von innen abkühlte.

„Wenn dich das nicht stört? Meinetwegen ist das okay, ich habe nichts zu verbergen.“ Er lächelte.

Die Nacht mit ihm war wirklich schön gewesen. Es war so, wie sie sich das mit Kjell immer gewünscht hatte. Trotzdem merkte sie, dass dieses Misstrauen in ihr war, das sich schmerzhaft von ganz tief unten meldete. Vielleicht hatte Kjell doch recht gehabt und sie war beziehungsunfähig geworden. Doktor Frobenius hatte mal so etwas angedeutet, dass Frauen, die ohne Vater aufwuchsen, manchmal bindungsgestört waren. Sie hasste dieses Wort, denn sie fühlte sich nicht so. Und sie war überzeugt davon, dass sie diese Störung überwinden konnte, wenn sie nur wollte. Die Tatsache, dass sie nun doch einen Vater hatte, änderte schließlich alles grundlegend und dann sollte ja eigentlich auch eine mögliche Bindungsstörung nicht mehr gelten. Sie zwang sich dazu, Ben so zu sehen, wie er war, und unterdrückte ihr Misstrauen.

„Was gedenkst du denn jetzt zu tun?“, fragte er mit vollem Mund.

„Ich weiß es nicht. Ich werde abwarten, was bei den Ermittlungen herauskommt, das bin ich meinem Vater schuldig. Darum will ich auch hierbleiben. Stell dir mal vor, er ist unschuldig und ich bin dann weg. Das kann ich ihm kein zweites Mal antun.“

„Du redest ganz schön liebevoll über ihn, wenn man bedenkt, dass er wahrscheinlich versucht hat, dich umzubringen.“

„Liebevoll“, wiederholte Henry gedankenverloren, ohne Ben dabei anzuschauen. „Ja, vielleicht. Aber er ist doch immer noch mein Vater.“ Sie zuckte die Schultern, als wäre es das Normalste der Welt, einem Vater auch einen Mordanschlag zu verzeihen.

„Du glaubst nicht, dass er es war, oder?“ Er nahm wieder ihre Hand und sie fühlte, wie weich und warm die seine war.

„Irgendwie nicht, nee“, gab sie zu.

„Ich finde trotzdem, dass du aufpassen solltest.“

„Aufpassen?“ Sie knallte das Glas auf den Tisch, der Orangensaft schwappte beinahe über. „Er ist mein Vater!“

Ben wirkte pikiert. Schweigend nahm er sich noch ein Brötchen, schnitt es leise durch und strich akribisch Butter darauf, sodass die komplette Oberfläche bedeckt war. Bei Tageslicht sah seine Wohnung ganz anders aus. Es war beinahe pingelig ordentlich und nur die verschiedenen Möbelstücke durchbrachen die Ordnung auf ästhetische Art und Weise. Ob sie auch irgendwann wieder in einer so typisch deutschen Wohnung leben würde?

In Stockholm hielt sie tatsächlich kaum noch etwas. Ihre Mama war tot, mit Kjell hatte sie sich zerstritten und Christian wollte zurück nach Österreich, weil es ihm in Schweden zu kalt war und die Monate, in denen er seine Harley auspacken konnte, zu wenige. Zumindest ein paar Tage würde sie hier bei Ben bleiben und dann würde man sehen. Sollte ihr Vater doch nicht mehr rauskommen, wollte sie wenigstens ihre Tante und ihren Bruder näher kennenlernen, bevor sie wieder in den Norden aufbrach.

Henry sah aus dem Fenster. Die morgendlichen Sonnenstrahlen schienen zurückhaltend zwischen den zarten Ästen der Birke hindurch, die vor dem Haus stand. Ein bisschen war es ja auch wie in Schweden.

***

Baumgartner war kooperativ. Er war sofort mit dem nächsten Bus zum Polizeirevier gefahren und stellte sich Fabers Fragen. Der Kriminalhauptkommissar legte ihm die Fotos der Instagram-Userin aus Dänemark auf den Tisch.

„Ja, klar war ich zu dem Zeitpunkt in Schweden." Baumgartner lehnte sich in seinem Stuhl zurück.

„Und zufällig genau zum Mordzeitpunkt in Sigtuna?", fragte Faber skeptisch.

„Nein, natürlich nicht zufällig." Er schob die Kaffeetasse auf dem Tisch hin und her.

„Sondern?" Der Kommissar wurde ungeduldig. Er sah aus dem Fenster und beobachtete einen Streifenwagen, der mit lautem Martinshorn den Hof verließ. Der Fall begann ihn nervös zu machen, weil es offenbar zwei Hauptverdächtige gab. Immerhin war das besser, als hätte es gar keinen gegeben, aber so kam er nicht voran. Er sah seine Beförderung auf A 13 in weiter Ferne. Es wäre so schön gewesen, wenn er diesen Fall in kürzester Zeit gelöst seinem Chef hätte vorlegen können, und jetzt schien alles von Tag zu Tag komplizierter zu werden.

„Ich wollte sie sehen“, sagte Baumgartner und lehnte sich nach vorne. „Maria Winter. Ich wollte wissen, wie die Frau aussieht, die meine unschuldigen Geschwister auf dem Gewissen hat.“

„Sie wussten also doch schon vor ihrem Tod, dass Maria Winter die Unfallverursacherin war.“

Baumgartner lehnte sich wieder im Stuhl zurück und verschränkte die Arme hinter dem Kopf. „Erwischt, Herr Kommissar. Ich wusste es. Aber ich wusste eben nicht alles, weil Martin, also Ihr Kollege Martin Köhler, so verschwiegen war. Ich hatte gehofft, Sie würden mir noch mehr Informationen geben. Eigentlich wollte ich mich mit Frau Winter persönlich unterhalten, aber ich habe es dann doch nicht geschafft. Mental, meine ich. Irgendwie kam alles hoch, was damals passiert ist.“

„Worüber wollten Sie sich denn mit ihr unterhalten?“

„Ich dachte, sie sagt mir vielleicht, wie das damals genau abgelaufen ist. Sie war doch nicht nur Unfallverursacherin, sondern auch Zeugin. Und da meine Eltern überhaupt nicht über den Unfall sprechen, war sie meine letzte Hoffnung.“

„Und für den Tatzeitpunkt haben Sie ein Alibi?“

„Dazu müssten Sie mir sagen, wann der Tatzeitpunkt war.“

Cleverer Zug, dachte Faber. „Am 1. Februar zwischen fünfzehn und sechzehn Uhr“, sagte er ruhig.

Baumgartner sah an die Zimmerdecke. „Puh, da muss ich echt nachdenken. Aber ich war eigentlich meistens unterwegs. Darf ich kurz mein Handy rausnehmen und was schauen?"

Faber deutete gestisch an, dass es in Ordnung war. Der Verdächtige ging seine Fotos durch.

„Hier, das war um 17 Uhr an dem Tag. Sieht man am Zeitstempel. Da war ich gerade im Sigtuna Museum."

Faber nahm das Smartphone entgegen und sah Baumgartner vor einem Steinhaus stehen. Vielleicht sollte er seine Ermittlungen beim nächsten Fall gleich auf Instagram beginnen. Er gab ihm das Mobiltelefon zurück.

„Nun, ich hatte nicht den Mut und die Kraft, sie anzusprechen. Aber gut, dafür habe ich einen schönen Urlaub in Schweden verbracht. Ansonsten fahre ich ja immer nach Österreich, in meine Heimat. Da war das schon mal eine Alternative. Wussten Sie, dass es in Südschweden im Winter gar nicht so viel kälter ist als bei uns? Und es gibt da einen ganz tollen Bärenpark. Wollen Sie die Fotos sehen?"

Faber musste sich eingestehen, dass Baumgartner im Großen und Ganzen ein angenehmer Gesprächspartner war. Er wich keiner Frage aus und das, was er sagte, klang plausibel. Dennoch konnte Daniel Faber nicht glauben, dass er genau zu diesem Zeitpunkt in Sigtuna gewesen war und nichts mit dem Mord zu tun hatte. Aber andererseits war auch Jakob dort gewesen. Zumindest kurz davor und danach. Einer von beiden musste der Täter sein, davon war er überzeugt.

„Haben Sie schon vor Ort von Maria Winters Tod erfahren?"

„Ja, Martin hat mich angerufen und es mir erzählt. Er wusste ja nicht, dass ich gerade in Schweden war. Ich habe mich dann wieder auf den Weg nach Hause gemacht, musste ja arbeiten. Ich hatte für den Besuch nur wenige Tage eingeplant und hätte wohl gleich nach meiner Ankunft zu Frau Winter fahren sollen."

Nachdem Faber mit dem Bereitschaftsstaatsanwalt telefoniert hatte, musste er Baumgartner nach Hause schicken.

„Jetzt reg dich nicht auf, du weißt doch, wie die Justiz ist. Wenn Marquardt Bereitschaft gehabt hätte, hätte das anders ausgesehen." Charly Hellstern spielte mit dem Kugelschreiber, der auf Daniel Fabers Schreibtisch gelegen hatte.

„Trotzdem, Charly. Das ist doch scheiße! Ich habe Winter da unten in der Zelle sitzen. Und einer von beiden gehört definitiv dort rein, er oder Baumgartner. Aber so komme ich doch überhaupt nicht weiter, wenn ich keinen Haftbefehl gegen Baumgartner bekomme!"

„Na ja, du kannst ja auch nicht ganz Tübingen einsperren ...", sagte Charly ratlos.

Faber starrte ihn an. „So ähnlich hat der Staatsanwalt das auch gesagt. Und dass ich einen der größten Krimiautoren Deutschlands eingesperrt hätte und mich mal entscheiden solle. Und wenn ich Baumgartner einsperre, solle ich Winter laufen lassen." Er schüttelte den Kopf. „Als ob mich interessiert, welche gesellschaftliche oder kulturelle Stellung ein Mörder hat."

„Ich verstehe dich schon, Daniel. Aber ich verstehe auch, dass der Staatsanwalt sich ein wenig wundert, wenn du Winter einsperren lässt und ein paar Stunden später mit einem zweiten Tatverdächtigen ums Eck kommst. Das geht theoretisch schon, aber na ja …“ Er kratzte sich am Bart. „Es muss halt verdammt gut begründet werden.“

„Das kann echt nicht wahr sein, Charly! Ich habe das verdammt gut begründet! Baumgartner war so ruhig vorhin und es klang alles unglaublich plausibel. Manchmal kam ich mir sogar selbst blöd dabei vor, dass ich überhaupt auf die Idee kam, ihn zu verdächtigen. Das lag aber echt an seiner entspannten Art. Als er das erste Mal bei mir war, war er überhaupt nicht entspannt. Der Mann hat zwei Gesichter. Ich fand ihn fast schon abgebrüht. Das ist ein manipulativer Schauspieler und sonst gar nichts! Dr. Jekyll und Mr. Hyde. Dabei ist die Beweislast erdrückend und er hat schlicht und ergreifend das stärkste Motiv! Man sollte ihn sogar eher einsperren als Winter. Ich werde mal schauen, wann Marquardt wieder in Bereitschaft ist. Und vielleicht tausche ich die Tatverdächtigen dann doch noch aus.“

„Verrenn dich da mal nicht.“ Charly legte seine Hand auf Daniels Schulter. „Du musst jetzt einen kühlen Kopf bewahren.“

Nachdem sein Kollege zurück an die Arbeit gegangen war, saß Faber allein an seinem Schreibtisch und schaute aus dem Fenster. Er dachte an Winters Tochter und daran, dass sie sich vermutlich in Gefahr befand. In großer Gefahr. Wenn er nicht endlich seinen verdammten Job machte und herausfand, wer ihre Mutter umgebracht hatte und jetzt offensichtlich versuchte, auch noch sie beiseitezuschaffen. Hoffentlich würden die schwedischen Kollegen die Creme schnell finden und auswerten. Das Zeug war bei Jakob Winter gefunden worden, aus der Nummer kam er so leicht nicht raus. Möglicherweise fanden sie aber auch Fingerabdrücke, die man Baumgartner zuordnen konnte. Faber versuchte immer wieder, sich ins Gedächtnis zu rufen, dass es nicht half, irgendwen einzusperren. Es musste schon der wahre Täter sein, um Henrys Leben zu retten. Er beschloss, zu ihrem Schutz eine Streife anzufordern.

Stockholm, 15. Februar 2019, 10 Uhr

Christian hatte die Präsentation erfolgreich hinter sich gebracht. Er hatte es sich nicht nehmen lassen, am Ende darauf hinzuweisen, dass die meiste Arbeit dafür von Henry geleistet worden war; er lobte ihre Recherchearbeit.

„Wenigstens einer, der hier noch was arbeitet", sagte Magnus nach der Präsentation und warf dabei einen vorwurfsvollen Blick zu Kjell, der, seit er wieder in Schweden war, nicht einmal mehr seine Mittagspause mit den Kollegen verbrachte. Er saß dann allein unten in der Raucherecke und trank einen Kaffee. Überhaupt saß er für Magnus' Empfinden wohl viel zu oft in der Raucherecke.

Christian ging zurück in sein Büro. Es war schon dunkel draußen und er blickte auf den ausgeschalteten Monitor seines Computers, in dem sich sein Gesicht spiegelte. Er nahm den Telefonhörer und wählte die Nummer von Jakob Winter, er hatte noch nichts von Henry gehört. Außer dem Anrufbeantworter ging niemand ans Telefon. Er legte den Hörer wieder auf, als es an der Tür klopfte.

„Hast du eigentlich was von Hen gehört?" Kjell setzte sich ungefragt auf Henrys Stuhl.

„Oh, hoher Besuch", sagte Christian und musterte den Kollegen von oben bis unten. Gesund sah er jedenfalls nicht aus. „Nein, habe ich nicht. Und du?" Er hatte ihm nichts von Henrys Anruf erzählt und wollte das jetzt auch nicht nachholen.

Kjell drehte sich in dem Stuhl nervös hin und her. „Ich habe sie nicht kontaktiert und sie mich nicht. Also keine Ahnung."

Christian hatte kein Mitleid mit ihm. Er war ganz froh, dass das Techtelmechtel zwischen Henry und Kjell allem Anschein nach ein Ende gefunden hatte. Vielleicht würde sie endlich einen richtigen Mann finden, der ganz für sie da war – nicht nur samstagabends – und nicht das Feingefühl eines Bullterriers hatte.

„Sie wohnt jetzt ja bei ihrem Vater und wird ihre Vergangenheit aufarbeiten, schätze ich", sagte Kjell. „So ist das mit Familien. Sie werden gegründet, gehen kaputt, werden geflickt und gehen kaputt." Den letzten Satz betonte er besonders melodisch.

Christian war bewusst, worauf er anspielte, er ließ sich aber nicht auf das Thema ein. „Hast du den Vater eigentlich noch kennengelernt?"

„Nein, ich bin davor abgereist. Sie war vorher noch bei ihrer Tante und ihrem Bruder."

„Und was sind das für Leute?" Christian schob seine Brille hoch.

„Der Bruder muss ganz cool sein. Er ist Arzt." Kjell blätterte in den Unterlagen seines Kollegen. „Die Tante soll ein bisschen komisch sein."

Der Satz ließ Christian aufhorchen. „Was meinst du mit ‚komisch'?"

„So genau hat Hen das nicht erzählt. Aber die Tante läuft wohl rum wie eine von den Amischen. Du weißt schon, diese Leute, die ohne Technik leben und so."

„Ich weiß, wer die Amischen sind", murrte Christian. „Aber das ist ja an sich erst einmal nichts Schlimmes. Zumal ich nicht wüsste, dass die Amischen bekannt für ihre Mordlust sind."

„Nein", sagte Kjell. „Natürlich nicht."

„Was weißt du sonst noch über die Leute da?"

„Die Tante hat wohl einen Sohn, hat Hen erzählt. Der Bruder hat eine kleine Tochter und ist verheiratet. Mehr weiß ich nicht und irgendwie interessiert es mich auch nicht."

„Was wolltest du denn dann von mir?", fragte Christian.

„Ich wollte dich nur fragen, ob du was von ihr gehört hast. Mehr nicht. Und grüß sie, wenn du mit ihr sprichst."

Ohne sich zu verabschieden, stand er auf und verließ das Büro.

Christian schüttelte den Kopf, nahm den Telefonhörer ein zweites Mal auf und rief Erik Elander an. Es war denkbar, dass der schon Neuigkeiten hatte. Es stellte sich jedoch heraus, dass der Oberstaatsanwalt zwei Tage freigenommen hatte und somit nicht auf dem neuesten Stand war, also informierte Christian ihn über das Geschehene.

„Wenn es ihr Vater nicht war", sagte er, „dann bleiben nicht viele übrig."

„Ja, natürlich", sagte Elander. „Der Bruder, dessen Frau und die Tante."

„Und der Cousin."

„Welcher Cousin?", fragte Elander.

„Der Sohn von Anna Winter." Christian durchfingerte die Akten in routinierter Geschwindigkeit wie ein Poker-Dealer die Spielkarten vor dem Geben.

Elander brauchte einige Sekunden, um zu antworten.

„Soweit ich weiß, hat Anna Winter keinen Sohn. Kann aber auch sein, dass ich mich täusche."

Christian sah wieder sein sich spiegelndes Gesicht im Monitor. „Mein Kollege, der mit ihr in Deutschland war, hat erzählt, dass Anna Winter einen Sohn hat."

„Nein ... Wenn ich so recht darüber nachdenke, bin ich sicher, dass sie keinen hat", sagte Elander. „Ich bin am Tag vor meinem Urlaub die ganze Akte noch einmal durchgegangen."

Christian beendete das Gespräch und versuchte noch einmal, Henry unter der Nummer ihres Vaters zu erreichen, doch wieder hörte er nur Jakob Winters Stimme auf dem Anrufbeantworter. Aber klar, vermutlich war sie nicht mehr in seinem Haus und unter ihrer Handynummer war sie nicht erreichbar. Er sprach trotzdem auf den Anrufbeantworter: „Henry, ich bin's, Christian. Kannst du mich mal bitte zurückrufen, sonst muss ich wirklich kommen. Meldest dich bitte mal."

Die Stimmen vor seinem Büro waren leiser geworden, die Kollegen gingen nach Hause.

Was hatte das zu bedeuten? Warum hatte Henrys Tante ihr erzählt, dass sie einen Sohn habe, obwohl sie kinderlos war?

Er schrieb eine E-Mail an Faber und berichtete von der Information, die er von Kjell erhalten hatte. Was er von Elander wusste, behielt er für sich. Hoffentlich hatte der Kommissar eine plausible Erklärung.

Tübingen, 15. Februar 2019, 10:30 Uhr

Genau genommen war es ihr nicht gestattet, das Haus ihres Vaters zu betreten, aber sie konnte nicht anders. Irgendetwas mussten die Polizisten übersehen haben. Irgendetwas, das ihren Vater entlastete. Niemand machte hier seine Arbeit gründlich, richtig und professionell. Henry öffnete das polizeiliche Siegel an der Tür mit Handschuhen. Man würde unter Umständen nach Fingerabdrücken schauen, wenn es aufgebrochen war.

Sie stand in dem Haus, das jetzt leerer war als je zuvor. Offensichtlich hatten die Polizisten die Heizung heruntergedreht. Vielleicht kam die Kälte aber auch ganz tief aus ihr selbst. Die Kriminaltechnik hatte ein Chaos hinterlassen. Überall waren die Schubladen geöffnet, Papiere lagen herum, und sogar die Spielsachen aus Henrys alter Spielzeugkiste bedeckten den Boden einer Ecke des Wohnzimmers. Der in die Jahre gekommene Teddybär, der Annas Pflegesohn gehört hatte, lag traurig unter der Kommode. Pluto saß vor der Terrassentür und sie ließ ihn ins Haus. Das Tier betrachtete verwirrt das Chaos.

Henry sah, dass der Anrufbeantworter blinkte, und drückte auf Play. Eine Nachricht von Jakobs Verlegerin, die ihm Druck machte, weil er sich nicht zurückmeldete. Dann hörte sie die vertraute Stimme mit dem wienerischen Dialekt und schlagartig wurde ihr warm. Christian.

Wie gern hätte sie ihn jetzt um sich gehabt. Sie wählte sofort die Rückruftaste.

„Henry, endlich!" Sie hörte die Erleichterung in seiner Stimme.

Er erzählte direkt von seinem Anruf bei Oberstaatsanwalt Erik Elander.

„Nein, nein, das ist nicht Annas leiblicher Sohn, sondern ein Pflegesohn."

„Des beruhigt mich eh. Dann hab ich Kjell falsch verstanden. Ich seh schon Gespenster. Und warum ist die Tante so komisch?"

„Ach, die ist einfach ein bisschen skurril, aber nichts, was einen beunruhigen müsste. Sie hat den Ring auch sofort zur Polizei gebracht. Ich denke nicht, dass sie was damit zu tun hat."

„Warum redest denn so leise?"

Henry hatte Angst, dass jemand sie hören konnte, obwohl sie allein im Haus war. Vielleicht würde die Polizei zurückkommen und noch mal irgendetwas suchen. Wie sollte sie erklären, dass sie das polizeiliche Siegel aufgebrochen hatte? Aber wahrscheinlich kombinierte er ohnehin, dass sie in Jakobs Haus war. Er sah sicherlich die Nummer. Also versuchte sie, etwas lauter zu sprechen. Er wies sie, genau wie Kommissar Faber, darauf hin, dass sie zu ihren übrigen Familienmitgliedern erst einmal Abstand halten sollte. Sie hörte ihm zu, wusste jedoch, dass sie sich nicht mehr an diese Empfehlungen halten konnte. Wenigstens Sebastian wollte sie noch besuchen. Das erzählte sie Christian aber nicht, weil sie ahnte, dass er notfalls eine Gouvernante nach Deutschland schicken würde, die auf sie aufpasste.

Ihr Kollege berichtete außerdem, dass Kjell nach ihr gefragt hatte, aber sie wollte nichts davon wissen.

Nach dem Telefonat mit Christian sah sie sich im leeren Haus ihres Vaters um. Das Manuskript hatte die Polizei mitgenommen und auch sonst fand Henry nichts. Natürlich nicht, die Spurensicherung hatte ja alles Wichtige eingepackt. Sie holte ihre Sachen aus dem Gästezimmer. Ben hatte ihr angeboten, die verbleibende Zeit in Tübingen bei ihm zu wohnen. Vermutlich war das für alle Beteiligten das Beste, denn alle anderen gehörten schließlich zur Familie. Sie traute sich nicht einmal mehr, Sebastian anzurufen. Kommissar Faber wollte am Telefon keinerlei Auskunft geben, außer dass es ihrem Vater ganz gut ginge und sie sich keine Sorgen machen solle. Er versicherte ihr, dass er weiterhin ermitteln würde, da es noch andere Tatverdächtige gäbe. Er kündigte an, eine Streife zu schicken, und Henry sollte sich bis zum Nachmittag überlegen, ob sie bei ihrem Bekannten in der Schlossgasse bleiben oder in die Jugendherberge zurückkehren wollte.

Henry beschloss, wieder zu Bens Wohnung zu gehen und das Chaos so zurückzulassen, wie es war. Als sie die Treppe hinuntergehen wollte, fiel ihr Blick auf ein Tischchen im Flur. Darauf lagen mehrere Kassetten und CDs, die sie an ihren Fund im Haus in Sigtuna erinnerten. Nachdem sie die Tasche abgestellt hatte, sah sie die Bänder durch. Mitten in einem Stapel verschiedener Musiktapes fand sie eine Kassette, die aufgrund der anderen Handschrift herausstach. *Notruf 1986.* Ihr Herz schlug schneller und sie stellte fest, dass ihre Hände anfingen zu zittern. Das musste sie sein, die berüchtigte Aufnahme.

Henry schnappte ihre Tasche und polterte die Treppe hinunter. Schlagartig war ihr völlig egal, ob jemand sie in dem Haus sah oder hörte. Sie hastete zur Stereoanlage und legte die Kassette ein. Ihre Knie wurden weich. Es war Marta, die einen Notruf absetzte und der Polizei in Kiel mitteilte, dass ein Boot mit einer Frau und einem kleinen Kind in der Ostsee gekentert sei.

Ihre Mutter hatte sie in allen Angelegenheiten, die ihre Vergangenheit betrafen, belogen.

Tübingen, 15. Februar 2019, 11 Uhr

Das Gutachten aus Schweden lag Faber bereits vor und tatsächlich hatte sich sein Verdacht bestätigt, dass sich der Wirkstoff VX in der Handcreme befand, die Henrietta Winter benutzt hatte. Auf der Tube hatte man Fingerabdrücke gefunden, die Jakob Winter zugeordnet werden konnten. Es gab eigentlich keinen Zweifel mehr daran, dass er seine Frau ermordet und einen Mordversuch an seiner Tochter verübt hatte, aber die Sache mit Baumgartner ließ Daniel Faber keine Ruhe.

Interessiert las er jetzt die E-Mail, die Christian Singer ihm geschrieben hatte. Es ging um Anna Winter und einen möglichen Sohn. Faber blätterte durch die Akte, fand aber keinen Hinweis darauf, dass Anna Winter Kinder hatte. Sie war nicht im Visier der Ermittler, weshalb es nur wenige Informationen zu ihr gab. In der Akte *Maria Winter* konnte man zwar nachlesen, dass das Mordopfer – lange Zeit vor der Ehe – mit Anna befreundet gewesen war, aber mehr nicht. Vermutlich hatte Maria Winter sich in den Bruder ihrer besten Freundin verliebt. Das Melderegister würde ihm nur minderjährige Kinder anzeigen und er ging nicht davon aus, dass Anna in ihrem Alter Kinder unter achtzehn hatte. Er fragte beim Standesamt nach, wo man ihm mitteilte, dass sie kinderlos war.

Faber fuhr seinen Computer herunter und ging ins Büro von Kriminaloberkommissarin Blöm, die gegenüber Charly erwähnt hatte, dass Anna Winter Zeugin in einem anderen Fall gewesen war. Von einem Sohn wusste aber auch Sabine Blöm nichts. Stattdessen erzählte sie Faber von dem Todesfall vor vier Jahren, bei dem Henrys Tante als Zeugin vernommen worden war. Anna Winter arbeitete in einer Apotheke und eine Kollegin, Susanne Ruprecht, war verstorben. Man ging davon aus, dass sie vergiftet worden war, konnte den Mord aber nicht nachweisen. Daniel Faber spürte, wie sein Herz schneller schlug. Gift. Das war ein Stichwort. Hastig wählte er die Nummer von der Gerichtsmedizin.

„Herr Faber, wie schön, dass Sie mich mal wieder beehren", sagte Professor Doktor Kaltenbach, den Faber schon viele Jahre kannte.

Der Kommissar erinnerte ihn an den alten Fall mit der Apothekerin, und der Gerichtsmediziner durchsuchte die Akten. Die Verstorbene war vorher kerngesund gewesen, es konnten keine organischen Ursachen für den Tod gefunden werden, weshalb man damals vermutet hatte, dass sie vergiftet worden war. Laut Kaltenbach konnte jedoch kein Gift nachgewiesen werden.

„Herr Professor Kaltenbach, wenn es sich dabei um den Wirkstoff VX gehandelt hätte, hätte man den nachweisen können?", fragte Faber.

Sein Gesprächspartner schien zu überlegen. „Sie meinen den chemischen Kampfstoff VX? Nein, meines Wissens lässt der sich nicht nachweisen. Das ist wie mit

Insulin. Es gibt Substanzen, da hat man keine Chance, wenn man nicht schnell genug ist."

„Und könnte man dieses Gift in einer Apotheke herstellen?"

„Ich bin natürlich kein Toxikologe", sagte Kaltenbach unsicher. „Aber ich denke nicht, dass die Zutaten dafür in einer Apotheke vorhanden sind."

„Aber man könnte sie bestellen?"

„Das müssten Sie jetzt wiederum einen Apotheker fragen. Ich schätze mal, man hat es zumindest leichter, an solche Chemikalien zu gelangen als der Normalsterbliche."

„Es geht um VX in einer Handcreme."

„Oh", sagte Kaltenbach. „Na, das ist definitiv ein Vorteil gegenüber Insulin. VX kann über die Haut aufgenommen werden. Gar nicht mal so dumm. Man hat das Ganze damals übrigens am Ende als natürlichen Tod deklariert. Herz-Kreislauf-Versagen sozusagen. Das ist die dümmste Todesursache, die wir eintragen können, denn jeder, der stirbt, erleidet natürlich ein Herz-Kreislauf-Versagen. Auch wenn Sie erschossen werden, versagen Herz und Kreislauf."

Faber bedankte sich bei Kaltenbach für die Informationen und ließ das alles erst einmal sacken. Anna Winter. Dieses Potpourri an Tatverdächtigen wurde langsam unübersichtlich. Er seufzte laut. „Was für eine Familie!", sagte er leise vor sich hin.

Der Kommissar nahm seine Jacke vom Stuhl und machte sich auf den Weg zu Anke Nimmerfroh, deren Gemüt wahrlich ein Oxymoron zu ihrem eigenen Namen bildete. Sie arbeitete im Geschäftszimmer und ihr Kopf war oft besser als das Archiv.

„Hmm, die Aufnahme … Das weiß ich nicht, ob ich die noch habe. Die Akte natürlich schon. Aber ich kann mal schauen." Sie setzte sich an ihren Schreibtisch. „Sag mal, Daniel, hast du eigentlich schon gehört, dass Karo was mit Torsten hat? Also dem Torsten von der Verkehrspolizei." Sie warf ihre blondierten Haare nach hinten und sah Daniel von unten mit einem misslungenen verführerischen Blick an.

„Du findest das auch ohne Aktenzeichen, oder?", fragte er ungeduldig.

„Für dich doch immer", sagte Anke Nimmerfroh und lächelte. Sie schlug die Beine übereinander und Daniel Faber bemerkte, dass sie ihren Rock ein Stück hochzog.

„Aber das musst du dir mal reinziehen! Die Karo ist doch bestimmt zehn Jahre älter als der Torsten! Ich habe das ja schon immer vermutet, dass die beiden …"

„Anke? Könntest du bitte?" Faber deutete auf den Bildschirm.

„Klar, mach ich. Aber du verbringst doch auch manchmal deine Mittagspausen mit Torsten. Hat er denn nichts erzählt?"

Daniel Faber bedauerte in diesem Moment, dass er kein Charakter in einem schlecht recherchierten Krimi war. Als menschenscheuer Eigenbrötler würde er in einer dunklen Asservatenkammer sitzen, immer nur mürrisch mit „Mhm" antworten, er würde seine Unterschrift absetzen und könnte in Ruhe die Akten durchsehen. Leider sah die Realität anders aus und zupfte gerade ihren Ausschnitt zurecht.

„Sag doch mal, Daniel! Redet ihr nicht über so was?“

„Nee, beim besten Willen nicht.“

„Ha! Guck mal, da ist es doch! Susanne Ruprecht.“

Sie erwartete offenbar Applaus, aber Daniel Faber sagte nichts.

„Ruprecht! So hieß die Tote, Mensch! Willst du's dir gleich hier bei mir anhören? Ich könnte uns unten ein Stück Kuchen holen. Bettina hat doch Geburtstag, da ist bestimmt noch was übrig, dann könnten wir beide es uns hier ganz gemü…“

Faber stand auf und bedankte sich. „Schick es mir bitte einfach rüber, Anke. Und vielen Dank.“

Sie seufzte. „Ja, ja, schon gut.“

Faber war müde. Das lag nicht nur daran, dass er seit Tagen nur noch wenige Stunden pro Nacht schlief, sondern hauptsächlich ermüdete ihn der Fall. Er wollte die Ermittlungen endlich abschließen, und die Tatsache, dass er nun auch noch gegen die Schwägerin der Toten ermitteln musste, belastete ihn mehr, als er sich eingestehen wollte. Obwohl er Angst hatte, sich in dem Fall zu verrennen, konnte er unter keinen Umständen aufgeben. Einen Unschuldigen in den Bau zu bringen, wäre das Schlimmste, was ihm passieren konnte. Ihm war klar, dass Henrietta Winter niemanden mehr hatte außer dieser Familie in Tübingen, und er wollte nicht dafür verantwortlich sein, dass sie nach dem Tod ihrer Mutter auch noch ihren Vater verlor. An eine buchstäblich blinde Justitia.

Es klopfte an der Tür seines Büros und sein Chef trat ein.

„Daniel, ich habe gerade gesehen, dass du im Moment echt viele Überstunden einreichst." Kriminalrat Paul Nowak sah besorgt aus.

„Ja, der Fall ist knifflig."

„Ich wollte dir nur sagen, wenn du Hilfe brauchst, ich kann dir noch Leute stellen. Hellstern hat sich schon angeboten."

„Danke, ist nett, aber ich bin schon fast durch mit dem Fall, ich krieg das schon hin. Einer sitzt ja schon in der Zelle." Faber lächelte und wusste doch, dass „fast durch" ein verlogener Euphemismus war.

Nowak zog eine Augenbraue hoch. „Ich weiß ja, dass du lieber alles allein machst, aber bei der Polizei ist Teamwork wichtig, das weißt du. Aber gut, du meldest dich, wenn es nicht mehr geht, ja? Und keine gefährlichen Alleingänge." Er hob mahnend den Zeigefinger.

„Klar, Chef", sagte Daniel Faber und widmete sich seinen Akten. Kriminalrat Nowak seufzte und schloss leise die Tür hinter sich.

Der Kommissar öffnete die Datei und hörte sich die Zeugenvernehmung an, die sein Kollege Engelmann durchgeführt hatte. Hauptsächlich ging es um das Verhältnis der Apothekenmitarbeiter zueinander. Es handelte sich um eine andere Apotheke als die, in der Anna Winter jetzt arbeitete, so viel hörte Faber gleich am Anfang heraus.

„Nein, natürlich nicht. Ich habe mich immer gut mit Susanne verstanden."

Ihre Stimme war leise und zeugte von wenig Selbstbewusstsein. Sie wirkte unsicher, aber nicht wie jemand, der einen Mord begangen hatte. Eher wie jemand, der wahnsinnigen Respekt davor hatte, bei der Polizei zu sitzen. Faber kannte solche Zeugen. Manchmal verstrickten sich sogar Unschuldige in Widersprüche, weil sie so nervös waren, wenn ihnen ein Polizist Fragen stellte.

„Sie glauben ja bestimmt nicht, dass ich das war, oder?" Anna Winter wirkte selbst bei dieser Frage eher wie ein kleines schüchternes Mädchen. „Ich bringe doch meine Kollegin nicht um. Ich sagte ja, dass wir uns gut verstanden haben. Wir sind sogar mal abends zusammen ausgegangen. Klar hat sie die Stelle bekommen, die ich wollte, aber ich habe ihr das gegönnt. Da gäbe es sicher andere, die ich vorher umbringen würde, bevor ich an die Kollegin gehe."

Daniel Faber glaubte ihr. Aber was wäre, wenn Anna Winter durch den Tod ihrer Kollegin inspiriert worden war? Vielleicht war sie dadurch erst auf die Idee gekommen, dass man jemanden vergiften konnte, ganz ohne Spuren zu hinterlassen. Aber würde eine so unsichere Frau kaltblütig ihre Schwägerin erschießen?

„Wen würden Sie denn eher umbringen?", fragte Engelmann.

„Berechtigte Frage, Kollege", sagte Daniel Faber leise zu sich selbst. Weil die Aufnahme rauschte, drehte er den Ton lauter.

„Keine Ahnung! Die Einzige, die ich umbringen würde, ist ja schon tot."

Faber stoppte die Datei. „Verdammte Scheiße!“, schrie er und schlug gegen den Tisch. „Verdammte Scheiße noch mal!“

Charly Hellstern, der sein Büro direkt neben seinem hatte, stürmte herein. „Was ist los, Daniel?“

„Die Winter! Warum habe ich mir die Winter nicht angeguckt?“

„Hä? Henrietta? Maria? Wen meinst du denn? Die heißen doch alle Winter.“

„Anna, die Schwester von Jakob Winter!“

„Warum sollte die denn ihre Schwägerin umgelegt haben?“

„Keine Ahnung und das ist mir jetzt auch erst mal egal. Eifersucht oder so was.“

„Also ein Motiv wäre schon gut, Daniel“, sagte Charly vorsichtig.

„Das finde ich noch raus. Ich muss zu ihr. Sofort!“

Anna Winter bediente einen Kunden, als Daniel Faber die Apotheke auf dem Österberg betrat. Sie hatte dieselbe Mauerblümchenstimme wie in der Vernehmung mit Engelmann. Der blütenweiße Laborkittel mit schräg angepinntem Namensschild war ihr viel zu groß und schlabberte an den Schultern.

„Ja, bitte?“, fragte eine Mitarbeiterin der Apotheke und sah Faber dabei an.

„Ich möchte zu Frau Winter, danke.“

Etwas pikiert zuckte die Frau die Schultern und bat die Dame, die sich hinter dem Kommissar eingereiht hatte, zu sich.

Nachdem der Kunde sich von Anna Winter verabschiedet hatte, zupfte sie unsicher ihren Kittel zurecht und schob die Brille mit dem Zeigefinger hoch.

Faber stellte sich vor und legte seinen Dienstausweis auf den Tresen.

„Ich gehe davon aus, es hat was mit dem Mord an meiner Schwägerin zu tun?“, fragte Anna Winter ruhig.

„Ja, hat es. Können wir irgendwo in Ruhe reden?“

Unschlüssig sah sie sich um und deutete dann wortlos auf den Nebenraum, in den der Kommissar ihr folgte.

„Wollen Sie jetzt etwa ein Alibi von mir?“, fragte Anna Winter und setzte sich auf einen Stuhl. Wie ein Schulmädchen auf einem Klassenfoto der Sechzigerjahre stellte sie ihre Beine eng aneinander und legte ihre Hände gefaltet in den Schoß.

„Das überprüfen wir dann noch, wo Sie genau waren, Frau Winter. Viel mehr interessiert mich der Tod Ihrer Kollegin.“

Sie stand auf und holte einen Aktenordner aus dem Regal. Ohne etwas zu sagen, blätterte sie darin, bis sie gefunden hatte, was sie suchte.

„Am 1. Februar habe ich gearbeitet …“

Faber sah sie aufmerksam an. Wenn jemand ungefragt ein Alibi vorlegte und das auch noch für den Tattag, wurde er hellhörig. Warum reagierte sie nicht auf den Hinweis mit der verstorbenen Kollegin?

„Wissen Sie …“ Anna Winter lächelte, weil sie offenbar wusste, was er dachte. „Mein Bruder hat mir erzählt, wann sie gestorben ist. Das sind unsere Dienstpläne. Auch kann ich Ihnen sagen, welche Kunden bei mir waren, weil wir

Kundenkonten haben. Die können das auch bestätigen. Sie haben doch meinen Bruder schon verhaftet."

„Umso mehr wundere ich mich, dass Sie mir gleich ein Alibi präsentieren."

„Na ja." Sie drapierte ihre Haare hinter den Ohren. „Ich wurde schon einmal verhört, in einem anderen Fall, und deshalb dachte ich, ich sage dieses Mal gleich, dass ich beschäftigt war um diese Zeit."

„Gut, dass Sie das erwähnen. Ihre Kollegin damals, Susanne Ruprecht. In welchem Verhältnis standen Sie zu ihr?"

„Was hat Susanne damit zu tun? Das war furchtbar damals." Sie schüttelte den Kopf. „Sie sagten doch, dass Sie wegen meiner Schwägerin hier wären. Ich habe hier gearbeitet. Von acht bis sechzehn Uhr. Wenn Sie mir jetzt sagen, wie ich so schnell nach Schweden gekommen sein soll, dann können wir drüber reden."

Sie blinzelte zum Fenster hinaus, als suche sie dort nach einer Antwort. Sie schien tatsächlich nicht zu kombinieren und wusste nicht, dass Henry vergiftet werden sollte, ansonsten würde sie die Fälle miteinander in Verbindung bringen.

Die Ladenglocke schellte und Anna Winter sah durch den Türspalt nach, ob ihre Kollegin sich um den Kunden kümmerte.

„Würden Sie noch meine Frage beantworten?" Faber schnipste mit dem Finger vor ihrem Gesicht, um ihre Aufmerksamkeit zurückzubekommen.

„Susanne und ich haben uns gut verstanden. Ich habe immer auf ihre Kinder aufgepasst." Sie sprach weiterhin ruhig und leise. „Ich liebe Kinder, müssen Sie wissen."

„Haben Sie auch so einen Ordner, wo man die Bestellungen der letzten Monate nachschauen kann?"

„Ja, natürlich. Aber warum brauchen Sie das?"

„Könnten Sie ihn mir holen?"

Das Gespräch war zäh und Faber innerlich nervös. Es fühlte sich an, als hinge eine laut tickende Zeitbombe über seinem Kopf, und die langsame und ruhige Art von Anna Winter erhöhte seine Nervosität von Minute zu Minute.

Die zierliche Frau stand auf, zog Kittel und Rock nach unten und ging leisen Schritts wieder zum Regal, holte einen Ordner heraus und legte ihn vorsichtig auf den Tisch vor den Kommissar.

„Da finden Sie alles, was wir in den letzten Monaten bestellt haben. Damit sind Sie aber ein Weilchen beschäftigt, das sage ich Ihnen direkt. Möchten Sie vielleicht einen Kaffee dazu oder einen Tee?"

„Das wird nicht nötig sein. Ich würde den Ordner gern mitnehmen."

Ihre Augen weiteten sich. „Oh, also …" Sie deutete auf den Türspalt. „Das müsste ich eben mit meiner Chefin besprechen."

Faber nickte in Richtung Tür. Während sie nach draußen ging, blätterte er in dem Ordner. Sie hatte recht, es waren wirklich viele Bestellungen, aber er brauchte ja nur die vor Februar 2019. Die Ablage begann im dritten Quartal 2018.

„Frau Winter, den Ordner für die ersten zwei Quartale 2018 brauche ich auch noch!", brüllte er durch die Tür.

Anna Winter kam mit ihrer Chefin zurück, die sich den Dienstausweis zeigen ließ. „Eigentlich brauchen Sie doch dafür einen Durchsuchungsbefehl oder so was …“

„Durchsuchungsbefehle gibt's nur im Fernsehen. Bei uns heißt das Durchsuchungsbeschluss. Und bei Gefahr im Verzug brauche ich keinen. Da müssen Sie sonntagabends vor dem Fernseher ein bisschen aufmerksamer sein.“

Anna Winter zog einen weiteren Ordner aus dem Regal, dessen Beschriftung Faber entnehmen konnte, dass es sich um die restlichen Bestellungen aus dem Jahr 2018 handelte.

Der Kommissar bedankte sich, bat Anna Winter, weiterhin für ihn erreichbar zu sein, und setzte sich in sein Auto. Er schloss die Augen und lehnte sich in der weichen Nackenstütze zurück.

Tübingen, 15. Februar 2019, 12 Uhr

Bei Sonnenschein sah die Stadt viel schöner aus. Henry spürte, wie das Licht ihre Wangen wärmte. Sie schloss die Augen und sog die frische Winterluft tief in ihre Lungen ein. Es war ihr egal, ob sie ihre Familie besuchen sollte oder nicht. Sebastian war immerhin ihr Bruder und außer ihm hatte sie niemanden. Sie wollte ihm alles erzählen, auch wenn sie Angst hatte, er würde sie dafür verurteilen, dass sie ihren Vater in diese Situation gebracht hatte. Dennoch nahm sie Fabers Warnungen ernst; sie hatte sich mit ihrem Bruder in einem Café verabredet.

Sebastian verurteilte sie nicht dafür, dass sie die Polizei gerufen hatte. Er zeigte Verständnis, war aber genauso vor den Kopf gestoßen wie sie selbst.

„Ich kann mir beim besten Willen nicht vorstellen, dass Papa deine Mutter umgebracht hat“, sagte er bekümmert. Der Geruch nach Essen, der das Café durchströmte, löste Übelkeit bei Henry aus. Seit Jakob verhaftet worden war, hatte sie keinen Appetit mehr.

„Ich auch nicht, Sebastian. Ich hoffe so sehr, dass es noch andere Erkenntnisse dazu gibt.“

„Gut, dass du mir das erzählt hast.“ Ehe ihr Bruder weitersprechen konnte, klingelte sein Handy.

Nicht einmal die Schlagsahne, die sie von der heißen Schokolade löffelte, schmeckte ihr. Sie starrte auf das Wasserglas, das man ihr zum Kakao serviert hatte. Kleine Wellen wogten auf der Oberfläche. Sie berührte das Glas und führte es an ihre Lippen, doch selbst das kalte Wasser ekelte sie noch. Hin und wieder versuchte sie es. In Momenten, in denen es ihr gut ging und wenn sie nicht darüber nachdachte, schaffte sie es manchmal, pures Wasser zu trinken. Dieser Moment war offenbar keiner davon. Unhörbar stellte sie das Glas wieder auf dem Tisch ab und stocherte weiter lustlos in der Sahne herum.

„Ja, die ist hier", sagte er und sah Henry an. „Ich gebe sie dir."

Verwundert legte Henry den Löffel, noch mit einer Sahnehaube darauf, auf die Untertasse. Wer sollte sie ausgerechnet bei Sebastian anrufen? Christian kannte seine Nummer gar nicht und Jakob durfte bestimmt nicht telefonieren.

Sebastian hielt ihr das Handy entgegen und deutete mit einer Mundbewegung „Anna" an.

„Ja?", sagte Henry und leckte sich einen Sahneklecks vom Finger.

„Ich bin's, Anna, deine Tante."

Sie wollte schon sagen, dass sie natürlich wisse, wer Anna sei, verkniff es sich jedoch.

Anna wusste vielleicht noch gar nicht, dass Jakob in Untersuchungshaft saß, zumindest hörte sie sich nicht danach an. Sie lud Henry zu sich ein, Kaffee und Kuchen sollte es geben. Darin war Henry geübt, denn das Fika, wie man es bei ihr zu Hause nannte, war ein fester Bestandteil der schwedischen Kultur. Sie sagte für den Nachmittag zu, Sebastian würde sie fahren.

„Hast du viel mit ihr zu tun?“, fragte Henry nach dem Telefonat. Ihre Nase begann zu laufen und sie holte das letzte Taschentuch aus ihrer Handtasche.

„Nein, eigentlich nicht. Ich glaube, dass Jakob und sie sich in den letzten Jahren auch nicht mehr so gut verstanden haben wie früher.“

„Warum das?“

„Das kann ich dir leider nicht sagen“, sagte er und schenkte sich noch eine Tasse Kaffee aus dem Kännchen ein. „Das ist eine ganz schöne Plörre. Papa und ich haben ein Faible für guten Kaffee.“ Er lächelte.

„Und warum hast du so wenig Kontakt zu ihr?“, fragte Henry weiter.

„Ich finde sie unheimlich. Ich meine, hast du mal ihre Klamotten angeschaut?“ Er lachte.

Henry lächelte zögerlich. „Klar. Aber man lehnt ja jemanden nicht wegen seiner Klamotten ab. Zumindest nicht, wenn man über fünfzehn ist, oder?“

Das Lächeln auf Sebastians Gesicht verschwand schlagartig.

„Sorry, war nicht böse gemeint“, sagte sie kleinlaut.

„Nein, du hast recht. Aber sie ist halt auch sonst komisch. Aber gut, wer weiß, was sie mitgemacht hat.“

„Wie meinst du das?“

„Ich meine, in den ersten vier Jahren ihres Lebens.“

„Das verstehe ich nicht“, sagte Henry. Sie rührte wieder mit dem Löffel in der heißen Schokolade herum, um ihre

Hände zu beschäftigen. „Was war denn in den ersten vier Jahren ihres Lebens?"

„Ach, weißt du gar nicht, dass sie adoptiert wurde?", fragte Sebastian und sah sie verwundert an.

Henry erwiderte den Blick mindestens genauso erstaunt. „Nee, wusste ich nicht. Hat Jakob mir nicht erzählt."

„Klar, deshalb hat sie ja auch sofort den Jungen bei sich aufgenommen damals. Sie hat da so eine Art Helfersyndrom. Ich glaube, das ist der einzige Mensch, der wirklich warm mit ihr geworden ist. Schade, dass er nach ein paar Monaten schon wieder zurück zu seiner Familie ist."

„Was war das denn eigentlich für ein Junge?"

Sebastian legte sein Messer auf dem Tellerrand ab. „Das ist eine längere Geschichte. Der Junge war Beteiligter bei einem Autounfall, bei dem zwei Kinder einer österreichischen Familie ums Leben gekommen sind. Mein Mentor, Professor Kranich, hatte damals Schicht, als zwei der Kinder in die Klinik eingeliefert wurden, das dritte war sofort tot."

Henry schluckte.

„Von den beiden in der Klinik ist eines auch noch während der Not-OP verstorben. Der Junge aber überlebte. Da die Eltern völlig traumatisiert waren, kam er zu Anna in Pflege. Die kannte irgendwen beim Jugendamt und hat – keiner weiß, warum – alles darangesetzt, diesen Jungen zu sich holen zu können. Aber ich war damals noch nicht auf der Welt, du müsstest sie selbst fragen, wie das genau war."

„Das ist ja eine schreckliche Geschichte." Henry war jetzt erst recht der Appetit vergangen. Sie ahnte, dass es der Unfall gewesen sein musste, bei dem ihre Mutter die Verursacherin gewesen war. Anna hatte das vielleicht gewusst und sozusagen für ihre damalige Freundin aus schlechtem Gewissen heraus den Jungen zu sich geholt.

„Möchtest du noch was?“, fragte ihr Bruder, der vielleicht nichts von den ganzen Zusammenhängen wusste, und griff nach der Karte. Sie lehnte ab und überlegte wieder, ob sie Sebastian nicht doch auf das Testament ansprechen sollte, stellte aber fest, dass ihr alles langsam zu viel wurde. Ständig gab es neue Informationen, die sie in ihrem Kopf verarbeiten und sortieren musste. Die Polizistin in ihr kam immer mehr an die Oberfläche, und sie ertappte sich dabei, wie sie plötzlich jeden verdächtigte, sogar Sebastian. Sie unterdrückte diesen Impuls und fragte ihren Bruder nicht danach.

Sebastians Handy klingelte noch einmal. Er sah aufs Display, stand auf und ging zum Telefonieren vor die Tür.

In einer Ecke des Cafés gab es Spielsachen und eine kleine Küche für Kinder. Henry erinnerte sich daran, wie sie mit Sebastians Tochter in der Kinderküche gesessen und imaginären Kaffee getrunken hatte. Das war alles so lange her, schon gar nicht mehr greifbar, irgendwie unschuldig. Sie hatte sich darauf gefreut, ihren Bruder und ihren Vater kennenzulernen. Der saß jetzt ihretwegen in Haft. Der Gedanke daran versetzte ihr wieder einen schmerzhaften Stich.

„Hey, Schwesterherz“, sagte Sebastian, als er zurückkam. „Ich muss leider noch mal in die Klinik. Was mache ich so lange mit dir? Möchtest du zu mir nach Hause oder soll ich dich irgendwohin fahren? Dein Date mit Miss Sonderbar ist ja erst heute Nachmittag."

„Ja, und sie hat auch gesagt, dass sie bis halb drei arbeitet."

„Mann, das ist jetzt echt blöd …" Er sah sich im Café um, als stünde die Lösung des Problems auf der Tapete.

„Das ist schon okay", sagte Henry und stand auf. „Du kannst mich vielleicht zu Papas Haus fahren, wenn es für dich in Ordnung ist?" Das Wort „Papa" klang aus ihrem Mund ungewohnt.

„Wie gesagt, du kannst so lange auch zu mir", sagte er. „Hast du überhaupt einen Schlüssel zu Papas Haus?"

„Klar."

„Und du bist sicher, dass du da jetzt noch rein darfst?"

„Ich habe doch einen Schlüssel." Sie zuckte die Schultern.

„Und ist das dann kein Einbruch, Frau Polizistin?" Sebastian hob oberlehrerhaft den Finger.

„Doch, mein Lieber. Ein renommierter Jurist hat mir das erst neulich erklärt." Sie lächelte. „Aber ich habe ja das Okay von Jakob und meine Sachen sind auch noch drin", log sie. Genau genommen wollte sie im Haus von Jakob noch einmal das Album mit den alten Familienfotos anschauen und sich ein Bild von Anna machen.

„So viel Zeit habe ich natürlich noch", sagte er. „Tut mir echt leid, dass ich dich jetzt so versetzen muss, aber mein Kollege muss dringend nach Hause, weil der Kindergarten seiner Tochter angerufen hat. Winterzeit ist Hustenzeit, ich kenne das von Ida. Und er springt so oft für mich ein, dass ich ihn jetzt nicht hängen lassen will."

Sebastian nahm Henrys Mantel von der Garderobe und half ihr hinein. Es gab sie eben doch, die guten Männer.

Während der Fahrt wagte Henry endlich, die Frage zu stellen, die ihr schon seit Tagen auf der Seele brannte.

„Sag mal, weißt du eigentlich, warum Jakob sein Testament geändert hat?"

Sebastian drehte sich zu ihr um und sah sie mit großen Augen an. „Wie meinst du das? Woher weißt du denn …?" Er wandte seinen Blick wieder der Straße zu.

„Ich habe es gefunden und gesehen, dass er es geändert hat."

„Hm", sagte ihr Bruder. Nach einer kurzen Pause fügte er hinzu: „Ich glaube, er hat es nur geändert, weil er euch gefunden hat. Und Anna hat ja auch das Haus meiner Großeltern geerbt. Klar, er dachte natürlich all die Jahre, dass du tot bist. Da standest du nicht im Testament. Er hat das sofort geändert und auch deine Mutter als Erbin angegeben. Trotz allem …"

Henry merkte, dass das Thema bei ihm zu einer Anspannung führte, was sie nicht wunderte. Immerhin war er davor Alleinerbe gewesen. Sie überlegte, ob sie ihn fragen sollte, wie es ihm damit ging, hatte dann jedoch Angst, es würde zu sehr nach einem Verhör klingen.

Also ließ sie das Thema auf sich beruhen.

Sie verabschiedeten sich vor Jakobs Haustür mit einer Umarmung. „Also dann, bis hoffentlich bald, Bruderherz", sagte Henry augenzwinkernd und Sebastian winkte beim Davonfahren noch einmal aus dem Fenster. Wenigstens hatte sie einen wunderbaren Bruder.

Sie steckte den Schlüssel ins Schloss. Das Polizeisiegel hing immer noch zerrissen am Türrahmen, offenbar hatte noch niemand bemerkt, dass sie hier gewesen war.

„Na? Schon wieder am Ermitteln?“, hörte sie eine Stimme hinter sich.

„Ben! Und du schon wieder am Stalken?“ Sie lachte.

„Quatsch, du siehst doch hoffentlich, dass ich meinen täglichen Lauf erledigt habe“, sagte er auf seine Kleidung deutend. „Darf ich kurz mit reinkommen?“ Er joggte wieder auf der Stelle. Man konnte seinen Atem in der Luft sehen.

Henry zog den Schlüssel aus dem Schloss und senkte die Hand. „Um ehrlich zu sein, sieht es da drinnen ziemlich übel aus. Ich bin nachher noch verabredet und wollte hier ein bisschen Ordnung schaffen.“

„Du könntest die übrige Zeit auch bei mir verbringen“, sagte Ben und fuhr sich durch die Haare.

Henry zögerte.

„Komm schon. Aufräumen kannst du auch nachher noch. Ich bin doch heute Abend sowieso nicht da, dann kannst du bei deinem Vater Putzfee spielen. So lange könnten wir ja zu mir gehen. Ich muss nur kurz duschen, dann bin ich ganz für dich da. Außer natürlich, du willst mir unter der Dusche beiwohnen.“ Er grinste.

***

Bens Haut war immer noch feucht. Henrys Kopf lag auf seiner warmen Armbeuge und er streichelte ihre Haare.

„Ich muss leider demnächst los“, sagte sie und versuchte, sich aus seiner Umarmung zu winden.

„Jetzt schon?“, fragte er sanft. „Du hast doch noch ein bisschen Zeit, oder? Wo musst du denn überhaupt hin?“

„Zu meiner Tante. Wir sind zum Kaffeetrinken verabredet.“

„Kaffeekränzchen mit deiner Tante klingt ja viel spannender als ein Date mit mir“, sagte Ben.

Henry verdrehte die Augen. Ihre Nase begann wieder zu laufen. Einen Schnupfen konnte sie jetzt überhaupt nicht brauchen.

„Hast du ein Taschentuch oder so?“ Sie griff neben sich auf den Wohnzimmertisch und hob suchend eine Zeitschrift hoch. „Lass das!“, sagte Ben scharf und zog ihre Hand ruckartig zurück.

Henry zuckte zusammen und sah ihn irritiert an. „Was ist los? Hast du irgendwelche Geheimnisse? Bist du verheiratet oder so was?“

„Was?“ Er setzte sich auf. „So ein Blödsinn! Natürlich bin ich nicht verheiratet“, sagte er lachend. „Ich finde nur, dass manche Dinge Privatsache sind.“

„Was hast du denn da, was so geheim ist?“ Sie spürte das alte Misstrauen in sich aufsteigen.

„Nichts Besonderes, aber ich will halt nicht, dass du alles anschaust, was da rumliegt, ja? Ist nicht böse gemeint.“ Er strich ihr eine Haarsträhne aus dem Gesicht und wie ein Blitzlicht schoss Henry die Erinnerung an Kjell in den

Kopf. Gewaltsam schob sie sie in die hinterste Ecke ihres Gedächtnisses.

„Sorry. Ich wollte nur …"

„Nicht schlimm. Jeder braucht eben seine Geheimnisse." Als hüte er den Heiligen Gral, hielt er seine Hand vor den Stapel auf dem Wohnzimmertisch.

Henry fühlte sich plötzlich unwohl und stand auf.

„Hey", sagte Ben jetzt wieder mit sanfter Stimme und zog sie am Arm zu sich. „Das ist doch nichts gegen dich."

„Ich verstehe schon", sagte sie nüchtern. „Wir sind ja auch kein Paar oder so."

Ben lächelte. „Würdest du das denn sein wollen?"

„Ich kenne dich doch überhaupt nicht", antwortete sie harsch. „Lass gut sein, das ist okay für mich. Ich muss jetzt sowieso los."

„Du hast doch noch Zeit?" Er sah sie irritiert an. „Ich dachte, du triffst dich erst um drei mit deiner Tante."

„Ich muss noch was besorgen."

Ben stand nun ebenfalls auf. „Jetzt sei doch nicht beleidigt. Aber stell dir mal vor, ich hätte Pornoheftchen oder so da liegen. Das fändest du auch nicht toll, wenn ich so was bei dir finden würde."

„Ich habe aber keine Pornoheftchen." Henry band sich die Haare zu einem Zopf zusammen und zog ihre Stiefel an. Beim Schließen des Reißverschlusses riss sie sich schmerzhaft einen Fingernagel ein, ließ sich aber nichts anmerken.

„Sehen wir uns nachher noch? Also, kommst du wieder her?", fragte Ben und setzte einen Hundeblick auf.

Jetzt musste Henry wieder lächeln. „Wenn du drauf bestehst und es unbedingt sein muss. Aber bring vorher deine Heftchen in Sicherheit, du bist ja nachher nicht da."

„Das werde ich machen", sagte er. „Und dann kannst du hier alles angucken, wie du Lust hast. Versprochen."

Tübingen, 15. Februar 2019, 14 Uhr

Henry ging nicht zum Haus ihres Vaters zurück, sondern direkt zu dem ihrer Tante. Noch eine gute Stunde hatte sie Zeit, bis Anna nach Hause kommen würde. Ihr Herz pochte und ihre Wangen waren heiß, als sie vor der Haustür stand. Sie legte die Hände an die Schläfen, sah durch das Fenster der Tür, wo sie jedoch nichts erkennen konnte, und beschloss, ums Haus herumzugehen. Als sie sich umdrehte, fiel ihr Blick auf einen hellgrauen Stein, der zwischen den dunkelgrauen hervorstach. Kreativ war ihre Tante jedenfalls nicht. Vorsichtig, als würde sie beobachtet, bückte sie sich, hob den Stein auf, öffnete das Geheimfach und entnahm den Schlüssel. Das war leichter als gedacht.

Das Gespräch mit Sebastian und das Telefonat mit Christian hatten sie verunsichert. Sie hatte bei der Begegnung mit Anna schon das Gefühl gehabt, dass etwas mit ihrer Tante nicht stimmte, aber immerhin hatte sie den Ring anstandslos zur Polizei gebracht. Vielleicht würde sie im Haus Hinweise finden. Sollte dieser Faber tatsächlich eine Streife zum Schutz schicken, würde sie keine Möglichkeit mehr haben, irgendetwas herauszufinden. Es musste jetzt passieren, der Kommissar erwartete ihren Anruf noch an diesem Nachmittag.

Es konnte und durfte nicht sein, dass ihr Vater ihre Mutter umgebracht hatte. Sie musste die Sache selbst in die Hand nehmen. Dieser Faber schien ihr auch nicht wirklich auf Zack zu sein, und Anna war ihr ohnehin vom ersten Moment an seltsam vorgekommen. Jemand hatte ihr die Mutter genommen. Sie würde nicht zulassen, dass man ihr nun auch noch den Vater nahm.

Henry drehte den Schlüssel herum und sah sich noch einmal um. Dieser Häberle hatte seine Augen sicher auch überall.

Das Haus roch muffig. Offenbar hatte Anna sogar die Einrichtung ihrer Adoptiveltern so belassen, wie sie gewesen war. Sechzigerjahre-Möbel standen im Wohnzimmer, das eine grüne Tapete hatte. Wie schrecklich, dachte Henry. Wie konnte jemand so leben? Aufgeräumt und sauber war es. Als sie mit dem Finger über den Nierentisch fuhr, blieb kein einziges Staubkorn hängen. Nicht einmal die Bilder – Mariengemälde und Stillleben mit Blumensträußen – hatten auch nur ansatzweise eine Staubschicht auf den Rahmen. Sehr adrett, dachte Henry. Es passte zu Anna.

Leise öffnete sie einige der Schubladen. Die waren gefüllt mit Adressbüchern, alten Zeitungen und Butterkeksen. Sie erinnerte sich an Fredriks Haus und fragte sich, warum sie eigentlich ein zweites Mal bei jemandem eingebrochen war. Was würde sie ihrer Tante sagen, wenn sie sie doch erwischte? Aber warum sollte sie plötzlich früher Schluss machen? Sie würde ihr einfach sagen, dass sie frierend vor der Tür gestanden und zufällig den Schlüssel entdeckt hatte. Ja, das würde plausibel klingen. Mehr als ein bisschen böse sein würde ihre Tante sicher nicht.

In der Ecke des Wohnzimmers stand eine Essgruppe mit einer Bank. Sie kannte diese Art von Essgruppe, weil ihre Oma auch eine besessen hatte. Wie selbstverständlich öffnete sie die Sitzbank, darunter waren aber nur alte Zeitschriften. ‚Bunte', ‚Brigitte', ‚Bild der Frau'. Meine Güte, dachte Henry. Da müsste ihre Tante doch echt modernere Klamotten tragen, wenn sie so viele Frauenzeitschriften las.

Im Bücherregal standen Romane von Paul Sturm zwischen Ingeborg Bachmann und Agatha Christie. Ein sonderbarer Literaturgeschmack.

Henry ging in die Küche und sah aus dem Fenster. Weit und breit niemand zu sehen. Sie öffnete die Küchenschubladen, stellte aber schnell fest, dass hier nichts zu finden war. Wer bewahrte auch Verdächtiges in der Küche auf?

Das kleine Haus mit dem engen Treppenhaus schien sie zu erdrücken und sie holte immer wieder tief Luft, weil sie das Gefühl hatte, schlecht atmen zu können.

Die Treppe knarrte, als Henry nach oben ging. Der muffige Geruch biss ihr durch die Nase bis in die Nebenhöhlen. Am liebsten hätte sie alle Fenster aufgerissen. Das Schlafzimmer sah aus wie aus einem ‚Schöner-Wohnen'-Magazin der Sechzigerjahre. Die Bettwäsche geblümt, auf dem Nachttisch Trockenblumen. Kein Wunder, dass ihr Vater Krimiautor geworden war, wenn er in diesem Haus aufgewachsen war. Gruselig!

Henry zuckte zusammen, weil sie meinte, ein Geräusch gehört zu haben. Sie atmete leise und drückte sich vorsichtshalber gegen die Wand. Nachdem sie bis zwanzig gezählt und nichts mehr gehört hatte, suchte sie weiter.

Sie schlich durch das Schlafzimmer. Bei jedem Schritt kam es ihr vor, als knarrte das ganze Haus und wollte sie gleich für den Einbruch bestrafen.

Die Schublade des Nachttischs war etwas schwergängig und Henry musste sie mit Gewalt öffnen. Sie traute ihren Augen kaum: ein Kästchen voller Schmuck. Sie zog die Ketten und Armbänder heraus. Das blaue Armband, das mit den Saphiren zwischen den Perlen, hatte ihre Mutter 2002 in Las Palmas gekauft. Sie erinnerte sich genau an die nette Verkäuferin in dem kleinen Laden an der Strandpromenade. Die Kette mit dem Edelstahlplättchen war ein Unikat von einer Goldschmiedin aus Dalarna, einer Bekannten von Barbro. Henrys Hals schnürte sich zu und sie fürchtete, keine Luft mehr zu bekommen. Sie hob das Kästchen mit dem Schmuck aus der Schublade und schaute darunter.

„Mein Handy!", rief sie lauter als geplant und zog ihr Telefon aus der Schublade. Woher hatte Anna ihr Handy? Hatte sie es ihr abgenommen, als sie sie bei Jakob getroffen hatte? Henry war sich eigentlich sicher, dass sie das Smartphone danach noch gehabt hatte, aber Erinnerung und Einbildung vermischten sich gerade in ihrem Kopf zu dunklen Wolken. Sie wollte es einschalten, doch der Akku war leer. Henry steckte ihr Handy und das Schmuckkästchen in ihre Handtasche. Kurz war sie versucht, mit den Beweisstücken direkt zu Faber zu marschieren. Aber sie wusste, wie langsam die Mühlen der Bürokratie mahlten, und wenn sie schon einmal hier war, konnte sie auch noch die restliche Arbeit erledigen. Je mehr sie finden würde, umso eher war Jakob wieder auf freiem Fuß. Das war sie ihm schuldig. Zitternd zog sie ein paar Bücher aus der Schublade. Ein rasches Durchblättern ergab, dass es sich nur um unwichtige Notizbücher handelte.

Henrys Herz schlug schneller. Sie sah auf die Uhr.

Noch vierzig Minuten.

Verdammt, das ist ja, als ticke eine Zeitbombe, dachte sie. Hastig öffnete sie die Schränke im Schlafzimmer, aber bis auf den ausgefallenen Modestil ihrer Tante fiel ihr hier nichts auf.

Neben dem Schlafzimmer befand sich eine Art Gästezimmer. Die Wände waren von einem Kind bemalt worden. Vielleicht vor vielen Jahren von ihrem Vater? Oder von Annas Pflegesohn? Auch hier zog Henry die Schubladen auf. Während sie nach weiteren Hinweisen suchte, rasten die Gedanken durch ihren Kopf. Warum sollte ihre Tante mit dem Tod ihrer Mutter in Verbindung stehen? Oder steckte sie mit Jakob unter einer Decke? Und weshalb hatte sie den Schmuck mitgenommen? Der Ring! Natürlich. Sie hatte den Ehering gesucht, der an Henrys Finger war. Aber warum hatte sie ihn dann zur Polizei gebracht? Vermutlich ahnte sie, dass es den Verdacht gegen Jakob bestärken würde. Henrys Gedanken überschlugen sich. Was würde sie machen, wenn Anna zurückkam? Sie war ausgebildete Polizistin. Diese zierliche alte Frau würde sie locker außer Gefecht setzen können.

Während sie über ihre eigenen Überlegungen stolperte, entdeckte sie in einem Regal mehrere Bücher ohne Schriftzug auf dem Buchrücken. Vermutlich handelte es sich auch hierbei um Notizbücher.

Noch dreißig Minuten.

Henry zog schnell die Bücher aus dem Regal und blätterte alle durch. Es waren alte Tagebücher. Für einen Moment überlegte sie wieder, ob sie die ganzen Sachen einpacken und das Haus verlassen sollte, aber sie wollte hier und jetzt wissen, was das alles zu bedeuten hatte. Spielte diese kleine, zerbrechlich wirkende Frau mit den altbackenen Kleidern wirklich eine Rolle in diesem Mordkomplott? Der Schmuck, das Handy … Sie konnte nicht mehr klar denken. Das konnte sie sich nicht vorstellen und dennoch war ihr alles lieber, als wenn es Jakob gewesen wäre.

Henry öffnete die Tagebücher und las.

„O mein Gott", flüsterte sie. Ihre Tante war wirklich in ihren eigenen Bruder verknallt gewesen!

Jetzt fiel es ihr wie Schuppen von den Augen. Natürlich, sie war ja nur seine Adoptivschwester. Und ihre Mama, Annas beste Freundin, hatte ihn bekommen. Kein Wunder, dachte sie, an Jakobs Stelle hätte sie auch lieber ihre Mutter geheiratet. Henry stand auf und sah aus dem Fenster. Immer noch niemand zu sehen.

Noch fünfundzwanzig Minuten.

Der Name ihres Vaters mit Herzchen umrahmt, wie ein Teenager, dabei war Anna zu dem Zeitpunkt Mitte zwanzig gewesen. Ihre Tante war eindeutig in ihn verliebt gewesen. Er hatte ihr gewiss im Januar erzählt, dass ihre Mutter und sie noch am Leben waren. Anna musste innerlich ausgerastet sein. Aber war das wirklich ein Motiv nach über dreißig Jahren? Sie wusste doch überhaupt nicht, ob Jakob wieder mit Marta zusammenkommen würde. Das alles war vollkommen spekulativ. Und wie hatte diese schwächliche kleine Frau es geschafft, ihre Mutter zu erschießen?

Wieder glaubte sie, ein Geräusch zu hören, und verhielt sich ganz ruhig. Sie wollte nicht zur Treppe schleichen, weil das Haus sie verraten würde. Das Einzige, was die Stille durchbrach, war ihr lauter Herzschlag.

Henry blätterte hastig weiter und fand zwischen den letzten Seiten vier oder fünf Briefe. Sie faltete sie auf und erkannte sofort die Handschrift ihrer Mutter, auch wenn sie noch jugendlicher und irgendwie ordentlicher aussah. Es war definitiv Martas Schrift.

Ihre Mutter hatte Anna den Autounfall gestanden, den sie verursacht hatte. Betrunken. Hinter dem Brief war ein Zeitungsartikel zu dem Unfall. Laminiert sogar. Dreijährige Zwillinge waren bei dem Unfall ums Leben gekommen. Es war genau die gleiche Geschichte, die Sebastian ihr am Morgen erzählt hatte. Das war also das dunkle Geheimnis, von dem Jakob geschrieben hatte. Anna hatte also wirklich das Kind in Pflege genommen, das den Unfall überlebt hatte, der von ihrer Mutter verursacht worden war. Marta war nicht nur ihre Entführerin, sondern auch noch eine Unfallflüchtige, und die Tante hatte davon gewusst und sie gedeckt! Das Leben ihrer Mutter war eine einzige Lüge gewesen.

Henry las weiter in Martas Briefen. Dieses Miststück Anna hatte ihre Mutter erpresst. Sie ballte die Fäuste. Vermutlich war Marta deshalb mit ihr nach Schweden gegangen. Sie war auf der Flucht gewesen, vor der Polizei und ihrer Schwägerin, die sie mit dem Unfall erpresst hatte. Und jetzt, nachdem alles verjährt war, hatte Jakob Marta gefunden, und Anna wäre aufgeflogen.

Ob sie sie wirklich kaltblütig erschossen hatte? Henry schaute sich nach einem Telefon um, sah aber keines. Faber musste sofort herkommen und sich das alles ansehen. Am besten noch bevor Anna nach Hause kam. Sie schloss die Nachttischschublade und hastete die knarrenden Treppen hinunter. Ein lindgrünes Festnetztelefon stand auf einem weißen Häkeldeckchen auf einer Kommode. Sie hob den Hörer ab, aber es kam kein Freizeichen.

Noch zwanzig Minuten.

Henry stand vor dem Telefon und drückte auf den Knöpfen herum. Sie beugte sich nach vorne und sah, dass das Kabel nicht mehr in der Steckdose steckte. Gerade wollte sie sich bücken, um es einzustecken, als sie einen harten Schlag auf den Hinterkopf spürte und alles schwarz wurde.

***

Als Henry wieder zu sich kam, saß sie auf einem Stuhl. Ihr Kopf hämmerte. Sie öffnete die Augen, sah aber alles verschwommen. Ihre Schultern schmerzten und sie stellte fest, dass ihre Hände hinten am Stuhl festgebunden waren. Viel zu eng, es mussten dünne Seile sein, die sich in ihr Fleisch schnitten. Ihr Mund war mit Isolierband verklebt.

Sie sah sich um. Neben ihr befand sich eine Werkbank, auf der ein Schraubenzieher lag. Darüber hing ein Gitter mit allerlei Werkzeug. Gegenüber der Werkbank sah sie die Treppe nach oben, daneben ein paar Getränkekisten. Der Boden war uneben und ihr Stuhl wackelte. Ihre Handtasche war weg. Warum hatte sie nicht gleich das Haus verlassen, als sie den Schmuck ihrer Mutter gefunden hatte? Sie hätte von Jakobs Haus Kommissar Faber anrufen und alles der Polizei überlassen können. Stattdessen hatte mal wieder ihre Neugier gesiegt. Und ihre Selbstüberschätzung.

Sie dachte an Christian.

Ihre Nase lief wieder und sie fürchtete, der beginnende Schnupfen könne sie mit dem Klebeband über dem Mund das Leben kosten. Daran dachte nie jemand. Was passieren würde, wenn einem die Nase zuschwoll, während man geknebelt war. Ein qualvoller Erstickungstod würde auf sie warten.

Henry hörte Schritte auf der Kellertreppe. Plötzlich stand Anna im Raum. Sie hatte eine Schüssel mit Wasser in der einen und einen Waschlappen in der anderen Hand. Ohne etwas zu sagen, setzte sie sich neben ihre Nichte auf einen Stuhl und tupfte ihr die Stirn ab. Henry spürte jetzt wieder das Opinel in ihrer Hosentasche. Sie saß so ungünstig, dass es schmerzhaft in ihren Oberschenkel drückte.

„Glaub mir, ich habe mir das auch anders gewünscht", sagte Anna und wrang den Lappen aus.

Henry signalisierte ihrer Tante, dass sie antworten wollte, aber die ließ sich gar nicht darauf ein. Ihr linkes Nasenloch schwoll zu. Warum, verdammt noch mal, hatte sie sich die Nasenscheidewand nie begradigen lassen? Jetzt würde sie ihr Todesurteil sein. Anna tupfte weiter Henrys Stirn und ihren Nacken ab. Die Seile gruben sich in ihre Handgelenke. Ihre Haut brannte und sie war sich nicht sicher, ob das, was hinter ihrem Rücken ihre Handfläche hinabsickerte, Wasser, Schweiß oder Blut war.

„Eigentlich wollte ich vorher noch Kuchen mit dir essen und dir alles erklären. Aber du warst ja zu neugierig. Wie dein Vater, der muss auch immer alles ganz genau wissen."

Sie wrang den Lappen erneut aus und zog Henry mit einem Ratsch das Klebeband von den Lippen, die sogleich aufrissen. Henry schrie vor Schmerz auf. Blut lief warm ihr Kinn hinab.

„Meiner Mama hast du aber keine Henkersmahlzeit gegönnt!", brüllte sie und wand sich auf dem harten Stuhl.

„Ich habe doch deine Mutter nicht umgebracht", sagte Anna und sah sie verwundert an.

„Dann erklär mir die Scheiße hier! Du hast ihren Schmuck! Du hast mein Handy geklaut!"

Ihre Hände waren derart festgeschnürt, dass ihre Finger kalt und taub wurden.

Anna streichelte ihr über die Wange. „Du musst keine Angst haben, kleine Henrietta. Der Tod ist auch was Schönes, weißt du …"

Henry spuckte ihrer Tante ins Gesicht. „Du hast meine Mutter auf dem Gewissen und meinen Vater in den Knast gebracht! Er hat dir sicher vertraut und du hast nichts Besseres zu tun, als sein Manuskript zu lesen und den Mord nachzustellen. Nur weil du ihn nicht gekriegt hast, hast du ihm das alles angetan? Du wirst ihn auch jetzt nicht kriegen oder meinst du, er hat Lust auf eine Romanze mit einer durchgeknallten Serienkillerin? Sebastian weiß, dass ich hier bin!"

Sie war nicht sicher, ob das die schlaueste Methode war, aber sie konnte ihre Wut nicht bändigen. Wie ein wildes Tier schlug die Abscheu in ihrer Brust um sich. Anna war schuld daran, dass sie ihren Vater völlig zu Unrecht verdächtigt und der Polizei ausgeliefert hatte. Er wollte den DNA-Test also wirklich nur machen lassen, damit sie ihren alten Namen wiederbekam. Wie dumm sie gewesen war! Sie war in Annas Falle getappt und hatte Jakob ans Messer geliefert. Bei ihm war sie in Sicherheit gewesen und hatte sich selbst in Gefahr gebracht, weil sie durch ihr Misstrauen zu blind gewesen war, um diese offensichtliche Falle zu erkennen.

Anna stand schlagartig auf, setzte die Wasserschüssel auf Henrys Schoß und versuchte, ihren Kopf unter Wasser zu drücken. Henry schüttelte ihren Kopf hin und her. Ihr Oberkörper war durch die Fixierung am Stuhl kraftlos. Sie duschte immer zuerst den Körper und wusch dann die Haare über dem Waschbecken. Seit ihrer jüngsten Kindheit war sie nicht mit dem Kopf unter Wasser gewesen. Eine unermessliche Panik stieg in ihr auf. Mit aller Kraft versuchte Anna, sie nach unten zu drücken, was ihr nur schwer gelang. Das wilde Tier in Henry wehrte sich zu sehr. Für wenige Sekunden schaffte die Tante es, Henrys Gesicht unterzutauchen.

„So redest du nicht mit mir", sagte Anna mit stoischer Gelassenheit. „Deine Mutter hat sich so widerlich an Jakob rangeschmissen wie eine Prostituierte. Hat sich sofort von ihm schwängern lassen. Und dann hat sie auch noch zwei Kinder getötet. Um sich daraufhin aus dem Staub zu machen!"

„Der Unfall war aber vor meiner Geburt! Und sie musste ja abhauen, weil du sie erpresst hast, du abscheu…" Wieder drückte die Tante Henrys Kopf in die Wasserschüssel. Dieses Mal kam der Anschlag unerwartet und Henry reagierte zu langsam. Sie befürchtete, gleich zu ersticken, versuchte jetzt aber, ruhig zu bleiben. Es brachte sowieso nichts und ihre Tante würde sie garantiert wieder rausziehen, weil sie noch ihre Beichte ablegen wollte. Henrys kriminalistisches Gespür sagte ihr, dass Anna noch etwas loswerden wollte. Sie zog sie an den Haaren nach oben. Henry schnappte nach Luft.

„Meine Güte. Du siehst wirklich aus wie sie." Anna strich ihr mit dem Finger über die nasse Schläfe. „Ich kann nur froh sein, dass deine Mutter dich nicht abgegeben hat."

„Was meinst du?", fragte Henry verunsichert und noch immer leicht hustend.

„Hat die feine Maria dir das nie erzählt? Es war doch klar, dass sie nach dem Unfall ins Gefängnis musste. Ich habe ihr daraufhin großzügig angeboten, dich zu mir zu nehmen. Deine Mutter hat es abgelehnt. Stattdessen hat sie lieber euren Tod vorgetäuscht und ist nach Schweden abgehauen. Selbst zum Sterben war sie noch zu feige."

„Du hast sie mit dem Unfall erpresst und sie sollte mich dafür abgeben? Ist das dein Ernst? Und jetzt willst du mich auch umbringen, oder was? Ersäufen wie ein Tier? Du hast doch nicht alle Tassen im Schrank. Fahr zur Hölle!"

„Du musst nicht so laut schreien", sagte Anna und legte ihr den Finger auf die noch immer leicht blutenden Lippen. „Es hört dich sowieso keiner."

Sie stellte die Schüssel auf die Werkbank und trocknete ihre Hände an ihrem ungewohnt bunten Kleid ab.

„Ich werde dich nicht ersäufen, wie du sagst. Mein Sohn wird bald hier sein, der macht das."

„Du hast doch überhaupt keinen Sohn, du verdammte Irre!"

„Ich habe einen Sohn!", schrie Anna und Henry zuckte kurz zusammen. Sie hatte nicht mit dieser Lautstärke gerechnet.

„Dass ich einen Sohn habe, solltest du wissen. Laut seiner Aussage hast du ihn auf dem Friedhof nämlich gesehen. Oder was meinst du, woher ich dein Telefon habe? Und glaubst du wirklich, ich habe mir die Finger an deiner Mutter selbst schmutzig gemacht? Was denkst du von mir? Möchtest du was trinken?"

Anna holte eine Flasche Wasser aus einem der Getränkekisten unter der Treppe. Sie hielt Henry den Flaschenhals an den Mund; die schüttelte sofort den Kopf und presste ihre schmerzenden Lippen zusammen. Ihre Tante knallte die Flasche so entschlossen auf die Werkbank, dass das Wasser herausschwappte.

„Ich werde gar nichts trinken, was du mir gibst. Woher weiß ich denn, was du mir da einflößt?"

„Schade, dass du mich für so einfältig hältst."

Es klingelte oben an der Tür.

„Tut mir leid, Liebes, du entschuldigst mich kurz?"

Anna ging nach oben.

Henry versuchte, mit dem Stuhl in Richtung Werkbank zu hüpfen, was schwieriger war, als es in Filmen immer aussah. Nachdem sie gehört hatte, wie die Haustür geöffnet wurde, schrie sie, so laut sie konnte, um Hilfe.

Tübingen, 15. Februar 2019, 16 Uhr

Jakob Winter saß wieder zusammengekauert auf dem Bett in der Zelle. Faber stellte ihm einen Kaffee auf den Tisch.

„Herr Winter, ich brauche jetzt dringend Ihre Hilfe."

Jakob sah zu ihm auf. „Was wollen Sie denn noch von mir?" Er hob die Arme und ließ sie auf seinen Schoß fallen, als gehörten sie nicht zu ihm. „Lassen Sie mich doch in Ruhe. Wenn mein Anwalt da ist, reden wir wieder miteinander."

„Sie brauchen jetzt keinen rechtlichen Beistand, es geht um etwas anderes. Haben Sie ein gutes Verhältnis zu Ihrer Schwester?"

„Anna?" Jakob richtete sich auf. „Wir haben uns vor einigen Jahren etwas voneinander entfernt. Aber davor hatten wir ein gutes Verhältnis."

„Weshalb genau haben Sie sich voneinander entfernt?" Faber zog einen Stuhl zum Bett und setzte sich darauf.

„Ich hatte das Gefühl, dass sie mehr von mir wollte als es eine Schwester, oder eben Adoptivschwester, sollte. Aber ich dachte, sie hätte es überwunden, nachdem ich Maria geheiratet hatte. Außerdem hatte sie doch dann den Jungen bei sich, der sie auch heute noch oft besucht, und dadurch dachte ich, hätte sich auch ihr sehnlichster Wunsch nach Kindern in gewisser Weise erfüllt."

„Das wollte ich Sie sowieso als Nächstes fragen.“ Faber schob die Kaffeetasse noch ein wenig näher zu Jakob Winter. „Was ist das für ein Junge? Ich habe nirgendwo etwas zu einem Kind gefunden.“

„Er war offiziell nur einige Monate bei ihr, sie hat sich aber weiterhin um ihn gekümmert wie um ein leibliches Kind. Die beiden stehen sich extrem nah. Er kam dann aber wieder zu seinen Eltern zurück. Anna und er hielten den Kontakt weiterhin. Der Junge hat einen schlimmen Unfall überlebt, bei dem seine Geschwister ums Leben gekommen sind. Seine Mutter saß danach in der Psychiatrie, sein Vater wurde alkoholkrank. Also kam der Junge in Pflege. Anna hat es irgendwie hingedreht, dass er zu ihr kam. Sie kannte wohl jemanden beim Jugendamt und hat damit argumentiert, dass sie ja Apothekerin sei und sich darum ganz besonders gut um ihn kümmern könne.“

„Der Unfall der Familie Baumgartner, richtig?“

„Genau!“ Jakob sah ihn fragend an.

„Brauchte der Junge nicht eher eine Psychotherapeutin als eine Apothekerin?“, fragte er.

„Natürlich. Aber es war wegen seines Auges. Er hat doch bei dem Unfall das rechte Auge verloren. Benjamin saß hinter dem Beifahrersitz und ein Splitter des Fensters hat sich in seinen Schädel gebohrt.“

Faber schaute irritiert. „Baumgartner war bei mir, aber sein Auge schien mir völlig okay. Aber jetzt, wo Sie es sagen … ich erinnere mich, dass der Junge eine schwere Verletzung im Gesicht hatte.“

„Er ist Ocularist.“

Nachdem der Kommissar nicht reagierte, fügte Jakob hinzu: „Er macht Glasaugen. Hat als kleiner Junge schon Spaß am Basteln gehabt und viele Modelle gebaut aus allem Möglichen. Ein richtiger Tüftler ist das."

„Verstehe", sagte Faber. „Aber hatte die Familie Baumgartner keine Verwandten mehr in Österreich?"

Jakob nahm jetzt endlich einen Schluck Kaffee. „Nein, ich denke nicht. Jedenfalls war davon nie die Rede. Aber sagen Sie, warum fragen Sie mich das alles?"

Daniel Faber ging auf die Frage nicht ein. „Hat Ihre Schwester Zugang zu Ihrem Haus und damit zu Ihrem Manuskript?"

„Eigentlich nicht." Jakob dachte nach. „Aber wenn ich so recht darüber nachdenke … Mein Sohn hat mir mal einen Stein geschenkt, in dem man einen Schlüssel verstecken kann. Und soweit ich weiß, hat er denselben für meine Schwester besorgt. Sie würde den Schlüsseltresor vermutlich erkennen, da sie denselben hat."

Faber stand so schnell auf, dass der Stuhl beinahe umkippte, und eilte zur Tür.

„Hey!", rief Jakob. „Warum wollen Sie das denn alles wissen? Meine Schwester war zum Tatzeitpunkt definitiv in Deutschland."

Faber drehte sich in der Tür um. „Ja, Herr Winter. Baumgartner aber nicht."

Jakob Winter stand auf und hastete zu Faber. „Sie denken, Ben hat meine Frau getötet?"

„Ben, so heißt er! Ganz genau! Ich muss jetzt wirklich los. Genießen Sie noch ein bisschen die Zelle und machen Sie sich Notizen für Ihr nächstes Buch. Ich schätze mal, dass Sie bald an Ihrem Schreibtisch sitzen und weiterschreiben werden."

Faber nahm zwei Stufen auf einmal, als er in Richtung Parkplatz sprintete. Während er rannte, rief er auf der Wache an.

„Sofort eine Streife in die Schlossgasse 28!", brüllte er in den Hörer.

„Wie hörst du dich denn an? Bist du auf der Flucht?"

„Quatsch nicht, Engelmann! Schick eine Streife los! Es geht um Leben und Tod!"

„Schlossgasse … In welcher Stadt denn überhaupt?"

„Na, in Tübingen, wo sonst?"

„Sag mal, wie lange arbeitest du jetzt in Tübingen? Hier gibt's doch überhaupt keine Schlossgasse."

***

Anna redete mit jemandem, als sie die Treppe hinunterkam. Henry hatte mittlerweile aufgehört zu schreien, weil sie Schreckliches ahnte. Sie drehte den Kopf, um sehen zu können, wen ihre Tante bei sich hatte. Sie rückte den Stuhl ein Stück weiter und sah in die Augen von Ben.

„Ben!", rief sie, obwohl ihr schnell klar wurde, dass er nicht gekommen war, um sie zu retten. Dieses Mal nicht. Vermutlich auch nicht beim letzten Mal. Als sie vor ein paar Stunden mit Ben mitgegangen war, hatte sie sich noch gefragt, ob sie Faber überhaupt die richtige Hausnummer genannt hatte. Jetzt wurde ihr klar, dass Ben ihr absichtlich eine falsche Adresse gesagt hatte, als der Kommissar am Telefon gewesen war. Die Gedanken fuhren Achterbahn in Henrys Kopf und Angst schnürte ihr die Kehle zu. Ben selbst musste ihre Bremsen gelöst haben. Natürlich! Deshalb hatte er auch sofort den Fehler erkannt. Wie blöd war sie gewesen?

Sie hatte den Geschmack von Eisen im Mund.

Ben sah sie an. Er war also dieser ominöse Pflegesohn … Warum war sie da nicht drauf gekommen? Hatte es Hinweise gegeben, die sie übersehen hatte?

„Jetzt mach schon", sagte Anna. „Oder gehört das wieder zur steirischen Gemütlichkeit?" Sie boxte Ben leicht in die Seite.

Sebastian hatte erzählt, dass bei dem Verkehrsunfall eine österreichische Familie zu Schaden gekommen war. Hatte er am Ende auch etwas mit dem Unfall zu tun? Ben sprach keinen Dialekt und hatte nicht mal einen Akzent. Vielleicht hatte sie aber auch nur nicht darauf geachtet. Jetzt fiel es ihr wieder ein! Sie hatte behauptet, Bullerbü und Elche seien eine typisch deutsche Romantisierung von Schweden. „Da zähle ich mich nicht dazu", hatte er gesagt. Verdammt! Hätte es ihr auffallen müssen? Hätte sie die Hinweise erkennen und kombinieren können? Er musste der überlebende Sohn des Unfalls sein.

„Was soll das, Ben?", fragte Henry.

„Halt den Mund!", schimpfte Anna in Henrys Richtung. „Wenn du ihn nicht so um den Finger gewickelt hättest, wärest du schon lang tot. So wie deine Mutter auch."

Ben stand weiterhin wie angewurzelt vor Henry und sah ihr in die Augen.

„Benjamin“, sagte Anna an ihren Pflegesohn gewandt, „Maria hat deine Geschwister umgebracht. Wir hatten das besprochen. Dieses Mädchen hat alles im Leben bekommen, was dir verwehrt worden ist! Weil ihre Mutter“, sie zeigte dabei auf Henry, „deine Familie zerstört hat!“ Sie sah Henry an. „Dich dürfte es eigentlich nicht geben, wenn Maria sofort im Gefängnis gelandet wäre. Du gehörst nicht zum Plan!“

Anna ging zu Ben und legte eine Hand an seine Wange.

Sein Blick haftete weiter auf Henry, während er Annas Hand langsam von sich schob.

„Gib mir wenigstens das Insulin“, sagte sie fast unhörbar. „Dann mach ich es eben selbst.“

„Ben! Sag was! Was für ein Plan, verdammt noch mal?“, brüllte Henry.

Ben löste sich aus seiner Starre. „Der große Plan. Bei dem ich immer noch Eltern und zwei Brüder habe“, sagte er leise. Er wandte sich wieder an Anna. „Wir könnten ihr jetzt wenigstens die Seile abmachen, das sieht echt schmerzhaft aus.“

„Na und?“, sagte sie. „Sie ist doch eh bald tot.“

„Ja, aber ich hatte mir das irgendwie anders vorgestellt.“

„Das mit den Seilen? Ja, ja, ich weiß, du wolltest irgendwelche Dinge mit ihr tun, die du nicht tun solltest. Wenn wir die Seile aufmachen, schlägt sie uns doch nieder. Oder hast du schon vergessen, dass sie Polizistin ist?“

Ben sah jetzt das erste Mal seine ehemalige Pflegemutter an. „Wir sind zu zweit. Nimm ihr doch wenigstens die Dinger ab."

Er wartete keine Reaktion ab, holte selbst einen Seitenschneider aus einer Schublade und schob ihn schmerzhaft unter die Schnüre, die dadurch noch enger wurden. Henry schrie auf. Die Seile hatten tiefe Wunden in ihre Haut geschnitten, aus denen Blut rann.

„Was machst du da, zur Hölle noch mal?", fauchte Anna und riss Ben den Seitenschneider aus der Hand, noch bevor er die Seile durchschneiden konnte.

„Lass mich gehen, Ben", sagte Henry und es war das erste Mal, dass sie am liebsten geweint hätte. Die Wut wich der Angst.

„Das geht nicht. Wir müssen das zu Ende bringen. Tut mir leid."

„Du meinst, du hast mich die ganze Zeit verarscht? Und was war auf deinem Wohnzimmertisch? Bestimmt keine Pornoheftchen, oder?"

Anna drehte sich um. „Du warst bei ihm? Du bist wirklich wie deine Mutter."

Sie hob die Hand und verpasste Henry eine Ohrfeige, die noch einige Sekunden brannte. Durch den Schlag rutschte Henry ein Stück auf dem Stuhl zur Seite und bemerkte dabei den gläsernen Wassertropfen von Kjell, der sich in ihrer hinteren Hosentasche befand. Sie angelte mit den Fingern danach und redete weiter auf Ben ein.

„Du hast mich gefragt, ob ich mit dir zusammen sein will, Ben."

Er sah an ihr vorbei, ohne ein Wort zu sagen. Als sie den Talisman zu greifen bekam, zog sie ihn vorsichtig heraus. Sie hatte Angst, dass er auf den Boden fallen und zerbrechen würde, aber sie schaffte es, ihn mit den Fingern umzudrehen und immer wieder in das dünne Seil zu stechen. Der Seitenschneider schien den Strick bereits angeschnitten zu haben, zumindest konnte sie spüren, wie Faser für Faser aufplatzte und ihr mehr Platz verschaffte.

„Benjamin, gib mir das Insulin." Anna streckte die Hand zu Ben aus, ohne ihn anzusehen.

Er kramte in der Tasche seines Kapuzenpullis. Wenn Christian hier wäre, könnte er irgendwas Kluges auf Wienerisch sagen und Ben damit in seine Kindheit katapultieren, dachte sie. Das hatte sie in Kriminalpsychologie gelernt. Ein Manöver, das bei Ben vermutlich funktionieren würde. Er war unsicher und das spürte sie. Vielleicht würde ein Ausflug in seine traumatisierende Kindheit helfen. Henry musste das Problem allein lösen, ihr Freund und Kollege saß nichtsahnend in seinem Haus am Rande von Stockholm und sah vermutlich den Schneeflocken zu, wie sie in seinen Garten fielen. Ob sie ihn in diesem Leben noch einmal sehen würde?

Ihre Panik stieg ins Unermessliche.

„Ben." Henry sah ihm tief in die Augen. Ihre Atemfrequenz erhöhte sich. Entweder es würde der totale Reinfall werden und Ben würde sich an Ort und Stelle totlachen oder sie würde ihn wenigstens für einen Moment irritieren. Ein paar Sekunden Verwirrung würden genügen.

„Des is ka guade Idee", sagte sie konzentriert.

Ben stand wie versteinert vor ihr.

„Was?", fragte er sichtlich verwundert.

„I sag, dass du des eh ned mochst", sagte Henry und hörte Christian in ihrem Kopf mitsprechen. Er wäre so stolz auf sie, wenn er sie hören könnte, auch wenn es zugegebenermaßen etwas doof aus ihrem Mund klang.

„Was soll das?", mischte sich jetzt Anna ein. „Du lässt dich jetzt doch nicht von ihr einlullen, oder? Das ist nun wirklich albern."

„Geh in die Apotheke und hol dir neues Insulin", sagte Ben zu Anna und drehte sich um. Seine Arme hingen leblos an seinen Seiten herunter. Er stand jetzt links vor Henry. Ihr war klar, dass er sie mit dem rechten Auge nicht in der Peripherie sehen konnte.

In diesem Moment riss sie die Restfäden des Seils um ihre Handgelenke mit aller Kraft auseinander, sprang vom Stuhl hoch, griff den Schraubenzieher von der Werkbank und rammte ihn Ben in den Rücken.

„Was machst du da?" Anna brüllte und wollte auf Henry losgehen; die verpasste ihr direkt einen Tritt. Wenigstens das war vom Dienstsport hängen geblieben. Ben sackte vor Henrys Augen zusammen. Er versuchte, nach ihr zu greifen, aber sie war schneller und schlug ihm ins Genick. Sie hatte das Gefühl, ihre blutüberströmten Handgelenke würden dabei zerbersten. Ihr Ausbilder Thomas hatte einmal zu ihr gesagt, das Adrenalin würde die Schmerzen unterdrücken. So ganz bestätigen konnte sie das in diesem Moment nicht. Das Einzige, was ihr in die Karten spielte, war die Tatsache, dass ihre Hände größtenteils längst taub geworden waren.

Henry öffnete die Kellertür und stolperte die Betonstufen hoch. Oben schien die einsetzende Dunkelheit sie zu verschlingen. Die hohen Tannen hüllten den Garten in bedrohliches Schwarz. Ihre Augen würden einen Moment brauchen, um sich daran zu gewöhnen. Sie sah sich um, konnte aber nur Straßenlaternen sehen, die hinter Bäumen und Gebüschen flackerten. Ohne sie näher ausmachen zu können, hörte sie Schritte hinter sich auf den Stufen und rannte in Richtung der Lichter los, auch wenn sie befürchtete, dass der Garten eingezäunt war, wie man das in den Sechzigern so gemacht hatte.

„Bleib stehen, du kommst hier nicht weit!", hörte sie Annas Stimme. Ben lag sicherlich noch unten. Tot oder lebendig?

Henry drehte sich während des Rennens um. Irgendetwas hatte ihre Tante in der Hand. Noch bevor sie den Gegenstand genau verifizieren konnte, spürte sie, wie der Boden unter ihren Füßen nachgab und eine große Menge Wasser sie verschlang. Es musste ein Gartenteich sein. Es war eiskalt, aber Henry spürte die Kälte kaum. Das letzte Mal geschwommen war sie mit vier oder fünf Jahren, als ihre Mutter darauf bestanden hatte, dass sie einen Schwimmkurs absolvierte. Da sie wegen ihrer Aquaphobie nicht hatte schwimmen wollen, hatte Marta gefürchtet, sie könne irgendwann ertrinken. Immerhin lag Sigtuna direkt am Mälarsee.

Das war mehr als dreißig Jahre her.

Als Henry wieder auftauchte, stach die Kälte ihr durch die nassen Haare wie Tausende winzig kleine Nadeln in den Kopf. Sie nahm einen tiefen Atemzug.

„Komm raus da", zeterte Anna, die augenscheinlich direkt am Rand stand. Henry konnte nichts erkennen, ihre Augen waren nass, die Haare hingen ihr über das Gesicht und sie war damit beschäftigt, sich an der Wasseroberfläche zu halten. Erst jetzt erkannte sie, dass es sich nicht um einen Gartenteich, sondern um einen Swimmingpool handelte. Sie spürte den Boden nicht unter den Füßen. Ihre Kleidung sog sich voll mit Wasser und ihr eigenes Gewicht drohte, sie in die Tiefe zu ziehen. Warum zur Hölle hatte jemand im Februar Wasser in seinem Pool?

Es half nichts, sie musste schwimmen.

„Wie ein Frosch", hatte die Schwimmlehrerin Matilda gesagt. „Du machst das super, Henry. Wie ein Frosch."

Plötzlich wurde alles still und Henry hörte nur noch die Wassertropfen, die von ihren Haaren und Händen zurück in den nachtschwarzen Pool tropften. Die Kälte verbot ihr zu schreien. Es war wie in einem Albtraum. In Zeitlupe bewegte sie Arme und Beine.

Wie ein Frosch.

Es funktionierte, obwohl die nasse Kleidung die Bewegungen erschwerte. Die Wasserkälte beschleunigte den Kraftverlust, und sie merkte, wie ihre Muskulatur immer steifer wurde. Das kalte Wasser holte Erinnerungen in ihr hoch. Erinnerungen an einen umgestürzten Mast, an ein Mittelsenkschwert, das ihr ins Bein schnitt, an ein Vorsegel, das sie unter Wasser drückte, an ihre Mutter, die sie aus dem kalten Wasser zog. Auf ein Schlauchboot, das sie kurz zuvor gemeinsam aufgepumpt hatten. Henry wusste nicht, ob die Erinnerung echt war oder ob ihr Kopf gerade einen eigenen Film drehte. Doktor Frobenius hatte mal gesagt, dass Erinnerungen wiederkommen könnten, wenn man sich mit der traumatisierenden Situation konfrontierte. Auch wenn man damals erst zwei Jahre alt gewesen war.

Wie ein Frosch.

Arme nach vorne, Arme zur Seite, Beine nach außen, Beine nach hinten.

„Nein, sie ist im Wasser", hörte sie dumpf eine Stimme. Irgendwo. Ganz weit weg. Vielleicht am Strand. Am Hafen von Trelleborg.

„Zieh sie raus", sagte die Stimme. Vielleicht Touristen. Vielleicht ihre Mutter. Sie suchte in ihren Händen nach ihrem Affen Oskar, aber er war nicht mehr da. Er musste noch auf dem Boot liegen. Wir müssen Oskar noch holen, dachte sie. Sie fühlte sich plötzlich unglaublich müde.

Henry spürte ihre Beine nicht mehr. Weil sie sich nur wie in Zeitlupe bewegen konnte, hatte es eine gefühlte Ewigkeit gedauert, bis sie fast am anderen Ende des Pools angekommen war. Sie sah eine Silhouette und kehrte um. Wenn sie in der Mitte des Pools blieb, konnte sie sich einen Plan überlegen. Irgendwie musste sie an Land kommen. Ans Ufer von Beddingestrand. Nach Schweden. Nach Hause.

Sie hörte ein Platschen hinter sich, das Wasser bewegte sich. Kleine dunkle Wellen kamen auf sie zu und schwappten ihr eisig ins Gesicht. Mit kältestarrer Hand griff sie in ihre Hosentasche und zog das Opinel ihrer Mutter heraus. Ihre Hände konnte sie kaum noch schließen. Ihre Finger waren wie einbetoniert. Das kalte Wasser brannte auf ihrer Gesichtshaut. Sie holte Luft, bewegte die Arme, bewegte die Beine.

„Henry, komm, ich zieh dich raus“, hörte sie eine männliche Stimme. Ihre Augen hatten sich an die Dunkelheit gewöhnt und sie erkannte Ben. Er war direkt neben ihr, und als sie den Kopf langsam zu ihm drehte, sah er ihr in die Augen. Eine gefühlte Ewigkeit trafen sich ihre Blicke in der Dunkelheit.

„Es tut mir leid“, sagte Ben und drückte sie unter Wasser. Henrys Ohren füllten sich mit der kalten Flüssigkeit und sie wusste nicht mehr, wo oben und unten war, links und rechts. Es schien, als verlöre sie ihren Gleichgewichtssinn innerhalb von Millisekunden. Sie zwang ihre Finger, das Opinel fest zu umklammern, holte aus und stach damit, sosehr ihre Kräfte es noch zuließen, in alle Richtungen. Links. Rechts. Oben. Unten. Ihre Mutter hatte es immer geschliffen. Sie merkte, wie sie in etwas hineinstach. Die Hand, die sie unter Wasser gedrückt hatte, ließ sie mit einem Mal los. Nachdem sie aufgetaucht war, nahm sie reflexartig einen weiteren tiefen Atemzug. Das Wasser war still geworden. Still und schwarz. Sie bewegte Arme und Beine. Nach vorne, zur Seite, nach außen, nach hinten. Ihr linkes Bein stieß gegen einen weichen Widerstand, sie konnte aber nichts sehen. Das Opinel war ihr aus den Händen geglitten und lag irgendwo am Meeresgrund. Sie würde es noch brauchen, um das Seil zu durchschneiden und ihren Vater zu befreien, der unter dem Bug trieb.

Sie hörte gedämpft, weit entfernt, ein Martinshorn. Vielleicht die Wasserschutzpolizei. Nein, die hatten nur ein Signalhorn, das klang anders. Wahrscheinlich war sie schon bald in Beddingestrand und an Land würde man auf sie warten. Ihr eine Decke umlegen, ihr einen Kakao bringen. Wo war Oskar? Wo war ihre Mutter? Ihr Herz schlug schneller und sie spürte, wie sie immer müder wurde. Viel zu müde zum Schwimmen. Ektopische Herzarrhythmie. Das wusste sie noch von ihrem Praktikum bei der Wasserschutzpolizei in Hamburg. Nicht einschlafen, Henry, sagte sie sich. Nicht einschlafen. Ihre Beine ließen sich kaum noch strecken. Die Silhouette am Ufer war verschwunden.

„Frau Winkler?", hörte sie eine Stimme in weiter Ferne rufen. Das musste die Seenotrettung sein. Wo waren ihre Eltern? Sie versuchte, den Arm nach ihrer Mutter auszustrecken, griff aber nur in kaltes, schwarzes Wasser. Sie wollte nach ihrem Vater rufen, aber ihr Mund öffnete sich nicht mehr.

Henry schloss die Augen und ließ sich in die Tiefe sinken. Der Boden war glitschig und sie spürte, wie ihr steifer Fuß wegrutschte.

Sie war verdammt müde.

Ihre Mutter stand am Strand und winkte.

„Henry!", rief sie.

Die Kette, die sie um den Hals trug, flog ihr jedes Mal, wenn sie auf und ab hüpfte, ins Gesicht. Sie hielt Oskar in der Hand. Hinter ihr ragten Felswände hoch, die Sonne schien und Henry wurde es ganz warm. Endlich fror sie nicht mehr. Als hätte sie nie etwas anderes getan, als zu schwimmen, schwamm sie zu ihrer Mutter.

„Ich komm ja schon, Mama!", antwortete sie.

Es roch nach Zimtschnecken. Der ganze Strand roch nach frisch gebackenen warmen Zimtschnecken. Fiete stand neben ihrer Mutter und drückte seinen ganzen Leib gegen ihre Beine.

Endlich konnte Henry stehen. Der Kies unter ihren Füßen war weich. Es fühlte sich an, als ginge sie durch noch warmen Vanillepudding. Sie schritt auf ihre Mutter zu und streckte ihr die Hand entgegen. In diesem Moment packte sie etwas hart an ihrer Kleidung und zog sie nach hinten.

„Mama!", rief sie, immer noch die Hand nach ihrer Mutter ausstreckend, aber Marta verschwand in immer weiterer Ferne. Zusammen mit dem Kater und dem Kuscheltier. Henry versuchte, wieder nach vorne zu laufen, aber der Sog war unerbittlich. Kaltes, salziges Wasser brannte sich in ihr Gesicht, alles um sie herum wurde dunkel. Sie konnte ihre Mutter nicht mehr sehen. Es war, als würde die Nacht sie zu sich holen.

Die Sonne war weg und sie fror, als sie am Ufer lag. Sie suchte ihre Mutter, doch sie erkannte nur drei Männer, die um sie herumstanden. Einer mit orangefarbener Jacke zog ihr hektisch die Kleidung aus und wickelte sie in eine Folie ein, die so laut knisterte, dass Henry dachte, sie würde ertauben. Ein anderer, dessen Jacke ebenfalls orange war und so hell leuchtete, dass Henry die Augen zusammenkneifen musste, tastete an ihr herum. Ein Dritter, ganz schwarz gekleidet, kniete neben ihr. Er schaute sie an und hielt ihren Kopf. Henry wollte ihm in die Augen sehen, aber es war so dunkel.

Seine Hände waren warm, beinahe schmerzhaft heiß, und das Blut kam zurück in ihre Ohren und ihre Wangen.

„Frau Winkler, ich bin's, Daniel Faber“, sagte der Mann, bevor sie einschlief.

Tübingen, 16. Februar 2019

Als sie die Augen öffnete, saß jemand neben ihr, der ihre Hand hielt. Sie musste ein paarmal blinzeln, bis sie ihn erkannte. Es war ihr Vater.

„Henrietta", sagte er ganz leise. „Da bist du ja wieder."

Seine Augen waren feucht.

Henry brauchte ein paar Minuten, um die ganze Situation zu begreifen und sich zu erinnern. Sie lag in einem Krankenhauszimmer. Ihre Tante, die Tagebücher, der Schmuck ihrer Mutter. Ben. Da war die Erinnerung an den Keller und an das Wasser.

Henry sah ihrem Vater in die Augen. Sie wollte sich bei Jakob entschuldigen, aber er legte ihr nur den Finger auf den Mund, als sie versuchte, etwas zu sagen. Er wollte gar nicht, dass sie viel sprach, begann jedoch, von sich aus zu erzählen. Es stellte sich heraus, dass nur eine Nacht vergangen war, es war elf Uhr vormittags und sie befand sich im Universitätsklinikum Tübingen.

„Was ist mit Ben?", fragte Henry.

„Du hast ihn an der Bauchschlagader erwischt", sagte Jakob.

„Das heißt?"

Ihr Vater schüttelte den gesenkten Kopf und Henry verstand.

„Und Anna?"

„Die wurde aufgegriffen. Kurz nachdem Kommissar Faber dich aus dem Wasser gezogen hat. Du hast wirklich Glück gehabt. Jetzt hoffen wir mal, dass keine bleibenden Schäden dabei entstanden sind."

„Bisher fühlt es sich nicht so an", sagte Henry und versuchte zu lächeln, aber ihre Lippen schmerzten. „Warum hat sie das getan?"

„Das wird sie hoffentlich der Polizei erzählen. Eifersucht … Ich habe keine Ahnung." Er sah nachdenklich aus. „Kurz bevor ihr damals verschwunden seid, hat Anna mir erzählt, deine Mutter würde mich betrügen. Zu einer richtigen Aussprache kam es aber nicht mehr."

Henry erinnerte sich an die Kassette, die sie in der Tiefgarage angehört hatte. Die Puzzleteile fügten sich zusammen.

„Das heißt, du bist gar nicht mein Vater?", fragte sie leise.

Jakob sah sie mit großen Augen an. „Was redest du da? Natürlich bin ich dein Vater!"

„Aber der DNA-Test …"

„Henrietta, den wollte ich doch nur machen lassen, damit die Behörden auch sehen, dass du meine Tochter bist. Aus keinem anderen Grund."

Er drückte ihre Hand so fest, dass das Gelenk, das in einen dicken Verband gepackt war, schmerzte.

„Benjamin hat jedenfalls deine Mutter erschossen."

Jakob wischte sich mit dem Handrücken über die Augen. „Bei dir hat er wohl immer wieder gezögert. So ist zumindest die Theorie von Herrn Faber, mit dem ich heute Morgen noch gesprochen habe. Anna hat ihm erzählt, dass deine Mutter schuld am Tod seiner Geschwister sei und dass du ein Leben gelebt habest, das ihm wegen des Unfalls verwehrt worden sei. Deshalb sollte er auch dich töten. Aber es scheint so, als wäre er von der Idee nicht ganz so überzeugt gewesen wie Anna. Dass er deine Mutter umgebracht hat, ist in gewisser Weise nachvollziehbar. Nicht verständlich, aber nachvollziehbar. Hier hatte er ja ein Motiv, denn deine Mutter war schuld am Tod seiner Geschwister. Dich umzubringen, ergab für ihn wohl nicht so viel Sinn wie für Anna. Um den Verdacht auf mich zu lenken, haben sie sich das mit der goldenen Kugel aus dem Ehering ausgedacht. Sie muss in meinem Haus gewesen sein, das Manuskript gelesen und später auch noch meinen Ring aus dem Nachttisch gestohlen haben, um mir den Mord an deiner Mutter anzuhängen. Sogar die Tube mit der Creme, die sie dir nach Stockholm geschickt haben, hat sie mich vorher in die Hand nehmen lassen, damit meine Fingerabdrücke darauf waren. Vielleicht wollte sie zwei Fliegen mit einer Klappe schlagen. Deine Mutter loswerden und mich aus Eifersucht gleich mit, weil sie Angst hatte, dass ich mich deiner Mutter wieder emotional nähern würde. Aber das sind nur Theorien, die Wahrheit wird deine Tante möglicherweise niemals preisgeben …"

Henry hatte die Augen geschlossen.

„Eine Kugel aus dem Ehering als Mordwaffe, wer denkt sich so etwas aus? Kein guter Stoff für einen Roman, oder?" Er schmunzelte. „Faber meinte übrigens, es wäre doch eine fantastische Idee, wenn du zur Polizei zurückkehren würdest. Nur das mit den Alleingängen solltest du noch ändern."

„Der würde sich bedanken, wenn ich bei der Polizei wäre." Henry öffnete die Augen und sah nachdenklich aus dem Fenster.

„Ich denke, du bist eine fantastische Polizistin." Jakob streichelte über ihre Hand. „Du hast mich aus dem Knast geholt, oder?"

„Ich habe dich aber auch reingebracht." Sie grinste vorsichtig, damit ihre Lippe nicht wieder aufriss.

„Nein, nein. Dein Kollege Christian sagt auch, dass du eine gute Polizistin bist."

„Was meinst du?"

„Ich hatte bestimmt zehn Nachrichten auf dem Anrufbeantworter, wovon ich ungefähr fünf verstanden habe. Also habe ich ihn zurückgerufen und jetzt ist er auf dem Weg hierher."

Lächelnd lehnte sich Henry in ihrem Kissen zurück. „Mit dem habe ich eh noch ein Hühnchen zu rupfen. Von wegen ich solle mein Misstrauen anderen Menschen gegenüber ablegen." Sie strich mit dem Finger über den Verband am Handgelenk. „Und zu der anderen Sache … Mal schauen. Jetzt habe ich vorerst mal genug von Mord und Totschlag", sagte sie.

„Vorerst …", wiederholte Jakob augenzwinkernd.

Henry richtete sich plötzlich auf und krabbelte steif zum Fußende des Bettes. Ihre Muskeln schmerzten. „Da steht ja mein Name falsch."

„Was meinst du?"

„Sollte da nicht ‚Winter' stehen?"

Er lächelte. „Das lässt sich ändern."

„Was machen wir denn mit meinem Grabstein?", fragte Henry.

Jakob sah sie an. „Der kommt natürlich weg. Aber jetzt lass uns bitte nicht über deinen Grabstein sprechen. Es geht jetzt um das Leben, nicht mehr um den Tod." Er streichelte ihr sanft über die Wange.

„Kannst du mir noch was zu trinken bringen?", fragte Henry.

„Natürlich, was möchtest du denn?"

„Wasser", sagte sie. „Einfach nur ein Glas Wasser."

Danksagung

„Wie machst du das eigentlich immer mit den Danksagungen?“, fragte Henry, die an ihrem heißen Kakao nippte. „Ich stelle mir das unheimlich schwer vor.“ Ungefragt nahm sie das Buch ‚Winters Spuren‘ aus der Hand ihres Vaters und blätterte auf die letzte Seite.

Jakob legte seine Lesebrille ab und drehte sich zu seiner Tochter. Der Sessel quietschte. „Ich mag keine Danksagungen. Diese Auflistung von Personen, die den Schreibprozess begleitet haben, liest doch keiner.“

Henry stellte die Tasse auf den Tisch. Ihre Handgelenke schmerzten noch. Seit zwei Wochen war sie nun aus der Klinik draußen und so langsam konnte sie das Geschehene verarbeiten. „Aber ohne Micha, ihren Lebensgefährten, hätte Catrine Bauer dieses Buch nicht hinbekommen. Immerhin hat er die Idee mit dem Projektil aus Ringgold gehabt …“

„… und Polizist ist er auch. Wie will man sonst einen Krimi schreiben? Ich weiß, wovon ich spreche.“

„Sie dankt Michael Lohmann. Kennst du den?“

Jakob schmunzelte. „Klar, jeder kennt den. Hat mir mal was lektoriert, der komische Kauz. War sehr erheiternd. Wem hat sie noch gedankt?“

„Christian Singer! Ha, der heißt ja so wie meiner. Hat wohl beim Plot geholfen und Modell gestanden. Und wienerische Sequenzen übersetzt. Tja, das würde ich nicht brauchen, ich habe ja meinen eigenen Christian."

Pluto sprang auf das Sofa und drückte seinen Kopf gegen das Buch. Henry kraulte das Tier und überflog weiter die Danksagungen. „Thomas Sing, steht hier. Inhaber des ‚Last Resort'. Na, den kenne ich auch. Ist übrigens eine coole Kneipe."

„Ich kenne das ‚Last Resort'", sagte Jakob und füllte sein Rotweinglas.

„Doktor Stefan Neu hat die Autorin beim Endspurt unterstützt. Was auch immer das heißen mag."

„Siehst du, deshalb mag ich keine Danksagungen. Versteht eh keiner." Jakob zwinkerte. „Aber meine Testleser, die liste ich immer auf, die sind so ziemlich das Wichtigste."

Henry strich sich eine Haarsträhne aus dem Gesicht. „Klar, ohne die weiß man ja nicht, ob man irgendwelche Fehler eingebaut hat oder so. Die Autorin hat sie hier auch aufgelistet: Angelika Bauer, Daniel Bauer, Hans-Jörg Bauer … Die heißen ja alle Bauer! Ach nee, geht noch weiter. Kai Eitner, Verena Groll, Julia Hagedorn, Maike Hoffmann, Imke Meiners, Beatrice Milazzo, Gea Nicolaisen, Mimi Rexer und Beate Singer. Ganz schön viele!"

Jakob wischte mit einem Finger einen Tropfen des Weins vom Glas. „Weißt du, wer am allerwichtigsten ist, wenn du ein Buch schreibst?"

„Du wirst es mir sicher gleich sagen."

„Die Leserinnen und Leser. Was wäre denn ein Buch, das keiner liest?"

„Da ist was dran“, sagte Henry. „Das Schlimmste, was einem Buch passieren kann, ist der Staub, der es bedeckt.“

Im Verlag CW Niemeyer bereits erschienen ...

Eine rätselhafte Mordreihe hält die Kripo Nordfriesland in Atem. Ein Serienmörder drapiert seine Opfer an öffentlichen Plätzen. Offenbar möchte er mit seinen perfiden Taten Aufmerksamkeit erregen, Angst und Schrecken verbreiten. Welche Verbindung besteht zwischen den Mordopfern? Kommissarin Wiebke Ulbricht und ihr Partner Jan Petersen liefern sich ein Wettrennen mit dem Killer, dem es immer wieder gelingt, die Polizisten auf falsche Fährten zu locken. Der Skandal um eine Ärztin, die ihre Patienten als „Todesengel von Husum" erlöst haben soll, bekommt eine neue Brisanz, als die Frau ermordet im Tine-Brunnen am Husumer Marktplatz gefunden wird.

Andreas Schmidt. WattenZorn
480 Seiten. Klappenbroschur. ISBN 978-3-8271-9363-6
E-Book 978-3-8271-8435-1 (Epub)

Im Verlag CW Niemeyer bereits erschienen ...

Der arbeitslose Handwerker Tom Jakobs wird tot am Rande der A 7 entdeckt. Zunächst scheint es sich um einen Suizid zu handeln, doch bald steht fest: Jemand hat nachgeholfen. Die Flensburger Kommissare Andresen und Weichert ermitteln. Jakobs lebte mit drei anderen alleinstehenden Männern in einer WG. Hatte einer der Mitbewohner mit dem Opfer eine Rechnung offen? Oder besaß Jakobs' Bruder, ein erfolgreicher Flensburger Künstler, ein Motiv für den Mord?

Britta Bendixen. List und Lüge
512 Seiten. Klappenbroschur. ISBN 978-3-8271-9368-1
E-Book 978-3-8271-8430-6 (Epub)

Im Verlag CW Niemeyer bereits erschienen ...

Nur noch kurz auf die Toilette, dann schnell zurück ins sichere Auto … Svenja Behrendt ahnt nicht, dass dort der Tod auf sie lauert. Sie wird niemals mit der Fähre nach Schweden kommen.
Erdrosselt bleibt sie in ihrem Wagen am Kai zurück. Während die Kieler Kommissarin Frauke Knoop Svenjas Mörder zwischen Kiel, der Künstlerkolonie Carlshöhe in Eckernförde und der Carlshütte in Rendsburg jagt, verhärtet sich ihr Gefühl, ein entscheidendes Detail zu übersehen.

Jochen Bender. Tod am Schwedenkai
352 Seiten. Taschenbuch. ISBN 978-3-8271-9369-8
E-Book 978-3-8271-8429-0 (Epub)

#niemeyerbuch

Jetzt kein Buch mehr verpassen

Im Verlag CW Niemeyer bereits erschienen ...

Stumme Schreie, die niemand hört, heimliche Schatten in der Nacht ... Was geht da vor in Ahrensburg? Die beschauliche Stadt wird zum Schauplatz von Morden, Verbrechen und Intrigen.
22 Autorinnen und Autoren im Alter von 9 bis 96 Jahren, die alle im Kreis Stormarn zu Hause sind, lassen ihrer Fantasie freien Lauf und dabei die Schlossstadt in spannenden Geschichten erzittern.
Lernen Sie Ahrensburg ganz neu und vollkommen anders kennen, und tauchen Sie ein in die Welt von Kriminellen, Polizisten, Fahndern und privaten Ermittlern.

Nils Meyer-Selbach (Hrsg). AHRENSMORD
432 Seiten. Klappenbroschur. ISBN 978-3-8271-9371-1
E-Book 978-3-8271-8427-6 (Epub)

#niemeyerbuch

Jetzt kein Buch mehr verpassen

Im Verlag CW Niemeyer bereits erschienen ...

Ein Mord schockiert das malerische Weindorf in der Südpfalz: Beim Mittsommerfeuer einer Glaubensgemeinschaft taucht die Leiche eines 16-jährigen Mädchens auf. Kommissarin Kira Lilienfeld, die eigentlich ein Sabbatjahr in der Gegend verbringen will, ist entschlossen, die Kripo Landau bei deren Ermittlungen zu unterstützen. Obwohl nicht jedem aus dem Kripo-Team Kiras eigenwillige Ermittlungsmethoden gefallen, gelingt es ihr dennoch, den Dorfbewohnern bedeutende Geheimnisse zu entlocken. Aber alles hat seinen Preis. Immer tiefer gerät sie selbst in einen Höllenschlund aus Manipulation und Lügen, der sie verschlingen will.

Susanne Seider. Pfälzer Blut
400 Seiten. Klappenbroschur. ISBN 978-3-8271-9362-9
E-Book 978-3-8271-8436-8 (Epub)

#niemeyerbuch

Jetzt kein Buch mehr verpassen

Im Verlag CW Niemeyer bereits erschienen ...

Floristin Viola findet den renommierten Berliner Scheidungsanwalt erschlagen auf dem Fußboden seiner Kanzlei. Mit Sicherheit Mord, denkt sie, und ist plötzlich mittendrin in einem spannenden Fall. Krimis sind ihre Leidenschaft. Die Ermittler gehen nur von einem schweren Raub mit Todesfolge aus. Viola Blumenstengel glaubt es besser zu wissen und macht sich mit Tochter Iris auf die Suche nach dem Mörder.

Andrea Gerecke. Auf jeden Fall mit Blumen
352 Seiten. Klappenbroschur. ISBN 978-3-8271-9366-7
E-Book 978-3-8271-8432-0 (Epub)

#niemeyerbuch

Jetzt kein Buch mehr verpassen

Im Verlag CW Niemeyer bereits erschienen ...

Die Mutter der 15-jährigen Lucy fürchtet, ihre Tochter könne in die Fänge einer Sekte geraten sein und bittet Stefan Blume um Hilfe. Blume sagt zu und quartiert sich in einer Pension in Braunlage ein. Wenige Tage später ist Lucy verschwunden. Bei seiner Recherche stößt er in Lucys Zimmer auf ein Notizbuch. Der Verfasser schildert darin seine und die Geschichte von fünf weiteren KZ-Häftlingen, mit denen er 1945 während der Todesmärsche über den Harz fliehen kann. Blume begreift, dass jemand unbedingt in den Besitz dieses Notizbuches gelangen will und dafür über Leichen geht.

Roland Lange. Harzhenker
416 Seiten. Taschenbuch. ISBN 978-3-8271-9364-3
E-Book 978-3-8271-8434-4 (Epub)
